Marquis de Sade

Justine oder

Die Leiden der Tugend

Table of Contents

Erstes Buch

Justine und Juliette, beide Töchter eines sehr reichen Pariser Bankiers, wurden bis zu ihrem vierzehnten beziehungsweise fünfzehnten Lebensjahr in einem der berühmtesten Stifte von Paris erzogen. Dort wurde ihnen kein Ratschlag, kein Buch, keine Unterweisung vorbehalten, und sowohl die Sittlichkeit, wie die Religion und die freien Begabungen schienen jedes der jungen Mädchen für sich ausgebildet zu haben.

Zu dieser für die Tugend der beiden jungen Mädchen sehr bedrohlichen Zeit kam es, daß ihnen eines Tages plötzlich alles fehlte. Ein vollständiger Bankrott brachte ihren Vater in eine so peinvolle Lage, daß er an dem Kummer starb. Seine Frau folgte ihm einige Monate nachher nach.

Zwei gleichgültige entfernte Verwandte berieten, was mit den jungen Waisen geschehen sollte. Ihre Erbschaft betrug, da alles von den Gläubigern verschlungen worden war, 100 Francs für jede. Da sich niemand um sie weiter kümmern wollte, öffnete man ihnen die Pforten des Klosters und ließ ihnen die Wahl, zu werden, was sie wollten.

Die lebhafte, sehr hübsche, eitle und verdorbene ältere Juliette schien nur erfreut zu sein, nicht mehr in einem Kloster vegetieren zu müssen, während die harmlosere, interessantere, vierzehnjährige Justine, die von der Natur einen düsteren und romantischen

Charakter erhalten hatte, mehr das Furchtbare ihres Geschickes empfand.

Dieses junge, so vielseitig begabte Mädchen besaß die Schönheit jener wundervollen Jungfrauen Raphaels. Große braune seelenvolle Augen, eine weiche Hand, eine zarte und biegsame Taille, runde und von der Liebesgöttin selbst gezeichnete Formen, eine bezaubernde Stimme, und neben einem entzückenden Mund waren die schönsten Haare der Welt ihr eigen, deren Reize weit über dem standen, was die Feder leblos beschreiben kann.

Der Leser möge sich alles vorstellen, was seine Fantasie an Verführerischem sich andeuten kann, und es wird hinter der Wirklichkeit zurückbleiben.

Man hatte beiden vierundzwanzig Stunden Frist zum Verlassen des Stiftes gegeben. Juliette war bemüht, die Tränen Justines zu stillen. Als sie sah, daß ihr das nicht gelang, begann sie, sie auszuzanken, statt sie zu trösten. Sie warf ihr ihre Empfindlichkeit vor. Sie sagte mit weit über ihren Jahren stehenden Gedanken, daß man über nichts in dieser Welt bestürzt sein solle und daß man in sich genug starke physische Erregungen finden könnte, um solche Angriffe abzuschlagen. daß die wahre Klugheit darin bestände, die Zahl seiner Freuden und nicht die seiner Leiden zu vermehren. Mit einem Wort, daß man nichts unterlassen dürfe, um in sich jene niederträchtige Empfindsamkeit zu ertöten, aus der bloß die anderen Nutzen zögen, während sie uns nur Sorgen eintrüge.

»Ich«, sagte sie, indem sie sich vor den Augen ihrer Schwester auf ein Bett warf und die Röcke bis über den Nabel emporhob, »so mache ich es, wenn ich Kummer habe. Ich kitzle mich, ich entlade, und das tröstet mich.«

Der anständigen und tugendhaften Justine war diese Handlung ein Greuel. Sie wandte die Augen ab, und Juliette fuhr fort:

»Justine, du bist dumm. Du bist schöner als ich, trotzdem werde ich immer die glücklichere sein. Du bist toll, daß du dir Sorgen machst«, fuhr dieses wollüstige Mädchen fort, indem sie sich neben Justine setzte.

»Bei der Gestalt und dem Alter, das wir beide haben, ist es unmöglich, daß wir vor Hunger umkommen.« Bei dieser Gelegenheit machte sie sie auf die Tochter einer ihrer Nachbarinnen aufmerksam, die, nachdem sie aus dem Elternhaus entwichen war, heute mit glänzenden Mitteln ausgehalten wurde und zweifellos viel glücklicher war, wie wenn sie in dem Schoß der Familie geblieben wäre. »Man muß sich wohl hüten, zu glauben«, fügte sie hinzu, »daß die Heirat ein Mädchen glücklich macht. Wenn sie einmal am Altar Hymens gefesselt wurde, hat sie neben vielen Unannehmlichkeiten bloß eine sehr kleine Menge Vergnügen zu erwarten; während sie, wenn sie sich dem freien Leben hingibt, sich immer vor den

Gewalttätigkeiten ihres Liebhabers beschützen oder sich durch die große Zahl trösten kann.« Bei dieser Rede schauderte Justine. »Eher würde ich den Tod vorziehen«, sagte sie, und soviel ihr auch ihre Schwester vorhalten mochte, sie weigerte sich hartnäckig, mit ihr zusammen zu wohnen, wenn sie sich einer Lebensführung zuwenden würde, die ihr ein Greuel war.

So trennten sich also die beiden jungen Mädchen, ohne ein Wiedersehen zu besprechen. Hätte Juliette, die eine große Dame werden sollte, ein kleines Mädchen empfangen sollen, deren tugendhafte Neigungen ihr Schande gemacht hätten; und andererseits hätte Justine sich in die Gefahr begeben sollen, ihre Sitten durch die Gesellschaft eines perversen Geschöpfes verderben zu lassen, das sich der öffentlichen Lust in die Arme warf?

Wenn der Leser gestattet, verlassen wir jetzt auf einige Zeit dieses kleine wollüstige Mädchen, damit wir ausführlich die Lebensgeschichte unserer keuschen Heroine erzählen können.

Man kann leicht sagen: Es muß ein wenig Tugend in der Welt geben; und es ist für einen Biographen viel angenehmer, an dem Helden, den er beschreibt, Züge von Reinheit und Wohltätigkeit zu zeigen, als den Geist ununterbrochen auf Ausschweifungen und Grausamkeiten richten zu müssen, wie der es tun muß, der auch die sehr skandalöse und ausschweifende Geschichte der schamlosen Juliette ausbreitet.

Justine hatte seit ihrer Kindheit eine mütterliche Freundin an der Schneiderin ihrer Mutter, und so glaubte sie, daß sie auch jetzt für ihr Mißgeschick empfänglich sein würde. Sie suchte sie auf, teilte ihr ihr Unglück mit und verlangte von ihr Arbeit. Aber man wollte sie kaum erkennen und schickte sie mit rauen Worten fort.

»Himmel«, sagte dieses arme Geschöpf, »müssen schon die ersten Schritte, die ich in der Welt mache, von Kummer begleitet sein? Diese Frau liebte mich früher, warum stößt sie mich heute zurück? Ach! Ich bin ja jetzt eine Waise und arm, ich habe keine Unterstützung mehr auf Erden, und man liebt nur Leute, von denen man hofft, Annehmlichkeiten zu empfangen.«

In Tränen gebadet, wendete sich Justine an ihren Beichtvater und schildert ihm ihre Lage mit der Leidenschaft ihres Alters. Sie war weiß gekleidet, ihre Haare waren nachlässig in ein großes Tuch eingeschlagen. Ihre zart entwickelte Brust blieb dem Auge des Lüstlings durch einen doppelten Gazeschleier verborgen. Ihr hübsches Gesicht war bleich durch die Aufregung, und Tränen standen ihr in den Augen, was ihr Gesicht noch interessanter machte. Man konnte unmöglich schöner sein.

»Sie sehen mich, Monsieur«, sagte sie zu dem heiligen Kirchenmann, »in einer Lage, die für ein junges Mädchen fürchterlich ist. Ich habe Vater und Mutter verloren. Der Himmel hat sie mir in einem Alter entführt, indem ich ihre Hilfe am meisten benötigt hätte. Sie sind als zugrunde gegangene Leute gestorben. Ich besitze nichts mehr. Das ist alles, was sie mir hinterlassen haben«, fuhr sie fort, indem sie ihm 12 Louis zeigte, »ich besitze kein Plätzchen, auf dem ich mein armes Haupt ausruhen könnte. Sie werden mit mir Mitleid haben, nicht wahr? Sie sind ein Diener der Religion, und die Religion ist der Schoß aller Tugenden. Im Namen Gottes, den ich mit allen Kräften meiner Seele liebe, im Namen des höchsten Wesens, dessen Werkzeug Sie sind, sagen Sie mir als mein zweiter Vater, was ich tun soll, was ich werden soll?« Der barmherzige Priester erwiderte darauf, indem er Justine durch sein Glas betrachtete, daß die Pfarre sehr überlastet wäre, so daß es schwierig sei, neue Almosen von ihr zu erhalten; aber wenn Justine ihn bedienen wolle, wenn sie die grobe Arbeit verrichten wolle, gäbe es immer ein Stück Brot für sie in seiner Küche. Und da der Gottesmann bei diesen Worten ihr sachte die Röcke über ihren Popo zusammengezogen hatte, um sie besser betrachten zu können, stieß ihn Justine, die seine Absichten erriet, zurück, indem sie sagte:

»Ich verlange weder ein Almosen noch eine Stelle als Dienerin. Ich wünschte Ratschläge, weil ich ihrer bei meiner Jugend und meinem Unglück bedarf, aber Sie wollen Sie mich zu teuer erkaufen lassen.« Der Diener Christi, der sich schämte, durchschaut zu sein, erhob sich wütend. Er rief seine Nichte und seine Magd: »Jagen Sie mir diese kleine Schurkin hinaus«, rief er ihnen zu, »Sie werden nicht erraten, was sie mir soeben vorschlug. So verdorben schon und noch so jung! Und das einem Mann, wie ich es bin! Hinaus mit ihr, hinaus, oder ich lasse sie verhaften!« Und die Unglückliche, Verstoßene und Beschimpfte sah sich gezwungen, ein kleines möbliertes Zimmer im fünften Stock zu mieten, um ihren Tränen freien Lauf lassen zu können. Sie bezahlte es im voraus und gab sich nun ganz ihrem Kummer hin, der um so bitterer war, als sie von Natur aus sehr empfindlich und ihr Stolz grausam beleidigt worden war.

Aber damit waren für sie die Schicksalsschläge noch nicht zu Ende. Es gibt eine Unmenge von Verbrechern in der Welt, die, statt über das Unglück eines anständigen Mädchens weich zu werden, nur danach trachten, sie weiter zu peinigen, um sie so besser in der Gewalt zu haben. Aber von allen Unglücksfällen, die ihr am Anfang ihrer Laufbahn zustießen, wollen wir nur den mit Dubourg berichten, einem der herzlosesten und reichsten Leute der Hauptstadt.

Die Frau, bei der Justine wohnte, hatte sie zu ihm geschickt als zu jemandem, deren Einfluß und dessen Reichtum am ehesten die Grausamkeit ihres Geschickes mildern könnten. Nachdem sie lange im Vorzimmer gewartet hatte, führte man sie endlich hinein. Herr Dubourg, ein dicker, untersetzter und gleich allen Geldleuten unverschämter Mann, stieg eben, mit einem Morgenrock dürftig bekleidet, aus dem Bett. Man wollte ihn gerade frisieren. Er schickte seine Umgebung hinaus und wandte sich zu dem jungen Mädchen: »Womit kann ich Ihnen dienen, mein Kind?«, fragt er sie. »Monsieur«, erwiderte ihm die Kleine, ganz verwirrt, »ich bin eine arme Waise, kaum vierzehn Jahre alt und kenne schon alle Abarten des Mißgeschickes. Ich flehe Ihr Mitleid an. Helfen Sie mir, ich beschwöre Sie.« Und sie zählte mit Tränen in den Augen dem alten Verbrecher alle Leiden auf, von denen sie heimgesucht war, wie schwierig es sei, eine Stellung zu finden und welchen Abscheu sie von diesen Stand habe, für den sie nicht geboren sei. Sie schilderte die Furcht, die sie vor der Zukunft habe und stammelte schließlich, daß sie hoffe, ein so reicher und verehrungswürdiger Mann wie Herr Dubourg werde ihr zweifellos die Existenzmittel verschaffen.

Dubourg hätte man während dieser Rede malen müssen. Da er sich für das junge Mädchen zu erhitzen begann, kitzelte er sich mit der einen Hand unter seinem Schlafrock, mit der anderen richtete er eine Lorgnette auf die sich ihm darbietenden Reize. Wenn man ihn genau beobachtete, konnte man die Grade seiner Geilheit an den Zuckungen der Gesichtsmuskeln wahrnehmen, die immer stattfanden, wenn die pathetischen Klagen Justines lauter oder schwächer wurden.

Dieser Dubourg war ein ausgemachter Lüstling, ein Liebhaber von kleinen Mädchen, und er hatte in allen Himmelsrichtungen Frauen, die ihm solches Wild zuführten. Da er nicht imstande war, sich an ihnen zu befriedigen, so richtete er sein Augenmerk gewöhnlich auf eine ebenso grausame wie seltsame Liebhaberei. Seine einzige Leidenschaft bestand nämlich darin, die Kinder, die man ihm zuführte, weinen zu sehen. Und man muß sagen, niemand auf der Welt besaß ein solches Talent, sie in diesen Zustand zu bringen, wie er. Dieser unglückselige Schuft hatte so viel Bösartigkeit in sich, daß es unmöglich für ein junges Mädchen war, sich vor seinen Ausfällen zu schützen. Die Tränen flossen dann reichlich, und der überselige Dubourg fügte noch rasch einige materielle Schmerzen zu den moralischen, die er eben hervorgerufen hatte. Die Tränen rannen dann noch heftiger, wobei er entlud, indem er das Gesicht mit Küssen bedeckte, das seine Reden unter Tränen gesetzt hatte.

»Sind Sie immer anständig geblieben?«, fragte Dubourg und ging damit auf sein Ziel los. – »Ach«, erwiderte Justine, »ich wäre nicht so arm und in so bedrängter Lage, wenn ich es nicht immer gewesen wäre.« – »Also unter welchem Vorwand verlangen Sie, daß reiche Leute Sie unterstützen, wenn Sie ihnen keinerlei Dienst erweisen« – »Oh, ich verlange ja nach nichts Besserem, als ihnen alle Dienste erweisen zu können, die die Schicklichkeit und meine Jugend mir gestatten.« – »Ich spreche nicht davon, daß Sie mir dienen sollen: dazu fehlt Ihnen das Alter und die Gestalt. Ich spreche davon, daß Sie dem Vergnügen der Männer entgegenkommen sollen. Jene Tugend, von der Sie so viel Aufhebens machen, taugt in der Welt zu nichts. Man schätzt heutzutage nur das, mein Kind, was etwas einbringt oder was ergötzt. Und welchen Nutzen oder welchen Genuß kann uns die Tugend einer Frau einbringen? Ihre Geilheit gefällt und erfreut uns, aber ihre Keuschheit langweilt uns. Wenn Leute meiner Art etwas hingeben, so geschieht es nur, um wieder zu erhalten. Und wie kann ein kleines, ziemlich häßliches und auch ziemlich dummes Mädchen, wie Sie es sind, anders lohnen, als daß sie sich ganz hergibt? Also vorwärts, hinauf mit den Röcken, wenn Sie wollen, daß ich Ihnen Geld gebe.« Und Dubourg streckte seinen Arm aus, um Justine zwischen seine Beine zu ziehen. Aber sie flüchtete nach rückwärts, indem sie unter Tränen ausrief: »Oh, es gibt also keine Redlichkeit und keine Wohltätigkeit unter den Menschen?«

»Bei Gott, sehr wenig«, erwiderte Dubourg, dessen geile Zuckungen angesichts der Tränen zunahmen. »Man ist von diesem Wahn, sich andere ohne Gegenleistung zu verpflichten, abgekommen. Man hat erkannt, daß die Freude der Wohltätigkeit nur die Wollust des Stolzes ist, und man will jetzt echte Genüsse haben. Der Ruf eines liberalen, freigebigen Mannes wiegt nicht, so glänzend er immer sein mag, die kleinste Sinneslust auf.« – »Bei solchen Grundsätzen muß also der Unglückliche umkommen?« – »Was liegt daran! Es gibt mehr Wesen auf der Welt, als nötig sind.« – »So wäre es also besser, wenn man uns in der Wiege erwürgt hätte?« – »Sicherlich, das ist in vielen Ländern Brauch.«

Hier zeigte ihr Dubourg, indem er den Rock, der seine Bewegungen verdeckte, auseinander schlug, daß sich sein kleines, schwarzes, vertrocknetes Glied, das seine Hand seit langem bearbeitete, zu regen begann. »Vorwärts«, rief er jetzt in rohem Ton, »vorwärts, hören wir auf, weiter zu schwätzen und beklage dich nicht länger über dein Schicksal, wenn es in deiner Hand liegt, es zu verbessern.« – »Aber um welchen Preis, gerechter Gott!« – »Um einen äußerst mäßigen, da es sich nur darum handelt, daß du die Röcke aufhebst und mir zeigst, was unter ihnen ist. Ein zweifellos magerer Köder, den du nicht so hoch schätzen solltest. Vorwärts, entscheide dich. Mir steht er. Ich will Fleisch sehen. Man zeige mir sofort welches, oder ich werde böse.« – »Aber ...« – »Dummes Geschöpf, stumpfsinnige Hure, glaubst du, daß ich mit dir mehr Umstände machen werde wie mit den anderen!« Dabei erhob er sich wütend, verriegelte die Tür und sprang auf Justine, deren Tränen reichlich flossen. Der Lüstling küßt sie ihr weg, er verschluckt diese wertvollen Tränen. Dann schürzt er ihr selbst mit einer Hand die Röcke auf, legt sie um ihre Arme, während die andere das zum ersten Male beschmutzt, was die Natur selten noch so vollendet geschaffen hat.

»Abscheulicher Mann!«, schrie Justine, indem sie eine verzweifelte Bewegung zu entschlüpfen machte. »Grausamer Mann«, fuhr sie fort, indem sie die Tür aufriegelte und flüchtete, »möge der

Himmel dich eines Tages strafen, wie du es verdienst!«

Sobald die Unglückliche nach Hause zurückgekehrt war, wußte sie nichts Wichtigeres zu tun, als sich bei ihrer Wirtin über die Aufnahme zu beklagen, die man ihr bei dem anempfohlenen Mann hatte zuteil werden lassen. Aber wie war sie erstaunt, als sie sich von dieser Elenden mit Vorwürfen überhäuft sah. »Armseliges dummes Ding«, sagte sie ihr zornig, »glaubst du, daß die Männer so verrückt sind, kleinen Bettlerinnen, wie du es bist, Almosen zu geben, ohne Vorteil aus ihrem Geld zu ziehen? Monsieur Dubourg hat noch zu gut an dir gehandelt. Der Teufel soll mich holen, wenn ich dich an seiner Stelle hinausgelassen hätte, ohne mich befriedigt zu haben. Aber da du von der Hilfe, die dir mein Wohltätigkeitssinn anbot, keinen Gebrauch machen willst, richte dich ein, wie es dir paßt. Du bist mir Geld schuldig: Zahle sogleich, oder du wanderst morgen ins Gefängnis.« – »Madame, haben Sie Mitleid!« – »Ja, ja, Mitleid. Mit Mitleid kommt man vor Hunger um. Von 500 kleinen Mädchen, die ich diesem anständigen Mann verschafft habe, bist du die erste, die mir einen solchen Streich gespielt hat. Welche Schande für mich. Dieser so anständige Mann wird sagen, daß ich meinen Beruf nicht verstehe und er hat Recht. Vorwärts, Sie müssen zu Monsieur Dubourg zurückgehen. Sie müssen ihn zufrieden stellen, müssen mir Geld mitbringen. Ich werde mit ihm sprechen, ihn vorbereiten und versöhnen. Ich werde ihm Ihre Entschuldigung übermitteln, aber trachten Sie danach, sich das nächste Mal besser zu betragen.«

Justine saß nun allein da und hing den traurigsten Gedanken nach. »Nein«, sagte sie zu sich, »nein, ich werde gewiß nicht zu diesem Lüstling zurückgehen. Ich bin noch nicht aller Hilfsquellen beraubt, ich besitze fast noch mein ganzes Geld, und das genügt für lange Zeit zum Leben. Ich werde vielleicht bis dahin weniger harte, mitleidigere Herzen finden.« Indem sie diese Worte vor sich hinsprach, war ihr erster Gedanke, ihren kleinen Schatz zu zählen. Sie öffnete die Schublade. »Oh! Himmel! Er ist gestohlen!« Es blieb ihr nur das, was sie in der Tasche hatte, was kaum 6 Francs waren. »Ich bin verloren«, rief sie aus. »Ah, ich sehe nur zu gut, woher der Streich kommt. Dieses niederträchtige Geschöpf will mich dazu zwingen, mich in den Schoß des Lasters zu werfen. Aber ach«, fuhr sie unter Tränen fort, »bleibt mir noch ein anderes Mittel, damit ich mein Leben fristen kann? Und sind nicht in der peinvollen Lage, in der ich mich befinde, jener Unselige oder jemand noch Bösartigerer die einzigen Wesen, von denen ich überhaupt Hilfe erwarten kann«?

In ihrer Verzweiflung ging Justine zu ihrer Wirtin hinab. »Madame«, sagte sie, »ich bin bestohlen. Bei Ihnen ist mir dieser böse Streich geschehen, aus einem Möbelstück, das Ihnen gehört, ist dieses Geld geraubt worden. Es war alles, was ich besaß. Es war der unglückselige Rest meiner väterlichen

Erbschaft. Da ich dieser schwachen Hilfe beraubt bin, bleibt mir nichts als der Tod. O Madame, töten Sie mich, ich beschwöre Sie.« – »Unverschämte Kleine!« erwiderte heftig Madame Desroches. »Ehe Sie mir solche Klagen vortragen, sollten Sie mein Haus besser kennen; Sie müssen wissen, daß es bei der Polizei in sehr gutem Ruf steht und daß ich Sie auf den bloßen Argwohn hin, den Sie geäußert haben, sogleich bestrafen lassen könnte, wenn ich wollte.« – »Argwohn, Madame? Ich habe keinen. Aus dem, was ich sage, spricht kein Verdacht, sondern Kummer. O Madame, was soll aus mir werden, nachdem ich diese einzige Hilfsquelle verloren habe?« – »Werdet, was Ihr wollt, das geht mich nichts an. Es gäbe wohl Mittel, alles wieder gut zu machen, aber Sie wollen sie ja nicht benützen.« – »Aber, Madame, ich kann dienen«, erwiderte die Unglückselige mit tränenden Augen. – »Was wollen Sie im Dienst erhalten? 10 Francs im Jahr? Wollen Sie davon leben? O! glauben Sie mir, meine Freundin, auch diejenigen, die dienen, sind genötigt, zur Wollust Zuflucht zu nehmen, um sich erhalten zu können. Ich liefere jeden Tag welche von der Art. Ich bin, wie ich wohl behaupten kann, eine der besten Kupplerinnen in Paris. Es gibt keinen Tag, an welchem mir nicht 25 bis 30 Mädchen durch die Hände gehen. Das bringt mir auch etwas ein. Weiß Gott! Ich bin überzeugt, daß keine Frau meines Standes so gute Geschäfte macht wie ich. Sehen Sie«, fuhr sie fort, indem sie der Unglücklichen 50 der 600 Louis, für ebensoviel

Juwelen und den schönsten Wäsche- und Kleiderschrank zeigte, »nur der Wollust, vor der Sie so erschrecken, verdanke ich das. Teufel, es gibt heutzutage nur mehr diesen Beruf. Glauben Sie mir, schlagen Sie diesen Weg ein. Und dann ist dieser Dubourg ein braver Mann. Er wird sie wenigstens nicht entjungfern. Er bringt sein Glied nicht mehr zum Stehen. Einige schwache Schläge auf den Popo und ein paar auf die Wangen. Und wenn Sie sich gut bei ihm betragen, werde ich Sie mit anderen Männern bekannt machen, die Sie, bei Ihrem Alter und Ihrem Wuchs, in den Stand setzen werden, in Paris in der Karosse herumzufahren.« – »Ich habe keine so hohen Absichten, Madame«, erwiderte Justine, »ich will kein Vermögen besitzen, namentlich, wenn ich es um den Preis meiner Ehre erkaufen muß. Ich verlange nur, leben zu können; und ich biete dem, der mit das gibt, alle Dienste an, die ich mit meinem Alter leisten kann, abgesehen davon, daß ich ihm aufrichtig dankbar sein werde. Ach, Madame, da Sie so reich sind, fühlen Sie doch Mitleid mit mir. Ich erbitte ja nicht, daß Sie mir ebensoviel leihen, wie ich bei Ihnen verloren habe. Geben Sie mir nur einen Louis, bis ich einen Platz gefunden habe. Seien Sie versichert, ich werde ihn zurückgeben, gleich von dem ersten Geld, das ich verdienen werde.« – »Ich gebe dir keine zwei Sous«, sagte Madame Desroches, sehr erfreut, ihr Opfer da zu sehen, wohin ihre Niedertracht es bringen wollte, »nein, keine zwei Sous. Ich biete dir das Mittel an zu verdienen, benütze es oder du

16

kommst ins Hospital. Monsieur Dubourg ist einer
der Verwalter dieses Hauses, und es wird ihm leicht
fallen, dich hineinstecken zu lassen. Guten Tag,
meine Freundin«, fuhr die grausame Desroches zu
einem großen und hübschen Mädchen gewandt fort,
die zweifellos wegen eines Ratschlages gekommen
war, »und dir, meine Tochter, auf Wiedersehen!
Morgen Geld oder Gefängnis.« – »Nun, Madame«,
sagte weinend Justine, »suchen Sie Monsieur
Dubourg auf, ich will nochmals zu ihm hingehen,
ja, ich will hingehen, mein Unglück gebietet es mir.
Aber indem ich mich vor dem Schicksal beuge,
müssen Sie, Madame, daran denken, daß mir
wenigstens das Recht bleibt, Sie zu verachten.« –
»Unverschämtes Geschöpf!«, rief die Desroches
aus, indem sie die Tür hinter ihr zuwarf, »du
würdest verdienen, daß ich mich in deine
Angelegenheiten nicht länger einmischte. Aber ich
tue es ja nicht für dich, so sind mir auch deine
Gefühle gleichgültig.«

Es wäre vergeblich, die qualvolle Nacht
beschreiben zu wollen, die Justine verbrachte. Sie
hatte die Grundsätze der Religion, der Scham und
der Tugend sozusagen mit der Muttermilch
aufgesogen und konnte sich von ihnen nicht ohne
heftige Kämpfe trennen. Die traurigsten Gedanken
schwirrten ihr durch den Kopf, als es heftig an der
Tür klopfte.

»Komm, Justine!«, sagte Madame Desroches
kurz, »komm zum Frühstück und danke mir für
meine Botschaft. Ich habe Erfolg gehabt. Monsieur

Dubourg ist infolge des Versprechens, das ich ihm
bezüglich deiner Unterwürfigkeit gemacht habe,
bereit, dich wiederzusehen.« – »Aber, Madame ...«
– »Vorwärts, sei nicht kindisch. Die Schokolade
wartet, folge mir nach.« Justine stieg hinunter und
fand beim Frühstück als dritte Person eine sehr
schöne, ungefähr 28jährige Frau. Diese geistvolle,
aber verderbte und ebenso reiche wie
liebenswürdige Frau wird, wie wir bald sehen
werden, diejenige sein, deren sich Dubourg
bedienen wird, um unser liebenswürdiges Kind
vollends umzustimmen. Man frühstückte. »Sie ist
ein reizendes Mädchen«, sagte Madame Delmouse,
»ich beglückwünsche denjenigen aufrichtig, der so
glücklich sein wird, sie zu besitzen.« – »Sie sind
sehr gut, Madame«, erwiderte traurig Justine. –
»Nun, nun, mein Herzchen, erröten Sie nicht so. Die
Scham ist eine Kinderei, die man sorgfältig
entfernen muß, sobald man das vernünftige Alter
erreicht hat.« – »Oh! Ich bitte Sie, Madame«, sagte
die Desroches, »bilden Sie dieses kleine Mädchen
ein wenig aus. Sie glaubt sich verkauft und verraten,
weil ich sie einem Mann versprochen habe.« – »Ah,
welche Verirrung«, fuhr Madame Delmouse fort,
»statt sich gegen diesen Gang zu sträuben, müssen
Sie im Gegenteil eine unendliche Dankbarkeit für
die fassen, die Sie dazu einlädt. Welch falscher
Gedankengang, teures Mädchen. Nehmen Sie doch
Vernunft an. Wie können Sie glauben, daß sich ein
junges Mädchen etwas vergibt, wenn sie sich dem
hingibt, der sie begehrt. Sobald sich die

18

Leidenschaften in Ihrer Seele entzündet haben, werden Sie einsehen, daß es für uns unmöglich ist, so zu leben. Wie will man, daß eine Frau, die immer der Verführung ausgesetzt ist, dem Zauber des Genusses, der sich immer ihren Sinnen darbietet, widerstehen soll? Und wie kann man ein Verbrechen daraus machen, wenn sie unterliegt, wenn alles, was sie umgibt, Blumen über den Abgrund streut, und sie einlädt, sich hineinzustürzen? Täuschen Sie sich nicht, Justine. Nicht die Tugend verlangt man von uns, sondern ihre Maske, und wenn wir nur heucheln können, mehr verlangt man nicht von uns. Nicht das Opfer, das man mit seinen Sinnen der Tugend bringt, macht glücklich, was zum wahren Glück führt, ist nur der Anschein jener Tugend, zu der die lächerlichen Vorurteile des Mannes unser Geschlecht verdammt haben. Ich könnte mich dir als Beispiel vorführen, Justine. Ich bin seit 14 Jahren verheiratet. Niemals noch habe ich das Vertrauen meines Gatten verloren. Er würde meine Anständigkeit und meine Tugend bei seinem Leben beeiden. Und doch gibt es in ganz Paris keine verderbtere Frau wie ich es bin. Es vergeht kein Tag, an dem ich mich nicht sieben bis acht Männern und gewöhnlich dreien gleichzeitig hingebe. Es gibt keine Kupplerin, die mich nicht bedienen würde, keinen hübschen Mann, der mich nicht gehabt hätte. Und mein Gatte würde dir auf Wunsch schwören, daß Vesta weniger rein war als ich. Die vollkommenste Geistesgegenwart, die, vollendetste

Heuchelei, viel Kunstfertigkeit und Falschheit, das sind die Mittel, die mir helfen, das ist die Maske, die mir die Klugheit auf die Stirne drückt. Und ich tue das jedermann gegenüber. Ich bin eine Hure wie Messalina, man glaubt mich keusch wie Lukretia; man hält mich für fromm wie die heilige Therese; ich bin falsch wie Tiberius; man hält mich für aufrichtig wie Sokrates; leidenschaftslos wie Diogenes. Ich bete mit einem Wort alle Laster an und hasse jede Tugend. Aber wenn du meinen Gatten oder meine Familie befragen würdest, würde man dir sagen: Die Delmouse ist ein Engel. Aber ich sehe, es ist die Prostitution, die dir Angst einjagt; nun so wollen wir ihre Gefährlichkeit nach jeder Richtung hin prüfen.

Fügt sich ein junges Mädchen selbst Schaden zu, wenn sie der Wollust lebt? Zweifellos nein; denn sie folgt nur den süßesten Regungen der Natur, die nicht da sein würden, wenn sie ihr schaden könnten. Hat sie denn nicht in jede Frau den Wunsch hineingelegt, sich jedem Mann hinzugeben, und gibt es eine einzige Frau, die behaupten kann, sie habe nicht das Bedürfnis, zu lieben, wie sie das Bedürfnis zu essen oder zu trinken hat? Nun so frage ich dich, Justine, wie hat die Natur ein Verbrechen daraus machen können, wenn eine Frau den Wünschen nachgibt, die den erhabensten Teil ihrer Existenz bilden? Betrachten wir aber das ausschweifende Leben eines Wesens in Bezug auf die Gesellschaft, so glaube ich, daß es schwerlich für das andere Geschlecht eine Handlung gibt, die ihm angenehmer ist, als wenn eine Frau sich hingibt. Und wo käme dieses Geschlecht hin, wenn sich alle weigern würden, seinen Begierden nachzukommen. Da die Männer gezwungen wären, sich zu kitzeln oder einander von hinten zu bearbeiten, würden sie ganz auf den Verkehr mit uns verzichten. Die Ehe kann da nichts nützen; denn du wirst mir zugestehen, es ist für einen Mann ebenso unmöglich sich auf eine Frau zu beschränken, wie umgekehrt. Glaube mir, Justine, glaube jemandem, der Erfahrung hat und sei überzeugt, daß ein junges Mädchen nichts Besseres tun kann, als sich allen hinzugeben, die sie begehren, wobei sie aber, wie gesagt, die äußerliche Sittsamkeit bewahren muß. Du hast gestern der braven und ehrlichen Desroches gezürnt, weil sie an dir Interesse hatte. Nun, meine arme Justine, was würden wir ohne diese dienstbaren Geister tun? Müssen wir ihnen nicht zu Dank verpflichtet sein für die Mühe, die sie sich mit unserer Wohlfahrt geben? Gibt es einen Beruf, den man mehr achten muß? Ist nicht dieses Talent das kostbarste, für die Gesellschaft wertvollste? Und die barmherzigen Menschen, die diese Beschäftigung haben, müßten geehrt und belohnt werden.«

»Sie sind sehr liebenswürdig, Madame«, sagte die Desroches, die vor Freude strahlte, daß man ihre Partei ergriff.

»Nein, nein, ich spreche so, wie ich denke«, erwiderte die Delmouse, »und nachdem ich den Beruf im allgemeinen gepriesen habe, muß ich Justine im besonderen beglückwünschen, daß sie

Ihnen begegnet ist. Möge sie sich blindlings Ihren Ratschlägen, Madame, anvertrauen; möge sie bloß Ihnen folgen, und ich bürge dafür, daß sie binnen kurzem die höchsten Lebensfreuden und die Vorteile eines großen Vermögens genießen wird.«

Dieses Gespräch war kaum beendet, als es an der Tür klopfte. »Ah«, sagte Madame Desroches, die öffnete, »das ist der junge Mann, den du von mir verlangt hast, Delmouse.« Und alsbald trat ein prachtvoller Mann herein, der stark wie Herkules und schön wie Amor aussah. »Er ist entzückend«, sagte unsere Lebedame, indem sie ihn betrachtete, »es handelt sich jetzt bloß darum, ob er auch so viel kann, wie seine Figur verspricht. Schon seit langem habe ich nicht solche Lust zum Lieben gehabt wie heute. Sieh meine Augen an, Desroches, wie feurig sie sind. Ah, Himmel«, fuhr die Hure fort, indem sie den jungen Mann heftig küßte, »ich kann mich nicht mehr halten.« – »Das hättest du mir früher sagen müssen«, sagte die Desroches, »dann hätte ich dir drei oder vier solche Leute verschafft.« – »Versuchen wir erst den da«, und die Schamlose legte einen Arm um den jungen Mann, den sie in ihrem Leben noch nicht gesehen hatte. Mit der andern Hand knöpfte sie ihm seine Hose auf, ohne sich irgendwie zu schämen. »Madame«, sagte Justine purpurrot, »gestatten Sie, daß ich hinausgehe.« – »Nein, bei Gott nein«, sagte die Delmouse. »Desroches sagen Sie ihr, daß sie bleiben soll. Ich möchte ihr gleich praktischen Unterricht erteilen, nachdem ich ihr theoretischen schon gegeben habe. Ich möchte, daß sie Zeuge meiner Vergnügen sei, und auch du, Desroches, bist mir sogar notwendig; denn du weißt, meine Gute, daß die Einfuhrung des männlichen Gliedes mir nur dann angenehm ist, wenn sie durch deine Hände geschieht. Du kitzelst mich außerdem so gut, wenn ich liebe, und trägst so viel Sorge für meinen Popo und meine Scheide! Vorwärts, vorwärts, du Hure, beginnen wir. Justine, setzen Sie sich hier vor mich hin und wenden Sie den Blick nicht ab.« – »Oh, welche Folter, Madame«, rief die Arme weinend aus, »lassen Sie mich hinausgehen, ich beschwöre Sie, und glauben Sie, daß der Anblick der Greuel, die Sie begehen werden, in mir immer nur Abscheu hervorrufen wird.« Aber die schon ganz aufgelöste Delmouse widersetzte sich heftig, daß Justine hinausgehe, und bald begann das Schauspiel.

Alle Einzelheiten der weitestgehenden Ausschweifung wurden vor den Augen unseres verschämten Kindes ausgebreitet. An Stelle der Desroches wurde es gezwungen, das ungeheure Glied des jungen Mannes zu ergreifen und es in die Scheide der Delmouse einzuführen. So brachte sie der kräftige Athlet fünfmal hintereinander zum Entladen, während die Delmouse ungeheures Vergnügen an dem Abscheu Justines fand.

»Donnerwetter«, sagte die Messalina, als sie sich wie eine Bacchantin erhob, »welch Vergnügen habe ich gehabt! Weißt du, Desroches, was ich jetzt gern sehen würde? Ich möchte jetzt Justine von dem ungeheuren Glied, das mich bearbeitete, entjungfern lassen. Was sagst du dazu?« –»Nein, nein«, erwiderte diese, »wir würden sie töten, und ich hätte nichts an ihr verdient.« Währenddessen gewannen unsere beiden Kämpen wieder Kräfte. Die Delmouse legte sich wieder hin, und Justine wurde wieder zu ihrer Arbeit beauftragt. Man mußte es sehen, mit welchem Abscheu, welcher Mühe sie ihren Auftrag vollzog. Diesmal wollte die Hure, daß sie sie in der Scheide kitzle. Die Desroches führte ihr die Hand, aber sie erwies sich als zu linkisch für die rasende Delmouse. »Hilf mir, hilf mir, Desroches«, rief sie aus, »ich sehe, daß ein Verführen nur dem Verstande und nicht dem Körper angenehm ist. Namentlich nicht mir, die zehn Hände wie die der Sappho und zehn Glieder wie die des Herkules nicht ermüden würden!« – Auch diese zweite Sitzung schloß mit reichlichen Opfern für Venus. Delmouse richtete sich wieder auf, ihr Reiter ging hinaus, und die Desroches entschuldigte sich, indem sie ein Mäntelchen umhängte, daß eine Verabredung mit Dubourg sie länger zu bleiben hinderte. »Desroches«, sagte Madame Delmouse nach einigem Nachdenken, »je mehr ich bearbeitet werde, desto wilder werde ich. Lasse mich zu Dubourg mitgehen. Ich sehne mich außerordentlich danach, zu sehen, was dieser alte Schuft erfinden wird, um sich an diesem kleinen Mädchen wieder zu beleben. Vielleicht kann ich ihm helfen. Oft ziehen ja diese alten Verbrecher mich vor, wie du weißt.« – »Was du von mir verlangst, ist ausführbar«, erwiderte die Desroches.

»Ich kenne meinen Dubourg zur Genüge, um zu wissen, daß es ihm nicht unangenehm ist, wenn ich ihm ein hübsches Weib mehr mitbringe.« Eine Kutsche fuhr vor. Die immer erschrockene, bescheidene Justine stieg als erste ein, und man fuhr fort.

Dubourg war allein. Die Damen fanden ihn in noch weniger bekleidetem Zustand als er am Tag vorher gewesen war. Geilheit und zügellose Wollust sprachen aus seinen finsteren Blicken.

»Sie rechneten wahrscheinlich bloß mit einer Frau«, sagte die Desroches beim Eintreten zu ihm, »nun ich glaube, daß es Ihnen nicht mißfallen wird, wenn ich zwei mitbringe. – »Wer ist dieses Mädchen?«, fragte Dubourg. »Eine hübsche Frau aus meiner Bekanntschaft«, erwiderte die Desroches, »deren Liebenswürdigkeit auf der gleichen Höhe mit ihren Reizen steht und die uns in der Folge bei den Zusammenkünften mit der schönen Justine nützlich sein wird.« – »Wie«, sagte Dubourg, »du glaubst, daß es nicht bei einem Male bleiben wird?« – »Es wäre möglich«, erwiderte die Desroches. »Nun, wir wollen sehen«, sagte Dubourg, »gehen Sie hinaus, Desroches, es ist gut, setzen Sie es auf die Rechnung. Wie hoch ist sie denn?« – »Seit drei Monaten haben wir nicht verrechnet, es macht nahezu 100 000 Francs aus.« – »100 000 Francs, gerechter Gott!« – »Aber der Herr möge bedenken, daß ich ihm mehr als 800 Mädchen geliefert habe; ich habe sie alle aufgeschrieben. Der Herr kennt mich wohl, er weiß wohl, daß ich ihn nicht um einen Sous betrügen könnte.« – »Schön, schön, wir werden schon sehen. Aber gehen Sie jetzt, Desroches, ich fühle, daß ich mit diesen beiden Frauen allein bleiben muß. Und Sie, Justine, bedanken Sie sich bei ihrer Beschützerin, bevor sie weggeht, denn nur ihr zu Liebe erweise ich Ihnen die Gnade, mich mit Ihnen zu beschäftigen. Sie werden einsehen, daß Sie nach Ihrem gestrigen Betragen dieses Glücks nicht würdig sind. Sollten Sie aber heute meinen Wünschen auch nur den leisesten Widerstand entgegensetzen, so erwarten Sie in meinem Vorzimmer zwei Männer, die Sie an einen Ort bringen, aus dem Sie in Ihrem Leben nie wieder wegkommen werden.« Die Desroches ging. »O Monsieur«, sagte Justine weinend und stürzte sich vor die Füße des Barbaren, »lassen Sie sich erweichen, ich beschwöre Sie. Seien Sie so barmherzig und helfen Sie mir, ohne von mir das zu verlangen, wofür Ich tausendmal lieber sterben würde. Zwingen Sie mich nicht, ich flehe Sie an. Können Sie denn bei meinen Tränen Freude gewinnen? Können Sie Vergnügen finden, wo Sie Widerwillen sehen, Sie werden Ihr Verbrechen noch nicht beendigt haben und schon werden Sie bei meinem Anblick Gewissensbisse empfinden.« Aber durch das, was jetzt geschah, wurde sie am Weitersprechen gehindert. Die Delmouse, die auf Dubourgs eisernen Stirne seine Gedanken gelesen hatte, warf sich vor ihm nieder und kitzelte ihn leidenschaftlich.

»Hölle und Teufel«, rief Dubourg furchtbar aufgeregt aus und erhob sich wie ein Rasender. »Ich soll dir Gnade gewähren, ich möchte dich eher erwürgen, du Hure!« Dabei zeigte er ein kleines, vertrocknetes, schwarzes Glied, ergriff seine Beute mit rohen Händen und riß ihr alles vom Körper ab, was seine wollüstigen Augen störte. Bald beschimpfte, bald liebkoste, bald mißhandelte, bald streichelte er sie. Großer Gott! Welch' ein Anblick. Es schien als ob die Natur durch dieses Schauspiel in Justine gleich bei ihrem ersten Abenteuer jeden Schrecken von dieser Art Verbrechen erwecken sollte. Jetzt wurde sie nackt auf das Bett geworfen, und während die Delmouse sie hielt, entdeckte der Lüstling plötzlich einen neuen Köder. »Warten Sie«, sagte die Schurkin, »ich merke, daß meine Röcke Sie stören. Ich werde sogleich das Ding bloßlegen, das, wie es scheint, Gegenstand Ihrer Bewunderung ist. Sie wollen meinen Popo sehen. Ich begreife, ich ehre diese Neigung bei Leuten Ihres Alters.«

»Hier ist er, mein Freund; er ist ein wenig voller als der dieses Kindes. Aber dieser Gegensatz wird Ihnen Vergnügen bereiten. Wollen Sie sie nebeneinander sehen?« – »Teufel, ja«, erwiderte Dubourg, »setzen Sie sich auf Ihre Schultern, damit sie ruhig liegen bleibt, und ich werde versuchen, ihr ihn von hinten hineinzustecken und Ihnen dabei die Backen zu küssen. Ja, so ist es richtig«, fuhr der Lüstling fort, indem er sowohl auf den einen wie den anderen Popo ein paar Schläge versetzte, »und nun wollen wir sehen, ob ich die Sodomie zu Stande bringe.« Der Schuft versucht es, aber sein heftiges Feuer erlischt bei den Schwierigkeiten des Unternehmens. Der Himmel rächte Justine für die Vergewaltigungen, die sie erleiden sollte, und der Kräfteverlust des alten Lüstlings bewahrt dieses unglückliche Kind davor, hingeopfert zu werden.

Dubourg wurde nunmehr noch ausfallender. Er gab Justine Schuld an seiner Schwäche und versuchte durch neue Beleidigungen und Schmähungen den Verlust wieder zu ersetzen. Die Ungeschicklichkeit Justines ärgerte ihn. Aber selbst der Delmouse mit all ihrer Kunst gelang es nicht, in dieses entkräftete Glied Leben hineinzujagen. Sie drückte, kitzelte, aber nichts half diesem schlappen Ding. Allen dreien gelang es nicht, diesem unglückseligen Glied das majestätische Aussehen zu geben, das zu einem neuen Angriff nötig ist. Endlich gab es Dubourg auf. Er ließ sich von Justine versprechen, am nächsten Tag wiederzukommen, und um sie besser dafür zu stimmen, wollte er ihr keinen Sou geben. Man übergab sie der Desroches, während die Delmouse bei Dubourg blieb, der sich, nachdem er gut gespeist hatte, an dieser hübschen Frau für das Vergangene rächte. Es kostete zwar von beiden Seiten viel Anstrengungen, aber schließlich empfing der wundervolle Popo der Delmouse das, was eigentlich für den jugendlicheren Justines bestimmt war. Diese erklärte, als sie zu Hause angelangt war, ihrer Wirtin, daß, sollte sie selbst vor Not umkommen, sie sich niemals mehr solchen Szenen aussetzen wolle. Von neuem schmähte sie den Verbrecher, der mit ihrem Elend solchen Mißbrauch trieb. Aber das Verbrechen triumphiert, lacht über die Angriffe des Unglücks und zeigt dem Menschen, der zwischen Tugend und Laster wählen will, daß das letztere der einzig wahre Weg zum Glück ist.

Bevor wir fortfahren, erscheint es uns wesentlich, die Leser vorzubereiten. Die meisten werden zweifellos erraten haben, daß der erwähnte Diebstahl ein Werk der Desroches war. Aber wovon sie vielleicht nicht überzeugt waren, ist, daß Dubourg an dieser Geschichte beteiligt war. Auf den Rat dieses Sünders hatte die Desroches gehandelt. »Sie ist uns unfehlbar ausgeliefert, wenn wir sie aller Hilfsmittel berauben«, hatte er ihr gesagt, und so grausam diese Berechnung war, so sicher stimmte sie. Als Dubourg mit der Delmouse zusammen speiste, erzählte er ihr von dieser kleinen Missetat, und ihr in diesen Dingen erfinderischer Kopf begeisterte sich lebhaft. Das Endergebnis der Unterredung war, daß die Delmouse versprach, alles aufzubieten, um Justine während der drei Monate zu sich nehmen zu können, während derer ihr Mann auf dem Land war. Während dieser Zeit sollte Dubourg neue Angriffe auf sie versuchen, und würden auch diese nicht gelingen, so wollte man furchtbare Rache nehmen. Von da an arbeitete die liebenswürdige Frau an der Verwirklichung dieses Vorhabens, und da ihr der Gedanke, Justine in den

Abgrund zu ziehen, großes Vergnügen bereitete, kam sie am nächsten Tag zur Desroches frühstücken. »Sie haben gestern mein Interesse erregt«, sagte die Heuchlerin zu Justine, »ich glaubte nicht, daß man so außerordentlich keusch sein könne. Wahrhaftig Sie sind ein Engel, der eigens vom Himmel geschickt ist, um die Menschen zu bekehren. Bisher habe ich mich vor Ihnen bloß als ausschweifende Person gezeigt, aber, ich muß gestehen, ich habe mich durch ihr Beispiel plötzlich geändert. Und bei Ihrem Leben beschwöre ich, daß Sie mich von jetzt ab immer als Reuige und Tugendhafte sehen werden. O Justine, willst du dich mit mir vor der Welt zurückziehen? Ich will immer dein großes Beispiel vor Augen haben, damit das Werk der Bekehrung rascher vollendet ist.«

»Ach Madame«, erwiderte Justine, »ich kann nicht als Beispiel dienen. Und wenn Ihre Änderung aufrichtig ist, so verdanken Sie das dem höchsten Wesen und nicht mir. Ich danke Ihnen vielmals für die Zuflucht, die Sie mir anbieten und ich hoffe, daß meine Dienste ihre Wohltat ausgleichen können.« Die Desroches, die von der Delmouse eingeweiht war, hatte Mühe, bei dieser Komödie nicht in Lachen auszubrechen. Sie beglückwünschte Justine zu ihrem Erfolg, und nachdem die Schuld beglichen worden war, verließen Justine und die Delmouse das Haus.

Madame Delmouse bewohnte ein prachtvolles Haus. Dienerschaft, Pferde und die sehr kostbare

Einrichtung zeigten Justine bald, daß sie bei einer der wohlhabendsten Frauen von Paris war.

»Weil ich älteren Dienstboten zu Dank verpflichtet bin«, sagte die Delmouse, »ist es mir unmöglich, Sie gleich die obersten Stellen in meinem Haushalt einnehmen zu lassen. Aber Sie werden auch dazu gelangen, mein Engel. Sie werden in meiner Garderobe beschäftigt sein«, fuhr die Delmouse fort, »und wenn Sie sich gut aufführen, erhebe ich Sie auf den Posten meiner dritten Kammerjungfrau.« – »O Madame«, erwiderte Justine verwirrt, »ich hätte nicht gedacht ...« – »Ach, ich sehe Stolz an Ihnen, Justine; sind das die Tugenden, die ich von Ihnen erwartete« – »Sie haben recht, Madame, Demütigkeit ist die erste Tugend. Befehlen Sie, daß man mir mitteilt, welcher Art meine Arbeit ist und seien Sie versichert, daß sie von mir genau ausgeführt werden wird.« – »Ich werde Sie selbst einfuhren, mein teures Kind«, erwiderte die Delmouse, indem sie Justine in zwei hinter den Glasnischen des Boudoirs angebrachte Zimmerchen führte. »Sehen Sie, hier ist der Ort, der auf Ihre Pflege wartet«, sagte sie, indem sie ein mit Bidets und Badestühlen angefülltes Kabinett öffnete, »hier handelt es sich nur um die Instandhaltung. In jenem anderen«, fuhr die Delmouse fort, »kommt noch ein etwas weniger anständiger Umstand dazu. Sie sehen, das ist ein Leibstuhl. Sie werden schon erraten haben, welcher Art Ihre Dienste hier sind und daß Sie sich auch mit jenen Porzellangefäßen befassen werden müssen,

die kleineren Bedürfnissen dienen. Aber ich muß
Ihnen noch von einer Sache Mitteilung machen, die
mir zur Gewohnheit geworden ist, und die ich nicht
ohne Kummer vermissen würde.« – »Und worum
handelt es sich, Madame?« – »Du mußt immer
zugegen sein, wenn ich entleere und, – den Rest
will ich dir ins Ohr sagen, mein Kind, denn ich
erröte angesichts deiner Tugend, du mußt mit
diesem Tuch hier die Flecken wegbringen, die diese
schmutzigen Notwendigkeiten unbedingt mit sich
bringen.« – »Ich selbst, Madame?« – »Ja, mein
Kind, du selbst. Deine Vorgängerin tat noch viel
Schlimmeres; aber dich, meine teure Justine, achte
ich ja; du bist tugendhaft und das flößt mir Scheu
ein.« – »Nun, was machte denn meine
Vorgängerin?« – »Sie machte dasselbe, aber mit
ihrer Zunge.« – »Ah, Madame!« – »Ja, ich fühle
wohl, daß das hart ist, aber dahin führen uns die
Verweichlichung, Schwelgerei und die
Vernachlässigung aller sozialen Pflichten. Aber ich
bessere mich, meine Teure, ich bekehre mich, und
dein erhabenes Beispiel wird das Wunder bewirken.
Du wirst gut gehalten werden, Justine, du wirst mit
meinen Frauen zusammen speisen und hundert
Francs im Jahr erhalten. Genügt das?« – »Ach!
Madame«, erwiderte Justine, »eine Verunglückte
handelt nicht. Jede Hilfe, die ihr zuteil wird, ist ihr
recht.« – »O, Sie werden mit allem zufrieden sein,
Justine, ich verspreche es Ihnen«, erwiderte die
Delmouse. »Aber ich vergaß ganz, Ihnen ihr
Zimmer zu zeigen. Es schließt gleich an die beiden

Kabinette an. Hier ist es. Es ist eine Art Festung; ganz abgeschlossen. Hier ist Ihr Bett, hier die Klingel, wenn ich Sie benötige. Ich lasse Sie jetzt allein, mein Herz, glücklich, daß ich etwas zu Ihrem Wohlbefinden beitragen konnte.« Kaum war Justine allein, als sie in Tränen ausbrach. »Wie«, sagte sie sich angesichts der eben ausgestandenen Erniedrigung, »diese Frau, die mich in ihr Haus aufnimmt, weil sie angeblich meine Tugend schätzt, gefällt sich darin, mich so tief zu demütigen. Ach warum muß es Leute geben, die gezwungen sind, anderen so erniedrigende Dienste zu leisten. O süße Brüderlichkeit der Natur, wirst du niemals unter den Menschen herrschen?«

Man rief Justine zum Mittagessen. Dabei machte sie die Bekanntschaft ihrer drei Genossinnen, die alle drei schön wie die Engel waren. Am Abend begann sie ihre ehrenvolle Tätigkeit. Sie führte den Schwamm, wusch und reinigte und alles geschah derart lautlos, daß sie sich sehr verwunderte. Es schien, als ob es unter der Würde der Gräfin Delmouse läge, mit ihrer Dienerin zu sprechen.

Bald bemerkte die arme Waise, daß die Beispiele von Tugend, die man von ihr zu sehen gewünscht hatte, um sie nachzuahmen, noch keine Heilige aus ihrer verehrungswürdigen Herrin gemacht hatten. Die Schurkin zog aus der Abwesenheit ihres Gatten allen möglichen Nutzen und legte sich keinerlei Mäßigung auf. Wüste Orgien spielten sich ab, und einmal schlüpften zwei oder drei junge Männer sogar in die Kabinette, in denen gerade Justine ihrem Dienst nachkam. Es kam zu Tätlichkeiten, aber als sich Justine darüber beklagte, hörte man ihr kaum zu. Eines Tages glaubte sie, die Stimme Dubourgs zu hören. Sie lauschte, konnte aber nichts unterscheiden. Er war es, aber die Vorsichtsmaßregeln waren gut gewählt, und so war alles, was sich gegen sie abspielte, mit dem dichtesten Schleier des Geheimnisses umhüllt.

Sie führte ungefähr zwei Monate dieses ruhige und gleichmäßige Leben, als Madame Delmouse, die sich nicht mehr halten konnte, eines Abends ganz erhitzt vom Wein, zu ihr herein trat. »Justine«, sagte sie mit milder Miene, »die Stelle meiner dritten Kammerjungfrau wird bald frei werden. Suzanne, die sie inne hatte, hat sich in meinen ersten Bedienten verliebt. Ich verheiratete die beiden. Aber, mein Kind, wenn du vorrücken willst, mußt du mir Gefälligkeiten leisten, die sehr verschieden von denjenigen sind, die bisher die Grundlage deines Dienstes bildeten.« – »Und worum handelt es sich, Madame?« – »Du mußt mit mir schlafen, Justine, du muß mich kitzeln.« – »O, Madame, ist das die Tugend?« – »Wie, du bist von diesem Trugbild noch nicht abgekommen?« – »Ein Trugbild, Madame? Die Tugend ein Trugbild?« – »Sicherlich ist sie das, mein Engel. Die einzigen Naturgesetze sind unsere Leidenschaften. Einen Augenblick glaubte ich, die heftige Liebe, die du mir einflößt, besiegen zu können; ich glaubte, daß deine bloße Anwesenheit die Schmerzen mildern könnte, die deine Augen in meinem Herzen hervorgerufen haben; aber deine Unempfindlichkeit regte mich um so mehr auf. Ich kann meine Leidenschaften nicht mehr zügeln, ich muß sie um jeden Preis befriedigen. Komm, folge mir nach, himmlisches Mädchen.« Und die Delmouse zog Justine trotz ihres Sträubens in ihre Zimmer. Es gab nun nichts, was die Verführerin nicht anwendete, um das junge Mädchen von ihrer Tugend abzubringen. Geschenke, Versprechungen, Schmeicheleien, alles wurde in Bewegung gesetzt. Aber vergeblich. Die Delmouse mußte einsehen, daß nichts fähig war, Justines Tugend umzustoßen. Von diesem Augenblick an wandelte sich aber, wie bei allen Personen ihres Schlages, die Wollust in Wut.

»Niederträchtiges Geschöpf, sagte sie zu ihr, schäumend vor Zorn, »ich werde dir mit Gewalt entreißen, was du mir gutwillig nicht geben willst.« Sie klingelte. Zwei Frauen erschienen, die schon vorbereitet waren. Fast nackt wie die Delmouse, mit aufgelösten Haaren, Bacchantinnen gleichend, ergriffen sie Justine und entkleideten sie. Delmouse kniete nun nieder und küßte Justine, während sie ihr einen Finger in den Popo steckte. Eine der Frauen mußte ihr die Klitoris kitzeln, die andere die zwei kaum erblühten Brüste des bezaubernden Mädchens. Aber noch sprach die Natur nicht in dem unschuldigen Herzen der Waise. Kalt, unempfindlich gegenüber allen versuchten Angriffen, antwortete sie auf die Anstrengungen der lüsternen Frauen nur mit Seufzen und Tränen. Alles das war Justine ein Greuel. Nichts war imstande, sie aufzuregen. Aber dadurch wurde die Delmouse in noch mächtigere Wut versetzt. Sie ergriff Justine bei den Haaren, zerrte sie in ihr Zimmer und sperrte sie dort auf mehrere Tage bei Wasser und Brot ein. Bei alledem hatte Madame Delmouse nur an die Befriedigung ihrer Leidenschaft gedacht. Sie hatte ihr Übereinkommen mit Dubourg fast aus den Augen verloren, aber die Hoffnung auf Rache brachte der Delmouse ihr Versprechen wieder in Erinnerung. Sie freute sich bei dem Gedanken, dieser Unglücklichen einen Feind mehr verschaffen zu können.

Am achten Tag ließ die Delmouse Justine frei. »Nehmen Sie Ihre Tätigkeit wieder auf, sagte sie in ernstem Ton, »und wenn Sie sich gut aufführen, kann ich vielleicht das Geschehene vergessen.« – »Madame«, erwiderte Justine, »ich würde es gern sehen, wenn Sie meine Stelle jemandem anderen übergeben würden. Ich merke nur zu sehr, daß ich Ihr Gefallen nicht werde erringen können.« – »Dazu bedarf ich zwei Wochen Zeit«, sagte Madame Delmouse, »tun Sie Ihren Dienst bis dahin ordentlich, dann will ich Sie ersetzen lassen.« Justine war zufrieden, und die Ruhe war wieder hergestellt.

Ungefähr fünf Tage vor Ablauf dieser Frist befahl Madame Delmouse Justine vor dem Schlafengehen zu sich: »Haben Sie keine Angst«, sagte sie zu ihr, da sie ihre Aufregung bemerkte, »ich will mich nicht ein zweites Mal Ihrer Mißachtung aussetzen.«

Justine trat ein. Aber wie groß war ihr Erstaunen, als sie Dubourg halbnackt inmitten der beiden Weiber der Delmouse sah, die beide eifrig bestrebt waren, seine Leidenschaften zu befriedigen. Wie wurde ihr, als sie die Türen hinter sich schließen hörte und aus dem Ton der Reden und den Gesichtsausdrücken nichts wie Unheil entnahm! »Oh, Madame!«, rief sie aus, indem sie der verruchten Frau zu Füßen fiel, »welche neue Falle haben Sie mir gestellt? O großer Gott! Welche Verbrechen begehen Sie gegen alle menschlichen und göttlichen Gesetze!« – »Oh, das wird noch ganz anders werden!«, rief Dubourg aus, indem er seine unsauberen Lippen auf den zarten Mund Justines preßte, die mit Abscheu flüchtete. Aber man ergriff sie, riß ihr die Kleider herab, und bald stand sie nackt vor den lüsternen Absichten Dubourgs da.

Der Finanzmann war sicher, heute zweimal lieben zu können und wollte damit die beiden Entjungferungen an Justine verbinden. Zuerst wurde ihm die Scheide dargeboten. Er trat an Justine unter Führung der Delmouse heran, die sein Glied in Händen hielt, um es selbst in das Opfer einzuführen. Aber der Schuft wollte zuerst sein Idol, den Hintern, sehen. Und der Justines war so schön! Man deckte ihn auf, und er schlug und kniff, ohrfeigte sein Opfer und griff sogar die drei Schönheiten an, die ihn umgaben. Unglücklicherweise kitzelte man ihn während dieses Vorspiels sehr geschickt und ach, obwohl alles gut vorbereitet war und er noch Zeit hatte, sich auf Justine zu werfen, war alles umsonst.

»Habe keine Angst, Dubourg«, sagte die Delmouse, »der Gott oder der Teufel, der diese kleine Hure beschützt, wird nicht immer Sieger bleiben. Kräftige dich, ich weiß dazu Mittel und Wege!« Gleichzeitig rieb sie ihm die Hoden mit einer Flüssigkeit ein und ließ ihm eine Brühe verabreichen, deren Wirkung, wie sie behauptete, unzweifelhaft war. An diese Reizmittel schlossen sich neue Liebkosungen der drei Frauen an. Da diese nichts außer acht ließen, was zum Ziele führen konnte, und man den schönen, nackten Körper Justines auch noch mitverwendete, gelang es bald, das Glied Dubourgs wieder zum Stehen zu bringen. Da er vorhin die Scheide als Ziel gewählt hatte, zeigte sie man ihm wieder. »Nein, nein, ich will den Popo haben!«, rief er aus, »diese Scheide hat mir Unglück gebracht, ich hasse sie. Nur her mit dem Hintern, meine Freundinnen!« Nachdem sein Wunsch erfüllt worden war, drückte der geile Kerl vorerst einige Küsse auf die entzückenden kleinen Backen Justines, die bewiesen, welche Macht dieser Körperteil über ihn besaß. Dann ergriff die Delmouse sein Glied, und während die beiden Weiber die Backen auseinander hielten, trachtete sie, es einzuführen. Schon entlockten die ersten Angriffe Justine furchtbare Schreie, da entwand sie sich den Armen, die sie halten wollten, und stürzte sich unter schmerzlichem Schluchzen unter das Bett. Hier verteidigte sich unsere Heldin wie in einer Festung und gab den Belagerern zu erkennen, daß sie eher umkommen wolle, als daß sie sich ergäbe. Der grausame Dubourg schlug mit einem Spazierstock nach ihr, aber sie wich jedem Schlag aus. »Man muß sie erdrücken«, sagte Dubourg. »Man muß sie unter den Matratzen ersticken.« Aber die Natur machte zum zweiten Mal die verbrecherischen Hoffnungen Dubourgs, der sich ununterbrochen das Glied rieb, zunichte. Er fand kaum Zeit, sich in den Popo des einen hübschen, siebzehnjährigen Mädchens zu stürzen, und schon erlosch sein Feuer derart, daß Justine hoffen konnte, den Rest der Nacht in Ruhe zu verbringen. Aber noch immer zitterte die Unglückliche. Endlich flüchtete sie in ihr Zimmer, schluchzend und die Delmouse anflehend, sie aus einem Dienst zu entlassen, in dem ihre Tugend jeden Augenblick so harten Prüfungen ausgesetzt war. Die Delmouse antwortete überhaupt nicht.

Ohne zu bedenken, daß sich die Rache der Verbrecher unausbleiblich an ihrem Haupt vollziehen würde, nahm Justine auf Zureden ihrer Genossinnen ihre Tätigkeit wieder auf.

Madame Delmouse hatte die Gewohnheit, wenn sie in ihre Garderobe ging, ihre prachtvolle, mit Diamanten besetzte Uhr auf einen Schrank zu legen. Sobald sie fertig war, steckte sie sie wieder ein, vergaß sie auch öfters und dann brachte sie ihr Justine alsbald nach. Drei Tage nach dem Ereignis, das wir soeben erzählten, geriet die Uhr von Madame Delmouse in Verlust und fand sich diesmal nicht wieder. Man befragte Justine, die auf ihre bewiesene Redlichkeit hinwies. Die Delmouse sagte kein Wort. Aber am Abend des nächsten Tages hörte Justine, nachdem sie sich mit tränenden Augen auf ihr Bett geworfen hatte, um einige Augenblicke der Ruhe zu genießen, die Tür öffnen. Gerechter Gott! Es war ihre Herrin, die einen Kommissar und Polizisten hereinführte. »Tun Sie Ihre Pflicht«, sagte sie zu dem Diener der Gerechtigkeit. »Dieses unglückliche Mädchen hat meine Uhr gestohlen, Sie werden sie bei ihr oder in ihrem Zimmer finden.« – »Ich Sie bestohlen, Madame?«, sagte verwirrt Justine, in dem sie sich verzweifelt auf ihr Bett warf. »Ah, wer könnte mehr von meiner Redlichkeit und meiner Unschuld überzeugt sein als Sie?« Dabei fielen ihre erschreckten Augen unwillkürlich auf einen der vier Männer, die dem Kommissar als Begleitung dienten und – großer Gott! –, in ihm erkannte sie Dubourg. Er war es, dieser unersättliche Lüstling, der unter dieser Verkleidung selbst kam, um die Verzweiflung und den Schmerz seines Opfers zu sehen. »Ich bin verloren«, sagte Justine, als sie ihn erkannte. Sie wollte weiter sprechen, allein die Delmouse machte solchen Lärm, daß man unsere unglückliche Waise nicht hörte. Nun forschte man nach, und die Uhr fand sich wirklich. Dubourg, der sie selbst versteckt hatte, zeigte sie dem Kommissar unter der Matratze. Bei Beweisen von solcher Stärke gab es nichts zu erwidern. Justine wurde ergriffen, und Dubourg stritt sich mit seinen Kameraden um die Ehre, sie selbst knebeln zu dürfen. Dicke Stricke zerrissen, zerfetzten die Hände der Unschuld.

Ohne sich verständlich machen zu können, wurde Justine in eine Kutsche geworfen. Dubourg und sein Kammerdiener begleiteten sie unter der Maske von Soldaten nach den Gefängnissen, in die sie beide eher hineingepaßt hätten. Sobald Dubourg im Wagen war, verübte er Grausamkeiten, die man sich nicht vorstellen kann. Justine war wehrlos. Mit Hilfe des Kammerdieners wurden ihr die Röcke aufgeschürzt, und Dubourg küßte, schlug und mißhandelte sie am ganzen Körper. Aber wieder wurde der Altar mit dem Opfertrank begossen, der fürs Heiligtum bestimmt war und den zu großer Eifer nicht an seinen Bestimmungsort gelangen ließ. Endlich kam der Wagen an. Man stieg aus, und unsere Heldin wurde als Diebin eingesperrt, ohne daß sie auch nur ein Wort zu ihrer Rechtfertigung vorbringen konnte.

Mit einem Unglücklichen, der keinen Einfluß hat, wird kurzer Prozeß gemacht. Justine konnte sich soviel sie wollte verteidigen: Ihre Herrin klagte sie an, die Uhr hatte sich in ihrem Zimmer gefunden; es war klar, daß sie sie gestohlen hatte. Als sie vorbringen wollte, wie man ihre Ehre angegriffen habe, wie sich Dubourg verkleidet und was er während der Überführung getrieben habe, hielt man ihr entgegen, daß Herr Dubourg und Madame Delmouse seit langem als achtbare, solcher Greuel unfähige Leute bekannt seien. Sie wurde also ins Gefängnis gebracht, wo ihre Hartnäckigkeit mit

Entziehung ihrer Freiheit belohnt wurde. Erst ein neues Verbrechen sollte sie retten. Alle Klagen und Beschwerden Justines über ihre Verderber waren vergeblich. Ja der Himmel überschüttete diese Schufte sogar im Gegenteil mit Glück. Die Delmouse erbte einige Tage später von einem Onkel 50000 Francs Rente, und Dubourg erhielt von der Regierung eine neue Einnahmequelle, die seine Einkünfte um 400000 Francs jährlich erhöhte.

Justine war in ihrem Gefängnis mit einer ungefähr dreißigjährigen Frau zusammen, die ebenso durch ihre Schönheit wie durch ihren Geist und die Art ihrer zahllosen Vergehen hervorstach. Sie hieß Dubois und war so wie Justine auf ihr Todesurteil gefaßt. Justine hatte diesem Geschöpf eine Art Interesse eingeflößt, das zwar das Verbrechen zur Grundlage hatte, aber in der Folge durch die Tugend befreite.

Eines Abends, vielleicht zwei Tage bevor beide ihr Leben verlieren sollten, sagte die Dubois zu Justine, sie möge sich nicht schlafen legen, sondern sich unauffällig so nahe wie möglich dem Gitter aufhalten. »Zwischen sieben und acht Uhr«, fuhr sie fort, »wird im Gefängnis Feuer ausbrechen. Dafür habe ich gesorgt. Zweifellos werden viele Menschen umkommen, aber was liegt daran, wenn es sich um unser Wohl handelt. Inmitten des Todes und der Flammen wollen wir – vier meiner Kameraden, du und ich – uns retten. Ja, ich verspreche es dir, wir werden uns retten.«

Durch eine jener unbegreiflichen Launen des Geschicks war es, nachdem es eben die Unschuld an unserer Heldin bestraft hatte, jetzt dem Verbrechen dienstbar. Das Feuer brach tatsächlich aus und sechzig Personen verbrannten. Aber Justine, die Dubois und ihre Mitverschworenen retteten sich und erreichten noch in derselben Nacht die Hütte eines Holzhauers im Wald von Bondy, der ein guter Freund der Verbrecherbande war.

»Du bist nun frei, Justine«, sagte jetzt die Dubois, »du kannst dir jetzt dein Leben einrichten, wie du willst. Aber wenn du meinem Rat folgst, mein Kind, so verzichtest du auf diese Tugendäußerungen, die, wie du siehst, dir noch niemals geholfen haben. Ein lächerliches Feingefühl, da es sich doch nur darum handelte, geliebt zu werden, brachte dich bis an die Stufen des Schafotts. Ein schreckliches Verbrechen rettet dich vor ihm. Sieh also, wozu gute Handlungen in der Welt dienen und ob es der Mühe wert ist, sich dafür aufzuopfern. Du bist jung und hübsch, Justine. In zwei Jahren will ich dein Glück gemacht haben. Wenn man diesen Weg machen will, muß man mehr als ein Handwerk kennen. Der Diebstahl, Mord, Raub, Brandstiftung, Hurerei, Ausschweifung, das sind die Tugenden unseres Standes. Überlege es dir, teures Mädchen, und gib uns bald Antwort. Denn es ist in dieser Hütte wenig sicher, wir müssen noch vor Tagesanbruch fort.« – »Oh, Madame,« erwiderte Justine, »ich bin Ihnen sehr zu Dank verpflichtet und weit davon entfernt, mich dem entziehen zu wollen. Sie haben mir das Leben gerettet. Es ist schrecklich für mich, daß dies durch ein Verbrechen geschah. Glauben Sie mir, daß, wenn ich es hätte begehen müssen, ich hundert Tode vorgezogen hätte. Ich merke wohl, welchen Gefahren ich durch meine Tugend ausgesetzt war. Aber wie groß immer sie gewesen sein mögen, ich werde sie auch weiterhin dem Glück vorziehen, das man durch ein Verbrechen erreichen muß. Er gibt in mir moralische und religiöse Grundsätze, die – dem Himmel sei Dank! – mich niemals verlassen werden. Wenn Gott mir Prüfungen schickt, so geschieht es, um mich in einer besseren Welt zu entschädigen. Diese Hoffnung tröstet mich, sie stärkt mich und läßt mich allen Leiden trotzen.«

»Tod und Teufel!«, rief die Dubois mit gerunzelten Augenbrauen aus, »das sind unsinnige Gedanken, die dich bald ins Gefängnis bringen werden. Laß deinen niederträchtigen Gott laufen, meine Tochter; seine himmlische Gerechtigkeit, seine Belohnung und Bestrafung, alles das sind Plattheiten, die nur für Dummköpfe etwas taugen. Du bist zu klug, um dran zu glauben. Oh, Justine! Die Hartherzigkeit der Reichen berechtigt die Armen zu ihrer Schlechtigkeit. Ihre Schatzkammern mögen sich öffnen, die Menschlichkeit soll in ihre Herzen einziehen, und wir werden nur für die Tugend leben. Die Natur hat uns alle gleich geschaffen, Justine. Wenn das Schicksal mit seiner ungerechten Härte sich darin gefällt, dieses allgemeine Gesetz umzustoßen, so ist es unsere Sache, seine Launen zu korrigieren.«

Die Beredsamkeit der Dubois wirkte viel rascher als die der Delmouse. Die Sache des Verbrechens wird einem Unparteiischen gegenüber viel besser von dem verteidigt, der aus Not handelt, wie von dem, der sich ihm nur um der Wollust willen hingibt. Justine war wie betäubt und glaubte schon, der Verführung dieser geschickten Frau nachgeben zu müssen. Aber eine stärkere Stimme in ihrem Herzen bekämpfte diese Schwäche, und sie erklärte der Verführerin, daß ihr das Verbrechen ein Greuel sei und daß sie lieber sterben wolle als jemals eines zu begehen. »Nun gut«, erwiderte die Dubois, »mache was du willst. Ich überlasse dich deinem schlimmen Stern. Aber wenn du wieder ergriffen werden solltest, was ja bei deinem Ungeschick nicht ausbleiben wird, sprich niemals von uns anderen.«

Während dieses Zwiegespräches tranken die vier Genossen der Dubois mit dem Holzhauer; und da der Wein gewöhnlich die Seele des Missetäters zu größeren Exzessen aufstachelt, beschlossen die Bösewichte, nachdem sie den Bescheid Justines erfahren hatten, aus ihr ein Opfer zu machen. Ihre Grundsätze, ihre Beschäftigung (es waren Straßenräuber), ihre Sitten, ihr gegenwärtiger Körperzustand (man ist nach drei Monaten Gefängnis sehr geil), die Finsternis, die Sicherheit, in der sie sich befanden, ihre Trunkenheit, die Unschuld Justines, ihr Alter und ihre göttlichen Reize: alles das feuerte sie an und ermunterte sie.

Sie hörten auf zu trinken und beratschlagten. Dann befahlen sie Justine, sie möge sich auf der Stelle den Wünschen eines jeden von den vieren hingeben. Wenn es gutwillig geschähe, würden sie ihr jeder einen Franc geben. Sollten sie aber Gewalt gebrauchen müssen, so würde es auch so gehen. Dann aber würden sie sie nach Gebrauch erdolchen und verscharren, damit das Geheimnis bewahrt bleibe.

Man kann unmöglich die Wirkung schildern, die diese neue Grausamkeit in Justine hervorrief. Sie warf sich der Dubois zu Füßen und beschwor sie, noch einmal ihre Beschützerin zu sein. Aber die lachte bloß über ihre Tränen. »Heiliger Himmel!«, sagte sie zu ihr, »du bist aber sehr unglücklich zu nennen! Du schauderst darüber, daß du von diesen vier schönen jungen Männern hintereinander geliebt werden sollst! Sieh«, sagte sie, indem sie ihr die vier einzeln vorführte, »sieh diesen hier, er heißt Kertenbrecher, ist fünfundzwanzig Jahre alt und hat ein Glied, das man bewundern müßte, wenn nicht das meines Bruders hier wäre. Er heißt Eisenherz und ist dreißig Jahre alt. Sieh dir diesen Wuchs an und erst dies Glied! Ich wette, daß du es mit beiden Händen nicht umfassen kannst. Dieser Dritte heißt Obdachlos. Sieh diesen Schnurrbart an. Er ist sechsundzwanzig Jahre alt und« – leise zu Justine –, »am Abend, bevor wir eingesperrt wurden, hat er mich elfmal geliebt. Aber bei dem vierten mußt du mir zugestehen, daß er ein Engel ist. Er ist für seinen Beruf zu schön, zählt einundzwanzig Jahre, und wir nennen ihn den Lebemann. Bei seinen Veranlagungen wird er es auch werden; aber sein Glied, Justine, sein Glied mußt du sehen. Sieh, wie lang, wie dick und wie hart es ist, wie wundervoll diese Spitze ist. Ich versichere dir, wenn ich dieses Ding in meinen Eingeweiden habe, glaube ich besser geliebt zu werden als Messalina es jemals wurde. Aber weißt du auch, mein Kind, daß es 10000 Frauen in Paris gibt, die die Hälfte ihres Vermögens oder ihres Schmuckes darum gäben, wenn sie an deiner Stelle sein könnten.« Nach einigem Nachdenken fuhr sie fort: »Höre, ich habe genug Macht über diese Schelme, damit dir von ihnen Gnade gewährt werde, aber du mußt ihrer würdig sein.« – »Ach, Madame, was muß ich tun? Befehlen Sie mir!« – »Du mußt uns nachfolgen, töten, stehlen, vergiften, mißhandeln, brandstiften, rauben, verwüsten wie wir. Um diesen Preis will ich dich retten!« Jetzt schien es Justine, als ob sie nicht zögern dürfe. Denn die neuen Gefahren, die ihr durch ihre Einwilligung drohten, waren nicht so nahe. »Nun gut, Madame, ich will überallhin mitgehen«, rief sie aus, »überallhin, ich verspreche es Ihnen! Retten Sie mich vor der Wut dieser Männer, und ich will Sie in Ihrem Leben nicht wieder verlassen!«

»Kinder«, sagte die Dubois, »dieses Mädchen gehört jetzt zu unserer Truppe. Ich nehme sie auf. Ich bitte, ihr keine Gewalt anzutun. Durch ihre Jugend und ihre Gestalt kann sie uns nützlich sein, also verleiden wir ihr nicht ihren neuen Beruf.«

Aber es gibt Grade der Leidenschaft, bei denen nichts mehr verfängt; und je mehr man dann versucht, die Stimme der Vernunft zu Gehör zu bringen, desto weniger wird sie gehört. Die Kameraden der Dubois befanden sich in diesem unglückseligen Zustand, und alle vier warteten mit dem Glied in der Hand auf die Entscheidung der Würfel, wer die Erstlinge erhalten solle. »Nein«, sagte Kettenbrecher, »die Hure muß dran glauben. Es gibt nichts, das sie retten kann. Würde man nicht sagen, daß man eine Jungfernprobe ablegen müsse, bevor man in eine Diebesgesellschaft aufgenommen wird!« – »Teufel noch einmal! Ich will lieben!«, rief Obdachlos aus, indem er sich Justine mit dem Glied in der Hand näherte, »ja, ich will lieben – oder sie erwürgen; sie möge wählen!«

Unser unglückliches Kind schauderte. Kaum konnte sie atmen. Sie warf sich vor den vier Banditen nieder, und ihre schwachen Arme streckten sich flehend aus: »Einen Augenblick«, sagte jetzt Eisenherz, der in seiner Eigenschaft als Bruder der Dubois die Ehre hatte, der Truppe zu kommandieren, »einen Augenblick, meine Freunde. Mir geht es so wie euch. Wie Ihr, will ich entladen. Aber ich glaube, daß es trotzdem möglich ist, daß jedermann zufrieden gestellt wird. Da diese kleine Hure so viel auf ihre Tugend hält und uns diese Eigenschaft an ihr nützlich werden kann – wie meine Schwester sehr richtig bemerkte –, so wollen wir ihr ihre Jungfernschaft lassen. Aber wir müssen befriedigt werden, und in dem Zustand, in dem wir uns befinden, würden wir, wie du bemerken kannst, meine liebe Schwester, vielleicht euch beide erwürgen, wenn Ihr euch unseren Wünschen widersetztet. Die entfesselten Leidenschaften eines Mannes sind fürchterlich. Also füge dich, ich rate es dir. Folgendes ist mein Vorschlag:

Justine muß sich völlig nackt ausziehen und dann der Reihe nach sich den wollüstigen Launen eines jeden hingeben, während die Dubois das Opfer empfangen wird, dem diese Närrin den Eingang verweigert.«

»Nackt ausziehen?!«, rief Justine, »ich soll mich vor Männern entkleiden? Oh, gerechter Gott, was verlangen Sie von mir? Und wer beschützt mich dann vor Ihren Angriffen, wenn ich mich Ihren Blicken ausgeliefert haben werde?« – »Wer schützt dich denn jetzt, Hure?«, sagte der Lebemann, indem er eine Hand unter Justines Röcke steckte und seine Lippen auf ihren Mund preßte. »Ja, wer Teufel, schützt dich?«, sagte Obdachlos, indem er die Kehrseite bearbeitete. »Du siehst wohl, daß du uns ausgeliefert bist. Du siehst wohl, daß dir nichts anderes übrig bleibt, als dich zu unterwerfen.« – »Vorwärts, laßt sie los«, sagte Eisenherz, indem er Justine seinen Kameraden entriß, »laßt sie ruhig unseren Anordnungen nachgehen.« – »Nein«, sagte Justine, sobald sie sich frei sah, »nein, Sie können mit mir machen, was Sie wollen; Sie sind die Stärkeren; aber Sie werden nichts gutwillig von mir erreichen.« – »Nun denn, Hure«, sagte Eisenherz, indem er ihr eine Ohrfeige versetzte, die sie aufs

Bett warf, »so werden wir dich entkleiden.« Damit zog er ihr die Röcke über den Kopf und löste sie mit seinem Messer auf so schreckliche Art los, daß man einen Augenblick glaubte, daß der Schuft den Bauch der Unglücklichen entzwei geschnitten habe. Sofort war der schönste Körper der Welt den Blicken der Wollust preisgegeben. »Verteilen wir uns«, sagte Eisenherz. »Du, Schwester, lege dich auf dieses Bett und Kettenbrecher soll sich mit dir beschäftigen. Justine soll mit gespreizten Beinen über der Dubois hockend, ihre Scheide Kettenbrecher nähern.« – »Teufel, ja«, sagte der geile Bock, indem er sich rasch an die Dubois heranmachte, »es gibt für mich keinen größeren Genuß, und ich danke dir, daß du daran gedacht hast.« Er steckte sein Glied hinein, er entlud, und Obdachlos ging an die Arbeit. »Während ich deine Schwester liebe«, sagte er zum Befehlshaber, »halte mir dieses Lumpenweib vor Augen.« Man tat es, und er schlug mit der flachen Hand bald auf die Wangen, bald auf die Brust Justines. Manchmal küßte er sie auf den Mund und biß ihr in die Zungenspitze, dann wieder rieb er ihr die Brustrosen derart, daß sie fast ohnmächtig wurde. Sie litt furchtbar und bat um Gnade. Tränen rannen ihr aus den Augen, aber das entflammte den Verbrecher um so mehr.

Nun kam die Reihe an den Lebemann. Er steckte ihn der Dubois hinein, aber Eisenherz sagte: »Warte, mein Sohn, ich will dich von hinten bearbeiten und dieses Lumpenweib wollen wir zwischen uns nehmen.«

Danach sprach man vom Aufbruch; und noch in derselben Nacht erreichte die Truppe Le Tremblai mit der Absicht, bis in die Wälder von Chantilly vorzudringen.

Nichts glich der Verzweiflung Justines. Wir glauben, daß unsere Leser sie jetzt genügend kennen, um gewiß zu sein, daß sie nur mit dem allergrößten Widerwillen diesen Leuten folgte, und daß, wenn sie es tat, es nur mit dem festen Entschluß geschah, so bald als möglich aus ihrer Nähe zu flüchten.

Unsere Verbrecherbande übernachtete in der Umgebung von Louvres auf Strohbündeln.

Unsere keusche Waise hatte die Absicht, die Nacht an der Seite der Dubois zu verbringen. Aber die Hure hatte anderes zu tun, als die Tugend anderer zu beschützen. Drei Banditen waren mit ihr beschäftigt, und allen dreien gab sie sich zu gleicher Zeit hin. Der vierte – Eisenherz – näherte sich Justine. »Schönes Kind«, sagte er zu ihr, »ich hoffe, daß Sie mir wenigstens gestatten, die Nacht in Ihrer Nähe zu verbringen. Fürchten Sie nichts«, fuhr er fort, als er ihren Widerwillen bemerkte, »wir werden plaudern, und nichts soll ohne Ihren Willen geschehen.«

»O Justine«, fuhr er fort, indem er sie in seine Arme preßte, »ist es nicht eine Narrheit von Ihnen, daß Sie sich bei uns keusch erhalten wollen? Ja, wird das überhaupt mit dem Interesse der Bande vereinbar sein? Es wäre unnütz, vor Ihnen ein Geheimnis daraus zu machen, daß, wenn wir nach den Städten kommen werden, wir mit Hilfe Ihrer Reize Fallen stellen wollen.« – »Nun, Monsieur«, erwiderte Justine, »da ich eher den Tod vorziehen würde, als dazu behilflich sein, warum widersetzen Sie sich meiner Flucht?« – »Sicherlich widersetzen wir uns, mein Engel«, erwiderte Eisenherz. »Sie müssen entweder unserer Lust oder unserem Interesse dienen. Ihr Unglück legte Ihnen dieses Joch auf. Aber, Justine, alles in dieser Welt läßt sich ins richtige Geleise bringen. Hören Sie mir also zu: Wenn sie einwilligen, mit mir zu leben, mir allein anzugehören, so erspare ich Ihnen die traurige Rolle, die Sie erwartet.« – »Ich soll die Geliebte eines ...« – »Sprechen Sie es nur aus, eines Gauners, werden, nicht wahr? Sicherlich kann ich Ihnen keinen anderen Titel bieten, aber überlegen Sie ein wenig. Da Sie doch unbedingt das verlieren müssen, was Ihnen so kostbar ist, ist es nicht besser, es einem einzelnen Mann zu opfern, der dann Ihre Stütze und Ihr Beschützer wird, als allen?« »Warum aber soll mir ein anderer Weg nicht möglich sein?« »Weil wir Sie festhalten, mein Kind, und der Stärkere immer im Recht ist. In Wahrheit«, fuhr Eisenherz rasch fort, »wie kann ein Mädchen so einfältig sein und glauben, daß ihre Tugend von der mehr oder minder großen Weite eines ihrer Körperteile abhängt? Diese Keuschheit, die man sie von Kindheit an als Tugend betrachten lehrte, beleidigt sichtbarlich sowohl die Natur wie die menschliche Gesellschaft. Aber schön; ich will Ihnen beweisen, daß ich Ihnen gern gefallen möchte und Ihre Schwäche achten will. Ich werde dieses Phantom, dessen Besitz Sie so erfreut, nicht berühren. Ein so hübsches Mädchen hat mehr als eine Gunst zu vergeben, und Venus wird bei ihr in mehr als einem Tempel verehrt. Ich will mich mit dem schmälsten begnügen. Sie wissen, meine Teure, in der Nähe des Labyrinths von Cypris gibt es einen dunklen Gang, in dem sich die Liebesgötter verstecken, um uns mit noch mehr Kraft zu locken. Dort ist der Altar, auf dem ich opfern will; daran ist nichts auszusetzen. Wenn Sie eine Schwangerschaft befürchten, so ist Ihre Furcht in diesem Fall unbegründet. Ihre schöne Gestalt wird nicht verloren gehen. Ihre Erstlinge bleiben Ihnen bewahrt, und Sie werden Sie einst keusch darbieten können. Nichts verrät ein Mädchen, das auf dieser Seite liebt. Wie heftig die Angriffe sein mögen, sobald die Biene den Honig aufgesaugt hat, schließt sich der Kelch der Rose derart fest, daß man glaubt, er könne sich nicht wieder öffnen. Wie viele Mädchen gibt es nicht, die zehn Jahre auf dieser Art Lust genossen haben und sich später als Jungfrauen verheiratet haben. Wie viele Väter, wie viele Brüder gibt es nicht, die ihre Töchter, ihre Schwestern so gebraucht haben, ohne daß sie deshalb weniger würdig geworden seien, den Ehebund zu schließen. Mit einem Wort: dieser Gang ist das Obdach des Geheimnisses. Dort verbindet sich die Liebe mit der

Keuschheit. Soll ich Ihnen noch mehr sagen, Justine? Wenn dieser Tempel der geheimnisvollste ist, so ist er auch gleichzeitig der wonnevollste. Die weite Annehmlichkeit des Nachbars taugt lange nicht so viel wie der aufregende Zauber eines Lokals, in das man nur mit Anstrengung eindringt, und in dem man nur mit Mühen wohnt. Selbst die Frauen gewinnen dabei nur, und diejenigen, die einmal aus Vernunftgründen gezwungen waren, nur diesen Weg beschreiten zu lassen, bleiben immer dabei. Versuchen Sie es, Justine. Leihen Sie mir Ihren göttlichen kleinen Popo, und wir werden beide zufrieden sein.«

»Monsieur«, sagte Justine, indem sie sich, so gut es ging, den Angriffen des Wüstlings widersetzte, »ich habe keinerlei Erfahrung in den gräulichen Dingen, von denen Sie sprechen. Aber ich habe trotzdem sagen hören, daß dieses Vergehen sowohl die Frauen wie die Natur selbst beleidigt. Gottes Hand bestraft es in dieser Welt, und die Städte Sodom, Gomorrha, die Gott in Flammen untergehen ließ, sind ein überzeugendes Beispiel, wie empört der Ewige über diese Handlung ist. Die menschliche Gerechtigkeit hat, so gut sie konnte, die Strafe des höchsten Wesens übernommen, und die Unglücklichen, die sich diesem Laster hingeben, lassen ihr Leben auf Scheiterhaufen.«

»Welche Unschuld! Welche Kindlichkeit!«, fuhr Eisenherz fort. »Oh, Justine, wer konnte Ihnen so dumme Vorurteile einpflanzen?«

Eisenherz geriet in Flammen. Er lag ausgestreckt neben Justine gerade in der Stellung, in der er sich an ihr zu befriedigen wünschte. Unmerkbar hob er die Röcke unserer Heldin auf, die halb aus Furcht, halb weil sie den Verlockungen nachgab, nicht sich zu widersetzen wagte. Kaum sah sich der Schuft als Herr der Situation, als er sofort das erhitzte Glied befreite, das bloß auf die Bresche wartete, um sich hineinzustürzen. Mit seiner rechten Hand lenkte er sein Glied, während er mit der linken Justine an sich heranzog, die sich darauf beschränkte, sich ein wenig zu sträuben und das zu retten, was ihr als das Wertvollste erschien. »O Himmel!«, rief er jetzt aus, »ich habe sie.« Und mit einem kräftigen Stoß verletzte er das kleine, zarte Loch, das er durchbohren wollte, derart, daß die erschreckte Justine einen Schrei ausstieß, aufsprang und zur Gruppe der Dubois stürzte. »Wer ist das?«, rief die Hure aus, die eben einschlief, nachdem die drei Männer sie müde gemacht hatten. »Ach, Madame, ich bin es«, erwiderte die zitternde Justine, »Ihr Bruder – er will ...« – »Ja, ich will lieben!«, rief Eisenherz aus, indem er sein Opfer verfolgte und es rau ergriff, »ich will dieses kleine Mädchen von hinten bearbeiten, was immer es koste!« – Justine war jetzt der größten Gefahr ausgesetzt, wenn nicht Wagengerassel von der Landstraße her hörbar geworden wäre.

Der furchtlose Eisenherz verließ alsbald sein Vergnügen, um seiner Pflicht nachzugehen. Er weckte seine Leute auf und verschwand.

»Alles geht gut!«, rief die Dubois aus, die erwacht war und jetzt mit Aufmerksamkeit lauschte. »Das sind die Schreie. Nichts macht mich vergnügter, als diese sicheren Zeichen des Sieges. Sie beweisen mir, daß unsere Leute Erfolg hatten und ich ruhig sein kann.«

Dann kamen die Männer zurück, und die Beute wurde geteilt. Eisenherz wollte, daß Justine seinen Anteil bekomme, der sich auf 20 Louisdor belief. Man mußte sie zwingen, das Geld anzunehmen, da sie davor zurückschauderte, solches Geld anzunehmen. Nun brach man auf.

Am nächsten Tag, als sich die Diebe im Wald von Chantilly in Sicherheit glaubten, begannen sie ihr Geld zu zählen. Als sie fanden, daß sich die ganze Beute nur auf 200 Louisdor belief, als die Dubois sagte: »Wahrhaftig, wegen dieser kleinen Summe war es nicht der Mühe wert, sechs Morde zu begehen.«

Kaum hatte sie geendet, als man ein Geräusch vernahm, das von einem Reiter herrührte. »Zu den Waffen«, rief Eisenherz aus. Sie eilten davon, und nach einigen Augenblicken brachten sie einen unglücklichen Reisenden nach dem Gebüsch, in dem unsere Banditen hausten.

Als man ihn fragte, weshalb er allein und so frühzeitig auf einer verlassenen Landstraße reise, wie alt er sei und was sein Beruf sei, antwortete der Gefangene, daß er Saint-Florent heiße, einer der vornehmsten Kaufleute Lyons und fünfunddreißig

Jahre alt sei, daß er in Handelsgeschäften von Flandern zurückkäme und daß er wenig Geld aber viel Papiere bei sich habe. Ferner erzählte er, daß sein Diener ihn am vergangenen Tage verlassen habe und daß er, um nicht unter der Hitze zu leiden, so frühzeitig reise, daß er jetzt nach Paris wolle, um dort in zwei Tagen noch einen Teil seiner Geschäfte abzuwickeln. Er versicherte überdies, daß, wenn er einen einsamen Weg eingeschlagen habe, er sich offenbar dadurch verirrt haben mußte, daß er am Pferde eingeschlafen sei. Danach bat er um sein Leben und bot von selbst alles an, was er bei sich hatte. Man prüfte seine Brieftasche und zählte sein Geld. Sie hätten keinen besseren Fang tun können. Saint-Florent besaß fast 400000 Francs in Anweisungen von Pariser Banken, etwas Schmuck und ungefähr 100 Louisdor bares Geld. »Freundchen«, sagte jetzt Eisenherz, indem er ihm einen Pistolenlauf unter die Nase hielt, »Sie werden begreifen, daß wir Sie bei so viel Geld nicht am Leben lassen können. Wir wären bald verkauft und verraten.« – »O Monsieur«, rief Justine aus, indem sie sich dem Räuber zu Füßen warf, »ich beschwöre Sie, mich nicht gleich bei meinem Eintritt in Ihre Truppe das Schauspiel einer Ermordung dieses Unglücklichen sehen zu lassen. Lassen Sie ihm das Leben. Schlagen Sie mir nicht die erste Bitte, die ich von Ihnen verlange, ab.« Dann fuhr sie fort, indem sie zu einer seltsamen List griff. »Der Name, den dieser Herr eben genannt hat, zeigt mir, daß ich ihm ziemlich nahe stehe. Staunen Sie nicht«, sprach sie zu dem Gefangenen gewandt, »eine Verwandte in dieser Lage anzutreffen. Ich werde Ihnen alles erklären. Aber wegen dieser Beziehung«, fuhr sie eifrig wieder zu Eisenherz gewandt fort, »wegen dieser Beziehung schenken Sie mir das Leben dieses Unglücklichen. Ich werde diese Gnade durch die vollkommenste Unterwerfung belohnen.« – »Sie wissen, Justine, unter welcher Bedingung ich Ihnen die Gnade gewähren kann, die Sie von mir verlangen«, erwiderte Eisenherz, »Sie wissen doch, was ich von Ihnen will.« – »Gut, ich werde alles tun«, rief sie, indem sie sich zwischen den Unglücklichen und den mordbereiten Dieb stürzte. »Ja, ja, ich willige in alles ein. Lassen Sie ihn leben, ich flehe Sie an.« – »Dann komm also«, sagte Eisenherz zu Justine, »ich will, daß du dein Wort auf der Stelle hältst.« Bei diesen Worten zog er den Gefangenen in benachbartes Gesträuch. Dort band er ihn an einen Baum, Justine mußte sich daneben legen, und nun schürzte er ihre Röcke auf, während der Pistolenlauf noch immer nach der Gurgel des armen Reisenden gerichtet blieb, dessen Leben von der Unterwürfigkeit Justines abhing. Aber noch einmal sollte Justine vor dem ihr drohenden Unglück gerettet werden. Die Natur hinterging unseren Räuber grausam. Sein Glied wurde schlapp. »O Teufel!«, rief er wütend aus, »ich bin zu sehr erhitzt; es kommt nichts. Oder vielleicht ist meine Nachsicht schuld an dem Unglück, denn ich bin sicher, daß es ginge, wenn ich diesen Schuft da tötete.« »Nein, bitte nicht«, sagte Justine, indem sie sich nach dem Räuber umkehrte. »Rühr dich nicht, Hure«, sagte dieser, indem er ihr zwei oder drei Faustschläge auf die Schultern versetzte. »Dein verfluchtes Gesicht stört mich immer, ich brauche jetzt einen Hintern.« Nun begann er wieder zu arbeiten, aber dieselben Hindernisse stellten sich ein, und er mußte wieder verzichten. »Ich sehe wohl, daß es heute Abend nicht gehen wird«, sagte er schließlich, »gehen wir zurück.« Und sobald er wieder im Kreis der übrigen war, fuhr er fort: »Denken Sie an Ihr Versprechen, Justine, und bedenken Sie, daß ich diesen Kerl da morgen ebenso gut töten kann wie heute. Kinder«, fuhr er, an seine Kameraden gewandt, fort, »ihr haftet mir für beide. Sie, Justine, werden neben meiner Schwester schlafen. Ich werde Sie rufen, wenn es an der Zeit sein wird.«

»Schlafen Sie ruhig«, erwiderte Justine, »und glauben Sie, daß diejenige, die Sie mit Dankbarkeit erfüllt haben, nur daraufwartet, sich gefällig erweisen zu können.«

Währenddessen aßen und tranken unsere Spitzbuben und schliefen schließlich ganz vertrauensselig ein, indem sie den Gefangenen in ihre Mitte nahmen und Justine sich vollkommen frei neben die Dubois legte, die, berauscht wie alle anderen, bald die Augen schloß.

Kaum waren die Verbrecher eingeschlafen, als Justine rasch die Gelegenheit ergriff, um dem Reisenden folgendes zuzurufen: »Ach, Monsieur, eine schreckliche Katastrophe hat mich unter diese Leute getrieben. Ich hasse sie ebenso wie den unglücklichen Zufall, der die Ursache davon ist, daß ich hier bin. Ich habe wahrscheinlich nicht die Ehre, mit Ihnen verwandt zu sein, denn ich heiße ...«, fuhr Justine fort, indem sie den Namen ihres Vaters nannte. »Wie, Mademoiselle?« unterbrach sie Saint-Florent, so heißen Sie?« – »Ja.« – »Ah, dann hat Ihnen der Himmel Ihre List in den Mund gelegt. Sie haben sich nicht getäuscht, Justine: Sie sind meine Nichte. Meine erste Frau, die ich vor fünf Jahren verlor, war die Schwester Ihres Vaters. Wie freue ich mich über den glücklichen Zufall, der uns vereint! Wenn ich Ihr Unglück gekannt hätte, so hätte ich sicher geholfen.« – »Oh, wie bin ich glücklich, Sie einstweilen befreit zu haben«, erwiderte Justine lebhaft. »Aber benützen wir den Augenblick, in dem diese Ungeheuer ausruhen und flüchten wir.« Bei diesen Worten bemerkte sie, daß die Brieftasche ihres Onkels nachlässig in der Tasche eines der Banditen steckte. Sie schlich hin, zog sie heraus und sagte dann leise zu Saint-Florent: »Eilen wir jetzt, verzichten wir auf das übrige. Wir würden es nicht ohne Gefahr erhalten können. Teurer Onkel, ich begebe mich jetzt in Ihren Schutz. Haben Sie Mitleid mit meinem Schicksal! Werden Sie der Beschützer meiner Unschuld. Flüchten wir!«

Man kann den Zustand schwer schildern, in dem sich Saint-Florent befand. Die verschiedenen Gemütsbewegungen, die auf ihn eingewirkt hatten, die Dankbarkeit, die er mindestens zeigen mußte, selbst wenn er sie nicht empfand. Alles das nahm seinen Kopf so ein, daß er kein Wort hervorbringen konnte. Wie – werden einige Leser fragen – dieser Mann konnte an etwas anderes denken, als daran, sich vor seiner Wohltäterin niederzuknien? Nun, so wollen wir im Vertrauen gleich jetzt eingestehen: Saint-Florent, der weit eher dafür geschaffen war, in dieser niederträchtigen Truppe zu bleiben, als von den Händen der Tugend gerettet zu werden, war durchaus nicht der Hilfe seiner eifervollen, tugendhaften Nichte würdig. Und wir fürchten, es wird sich in der Folge zeigen, daß Justine nur vom Regen in die Traufe gekommen sei. Aber gehen wir nicht den Ereignissen voraus. Es genügt, wenn man weiß, daß Saint-Florent nicht ohne heftigen Kitzel sowohl den Angriff auf Justine als auch deren zahlreiche Reize gesehen hatte.

Die zwei Flüchtlinge hasteten fort, ohne ein Wort zu sprechen, und die Morgenröte traf sie bereits außer jeder Gefahr. Sie kamen nach Luzarches, wo sie in einem Gasthof Ruhe fanden.

Es gibt Augenblicke im Leben, in denen man sehr vermögend sein kann, ohne deshalb genug zum Leben zu haben. In dieser Lage befand sich Saint-Florent. Er hatte 400000 Francs in seiner Brieftasche und keinen Taler in der Börse. Dieser Gedanke hatte ihn vor dem Eintritt in die Herberge beunruhigt. »Trösten Sie sich, Onkel«, sagte Justine zu ihm, indem sie über seine Bedrängnis lachte, »die Diebe, die ich verlassen habe, haben mich mit

Geld ausgestattet. Hier sind 20 Louisdor. Nehmen Sie sie, ich bitte Sie, gebrauchen Sie davon, soviel Sie wollen, und geben Sie den Rest den Armen. Ich möchte nicht um alles in der Welt Geld bei mir behalten, das von einem Mord herstammt.«

Saint-Florent tat nun so, als ob er das Geld nur annehmen würde, unter der Bedingung, daß Justine ihrerseits von ihm 100000 Francs auf Wechsel nähme, und er zwang sie auch, das Papier in die Tasche zu stecken. »Heben Sie sich diese Summe auf, teure Nichte«, sagte Saint-Florent, »sie ist ein schwacher Dank für die großen Dienste, die sie mir geleistet haben. Glauben Sie mir, daß ich Sie in Ihrem Leben nicht wieder verlassen will.«

Sie speisten zu Mittag, und Justine verfiel bald, ohne zu wollen, in unruhige Träumereien, die die Heiterkeit ihrer Züge zerstörten. Als sie Saint-Florent um den Grund fragte, wollte sie ihm ohne eine Erklärung das Geld wieder zurückgeben. »Monsieur«, sagte sie zu ihrem Onkel, »ich habe nicht so viel Dankbarkeit verdient, und mein Zartgefühl erlaubt mir nicht, ein so beträchtliches Geschenk anzunehmen.« Aber Saint-Florent ließ es nicht an Überredungskünsten fehlen, und das Geld glitt wieder in die Tasche, ohne daß die Befürchtungen Justines einen Augenblick nachgelassen hätten. Um sie zu zerstreuen, tat Saint-Florent so, als ob er sie nicht bemerken würde und bat Justine, ihm ihre Abenteuer zu erzählen. Das tat sie gern, und als sie mit ihrer Erzählung zu Ende war, ließ sie ihren Onkel merken, daß sie ungern nach Paris zurückkehre. »Nun«, erwiderte der Kaufmann, »dem kann abgeholfen werden. Eine Verwandte von mir wohnt hier in der Nähe, und diese wollen wir aufsuchen. Ich werde Sie ihr vorstellen und sie bitten, Sie bei sich zu behalten, bis ich Zeit habe, mich selbst mit Ihnen zu befassen. Es ist die anständigste Frau der Welt, und Sie werden bei ihr aufgehoben sein wie bei einer Mutter. Sie bewohnt ein reizendes Landhaus in der Nähe von Bondi. Es ist spät und schönes Wetter. Sind Sie aufgelegt zu gehen?« – »Ja.« – »Dann brechen wir auf, Justine.«

Es war ungefähr vier Uhr nachmittags, als sie aufbrachen. Bald begannen die Schatten der Nacht im Wald jenen Schrecken zu verbreiten, der in furchtsamen Herzen Angst, in harten aber Lust zu Grausamkeiten erweckt. Unsere Wanderer benützten nur Fußwege. Justine ging voraus. Da drehte sie sich einmal mit der Frage um, ob diese verlassenen Wege wirklich die richtigen seien und ob sie bald ankämen, als gerade die Geilheit des wollüstigen Kaufmannes ihren Gipfel erreicht hatte. Es war Nacht, und die Stille des Waldes sowie die alles einhüllende Dunkelheit erweckten in ihm Begierden wieder, die er endlich befriedigen konnte. Er konnte sich nicht länger halten. »Hier muß ich dich lieben«, sagte er zu seiner Nichte. »Ich bin schon zu lange auf dich wild.« Damit ergriff er sie bei den Schultern, so daß sie das Gleichgewicht verlor. Er warf sie vollends auf die Erde und versetzte ihr einen so heftigen Schlag mit dem Stock, daß sie bewußtlos unter einen Baum hinfiel.

Saint-Florent schürzte Justine die Röcke auf, zog ein riesiges von Wollust und Wut gesteiftes Glied heraus, beugte sich über sein Opfer, spreizte ihm die Schenkel auseinander und versenkte in ungeheuerer Raserei sein Glied in jene zarten Blüten, die nur als Preis der Liebe geschaffen zu sein schienen. Seine Anstrengungen wurden von Erfolg gekrönt: Justine war entjungfert. Das Blut floß. Saint-Florent entfernte sich, aber nach zehn Schritten entflammten seine Sinne erneut. Er empfand jene sonderbaren Gewissenbisse, die in der Seele des Verbrechers wach werden, wenn ihm einfällt, daß er die beabsichtigte Missetat nur zur Hälfte begangen hat. Er erinnerte sich, daß er in den Taschen Justines die 100000 Francs gelassen habe. Die mußte er wieder haben. Aber Justine saß auf ihren Taschen, und man konnte sie nicht berauben, ohne ihren Körper umzudrehen. Himmel! Welche neue Reize boten sich trotz der Finsternis den Blicken Saint-Florents dar! »Wie«, sagte er zu sich, indem er den wundervollen Popo betrachtete, der ihn von allem Anfang an so lebhaft aufgeregt hatte, »wie, das habe ich vergessen können! Niederträchtige Weichherzigkeit! Auf, lieben wir diesen göttlichen Hintern, der mir hundertmal mehr Vergnügen verspricht, als ihre vordere Öffnung«. Da er vollkommen Herr über den leblosen Körper Justines war, konnte er sie leicht in die Lage bringen, die zu seinem Vorhaben nötig war. Als er die niedliche

Öffnung sah, wurde er durch den Größenunterschied heftig aufgeregt. Ohne sie zu befeuchten, begann er sein Glied hineinzustecken und arbeitete eine halbe Stunde lag darin umher, bis die Natur seinem Vergnügen ein Ende setzte.

Schließlich entfernte sich der Schuft, indem er das unglückliche Opfer seiner Wollust ohne Hilfe, ohne Ehre und fast ohne Leben am Boden liegend zurückließ.

Als Justine wieder zu sich kam und den Zustand sah, in den sie versetzt war, wollte sie ihrem Leben ein Ende machen. »Das Ungeheuer!«, rief sie aus, »was habe ich ihm getan? Ich rettete ihm das Leben, gab ihm sein Vermögen zurück, und er entriß mir das Kostbarste, was ich besaß. Die Tiger im Urwald können nicht grausamer sein!« Diese Ausbrüche des Schmerzes wichen bald einer tiefen Niedergeschlagenheit, und unwillkürlich richtete Justine ihre schönen, betränten Augen gegen den Himmel. Dieses klare, besternte Gewölbe, die Stille der Nacht, der Gegensatz des Friedens in der Natur zu der Erregung ihrer Seele. Alles das ließ in ihr das Bedürfnis entstehen, zu beten. Sie warf sich auf die Knie vor jenem mächtigen, von der Klugheit verworfenen, vom Unglück aber eingesetzten Gott.

»Heiliges und hoheitsvolles Wesen!«, rief sie weinend aus. »Du mein Beschützer und Führer, ich wende mich an Deine Güte, ich bitte um Deine Gnade. Sieh mein Elend und meine Qual! Mächtiger Gott, Du weißt, daß ich unschuldig und schwach bin, daß ich verraten und mißhandelt worden bin. Dein Wille geschehe! Alle Deine heiligen Äußerungen sind mir teuer, ich ehre sie und will mich nicht beklagen. Aber wenn ich hier auf Erden nur Dornen finde, beleidige ich Dich dann, erhabener Herr, wenn ich Deine Allmacht bitte, mich zu Dir zu berufen, um Dich entfernt vor jenen perversen Menschen anbeten zu können, die mir nur Böses zugefügt haben, und die mit Genuß meine Lebenstage mit Tränen und Schmerzen getränkt haben!«

Das Gebet tröstet den Unglücklichen. Justine erhob sich, ordnete ihre Kleider und entfernte sich.

Im Kopf Saint-Florents herrschten gemischte Empfindungen. Es gibt Seelen in der Welt, für die das Verbrechen so viel Reize hat, daß sie sich daran nie sättigen können; sie sind erst dann befriedigt, wenn auf das erste Vergehen weitere gefolgt sind.

»Ach, wie schön war diese Entjungferung«, sagte der Verräter zu sich, der 100 Schritte von dem Schauplatz des Verbrechens sich unter einen Baum gesetzt hatte. »Welche Unschuld und Unberührtheit! Wie mich dieses schöne Kind erregte! Wie sehr sie meine Sinne verwirrte! Ich hätte sie erwürgt, wenn sie noch fähig gewesen wäre, mir Widerstand zu leisten. Vielleicht habe ich unrecht, daß ich ihr das Leben schenke, denn wenn sie jemandem begegnet, wird sie mich beschuldigen. Man könnte mich erwischen. Wer weiß, wie weit die Rache eines geschändeten

Mädchens gehen kann? Vorwärts, machen wir ein Ende; ob dieses elende Geschöpf in der Welt ist oder nicht, regt niemanden auf. Ich will zurückkehren!«

Aber die unglückliche Justine war vom Himmel dazu bestimmt, den ganzen dornenvollen Weg des Unglücks zurücklegen zu müssen und sollte noch nicht so jung umkommen. Saint-Florent fand sie nicht mehr vor. Er rief nach ihr, und da sie ihn hörte, floh sie desto rascher. Aber lassen wir jetzt den Verbrecher seinen Weg weiter gehen; vielleicht finden wir ihn eines Tages wieder. Die Reihe der Geschehnisse erlaubt uns jetzt nicht etwas anderes, als die Abenteuer unserer interessanten Justine zu verfolgen.

»Da ist es noch, dies Ungeheuer«, sagte sie, indem sie ihre Schritte verdoppelte. »Was kann er von mir wollen? Hat er mir noch nicht genug angetan? Was bleibt ihm noch?« Und sie flüchtete ins Gesträuch, wo sie die Nacht in furchtbarer Unruhe zubrachte.

Als der Tag erwachte, gab sie sich bitteren Gedanken hin. Noch rannen ihr die Tränen aus den Augen, als unvermutet Lärm an ihre Ohren drang. »O Gott!«, rief sie schaudernd aus, »vielleicht ist er es noch, der Barbar. Er will mich umbringen, ich bin verloren.« Sie verkroch sich noch tiefer in das Gestrüpp, besaß aber dabei so viel Mut, weiter zu lauschen.

Das Geräusch ging von zwei Männern aus.
»Komm, mein Freund«, sagte derjenige, der der
Herr zu sein schien, zu dem Knaben, der ihm
nachfolgte, »komm, hier wird es wunderbar gehen.
Hier wird mich nicht die Anwesenheit einer Mutter,
die ich verabscheue, daran verhindern, mich an dir
zu erfreuen.« Bei diesen Worten näherten sie sich
Justine derart, daß ihr keines ihrer Worte und keine
ihrer Bewegungen entgehen konnten. Nun zog der
Herr, der 24 Jahre alt zu sein schien, dem andern,
der höchstens 20 Jahre zählen mochte, die Hosen
herab, kitzelte ihm das Glied und brachte es zum
Stehen, worauf andere Greuel folgten. Oh, wie
langsam verging Justine die Zeit, während welcher
das Schauspiel vor sich ging, und wie peinlich war
der Anblick des Verbrechens für die Tugend.

Endlich, nachdem sie zweifellos beide befriedigt
waren, erhoben sie sich, um sich auf den Rückweg
zu begeben. Dabei näherte sich der Herr dem
Gebüsch Justines, und er bemerkte das
Taschentuch, mit dem der Kopf Justines umhüllt
war.

»Jasmin«, sagte er zu seinem Diener, »wir sind
verraten, wir sind entdeckt. Eine Frau, ein unreines
Wesen, hat unser Geheimnis belauscht. Treten wir
näher; fragen wir, welchen Grund sie dafür hatte.«

Aber die zitternde Justine ließ ihnen nicht Zeit
näher zu treten. Sie sprang auf und warf sich den
Männern, die sie entdeckt hatten, zu Füßen. »Oh,
Monsieurs!«, rief sie aus, indem sie die Hände

faltete, »haben Sie gütigst Mitleid mit einer Unglücklichen, deren Schicksal beklagenswerter ist, als Sie glauben. Die Lage, in der Sie mich fanden, darf keinen Argwohn in Ihnen hervorrufen. Sie ist mehr die Folge meines Elends als meiner Schlechtigkeit. Vermehren Sie nicht noch mein Unglück, sondern seien Sie so gut und geben Sie mir die Mittel, mich den Verfolgungen des Schicksals entziehen zu können.«

Herr v. Bressac – so hieß der junge Mann, in dessen Hände Justine gefallen war –, der der Bösartigkeit und der Ausschweifung zugeneigt war, besaß kein großes Mitgefühl.

»Turteltaube der Wälder«, sagte Bressac zu ihr, »wenn du Leute suchst, die du betrügen willst, so bist du nicht an die richtigen gekommen. Weder mein Freund noch ich berühren Frauen. Sie flößen uns Abscheu ein, und wir fliehen vor ihnen. Wenn du Almosen verlangst, so suche dir Leute, die gute Werke vollbringen. Wir begehen nur schlechte. Aber jetzt sprich, Elende, hast du gesehen, was sich zwischen diesem jungen Mann und mir abspielte?« – »Ich habe gesehen, daß Sie miteinander plauderten«, sagte klug Justine, »nichts weiter, ich schwöre es Ihnen.« –

»Ich will es glauben«, erwiderte Bressac, »und das ist dein Glück. Wenn du etwas anderes gesehen hättest, würdest du lebend dieses Gesträuch nicht mehr verlassen. Jasmin, wir haben noch Zeit, die

Abenteuer dieses Mädchens anzuhören, und wir wollen nachher sehen, was zu tun ist.«

Die jungen Leute setzten sich nieder. Justine trat näher heran und erzählte mit unschuldsvoller Stimme alle Unglücksfälle, von denen sie seit ihrer Geburt heimgesucht worden war.

»Nun, Jasmin«, sagte Bressac, indem er sich erhob, »seien wir einmal gerecht. Themis hat dieses Geschöpf verdammt, dulden wir nicht, daß den Absichten der Götter so zuwider gehandelt werde. Vollziehen wir an der Delinquentin das Todesurteil, das über sie gefällt wurde. Dieser kleine Mord wird, statt ein Verbrechen zu sein, nur die moralische Ordnung verbessern.«

Bei diesen Worten schleppten die Barbaren unter Gelächter die weinende und schreiende Unglückliche nach der Mitte des Gehölzes. »Entkleiden wir sie«, sagte Bressac, indem er alle Hüllen entfernte, ohne daß der Anblick der bei dieser Handlung enthüllten Reize sein allen Verlockungen des weiblichen Geschlechts verschlossenes Herz weicher gestimmt hätte. »Welch häßliches Geschöpf ist doch so eine Frau«, sagte er. »Vorwärts, nur kein Mitleid. Binden wir sie an.« Im Augenblick war das arme Mädchen mit einem Strick, den diese Ungeheuer aus ihren Hals- und Schnupftüchern gedreht hatten, zwischen vier Bäumen derart angebunden, daß jedes ihrer Glieder an einem Baum festgehalten war. In dieser grausamen Stellung, bei der ihr Magen ohne Stütze zur Erde hing, empfand sie so heftige Qualen, daß ihr kalter Schweiß auf die Stirne trat. Je mehr aber die Unglückliche litt, desto mehr Ergötzen schienen die jungen Männer an dem Schauspiel zu haben. Sie betrachteten mit Wollust jede ihrer Zuckungen und richteten den Grad ihrer Freude nach der mehr oder minder großen Heftigkeit der Verzerrungen in den Gesichtsmuskeln der Armen.

»Nun ist's genug«, sagte Bressac, »diesmal wollen wir es bei der Angst bewenden lassen.«

»Justine«, fuhr er fort, indem er die Fesseln löste und ihr befahl, sich wieder anzukleiden, »seien Sie verschwiegen und folgen Sie uns. Wenn Sie sich mir anschließen, werden Sie es nicht bereuen. Meine Mutter bedarf einer zweiten Dienerin. Ich werde Sie ihr vorstellen. Aber wenn Sie mit meiner Güte Mißbrauch treiben, wenn Sie mein Vertrauen verraten oder meinen Befehlen nicht gehorchen, so sehen Sie sich erst diese vier Bäume an. Bedenken Sie, daß dieser verhängnisvolle Ort nur ein Kilometer weit von dem Schloß entfernt ist, in das ich Sie führe, und daß Sie bei der geringsten Verfehlung wieder hierher zurückkommen werden.«

Die plumpeste Vorspiegelung eines Glückes ist für den Unglücklichen das, was der Tau der vertrockneten Blüte ist. Justine warf sich weinend ihrem scheinbaren Wohltäter zu Füßen. Sie schwor, unterwürfig zu sein und sich gut betragen zu wollen. Allein der grausame Bressac, der für die

Freude dieses armen Kindes ebenso wenig empfänglich war wie für ihren Schmerz, sagte: »Wir wollen sehen.«

Ein Marsch von fünfviertel Stunden brachte sie nach dem Schloß der Frau von Bressac, dessen kostbare Ausstattung Justine lehrte, daß, welchen Posten immer sie hier einnehmen würde, es nur zu ihrem Vorteil gereichen könnte.

Eine halbe Stunde nachdem sie angelangt waren, stellte sie der junge Mann seiner Mutter vor.

Frau von Bressac war ungefähr 45 Jahre alt, noch sehr schön und wiewohl weichherzig, so doch streng von Sitten. Sie war stolz darauf, in ihrem Leben niemals einen Fehltritt getan zu haben und verzieh auch anderen nicht ihre Schwächen. Durch diese übertriebene Strenge fühlte sich ihr Sohn abgestoßen, der, wie wir gesehen haben, wohl Torheiten beging. .Seit zwei Jahren Witwe, besaß Frau von Bressac eine jährliche Rente von 100000 Francs, die, eines Tages mit der eigenen, vom Vermögen des Vaters herstammenden vereinigt, dem Verbrecher, den wir kennen lernten, ein Jahreseinkommen von fast einer Million sicherte. Trotz so großer Aussichten gab Frau von Bressac ihrem Sohne sehr wenig Geld. Konnte ein Taschengeld von 25000 Francs zur Bezahlung der Vergnügungen des jungen Mannes reichen? Nichts ist so teuer wie gerade seine Art von Leidenschaften.

Frau von Bressac bewohnte drei Monate im Jahr das Landgut, wohin Justine kam, die übrige Zeit verbrachte sie in Paris. Von ihrem Sohn verlangte sie, daß er sie während dieser drei Monate nicht verlasse, und man kann sich die Qualen eines jungen Mannes vorstellen, der seine Mutter verabscheute und jeden Augenblick als verloren betrachtete, den er fern von einer Stadt zubringen mußte, die für ihn der Mittelpunkt seiner Genüsse war.

Bressac befahl Justine, seiner Mutter alles zu berichten, was sie ihm erzählt hatte. Sowie sie geendigt, ergriff die hochachtbare Frau das Wort:

»Ihre Reinheit und Unschuld«, sagte sie, »lassen mich an Ihrer Wahrheitsliebe nicht zweifeln. Ich werde keine weiteren Erkundigungen über Sie einziehen als die, ob Sie wirklich die Tochter des Mannes sind, den Sie mir genannt haben. Ich habe Ihren Vater gekannt, und das ist für mich ein Grund mehr, mich für Sie zu interessieren. Was die Geschichte mit der Delmouse betrifft, so nehme ich es auf mich, sie in zwei Besuchen zu ordnen, die ich dem Kanzler, einem alten Freund von mir, abstatten werde. Dieses Geschöpf ist überdies ihrem Ruf nach schon längst gefallen, und ich könnte sie einsperren lassen, wenn ich wollte. Aber denken Sie gut nach, Justine«, fuhr Frau von Bressac fort, daß das, was ich Ihnen hier verspreche, nur der Preis für eine glänzende Aufführung ist.« Justine warf sich nun ihrer Wohltäterin vor die Knie und versicherte, daß man mit ihr zufrieden sein würde, worauf sie ihre Stelle antreten konnte.

Nach einigen Tagen langten die Antworten auf die Erkundigungen ein. Man lobte Justine wegen ihrer Offenheit, und bald verflüchtigten sich alle Gedanken an gewesenes Unglück aus ihrem Geist, um der süßesten Hoffnung Platz zu machen. Aber es war diesem armen Mädchen nicht bestimmt, jemals glücklich zu sein, und wenn sie es auch jetzt auf kurze Zeit war, so geschah das nur, um ihr kommendes Mißgeschick noch bitterer fühlen zu lassen.

Kaum war man nach Paris zurückgekehrt, als Frau von Bressac sich bemühte, ihrer Kammerfrau die Wege zu ebnen. Die Verleumdungen der Delmouse wurden als solche erkannt, aber man konnte ihr nichts mehr anhaben, da sie vor einigen Tagen nach Amerika abgereist war, um eine reiche Erbschaft anzutreten.

Was die Feuersbrunst im Gefängnis betraf, so überzeugte man sich bald, daß Justine, obwohl sie aus dem Ereignis Nutzen gezogen hatte, nichts damit zu tun hatte.

Man kann sich leicht vorstellen, wie alles das sie an Frau von Bressac fesselte. Jung, schwach und gefühlvoll wie sie war, öffnete Justine ihr Herz bald freudig den Gefühlen der Dankbarkeit. Da sie sich närrischerweise einbildete, daß eine Wohltat den Empfänger an den Geber binden müsse, richtete sie ihr Augenmerk nur mehr auf dieses kindische

Gefühl. Es lag natürlich in der Absicht des jungen Mannes, Justine so sehr als möglich an seine Mutter zu fesseln, die er nicht leiden konnte.

Der klugen und gottesfürchtigen Frau von Bressac war es nicht unbekannt, daß ihr Sohn durch ein unzerstörbares philosophisches Gebäude alle Laster rechtfertigte, denen er sich hingab. Sie vergoß darüber viele bittere Tränen in den Armen Justines, und da sie bei ihr Verstand und Mitgefühl fand, vertraute sie ihr gern ihren ganzen Kummer an, und Justine wuchs ihr in den zwei Jahren, die sie schon in ihrem Haus war, sehr ans Herz.

Man befand sich gerade auf dem Landgut, und da die erste Kammerzofe Erlaubnis erhalten hatte, den Sommer in Paris zu verbringen, war nur Justine in der Gesellschaft Frau von Bressac's. Eines abends, bald nachdem sich unser schönes Kind in ihr Zimmer zurückgezogen hatte, klopfte es plötzlich an ihre Tür, und Bressac bat für einen Augenblick um Einlaß. Sie wagte nicht zu widersprechen. Er trat ein, verschloß sorgfältig die Tür hinter sich und warf sich dann in einen Lehnstuhl. »Höre, Justine«, sagte er dann mit ein wenig erregter Stimme, »ich habe dir Dinge von hoher Bedeutung mitzuteilen. Schwöre mir, daß du niemals Mißbrauch damit treiben wirst.« – »O Monsieur, können Sie glauben, daß ich je Ihr Vertrauen täuschen werde?« – »Du weißt nicht, welchen Gefahren du dich aussetzen würdest, wenn das der Fall wäre.« – »Ein schrecklicheres Unglück als der Verlust Ihres Vertrauens könnte mir gar nicht zustoßen.« – »Nun wohl, meine Teure«, fuhr Bressac fort und ergriff Justines Hände, »ich habe meine Mutter, die ich verabscheue, zum Tode verdammt, und du sollst mir dabei helfen.« – »Ich!«, rief Justine aus und fuhr vor Schrecken zurück, »das können Sie nicht hoffen. Wie haben Sie einen solchen Plan ausdenken können? Nein, nein, verfügen Sie über mein Leben, wenn Sie es benötigen, aber verlangen Sie nicht, daß ich hier bei einem solchen schrecklichen Verbrechen Ihre Mitschuldige werde.«

Justine brach bei diesen letzten Worten in Tränen aus. Sie kniete vor dem grausamen Bressac. Sie beschwor ihn bei allem, was ihm heilig sei, einen solchen Plan fallen zu lassen. Aber sie kannte das Ungeheuer noch nicht, mit dem sie es zu tun hatte. Sie wußte noch nicht, daß alles, was die Tugend und das Zartgefühl in solchen Fällen vorbringen können, nur dazu dient, das Herz des Verbrechers wie mit Nadelstichen weiter aufzustacheln, wußte noch nicht, daß solche ausschweifende Menschen selbst die Strafen mit Wollust genießen, die ihnen die menschliche Vergeltung auferlegt; daß sie das Schafott als eine Art Ruhmesthron betrachten und darauf mit demselben Mut sterben, der sie beseelte, als sie ihre Verbrechen und Mordanschläge begingen. So sieht der Mensch auf der letzten Stufe wohlüberlegter Verruchtheit aus, und auf ihr stand auch Bressac. Er erhob sich. »Ich sehe wohl«, sagte er zu Justine, »daß ich mich in dir getäuscht habe. Das ärgert mich weniger um mein als um deinetwillen. Jedoch das schadet nichts, ich werde schon andere Mittel finden, und du wirst viel verloren haben, ohne daß deine Herrin daraus Nutzen zöge!«

Diese Drohung gab den Gedanken Justines eine andere Richtung. Wenn sie auf das Verbrechen nicht eingehen würde, das man ihr vorschlug, setzte sie selbst sich der Gefahr aus, und ihre Herrin würde doch unfehlbar ums Leben kommen. Wenn sie aber die Mitschuld auf sich laden wollte, schützte sie sich vor Bressacs Zorn und konnte sicher die Marquise auch retten. Diese Überlegung war das Werk eines Augenblickes und bestimmte sie dazu, auf alles einzugehen. Aber da eine so rasche Sinnesänderung den Argwohn Bressacs hervorgerufen hätte, zögerte sie noch einige Zeit und ließ sich von ihm seine Gründe für den Mord noch einige Male wiederholen. Nun tat sie so, als ob sie nichts mehr zu erwidern wüßte, Bressac hielt sie für überzeugt und umarmte sie stürmisch. Welche Freude wäre das für Justine gewesen, wenn er sie aus anderen Gründen in die Arme geschlossen hätte. Aber dafür war es zu spät, denn das Betragen dieses jungen Mannes hatte in ihrem schwachen Herzen alle Gefühle für ihn vernichtet, und sie sah jetzt in ihrem ehemaligen Idol nur mehr einen Verbrecher, der unwürdig war, auch nur einen Augenblick darin zu herrschen.

»Du bist die erste Frau, die ich umarme«, sagte Bressac, indem er sie mit Feuer an sich preßte, »du bist entzückend, mein teures Kind. O Justine, endlich siehst du klar und begreifst die Nichtigkeit des Verbrechens. Komm, du bist mein Engel, und ich weiß nicht, woran es liegt, daß ich nicht sogleich meinen Geschmack ändere.« In der Tat warf sie Bressac, der mehr durch die sichere Aussicht auf Verwirklichung seines Planes als durch die Reize Justines aufgeregt war, auf das Bett, schürzte sie, trotz ihres Sträubens bis über die Hüften auf und rief dann aus: »Teufel, da hätten wir den schönsten Popo der Welt, wenn sich nicht unglücklicherweise eine Scheide daneben befinden würde. Welch unbezwingliches Hindernis!« Dann deckte er sie wieder zu und fuhr fort: »Komm Justine, besprechen wir jetzt unsere Tat. Wenn ich dir zuhöre, erwachen in mir Illusionen, aber wenn ich dich ansehe, werden sie wieder zerstört.« Trotzdem stand sein Glied so steif, daß Justine es in die Hand nehmen und mit ihren hübschen Fingern befühlen mußte. »Meine tapfere Freundin«, fuhr er fort, »du wirst also meine Mutter vergiften. Hier ist das Gift, das du in das Heilwasser geben sollst, das sie jeden Morgen zur Erhaltung ihrer Gesundheit trinkt. Das Pulver wirkt schnell und hat keinerlei Geschmack. Ich habe schon tausende Male Versuche damit angestellt.« – »Tausende Male?« – »Ja, Justine, ich bediene mich häufig dieses Mittels, entweder weil ich mich mancher Leute entledigen will, die mir lästig fallen, oder weil mir ihr Tod wollüstige Genüsse bereitet. Du wirst es tun, Justine, ja, du mußt es tun. Ich schütze dich vor allen Folgen und gebe dir am Tag der Ausführung als Belohnung eine jährliche Rente von 2000 Francs.« Der Vertrag wurde ohne Angabe der Gründe unterzeichnet.

Justine beschloß, ihre Herrin zu warnen. Dies schien ihr der beste Ausweg.

»Madame«, sagte sie zu ihr am nächsten Tag, »ich habe Ihnen von einer ungemein wichtigen Sache Mitteilung zu machen. Aber so sehr auch Ihr Interesse dabei im Spiel ist, mußte ich doch schweigen, wenn Sie mir nicht Ihr Wort im voraus gäben, Ihrem Sohn gegenüber nichts merken zu lassen. Sie können die Maßnahmen ergreifen, die sie für nötig halten, aber Sie dürfen kein Wort davon sprechen.«

Frau von Bressac, welche glaubte, es handle sich um eine der gewöhnlichen Verfehlungen ihres Sohnes, gelobte Stillschweigen, und Justine erzählte alles. »Der Schuft!«, rief die unglückliche Mutter aus. »War ich nicht immer um sein Wohl bedacht? Ah, Justine, beweise mir die Wahrheit, damit in meinem verblendeten Herzen jedes Gefühl erstickt werde, das ich noch für dieses Ungeheuer bewahrt habe.« Nun zeigte Justine das Gift.

Einen besseren Beweis konnte man nicht geben. Aber Frau von Bressac, die noch auf eine Täuschung hoffte, wollte zuerst eine Probe damit machen. Sie gab einem Hund ganz wenig davon ein, und das arme Tier starb unter schrecklichen Krämpfen. Nun konnte Frau von Bressac nicht länger zweifeln und faßte ihren Entschluß. Sie befahl Justine, ihr den Rest des Giftes zu geben und schrieb auf der Stelle einem Verwandten, Herrn von Souzeval, sich mit einem Haftbefehl ausrüsten zu lassen und dann so bald als möglich damit herzukommen, um sie von einem Ungeheuer zu befreien, das sich so grausam gegen ihr Leben vergehen wollte.

Jedoch das scheußliche Verbrechen sollte doch seinen Gang nehmen. Das Tier, das man zur Probe benützt hatte, verriet alles. Bressac hörte das Winseln und fragte, was mit ihm los sei. Man konnte ihm nichts Bestimmtes erwidern, und von diesem Augenblick an wuchs sein Argwohn. Er sagte kein Wort, schien aber sehr erregt. Er konnte zu gut in den Mienen seiner Mutter und Justines bemerken, was vorging. Unter dem Vorwand jagen zu wollen, entfernte er sich aus dem Schloß. Er legte sich auf die Lauer nach dem Eilboten, fing ihn ab, und da dieser dem Sohn mehr zugetan war als der Mutter, machte er keine Schwierigkeiten und gab die Brieftasche heraus. Bressac überzeugte sich nun von dem Verrat Justines, gab dem Eilboten 100 Louisdor mit dem Befehl, niemals wieder zu seiner Mutter zurückzukehren und kam rasend vor Zorn auf das Schloß zurück. Dort schickte er die ganze Dienerschaft nach Paris und behielt nur Jasmin, Josef und Justine zurück. Die Tore wurden geschlossen, die Riegel vorgeschoben und Wachhunde an allen Eingängen angebunden.

»Ein großes Verbrechen ist soeben begangen worden«, sagte Bressac, »und ich muß die Urheber herausfinden. Sie werden alles erfahren, meine Freunde, sobald ich den Schuldigen herausgefunden haben werde. Scheußliches Geschöpf, fuhr der junge Mann fort, indem er an Justine herantrat, – »du hast mich verraten. Aber du wirst selbst in die Grube fallen, die du mir gegraben hast. Weshalb versprachst du mir den Dienst, den ich von dir verlangte, da du doch die Absicht hattest, mich zu hintergehen? Und wieso konntest du glauben, tugendhaft zu handeln, indem du die Freiheit und selbst das Leben deines Wohltäters aufs Spiel setztest? Du hättest dich weigern sollen, Hure, und nicht zustimmen dürfen, um mich dann zu verraten. Was hast du durch deine Falschheit getan, dummes Ding? Du hast dein Leben aufs Spiel gesetzt, ohne das deiner Herrin zu retten; denn sie wird trotzdem sterben, und zwar vor deinen Augen. Ich will dich überzeugen, Justine, daß der Weg der Tugend nicht immer der beste ist.« Bressac eilte jetzt zu seiner Mutter. »Sie sind gefangen, Madame«, sagte das Ungeheuer, »vielleicht wäre es für Sie, die Sie doch von meinem Haß und meinen Plänen wußten, besser gewesen, Sie hätten einfach die bittere Pille hinuntergeschluckt. Sie wollten einem sanften Tod entgehen und haben nun einen grausamen zu erwarten.«

Man trug Frau von Bressac in ihre Gemächer, warf sie auf das Bett, und ihr unwürdiger Sohn bewaffnete die Hand Justines mit einem Dolch, ergriff ihren Arm und führte das Eisen nach dem

Herzen seiner armen Mutter. Frau von Bressac starb, indem sie Gott um Gnade für ihren Sohn bat.

»Du siehst wohl, welch entsetzlichen Mord du eben begangen hast«, sagte der Barbar zu der halb bewußtlosen, blutbedeckten Justine, »du wirst dafür schon bestraft, du wirst gerädert und lebend verbrannt werden.«

Damit stieß er sie in ein benachbartes Zimmer, sperrte sie dort ein, indem er den blutenden Dolch neben sie hinlegte. Dann öffnete er die Tore, spielte den Verzweifelten, schrie, daß ein Ungeheuer eben seine Mutter getötet habe, daß er die Verbrecherin noch mit der Waffe in der Hand eingesperrt halte und erbat flehend die Hilfe der Gerechtigkeit.

Allein ein schützender Gott rettete diesmal die Unschuld. Bressac glaubte die Tür gut verschlossen zu haben; allein sie stand offen, und Justine benützte den Augenblick, als alles im Hof zusammenlief. Sie enteilte rasch, flüchtete durch den Garten, dessen Türe offen stand und erreichte bald den nahen Wald.

Schmerzerfüllt warf sie sich unter einen Baum und begoß den Rasen mit ihren Tränen.

Die Nacht senkte sich herab, und Justine wagte nicht, weiter zu gehen. Sie fürchtete auf der Flucht aus einer Gefahr in eine andere zu geraten. Um sich blickend bemerkte sie, daß sie sich in demselben Wäldchen befand, in dem sie vor zwei Jahren in einer ebenso peinvollen Lage übernachtet hatte. Sie legte sich nieder und verbrachte eine ungemein qualvolle Nacht. Der Tag war kaum erwacht, als ihre Unruhe sich verdoppelte. Solange sie sich in der Umgegend des Schlosses befand, war sie in einer gefahrvollen Lage. Sie stand daher rasch auf und flüchtete mit großen Schritten nach der nächsten menschlichen Ansiedlung. Bald erreichte sie den Ort Saint-Marcel, der fünf Kilometer von Paris entfernt ist. Ein wunderschönes Haus war das erste, was sie beim Eintritt in die Ortschaft sah. Auf ihre Erkundigung sagte man ihr, daß es eine berühmte Schule sei, in die Kinder beiderlei Geschlechts aus der ganzen Umgebung kamen, weil sie hier eine vorzügliche Erziehung genossen. »Gehen Sie nur hin«, sagte der Auskunftsgeber, »wenn Sie, wie ich annehme, eine Stelle suchen. Es gibt da immer welche, die frei sind. Monsieur Rodin, den Besitzer, wird es sicherlich freuen, Ihnen nützlich sein zu können. Er ist ein hochachtbarer Mann, der in ganz Saint-Marcel die größte Liebe und Verehrung genießt.«

Justine zögerte nicht länger. Sie klopfte an, und was sie in diesem Hause erlebte, soll nun im nächsten Kapitel erzählt werden.

Unsere Heldin war 17 Jahre alt, als sie sich Herrn Rodin vorstellte. Ihre nunmehr voller entwickelten Züge waren voll süßen Zaubers, sie besaß trotz des erlittenen Kummers einen Grad der Vollkommenheit, der sie zu einem der schönsten Mädchen machte, die man sich vorstellen kann.

»Sie erlauben sich sicherlich einen Spaß«, sagte Rodin zu ihr, indem er sie sehr nett empfing, »wenn Sie sich mir als Dienerin anbieten. Bei den tausendfachen Reizen, die Sie besitzen, ist man nicht gezwungen zu dienen. Wenn man von der Natur so ausgezeichnet wurde, kann man nicht das Opfer des Schicksals werden, und ich könnte eher von Ihnen Befehle empfangen, als Ihnen welche geben.«

»Und trotzdem, Monsieur, muß ich mich bitter über mein Schicksal beklagen!« – »Das ist eine Ungerechtigkeit, die wir beseitigen werden.« Und als ihm Justine ihr Mißgeschick erzählt hatte, fuhr der geschickte Betrüger fort: »Das ist aber schrecklich. Dieser Bressac ist ein Ungeheuer, den man schon seit langem wegen seiner unerhörten Ausschweifungen kennt, und Sie können sich glücklich schätzen, daß Sie seinen Händen entronnen sind. Aber ich behaupte noch immer, schöne Justine, daß Sie nicht dazu geschaffen sind, zu dienen. Wenn mein Haus Ihnen gefällt, steht es Ihnen offen. Ich habe eine Tochter, die eben 14 Jahre alt geworden ist und die glücklich sein wird, in Ihrer Gesellschaft leben zu können. Sie werden an unserem Tisch essen, und Sie werden mit uns an dem verdienstlichen Werk teilnehmen, die Talente der Jugend zu entwickeln und ihre Sitten auszubilden.«

Gab es eine Beschäftigung auf der Welt, die dem sanften und gefühlvollen Charakter unserer Heldin besser zugesagt hätte? Tränen rannen ihr aus den

Augen, und sie küßte mit stürmischer Dankbarkeit die Hand ihres Wohltäters. Aber der geschickte Rodon entzog sich diesen Empfindungsausbrüchen. Rosalie kam, Justine wurde ihr vorgestellt, und bald verbanden Bande der innigsten Zärtlichkeit diese beiden jungen reizenden Mädchen.

Bevor wir weiterreden, müssen wir noch erzählen, daß Justine ungemein begierig war, zu erfahren, was sich seit ihrer Flucht auf dem Schlosse Bressacs zugetragen habe. Sie beauftragte mit dieser Sendung ein junges, kluges Bauernmädchen, das ihr versprach, Erkundigungen einzuziehen. Unglücklicherweise schöpfte man Verdacht, man fragte sie aus, und das einzige, was sie nicht verriet, war der Ort, von dem aus man sie geschickt hatte. »Nun gut, so bewahren Sie Ihr Geheimnis«, sagte Bressac, »aber wo immer diese Schurkin sein möge, übergeben Sie ihr diesen Brief und sagen Sie ihr, sie möge sich in acht nehmen.« Jeanette eilte hastig zurück und überbrachte Justine folgenden Brief:

Eine Verbrecherin, die meine Mutter getötet hat, ist so frech, jemanden nach dem Ort ihres Verbrechens zu schicken. Das Klügste, was sie machen kann, ist, sorgfältig ihren Aufenthaltsort zu verbergen. Sie kann sicher sein, Unangenehmes zu erleben, wenn man sie entdecken würde. Wenn sie aber nochmals jemanden schicken wollte, würde man den Boten einsperren. Übrigens ist es gut für sie zu erfahren, daß die Geschichte mit dem Gefängnis, die sie für erledigt hielt, noch nicht abgetan ist. Die Verordnung ist noch nicht aufgehoben. Sie möge also selbst beurteilen, um wie viel schwerer die zweite Anklage gegen sie wirkt!

Justine glaubte ohnmächtig zu werden, als sie den Brief las. Sie überreichte ihn Rodin, der sie beruhigte, und hierauf fragte sie Jeanette weiter aus. Im Schloß sei alles in größter Verwirrung gewesen, berichtete sie. Die Verwandten waren da, Leute von Gericht waren gekommen, und der Sohn klagte Justine allein des Mordes an.

Übrigens wurde Bressac durch diese neue Erbschaft viel reicher, als man geglaubt hatte. Der Inhalt des Geldschrankes, die Einrichtung und die Juwelen setzten den jungen Mann, abgesehen von seinen Renten, in den Besitz von mehr als einer Million, und man behauptete, er könne unter dem geheuchelten Schmerz nur schwer seine Freude verbergen.

»Der Himmel lädt mir ein neues Kreuz auf, sagte Justine zu sich. »Durch eine unglaubliche Fügung des Schicksals werde ich nun eines Verbrechens angeklagt, dessen Erwähnung mir schon abscheulich dünkte, und derjenige, der meinen Arm geleitet hat, der allein an diesem niederträchtigen Muttermord schuldig ist, er ist glücklich, reich und vom Glück begünstigt.«

Nun wollen wir den Lesern eine Beschreibung der Leute geben, bei denen Justine sich befand und erklären, weshalb sie so liebenswürdig empfangen wurde.

Rodin, der Herr des Hauses, war ein groß gewachsener Mann von sechsunddreißig Jahren, besaß braunes Haar, dichte Augenbrauen, ein lebhaftes Auge und machte im allgemeinen den Eindruck eines kräftigen, aber wollüstigen Menschen. Er war Wundarzt aus Neigung für diesen Beruf, leitete ein Pensionat, um sich besser seinen Ausschweifungen hingeben zu können und besaß, abgesehen von den Einkünften seines Berufes, eine jährliche Rente von 20000 Francs. Eine wunderschöne Schwester, von der wir bald sprechen werden, vertrat seine vor zehn Jahren verstorbene Gattin in jeder Hinsicht, aber auch seine Tochter Rosalie und eine sehr hübsche Erzieherin genossen neben ihr die Gunst dieses schamlosen Mannes.

Célestine, Rodins Schwester, war 30 Jahre alt, groß, schlank und besaß ungemein ausdrucksvolle Augen. In ihrem Geist war viel Bösartigkeit mit einem ausschweifenden Temperament vermengt.

Die Erzieherin hieß Martha und war neunzehn Jahre alt. Ihr Äußeres zeigte ein rundes und frisches Gesicht, schöne blaue Augen, eine schwanenweiße Haut und den schönsten Popo, den man sich vorstellen kann.

Was Rosalie betrifft, so muß man sagen, daß sie eines jener himmlischen Mädchen war, wie sie die Natur selten den Sterblichen schenkt. Mit ihren vierzehn Jahren vereinigte sie alle nur möglichen Reize in sich: Eine Nymphentaille, seelenvolle

Augen, süße und bezaubernde Gesichtszüge, einen wundervollen Mund, lange kastanienbraune Haare, die denkbar schönste Brust und einen herrlichen Popo.

Wie schon erwähnt, besaß Rodin ein Pensionat für beide Geschlechter. Er hatte zahlreiche und auserwählte Zöglinge, und zwar immer je hundert Mädchen und hundert Knaben. Aufgenommen wurden nur Kinder von mehr als zwölf Jahren, die dann mit siebzehn Jahren weggeschickt wurden. Alle mußten hübsch sein.

Rodin unterrichtete seine männlichen Schüler selbst. Er unterwies sie in den Wissenschaften und freien Künsten, während seine Schwester dasselbe bei den Mädchen tat. Kein fremder Lehrer hatte Einblick, und so kam es, daß alle wollüstigen Geheimnisse des Hauses nicht nach außen drangen.

Sobald Justine klar sah, gab sie ihren durchdringenden Geist eifrigem Nachdenken hin, bis die Freundschaft mit Rosalie sie über alles aufklärte. Dieses entzückende Mädchen antwortete auf die Fragen Justines vorerst nur mit einem Lächeln, und da dieses Betragen unsere Heldin nur noch mehr beunruhigte, drang sie eifrig in Rosalie, ihr Geheimnis zu verraten. »Höre«, sagte diese endlich, »höre, Justine, ich werde dir alles mitteilen. Ich sehe, daß du nicht fähig bist, mein Geheimnis zu verraten, und so soll künftighin keines mehr zwischen uns bestehen.

Für die Tätigkeit meines Vaters sind zwei Gründe bestimmend. Er betreibt die Chirurgie aus Liebhaberei, mit dem einzigen Vergnügen, neue Entdeckungen darin zu machen. Er hat über diesen Gegenstand so vorzügliche Werke herausgegeben, daß er darin als einer der gescheitesten Leute Frankreichs gilt. Er hat einige Jahre in Paris gearbeitet und sich dann zu seiner Erholung hierher zurückgezogen. Du willst nun wissen, was ihn dazu treibt, ein Pensionat zu halten? Nichts als die Leidenschaft, meine Teure. Sowohl mein Vater wie meine Tante finden in den männlichen wie in den weiblichen Schülern Gegenstände für ihre Sinneslust. Beide haben dieselben Neigungen, und sie bedienen einander so gut, daß es kein Mädchen gibt, das Rodin nicht seiner Schwester gäbe und keinen Knaben, den sie nicht ihrem Bruder ausliefern würde.« – »Und sicherlich folgt auf diese scheußlichen Vergehen noch die abscheuliche Blutschande?«, fragte Justine. – »Gäbe es Gott, daß es dabei bliebe!«, sagte Rosalie. – »Himmel, du erschreckst mich.« – »Du wirst alles erfahren, mein Engel«, fuhr das reizende Mädchen fort. »Komm, folge mir nach. Heute ist Freitag und gerade der Tag, an dem mein Vater die Verfehlungen bestraft, das ist die Quelle seiner Freuden. Aber komm jetzt, wir können alles von meinem Zimmer aus beobachten. Tritt leise auf und hüte dich, namentlich über das etwas laut werden zu lassen, was du sehen oder von mir hören wirst.«

Da Justine einsah, daß es für sie wichtig sei, etwas
über die Persönlichkeit zu erfahren, die ihr ein
Obdach anbot, folgte sie ihr nach. Sie kamen in ein
Zimmer, dessen Tür so schlecht verschlossen war,
um so viel Raum zu lassen, daß man alles hören und
sehen konnte, was sich im Nebenraum abspielte.
Herr und Fräulein Rodin befanden sich schon darin.

»Wen wirst du auspeitschen?«, fragte das
Fräulein. – »Ich wollte, es wäre Justine.« – »Dieses
hübsche Mädchen scheint dich sehr aufzuregen?« –
»Du weißt es doch, Schwester. Ich habe dich heute
Nacht zweimal geliebt, und ich entlud nur mit dem
Gedanken an sie. Sie muß einen entzückenden Popo
haben, und ich empfinde den lebhaften Wunsch, ihn
zu sehen.« – »Das kann dir doch nicht so schwer
fallen.« – »Doch! Alle Ungeheuer von der Tugend
bis zur Religion sind dabei zu bekämpfen. Wenn ich
die Festung nicht im Sturm nehme, wird sie niemals
fallen.« – »Ah, wenn man sie vergewaltigen muß,
verspreche ich dir meine Hilfe. Die Hure wird
schon unterliegen müssen.« – »Empfindest du
nichts bei ihrem Anblick, Schwester?« – »Sie ist
entzückend, aber ich glaube, daß sie wenig
Temperament besitzt.« – »Du hast recht; aber sie
regt mich sehr auf! Oh, ganz ungeheuer!« Und bei
diesen Worten hob Rodin die Röcke seiner
Schwester von hinten auf und schlug ihr ziemlich
kräftig auf den Popo. »Kitzle mich, Célestine«,
sagte er zu ihr, »damit ich ins Feuer komme.« Er
setzte sich auf einen Lehnstuhl, legte sein schlappes
Glied in ihre Hände, und mit einigen Fingergriffen

erhielt es wieder Kraft. Währenddessen hielt er noch immer die Röcke seiner Schwester erhoben, so daß sich seinen geilen Augen der wundervollste Popo darbot. Er betastete ihn eifrig, und an der Art der Küsse konnte man bemerken, welche Gewalt dieser Liebessitz auf ihn habe. »Nimm Ruten«, sagte Rodin und erhob sich, »und bearbeite damit meinen Hintern. Es gibt nichts, was mich mehr erfrischt als diese Handlung.« – Célestine öffnete einen Schrank, entnahm ihm ein Dutzend Rutenbündel, breitete sie auf eine Kommode aus, und nachdem sie das beste ausgewählt hatte, ging sie damit auf ihren Bruder los, der sich verzückt unter den Schlägen drehte und dabei immer mit leiser Stimme ausrief: »Ah, Justine! Wenn ich dich haben könnte, aber ich werde dich besitzen. Es ist nicht gesagt, daß ich dir ohne Gegenleistung Gastfreundschaft gewähre. Ich brenne darauf, deinen Popo zu sehen. Ich werde ihn sehen, ich werde ihn auspeitschen, diesen schönen Popo, Justine.« – Célestine hörte bei diesen Worten einen Augenblick auf, ihren Bruder zu peitschen. Sie stützte sich auf die Lehnen des Stuhles und forderte mit ihren Backen zum Kampf auf. Aber Rodin, der nur seine Kräfte erproben und sie nicht verlieren wollte, begnügte sich, sie ein paarmal zu schlagen, ein wenig zu beißen und bat dann seine Schwester, die Kinder holen zu gehen, die er abfertigen wollte. Während dieser Ruhepause warf sich Justine in die Arme ihrer Freundin. »O Gott, hast du von der Verschwörung gegen mich gehört?«, fragte sie. –

»O teure Freundin, ich hoffe, daß du dich nicht widersetzen wirst«, entgegnete Rosalie, »du wärst die einzige, die heil aus diesem Hause herausgekommen wäre.« – »Ich werde flüchten«, sagte Justine. – »Das ist unmöglich«, antwortete Rosalie, »sein Beruf gibt ihm das Recht, das Haus zu verschließen. Bei einer Flucht würde er dich als Diebin behandeln, und du kämest nach Bicetre. Geduld, meine Teure, ist in diesem Falle das Beste.« – Da wieder Lärm hörbar wurde, begaben sich beide auf ihre Plätze zurück, und sie konnten bemerken, daß Célestine ein blondes vierzehnjähriges Mädchen, das wie eine Liebesgöttin aussah, mit sich hereinschleppte. Das arme weinende Kind, das nur zu gut wußte, was es zu erwarten hatte, näherte sich stöhnend seinem Erzieher. Sie stürzte vor ihm nieder und bat ihn um Gnade. – »Nein, nein!«, rief er aus, »das ist schon zu häufig vorgekommen, Julie. Ich bereue meine Güte, sie hat dich nur zu weiteren Verfehlungen ermutigt.« – »Hüten Sie sich, Bruder«, rief jetzt Célestine aus, »das Beispiel dieses Mädchens würde im Hause verderblich wirken. Vergessen Sie denn ganz, daß diese Schurkin gestern, als sie in das Schulzimmer eintrat, einem Knaben ein Briefchen zusteckte?« – »Ich schwöre, daß das nicht der Fall ist!«, rief die entzückende Unschuld, »glauben Sie mir doch, Monsieur, ich könnte so etwas nie tun.« – »Lasse dich doch von diesen Vorwürfen nicht täuschen«, sagte Rosalie rasch zu Justine. »Alle diese Vergehen sind erfunden, um einen Vorwand zu haben. Dieses kleine Mädchen ist ein Engel, nur weil sie sich ihm nicht hingeben will, behandelt er sie so hart.« – Währenddessen hatte die Schwester Rodins die Röcke der armen Kleinen gelöst, ihr das Hemd hinaufgezogen und zeigte nun ihrem Bruder den wundervollsten Popo. Dieser geile Kerl ergriff jetzt die Hände des jungen Mädchens, band sie fest und bewaffnete sich mit einem in Essig getauchten Rutenbündel. Die vor ihm kniende Schwester kitzelte ihm das Glied, als er nun seine Tätigkeit mit sechs leicht geführten Schlägen begann. Julie schauderte, aber sie bot in ihrer Angst ein so schönes Bild dar, daß Rodin nur noch mehr entflammte. Jedoch er wagte es nicht, sie zu küssen oder ihr die Tränen wegzusaugen. Trotzdem betastete eine seiner Hände die Backen. Bald öffnete, bald preßte er die göttlichen Reize zusammen, die ihn bezauberten. Er betrachtete sie von allen Seiten, und obwohl der wahre Tempel der Liebe nicht fern war, warf er doch, getreu seinem Glauben, keinen Blick dahin. Wenn die Stellung unglücklicherweise mehr zeigte, deckte er es rasch zu. Schließlich hatte seine Wut keine Grenzen mehr. Er überhäufte das arme, zitternde Wesen mit Schmähungen und Drohungen und peitschte schließlich den ganzen zarten Körper mit wütenden Schlägen. Julie schrie und weinte, aber das regte Rodin nur noch mehr auf. Er konnte sich jetzt nicht mehr halten. Célestine mußte das Kind so halten, daß der Popo, den er begehrte, sich ihm darbot. Dann näherte er sich den beiden, indem er leise zu seiner Schwester sagte: »Steck ihn mir hinein.« Er berührte mit der Spitze seines ungeheuren Gliedes das rosige Grübchen, wagte aber nicht weiterzugehen. Célestine trieb ihn jedoch wieder an, und unter Flüchen, Lästerungen und barbarischen Hieben öffnete er schließlich diesen Wohnsitz der Grazien und der Wollust. Der Verbrecher hielt sich aber zurück. Eine Steigerung hätte einen Verlust der Kräfte herbeigeführt, die er doch zu neuen Taten benötigte. »Kleiden Sie sich wieder an«, sagte er zu Julie, indem er sie losband und sich selbst in Ordnung brachte. »Und wenn noch einmal so etwas vorkommt, werden Sie nicht so leicht davonkommen.« – Als Julie hinausgegangen war, fuhr Rodin zu seiner Schwester gewandt, fort: »Du hast mich zu rasch gekitzelt. Es hat nicht viel gefehlt und ich hätte entladen. Das kleine Mädchen ist hübsch? Nicht? Hast du sie schon gehabt?« – »Welche hätte ich nicht schon gehabt?« – »Aber du hast gar kein Mitleid, wenn ich sie auspeitsche!« – »Was geht mich eine solche Hure an, wenn ich nur entladen kann! Ich würde sie selbst zerreißen. Ah, du kennst noch nicht mein Herz! Es ist noch grausamer als deines. Steck ihn mir ein wenig in den Popo, Rodin, er brennt mir förmlich«, fuhr das Weib fort und begab sich in dieselbe Lage, die sie vor der Auspeitschung Julies innehatte. Sie hob die Röcke, und Rodin stürzte sich ohne jede Vorbereitung in ihren Hintern. Die Hure entlud und ging dann hinaus, um neue Opfer zu holen.

Das zweite Mädchen, das hereinkam, mochte im Alter Justines stehen; ja, sie ähnelte ihr sogar ein wenig. »Aimée«, sprach Rodin, »es ist sonderbar, daß Sie bei ihrem Alter mich noch in die Lage bringen, Sie wie ein Kind auspeitschen zu müssen.« – »Mein Alter und mein Betragen ist es nicht, was mich einer solchen Schande aussetzt«, erwiderte stolz das entzückende Mädchen, »aber wenn man der Schwächere ist, hat man immer unrecht.« – »Sie antworten sehr frech«, sagte Célestine, »und ich hoffe, daß mein Bruder daraufhin nicht allzu nachsichtig sein wird.« – »Sie kann dessen sicher sein«, sagte Rodin, indem er die Röcke hastig loslöste. »Aber, ich glaubte nicht ...« – »Aimée«, unterbrach sie der geile Kerl, indem er sie über einen Lehnstuhl beugte, »Sie haben mir gesagt, daß Sie manchmal an Hämorrhoiden leiden. Ich werde Sie untersuchen, und wenn Ihr Leiden tatsächlich ein wenig von Bedeutung ist, will ich Sie milder behandeln.« – »Niemals habe ich mich über ein solches Leiden beklagt«, entgegnete Aimée bescheiden. – »Das macht nichts«, antwortete Rodin, indem er sie weiter gebeugt hielt, »das kann noch kommen. Es ist gut, wenn ich das jetzt schon bemerke.« Célestine half, und bald lag die arme Aimée auf allen vieren da, ohne sich rühren zu können. »Nein, tatsächlich, sie hat nichts«, sagte jetzt Rodin, »alles ist in gutem Zustand. Vorwärts, jetzt wollen wir sie züchtigen!« Man band ihr die Hände, und Célestine ergriff die Rutenbündel. »Mach du den Anfang, Schwester«, sagte Rodin.

»Ich möchte sehen, ob du wirklich kein Mitleid empfindest«, fuhr er fort, indem er sich vor sein Opfer hinstellte. Er wagte nicht, sich zu kitzeln, weil man ihn sah, und so rieb er bloß den Schenkel, auf dem sein steifes Glied ruhte. Célestine hieb mit derselben Grausamkeit ein wie ihr Bruder, der sich kaum noch halten konnte. Er eilte auf die Peitschende los, entriß ihr die Ruten und fing nun selbst mit solcher Heftigkeit zu peitschen an, daß alsbald Blut hervortrat. Die arme Unglückliche atmete kaum. Man sah ihren Schmerz bloß an den Zuckungen ihrer Backen, die sich bald öffneten und bald wieder schlossen. Nun folgte derselbe Angriff wie bei der ersten. Aimée aber erriet seine Absichten und drückte den Popo fest zusammen. Er griff nochmals an, aber wieder ließ ihn eine unvermutete Bewegung Aimées abgleiten. »Das alles scheint mir nicht zur Strafe zu gehören«, sagte sie, »ich bitte Sie, machen Sie endlich Schluß.« Rodin wurde noch wütender. Sein rasendes Glied schien den Himmel bedrohen zu wollen. Célestine wollte auch diesmal wieder helfen, jedoch Rodin winkte ab. »Nein«, sagte er, »man führe sie weg; sie soll acht Tage lang bei Wasser und Brot eingesperrt sein. Ich will ihr zeigen, was das heißt, sich mir zu widersetzen.«

Aimée ging mit gesenkten Augen hinaus, und der grausame Rodin verlangte nach einem Knaben.

Der Junge, den Célestine nun hereinführte, war ungefähr fünfzehn Jahre alt und schön wie Amor. »Sie haben verdient, bestraft zu werden«, sagte er zu ihm, »und Sie sollen es auch sein.« Rasch war die Hose unten, und alles, Popo, Glied, Hoden, Bauch, Schenkel, der Mund, alles wurde abgeküßt. Rodin drohte, schmeichelte, schmähte und liebkoste. Er befand sich in jener wollüstigen Auflösung, bei welcher die Leidenschaften keinen Herrn mehr kennen und der Liebende nur noch die Unmöglichkeit beklagt, hundertmal soviel peinigen zu können. Mit seinen schamlosen Fingern trachtete er danach, in dem Knaben denselben Zustand von Geilheit hervorzurufen, in welchem er sich selbst befand. Er kitzelte ihn. »Nun, da haben wir ja wieder Ihr unkeusches Benehmen«, sagte er, als er Erfolg bemerkte. Er faßte den jungen Mann bei den Händen und band ihn fest. Seine Küsse brannten auf dem Altar, auf dem er gewöhnlich zu opfern liebte. »Ah! Kleiner Schuft«, rief er aus, »ich muß mich an dir für die Gefühle rächen, die du in mir hervorrufst.« Er nahm die Ruten und peitschte das Kind, bis es weinte. Nun geriet Rodin in Verzückung, die nur unterbrochen wurde, um neue Opfer heranzuschleppen. Der Schüler wurde losgebunden, und ein wunderschönes Mädchen kam an die Reihe. Auf sie folgte ein Schüler von sechzehn Jahren und nach ihm ein sechzehnjähriges Mädchen. So peitschte Rodin mit Hilfe seiner Schwester an diesem Tage sechzig Kinder aus. Fünfunddreißig Mädchen und fünfundzwanzig Knaben.

»O Himmel!«, rief Justine aus, als diese Orgien beendet waren, »Wie kann man es wagen, solche

Ausschreitungen zu begehen? Wie kann man an solchen Quälereien Vergnügen finden?«

»Ah, du weißt noch nicht alles«, erwiderte Rosalie, »höre«, sagte sie, als sie in ihr Zimmer zurückkehrten, »du kannst jetzt wohl begreifen, daß, wenn mein Vater bei jungen Mädchen einiges Entgegenkommen findet, er an ihnen ebenso handelt, wie er es soeben zu den Knaben getan hat. Durch diese Vorsichtsmaßregel werden die Mädchen nicht entehrt und haben auch keine Schwangerschaft zu befürchten. Auch können sie einst mit Leichtigkeit einen Gatten finden. »Justine«, fuhr dieses liebe Kind fort, »ich selbst bin ja ein Opfer seiner Sinnlichkeit geworden.«

Unsere Heldin befand sich seit ungefähr vierzehn Tagen bei Rodin, als dieser eines Morgens, brennend vor Begierde, bei ihr eintrat. Nach einigen allgemeinen Redensarten sprach er sein Begehren aus. Da er aber wenig daran gewöhnt war, lange Einleitungen zu machen, faßte er bald Justine um den Leib mit der Absicht, sie aufs Bett zu werfen. »Lassen Sie mich los«, sagte dieses tugendhafte Mädchen, »lassen Sie mich, oder ich rufe das ganze Haus als Zeugen für ihre beabsichtigte Niederträchtigkeit zusammen. Wie begründen Sie Ihre Ansprüche auf mich? Ich mache mich doch hier im Hause nützlich und betrage mich derart, daß ich nichts von Ihnen befürchten zu müssen glaube. Wohl bin ich Ihnen dankbar, daß Sie mich aufgenommen haben, aber denken Sie daran, daß ich niemals mit meiner Ehre lohnen werde.«

Rodin staunte verwirrt über den unerwarteten Widerstand Justine an. »Herzchen«, sagte er nach einer Pause zu ihr, »du tust nicht recht daran, mir gegenüber die Vestalin zu spielen. Ich glaubte, einiges Anrecht auf dein Entgegenkommen zu besitzen. Aber schön, dein Wille geschehe, nur verlasse mich nicht wegen einer solchen Bagatelle. Ich bin glücklich darüber, ein keusches Mädchen in meinem Haus zu haben. Da du im gegenwärtigen Fall so viel Tugend bezeigst, wirst du es hoffentlich auch in anderen Fällen tun. Du wirst dir dabei noch viel mehr meine Zuneigung gewinnen, und ich bitte dich inständig, uns nicht zu verlassen.«

»Ich könnte hier nicht glücklich sein«, erwiderte Justine. »Man würde eifersüchtig auf mich werden, und ich müßte dann doch weg.« – »Fürchte dich nicht«, entgegnete Rodin, »die Erzieherin ist dir untergeordnet, und meine Schwester liebt dich. Du wirst immer mein Vertrauen besitzen, wenn du nur die nötige Verschwiegenheit bewahrst. Denn es geschehen hier viele Dinge, die deinen Anschauungen nicht entsprechen. Du mußt also alles sehen und hören, ohne auch nur darüber nachzudenken. »Ja, Justine«, fuhr Rodin eifrig fort, »bei aller Ausschweifung werde ich dann neben mir ein tugendhaftes Wesen besitzen, in dessen Arme ich mich stürzen werde, sobald ich meine Leidenschaften befriedigt haben werde.«

Die Tugend ist also dem Menschen notwendig, dachte Justine, da doch selbst der Lasterhafte sich ihrer versichern will.

Und unser liebenswürdiges Mädchen erinnerte sich der Bitten Rosalies und willigte schließlich gern ein zu bleiben, da sie auch an Rosalie gute Anlagen zu bemerken glaubte. »Justine«, sprach er, »Sie sollen von jetzt ab nur noch mit meiner Tochter zusammenkommen, und ich geben Ihnen 400 Francs als Gehalt.«

Eine solche Stellung mußte ein Glück für unsere unglückliche Waise werden, denn sie hoffte, sowohl Vater wie Tochter bekehren zu können.

»Rosalie«, sagte dann Rodin zu seiner Tochter, »ich hatte bisher nur den unbestimmten Wunsch, Justine an dich zu binden. Dieser Plan bildet von nun ab das Glück und den Trost meines Lebens. Empfange dieses Geschenk aus meiner Hand.«

Die beiden Mädchen umarmten sich, und Justine blieb.

Es vergingen keine acht Tage, und schon versuchte sich unser keusches und tugendhaftes Mädchen an der ersehnten Bekehrung. Dazu aber hätte man einen Priester gebraucht, und Rodin erlaubte weder, daß einer ins Haus käme, noch daß Rosalie ohne Begleitung ausgehe. So mußte sie warten, bis sich eine Gelegenheit bieten würde und konnte die Zwischenzeit nur dadurch ausfüllen, daß sie ihre Schülerin belehrte und in ihr die Neigung für die Tugend und die Religion zu erwecken trachtete.

Die gottesgläubige Rosalie wurde bald zur Christin, und bloß die einzige Frage blieb unbeantwortet: wie man zur Theorie die Praxis hinzufügen könnte. Rosalie trug mit Ekel die Fesseln, die ihr Rodin auferlegt, aber sie wußte, daß mit ihm nicht zu spaßen war. Auch zeigte er sich unbekehrbar. Keines der religiösen und moralischen Argumente Justines konnte gegen ihn aufkommen. Gelang es ihr jedoch nicht, ihn zu überzeugen, so hatte sie doch wenigstens die Festigkeit, sich auch nicht erschüttern zu lassen.

Denn während Justine die Tochter des Hauses zu bekehren trachtete, war Rodin seinerseits ständig bemüht, Justine zu seiner Anhängerin zu machen. In Rodins Hause befand sich ein Platz, der ihm dazu diente, die Körper aller derjenigen seiner Schüler betrachten zu können, die er entweder verführen wollte, oder denen gegenüber weiterzugehen er nicht wagte. Den Schlüssel zu diesem sehr elegant ausgestatteten Kabinett gab man nur denjenigen, deren Reize man kennen lernen wollte. Der Sitz war derart eingerichtet, daß die Person, die darauf saß, ihr ganzes Hinterteil den Blicken Rodins darbot, der bequem in einem anschließenden Zimmer zuschaute. Argwöhnte das Kind etwas und stand es auf, so schloß sich sofort eine federnde Falltür ohne den mindesten Lärm. Sowie es sich beruhigt wieder niedersetzte, öffnete sich wieder die Tür, und Rodin konnte mit Leichtigkeit alles sehen. Wenn ihm das, was er gesehen hatte, gefiel, dann wurde das Kind bald zur Auspeitschung und nach der Auspeitschung zur Sodomie verdammt.

Man kann sich leicht vorstellen, daß der Schlüssel zu diesem magischen Kabinett bald Justine in die Hand gegeben wurde und daß unser von dem sich bietenden Anblicke entzückter Hurenkerl von da ab noch energischer auf den Besitz dieser Reize losging. »Himmel, Schwester!«, rief er zu Célestine aus, als er wieder einmal eine derartige Besichtigung vorgenommen hatte, »gerechter Himmel! Du kannst dir keine Vorstellung von den göttlichen Reizen dieses Mädchens machen! Nein! Es gibt keinen Popo, der dem ihren ähneln würde. Sie verdreht mir den Kopf, ich bin außer mir. Ich muß sie besitzen, Schwester, koste es was es wolle. Versuche alles und verlocke sie. Aber sieh zu, daß du Erfolg hast, sonst würde in mir eine Wut entstehen, die mich zu Ausschreitungen treiben könnte!«

Célestine setzte alles in Bewegung. Allein es vergingen vierzehn Tage, ehe die Sirene eine andere Gewißheit erlangt hätte als die, daß alle ihre Pläne fehlschlugen. Justine fuhr so lange fort, ihren Wirten Widerstand entgegenzusetzen, bis sich der Verbrecher endlich zu einer höllischen List entschloß, wie sie nur seinem niederträchtigen Gehirn entspringen konnte.

Mittels eines Loches, das er in eine Mauer von Justines Zimmer gebohrt hatte, konnte er bemerken, daß dieses reizende junge Mädchen in den Tagen der großen Hitze nackt zu schlafen pflegte. Rodin ließ nun rasch eine Falltüre herrichten, durch die Justines Bett in das höher gelegene Zimmer gehoben werden konnte. Er begab sich eines schönen Abends in dieses Zimmer, und sobald er Justine eingeschlummert glaubte, betätigte er die Falltür. So befand sich unser unglückliches Mädchen ganz nackt und ohne Verteidigungsmittel im wohlverschlossenen, wohlverriegelten Machtbereich des Verbrechers.

»Ah, endlich habe ich dich, Schelmin«, rief er aus und warf sich auf seine Beute, »nun wirst du mir nicht mehr entschlüpfen!«

Im Zimmer waren sechs Kerzen aufgestellt, wodurch er in der glücklichen Lage war, den vollendeten Körper sehen zu können. Wir brauchen seinen Zustand nicht weiter zu beschreiben, denn man kann sich leicht sein Vergnügen vorstellen, endlich sein Ziel erreicht zu haben. Trotzdem jedoch konnte er Justines nicht Herr werden. Sie war durch ihre Tugend stärker als er. Leicht und behänd wie ein Aal entglitt sie seinen Armen und öffnete Hilfe rufend ein Fenster. Das Fenster ging aber gerade nach dem Schlafraum der jungen Mädchen, und so konnte diese Nachlässigkeit Rodin das Leben kosten.

»Halt ein, Unglückliche!«, rief er, »ich will dir aufriegeln, aber sprich kein Wort. Um Himmels willen, stürze mich nicht ins Verderben!« – »Gut, so öffnen Sie mir die Tür«, sagte Justine. »Sobald sie offen ist, höre ich auf zu schreien.« Rodin mußte gehorchen, und so wurde nochmals ein Verbrechen verhindert, dessen Ausführung deshalb aber noch nicht aufgegeben wurde.

Nun war der Anstoß für Justine gegeben, das Haus Rodins zu verlassen, und sie hätte sicherlich die Gelegenheit benützt, wenn sie sich damals nicht gerade im wichtigsten Stadium von Rosaliens Bekehrung befunden hätte. Bevor wir hier weitergehen, müssen wir aber ein wenig zurückgreifen.

Justine konnte freier aus- und eingehen als Rosalie, und so fand sie Gelegenheit, ihren Bekehrungsplan einem jungen Priester mitzuteilen. Abbe Delue, ein eifriger Diener des Herrn, hatte freudig den erhabenen Gedanken aufgegriffen, der Kirche ein sanftes Schaf zurückzubringen, das man ihr entführen wollte. In den ersten drei Wochen nach seiner Begegnung mit Justine fanden auch schon fromme Gespräche statt, und zwar im Zimmer Rosaliens selbst. Die Absicht Rosaliens war es, eines Morgens in den Schoß der Kirche zu flüchten und ihr ferneres Leben in einem Kloster zu verbringen. Aber der Himmel erlaubte nicht, daß die Tugend nochmals über das Laster triumphiere, eine Unvorsichtigkeit verriet alles, und das Verbrechen trat wieder in seine Rechte.

Justine wohnte gewöhnlich nicht den feierlichen Unterrichtsstunden bei. Sie stand Wache und warnte, wenn Rodin nahte. Eines schönen Tages glaubten sich aber alle drei in Sicherheit, und Justine mußte an der Verzückung ihrer Freundin teilnehmen. Unsere drei Engel schwangen sich gerade gemeinsam gegen das Himmelsgewölbe, als der mehr irdischen Dingen zugewandte Rodin mit dem Wunsch eintrat, seine Tochter zu lieben. Er glaubte sie im Bette anzutreffen und hielt schon sein Glied in der Hand, aber wie groß war sein Erstaunen, als er sie zu Füßen eines Priesters und mit einem Kreuz in der Hand sitzen sah. Einen Augenblick lang glaubte er zu träumen. Erschreckt taumelte er bald vorwärts, bald nach hinten, und erst langsam kam er zu sich. »Sie sehen, Schwester, wie man mich verrät«, sagte er zu Célestine, die mit Martha nachfolgte, »es ist leicht zu erraten, Justine, wem ich diesen niederträchtigen Verführungsplan zu verdanken habe. Gehen Sie hinaus, ich will Ihnen nichts nachtragen, denn ich habe Sie so lieb, daß, hätten Sie selbst nach meinem Leben getrachtet, ich Ihnen verzeihen würde. Aber du, Verbrecher«, sagte er und faßte den Priester am Kragen, »du wirst mir aus diesem Haus nicht so leicht entwischen, wie du hereingekommen bist. Du wirst in einem Kerker dafür büßen, die philosophischen Wahrheiten, die ich in diesem Haus verbreite, mit deinem unreinen Atem beschmutzt zu haben. Gehen Sie hinaus, Rosalie, gehen Sie zu Ihrer Tante und rühren Sie sich von dort nicht ohne meine Erlaubnis weg.« Nun zerrte er mit Hilfe seiner Schwester und der Erzieherin den Abbé in ein Kellerloch, in das die Sonne noch niemals geschienen hatte, ging dann zu Rosalie und sperrte sie in ein anderes Verließ ein. Hierauf lief er in das Dorf. »Man hat mir meine Tochter entführt«, rief er aus, daß es jeder hörte, »und ich habe den Verdacht, daß es Abbé Delue war.« Mein eilte nach seiner Wohnung, fand den Abbé aber nicht zu Hause. »Nun ist alles klar«, sagte Rodin, »ich hatte bis jetzt nur den Verdacht, nun aber sehe ich fürchterliche Wahrheit. Allein ich habe Schuld, ich habe alles kommen sehen und hätte die beiden schon am ersten Tag auseinander bringen müssen!«

Alles ging ihm in die Falle. Rodin war durch diese List Herr über den Priester, und er öffnete den Kerker bloß, um ihn zu ermorden. Den Leichnam Delues ließ er in der Gruft, und dann brachte er seine Tochter an diesen Schreckensort. »Ich will, daß du deinen Verführer immer vor Augen haben sollst«, sagte er zu ihr, »bis du dein Verbrechen mit deinem Blut abgewaschen hast.«

So standen die Dinge, als Justine, die sich außer aller Gefahr wähnte, versuchte, etwas über das Los ihrer Freundin zu erfahren; sie benützte jeden Augenblick, den sie sich unbeachtet glaubte, um die entlegensten Winkel des Hauses zu durchstöbern. Endlich glaubt sie im Hintergrunde eines sehr finsteren Hofes Stöhnen zu vernehmen. Sie trat hinzu, aber vor der engen Türe lag ein Stoß Holz. Neues Wehklagen. »Oh, Justine! Bist du es?« – »Ja, Teuerste«, entgegnete diese, denn sie erkannte die Stimme Rosaliens. »Ja, es ist Justine, und der Himmel schickt sie dir.« Bald erfuhr nun Justine, in welcher traurigen Lage Rosalie sich befand, daß ihr Vater den Abbé ermordet hatte, daß sie aber nur an

106

den Messerstichen beurteilen konnte, daß Delue viel gelitten habe. »Jetzt komme ich an die Reihe«, fügte Rosalie hinzu, »gestern kam mein Vater mit dem Dorfarzt herein, mit dem er sehr befreundet ist, und beide haben sich an mir schamlos vergangen. Mein Vater wollte sogar – etwas, was ihm noch nie durch den Kopf gegangen ist –, daß ich mich den zügellosen Leidenschaften seines Kollegen hingeben solle, ja er hielt mich sogar während dieser schauderhaften Szene fest. Es sind ihnen aber auch Worte entschlüpft, die mich an meinem Schicksal nicht mehr zweifeln lassen. Justine, ich bin verloren, wenn es dir nicht gelingt, mich zu befreien. Alles beweist mir, daß diese Ungeheuer mit mir einen ihrer Versuche anstellen wollen.«

»Himmel«, rief jetzt Justine aus, »haben die derlei schon einmal getan?« – »Ich habe starke Gründe, die dafür sprechen. Wenn elternlose Kinder hier sind, verschwinden sie oft, ohne daß man wüßte, was aus ihnen geworden ist. Es ist noch keinen Monat her, daß ein wunderschönes vierzehnjähriges Mädchen auf diese Art verschwand, und ich erinnere mich wohl, daß ich an diesem Tag erstickte Schreie aus dem Kabinett meines Vaters hörte. Am nächsten Tag sagte man, daß sie davongelaufen sei. Einige Zeit nachher verschwand eine fünfzehnjährige Waise auf die gleiche Art, und man hörte von ihr nichts mehr. Mit einem Wort, ich zittere, wenn es dir nicht bald gelingt, mich aus diesem Gefängnis zu befreien.«

Justine fragte nun ihre Freundin, ob sie nicht wüßte, wo die Schlüssel zu diesem Keller hingen. Rosalie verneinte, trotzdem glaubte sie nicht daran, daß sie jemand bei sich trüge. Nun suchte Justine danach, aber es war vergeblich, und die Stunde des Abschieds nahte, ohne daß sie dem armen Kind eine andere Hilfe zuteil werden lassen konnte als ein paar Trostworte und viel Tränen. Justine mußte schwören, am nächsten Tag wiederzukommen, und sie versprach auch, falls sie bis dahin noch keine Abhilfe gefunden hätte, mit ihren Klagen bis vor das Gericht gehen zu wollen, um die unglückliche Rosalie um jeden Preis ihrem schrecklichen Schicksal zu entziehen.

Rombeau, der Arzt, speiste gerade mit Rodin zu Abend, als Justine zurückkehrte. Zu allem entschlossen versteckte sie sich in einem Nebenzimmer, und hier konnte sie sich durch das Gespräch der beiden Verbrecher bald davon überzeugen, was ihre Freundin zu erwarten hatte.

Unsere Heldin eilte davon, entschlossen, ihre Freundin zu befreien oder selbst dabei umzukommen.

»Unglückliche!«, rief sie aus, »wir haben keinen Augenblick zu verlieren! Diese Ungeheuer! Du hattest nur zu sehr recht.« Bei diesen hastig hervorgestoßenen Worten drückte sie so gut sie konnte gegen die Tür. Dabei fiel etwas zu Boden, und als sie die Hand danach ausstreckte, fand sie, daß es der Schlüssel war. Hastig öffnete sie, die

Freundinnen fielen sich in die Arme, und Justine drängte zum raschen Aufbruch. Allein Rosalie wollte ihrer Freundin noch den Leichnam Delues zeigen, und diese unglückliche Verzögerung brachte sie um den Erfolg. Die Zeit verging, und da waren auch schon Rodin und Rombeau, von der Erzieherin geführt und in einem Zustand, der deutlich die Art ihrer Vergnügungen erraten ließ, die sie gerade genossen hatten. Rodin ergriff seine Tochter gerade in dem Augenblick, als sie die Schwelle überschritt, die sie in die Freiheit geführt hätte.

»Wohin gehst du?«, rief der rasende Rodin aus, indem er Rosalie ergriff, und Rombeau sich gleichzeitig Justines bemächtigte. »Ah!«, fuhr er gegen diese gewandt fort, »diese Hure hilft dir bei deiner Flucht? Verbrecherin! Also das sind Ihre tugendhaften Grundsätze? Einem Vater seine Tochter entführen? Und ist das der Dank für meine Güte, daß ich dich damals nicht erdolchte, als ich meine Tochter durch deine Bemühungen zu Füßen eines Priesters sitzen sah?« – »Ich mußte so handeln, wie ich getan habe«, erwiderte Justine. »Wenn ein Vater so grausam ist, seine Tochter ermorden zu wollen, muß man alles unternehmen, um ein solches Verbrechen zu verhüten.« – »Gut«, sagte Rodin, »also Spioniererei und Verführung: Die zwei gefährlichsten Laster bei einem Dienstboten. Gehen wir hinauf, wir müssen über diese Geschichte zu Gericht sitzen.«

Die beiden Verbrecher schleiften bei diesen Worten Rosalie und Justine ins Innere des Hauses zurück. Celestine erwartete sie ganz nackt und empfing sie mit fürchterlichen Flüchen. Martha schloß sorgfältig alle Türen, und nun bereitete sich eine unendlich grausame Szene vor.

»Wir wollen ein wenig trinken«, sagte Rodin, »ich habe nicht gern, mit unbefangenem Kopf an eine solche Arbeit zu schreiten.« Die Tafel war noch gedeckt, und so brauchte man bloß die Pfropfen springen zu lassen. Sechs Flaschen des besten Champagners wurden innerhalb einer Viertelstunde hinuntergegossen. »Noch sechs her«, sagte Rodin zu seiner Schwester, »wir werden sie bei der Arbeit hinuntergießen. Ah, Mademoiselle Justine«, sagte der Verbrecher, indem er sich dem weinenden Mädchen, das sein Schicksal voraussah, näherte. »So locken Sie also die Tochter von ihrem Vater weg. Würdest du glauben, Rombeau, daß ich alles nur Mögliche getan habe, um dieses Mädchen dranzukriegen und daß es mir nie gelang? Aber jetzt haben wir sie, und ich rate ihr nicht, uns jetzt entschlüpfen zu wollen. Und Sie, kleine Hure«, fuhr er fort, indem er seine Tochter an sich preßte und ihr eine Ohrfeige gab, »Sie lassen sich von dieser Schurkin verführen? Wir müssen sie beide sezieren, Rombeau, an meiner Tochter werden wir den Versuch mit der Jungfernhaut und an Justine den bezüglich des Herzschlages machen.« – »Mit diesem Hühnchen da mache ich, was man von mir verlangt«, sagte der halb betrunkene Rombeau und preßte grausam die Brüste Justines zusammen. »Die Hure erhitzt mir schon seit langem das Gehirn.«

Unsere beiden armen Kinder standen bald in einem Zustand vollständiger Nacktheit da. Aber da man Rosalie bereits kannte, richteten sich die Blicke aller auf den schönen Körper unserer Heldin. Célestine näherte sich ihr und umarmte sie. »Himmel, so ein schönes Mädchen!«, rief sie aus. – »Nun denn, so kitzeln Sie sie«, sagte Rodin. »Rombeau und ich werden uns darüber gut unterhalten.« Madame Rodin trug nun die weinende Justine auf ein Sofa, und während sie sie mit der größtmöglichen Kunst kitzelte, bedeckte Rodin den Popo dieses schönen Mädchens mit den glühendsten Küssen. Rombeau stand vor dem Paare und küßte gleichfalls von Zeit zu Zeit Justine ab.

Célestine triumphierte. Sie hatte so viel Geschicklichkeit angewandt, daß das Vergnügen den Schmerz überwog und unsere Unschuld entladen mußte.

So vergnügten sich die Kerle eine Stunde lang. Endlich hatten sie davon genug. Sie waren jetzt so aufgeregt, daß aus ihren Augen Flammen sprühten. Rodin gab sich hauptsächlich mit Justine ab. Er küßte, zwickte und schlug sie und wußte nicht, was er alles erfinden sollte, um sie abwechselnd zu liebkosen und zu peinigen. Schamhaft, wie wir von Natur aus sind, müßten wir erröten, wenn wir die Schändlichkeiten beschreiben wollten, die er beging.

»Du siehst, meine Gute«, sagte er endlich zu Justine, »daß man auch bei den Schweinehunden noch etwas gewinnen kann. Deine Ehre ist dir gewahrt. Weniger tugendhafte Wüstlinge hätten sie dir vielleicht geraubt, wir haben sie geschont. Weder Rombeau noch ich haben auch nur den Wunsch, sie anzugreifen, aber dein Popo, dieser herrliche Popo wird oft durchbohrt werden. Er ist so frisch, so schön geformt, so hübsch!« Und bei diesen Worten küßte ihn der Schuft.

Nun ergriff Rodin seine Tochter, und aus seinen wilden Blicken konnte sie ihr Todesurteil lesen. Er ohrfeigte sie, beschimpfte sie und fluchte wie nur ein Verbrecher fluchen kann. Nun wurde die arme Tochter Rodins umgebracht.

»Ich habe auch eine gute Idee, wie wir Justine strafen könnten«, sagte danach Rombeau, indem er ein Eisen ins Feuer legte, »strafen wir sie denn genügend, wenn wir ihr das Leben rauben? Nein, zeichnen wir sie, verbrennen wir sie. Dieses demütigende Zeichen wird sie entweder an den Galgen bringen oder sie den Hungertod sterben lassen. Jedenfalls aber wird sie bis zu ihrem letzten Atemzug leiden.« Wie gesagt, so getan. Rodin ergriff Justine, und der scheußliche Rombeau preßte das glühende Eisen auf ihre Schulter, mit dem man die Diebe zeichnet, »jetzt soll sie sich unter die Leute wagen«, sagte das Ungeheuer, »dieser belastende Buchstabe wird uns rechtfertigen, daß wir sie so rasch und geheimnisvoll weggeschickt haben.«

Schließlich wurde der Leichnam Rosalies im Garten verscharrt. Justine kleidete man wieder an, führte sie an den Rand des Waldes und überließ sie ihrem bösen Stern, nachdem man ihr die Gefahren vorgehalten hatte, denen sie ausgesetzt wäre, wenn sie in ihrem jetzigen Zustand ihre Peiniger beschuldigen würde.

Zweites Buch

Ein anderes Wesen als die zitternde Justine hätte sich wenig um diese Drohung gekümmert. Sobald es ihr möglich war, zu beweisen, daß, was sie erduldet, über sie von keinem Gericht verhängt worden war, was hatte sie zu fürchten? Aber ihre Schwäche, ihre natürliche Furchtsamkeit, alles dies betäubte sie, erschreckte sie. Sie dachte nur mehr an Flucht. Außer diesem beschämenden Brandmal, einigen Spuren der Rute, welche dank der Reinheit ihres Blutes bald verschwinden würden, und einiger sodomitischer Angriffe hatte unsere Heldin, als sie achtzehn Jahre alt und von Rodin fortging, nichts verloren, weder von ihrer Tugend, noch von ihrer Frische, noch von ihren Kräften. Sie trat in jenes Alter, wo die Natur eine letzte Anstrengung zu machen scheint, um die zu verschönern, welche ihre Hand für die Lust der Männer bestimmt hat. Ihre Taille hatte bessere Formen, ihre Haare waren dichter und länger, ihre Haut frischer und appetitlicher. Ihr Busen, geschont von diesen Leuten, welche für diesen Körperteil wenig Interesse hatten, war wohlgeformter und runder. Sie war ein entzückendes Wesen, wohl geeignet, bei einem Wüstling die heftigsten, außergewöhnlichsten und schamlosesten Begierden zu erregen.

So machte sich Justine, mehr aufgeregt und bekümmert als körperlich mißhandelt, auf den Weg.

Aber ohne Führer und da sie niemanden fragte, kam sie immer wieder um Paris herum. Am vierten Tag ihrer Reise war sie erst nach Lieursaint gekommen. Da sie wußte, daß diese Straße sie nach dem Süden führte, beschloß sie, ihr zu folgen und so diese entlegenen Länder zu erreichen, überzeugt, daß sie nur an den Grenzen Frankreichs den Frieden und die Ruhe erlangen würde. Welcher Irrtum! Wie viel Kummer stand ihr noch bevor!

Was sie auch immer bis jetzt ausgestanden, ihre Tugend wenigstens war ihr geblieben; einzig das Opfer zweier oder dreier Wüstlinge, konnte sie sich, da es entgegen ihrem Willen geschehen, noch immer unter die anständigen Mädchen zählen; sie hatte sich nichts vorzuwerfen, ihr Herz war rein, sie war darauf stolz und dafür erreichte sie die Strafe. Sie trug ihr ganzes Vermögen bei sich, ungefähr fünfhundert Francs, ihr Verdienst bei Bressac und bei Rodin. Sie war froh, wenigstens dies noch gerettet zu haben und hoffte, mit Sparsamkeit und Einfachheit so lange auszukommen, bis sie eine Stelle gefunden hatte; das schreckliche Mal war nicht zu sehen, sie hoffte, es immer verbergen zu können und trotzdem ihr Brot zu verdienen.

Am Abend des ersten Tages, sechs oder sieben Kilometer vor Sens, ging Justine ein wenig abseits des Weges und setzte sich einen Moment an den Rand eines großen Teiches, dessen Umgebung ihr Schatten zu spenden schien. Die Nacht begann ihre Schleier zu senken, und unsere Heldin, die wußte, daß sie nur mehr eine kleine Strecke zu ihrem

Nachtquartier hatte, beeilte sich nicht, die süße Einsamkeit ihres Nachdenkens zu unterbrechen, als sie plötzlich zehn Schritte von ihr einen größeren Gegenstand ins Wasser fallen hörte. Sie wendete ihre Augen und bemerkte, daß dieser Gegenstand mitten unter dichtem Gestrüpp lag, zu dessen Fuß die Wasser des Teiches fluteten; weder sie noch der Täter konnten sich sehen. Sie glaubte Schreie zu hören; überzeugt, daß sich in dem Korb ein lebendes Wesen befinde, folgte sie dem Trieb der Natur. Ohne Rücksicht auf die Gefahr, stürzt sie sich in den Teich, und es gelang ihr, ohne den Boden zu verlieren, den Gegenstand, den der Wind zu ihr hintreibt, zu erfassen. Sie kehrt ans Ufer zurück und zog die kostbare Last nach; eilig packt sie aus. Großer Gott, es war ein Kind, ein entzückendes Mädchen von achtzehn Monaten, nackt, geknebelt, welches ihr Henker wahrscheinlich hoffte zugleich mit seinem Verbrechen in den Fluten des Teiches zu begraben. Justine beeilte sich, die Bande zu zerreißen, sie ließ das kleine Mädchen atmen, und es streckte seine kleinen, furchtsamen Hände gegen seine Wohltäterin aus, wie um sich bei ihr zu bedanken. Gerührt umarmte Justine die reizende Unglückliche. »Armes Kind«, sagte sie, »bist du auf die Welt gekommen, gerade so wie die unglückliche Justine, nur um den Kummer, niemals die Freude kennen zu lernen? Vielleicht wäre der Tod das Beste für dich gewesen. Ich leiste dir vielleicht einen schlechten Dienst, indem ich dich aus dem Schoß der

Vergessenheit ziehe und dich wieder ins Unglück und in die Verzweiflung zurückführe; wohlan, ich werde diesen Fehler gutmachen und dich nie verlassen, wir werden zusammen die Dornen dieses Lebens pflücken; sie werden uns zu zweit weniger spitzig vorkommen, und mit vereinten Kräften werden wir sie zu zweit leichter vermeiden. Gütiger Himmel, ich danke dir für dieses Geschenk, es ist eine heilige Gabe, für das mein Gefühl dir immer dankt; glücklich, es gerettet zu haben, werde ich für sein weiteres Leben und seine Erziehung sorgen. Ich werde für sie arbeiten, jünger als ich, wird sie mir es im Alter heimzahlen; es ist eine Freundin, welche mir Gott geschickt. Auf welche Weise kann ich dir danken?«

»Das soll meine Sorge sein, du Hure!«, schrie ein Mann, und indem er die unglückliche Justine beim Kragen faßte, warf er sie auf den Rasen. »Ja, ich werde dich dafür strafen, dich in Angelegenheiten zu mischen, die dich nichts angehen.« Daraufhin ergriff der Unbekannte das kleine Mädchen, steckte es wieder in den Korb und warf es wieder ins Wasser. »Du verdienst dasselbe Los«, sagte der Kerl, »Wie dieses Kind, und ich würde nicht zögern, es dir zuteil werden zu lassen, wenn ich dich nicht für grausamere Strafen aufbewahren würde, die mir mehr Vergnügen machen. Folge mir ohne ein Wort; sieh diesen Dolch: bei der ersten Bewegung steckt er in deinem Busen.«

Justine wagte es nicht, zu antworten, und folgte zitternd ihrem Henker; nach zwei Wegstunden kamen sie zu dem Schloß, welches am Ende eines Tales gelegen, von Hochwald umgeben, ein wildes, düsteres Aussehen hatte. Die Tür zu diesem Haus war so von Gehölz und Gestrüpp verdeckt, daß es unmöglich war, sie zu erraten. Hier trat gegen zehn Uhr nachts, vom Herrn des Hauses geführt, Justine ein. Während das arme Mädchen, in einem Zimmer verschlossen, ein wenig Ruhe sucht vor diesem neuen Schrecken, wollen wir alles das vorausschicken, was zum Verständnis des folgenden notwendig ist.

Monsieur de Bandole, ein reicher Mann, einst in hoher Stellung, war der Besitzer des Schlosses. Zurückgezogen von der Welt seit fünfzehn Jahren, gab sich Bandole in dieser Einsamkeit ganz seiner absonderlichen Geschmacksrichtung hin. Wenige Menschen waren kräftiger als Bandole; obwohl er vierzig Jahre alt war, liebte er täglich viermal, ja in seiner Jugend hatte er's auf zehn gebracht. Groß, mager, von galligem Temperament, besaß er ein schwarzes und widerspenstiges Glied von neun Zoll Länge und sechs Zoll Dicke; behaart war er am ganzen Körper wie ein Bär. Bandole liebte die Frauen nur zu seiner Lust; wenn er gesättigt war, konnte sie niemand mehr verachten. Noch merkwürdiger war, daß er sich ihrer nur dazu bediente, um Kinder zu erzeugen. Er zog sie auf bis achtzehn Monate, und hierauf wurde der finstere Teich, in welches wir eines ihn haben versenken sehen, ihr Grab.

Diesen bizarren Wahn zu befriedigen, hatte Bandole dreißig Mädchen in seinem Schloß eingeschlossen im Alter von achtzehn bis zu fünfundzwanzig Jahren, alle von der größten Schönheit. Vier alte Frauen waren beauftragt, diesen Serail zu betreuen, eine Köchin und zwei Küchenmädchen vervollständigten den Haushalt dieses Wüstlings. Er war der Ansicht, daß man, um seine Kraft zu erhalten, wenig essen und nur Wasser trinken dürfe, und daß eine Frau, um fruchtbar zu sein, nur gesunde und leichte Nahrung zu sich nehmen dürfe. Deshalb nahm Bandole nur immer eine Mahlzeit, bestehend aus einigen Gemüsen, ein, und auch die Frauen erhielten nichts als Gemüse und Früchte; wirklich erfreute sich auch Bandole infolgedessen einer glänzenden Gesundheit, und seine Weiber waren entzückend frisch: In jedem Jahr gebar ihm jede wenigstens ein Kind. Nach jeder Geburt wechselte man die Frauen, so daß nur die unfruchtbaren blieben. Dadurch waren sie in der schrecklichen Zwangslage, entweder dem Ungeheuer ein Kind zu gebären oder ewig bei ihm zu bleiben. Da sie nicht wußten, was mit ihrer Nachkommenschaft geschah, so konnte Bandole ihnen leicht ihre Freiheit wiedergeben, und man brachte sie zurück, woher sie kamen und jede erhielt tausend Francs Schadenersatz. Was Justine betraf, konnte er aber nicht daran denken, ihr die Freiheit wiederzugeben, so viel Kinder sie ihm auch gebären würde, denn sie hatte ihn belauscht und konnte ihn daher verraten. Im Hause selbst konnte

Justine, eingeschlossen wie die anderen Frauen, nichts ausplauschen. Daher brachte nur ihre Freiheit ihm Gefahr, und Bandole dachte nicht daran, sie ihr jemals zu schenken; man wird sich leicht vorstellen, daß die Art, seine Wollust zu befriedigen, bei einem solchen Mann viel von der Wildheit seines Charakters an sich trug. Nur an die Befriedigung seiner Wollust denkend, hatte Bandole niemals die Liebe gekannt.

Dies war also der Mann, welcher eine Rose pflücken wollte, die zwar durch die grausamen Angriffe des Saint-Florent etwas entblättert, aber durch die lang andauernde Keuschheit wieder erfrischt, sich geschlossen hatte und daher recht wohl noch als die Blume der Jungfernschaft gelten konnte.

Am sechzehnten Tag öffnete sich die Tür, und Bandole, gefolgt von einem alten Weib, kam in das Zimmer. »Laß deine Scheide anschauen«, sagte die Alte, und Justine wurde, ohne daß sie sich wehren konnte, gepackt und entblößt. »Ah«, sagte Bandole gleichgültig, »ist das nicht die, die mich überrascht hat, und die daher ewig hier bleiben muß?« – »Ja«, antwortete man ihm. – »Wenn dem so ist«, sagte er, »braucht man nicht viel Vorbereitungen. Ist sie noch Jungfer?« – Daraufhin bückte sich die Alte, eine Brille auf der Nase. »Man hat sie bereits verletzt«, sagte sie, »aber sie ist noch genug eng und frisch, um Vergnügen zu schaffen.« –»Spreize sie auseinander, damit ich selbst sehen kann«, sagte Bandole. »Greife ihr an die Hüften«, sagte er dann zur Alten, »und sage mir, ob du glaubst, daß sie trächtig werden wird?« – »Ja«, sagte die Alte, »sie ist sehr gut gebaut, du kannst mit Bestimmtheit in neun Monaten ein Kind erwarten.« – »Himmel!«, rief Justine aus, »man behandelt mich ja wie ein Tier, und womit habe ich das verdient, daß Ihr mich so mißhandelt, welche Gewalt habt Ihr über mich?« – »Jede«, sagte Bandole, »und um dir das zu beweisen, werde ich dich sofort in den Kerker werfen lassen.« Der Kerker waren Türmchen, in welchen zwar die Luft sehr gut war, die aber so vergittert waren, daß es unmöglich war, daraus zu entfliehen. Hier begann die empfindsame Justine über ihr Los nachzudenken. »O Gott!«, rief sie aus, »wodurch habe ich solche Qualen verdient? Weil ich mich dem Verbrechen widersetze?« Sie war ganz niedergeschlagen, kaum atmete sie noch, ganz ging sie in Schmerz auf. So vergingen einige Tage, ohne daß sie außer der Alten, die ihr die Nahrung brachte, jemanden sah. Eines Abends erschien Bandole und sagte Ihr: »Mein Kind, übermorgen wird dir die Ehre meines Bettes zuteil. Wie«, setzte er hinzu, als er eine Bewegung des Schreckens bemerkte, »diese Nachricht erfüllt dich nicht mit Freude?« – »Sie erfüllt mich mit Schrecken. Glaubt Ihr denn, die Frauen können euch lieben?« – »Mich lieben?«, antwortete Bandole, »darüber wäre ich verzweifelt. Der Mann, der eine Frau ganz genießen will, darf nie ihr Herz zu gewinnen suchen, denn so wird er ihr Sklave und sehr unglücklich. Eine Frau ist nur dann köstlich zu lieben, wenn sie uns von

ganzem Herzen haßt, und der Mann, welcher alle
Freuden der Wollust genießen will, darf nicht
versäumen, sich der Frau möglichst verhaßt zu
machen.« – »Und wo ist das Zartgefühl?« – »Was
hat das Zartgefühl mit der Liebe zu tun? Vergrößert
es das Vergnügen? Nein, im Gegenteil, es
vermindert die Empfindung, indem es dem Mann
körperliche Schranken setzt zugunsten der Moral;
das Zartgefühl ist der Schatten der Liebe, die
Wollust der Körper. Alle zartfühlenden Männer
lieben schlecht, sie entschädigen die Frau mit
schönen Worten. Ich für meinen Teil, wäre ich eine
Frau, ich würde es vorziehen, gequält und gut
geliebt zu werden, als täglich schöne Worte zu
hören. Also, Justine, füge dich drein, als Schwache
mußt du nachgeben.« Bandole entfernte sich und
ließ die arme Justine in der Erwartung der
schrecklichen Vergewaltigung zurück. Sie dachte
darüber nach, ohne sich zu Bett zu legen, ans
Fenster gelehnt. Da plötzlich hörte sie Geräusch in
dem Gestrüpp, das ihren Turm umgab. »Offne!«,
rief man ihr zu, »und habe keine Furcht; wichtige
Dinge hat man dir zu sagen.« Justine streckte den
Kopf vor und horchte. Auch der Schein einer
Hoffnung ist schon köstlich in ihrer schrecklichen
Situation. Man wiederholte dieselben Worte, sie
erkennt zu ihrer Überraschung die Stimme
Eisenherz, dieses berühmten Räuberhäuptlings, mit
welchem sie aus dem Gefängnis geflohen war.
»Unglücklicher«, sagte sie zu ihm, »was suchst du
in diesem schrecklichen Haus?« – »Wir kommen,

um eine Frau zu entführen, das ist unser einziger Zweck. Bandole ist ein Kerl wie wir, darum respektieren wir seinen Geschmack und sein Eigentum, aber die Frau, welche uns seine Agenten vor einem Monat entführten, müssen wir haben; sie muß sterben, weil sie uns verraten hat.« – »Habe ich denn nicht dasselbe getan?«, sagte Justine, »und werdet Ihr mich nicht auch strafen, wenn ich in eurer Hand bin?« – »Fürchte nichts«, sagte Eisenherz, »gib uns die in die Hände, die wir suchen, und wir schwören dir Sicherheit, Schutz und Hilfe zu.« – »O Himmel, ihr wollt, ich soll euch eine Unglückliche zum Mord ausliefern?« – »Wenn du uns nicht hilfst, so dringen wir ohne dich ein, und du bist unser erstes Opfer.« Da sah Justine ein, daß sie nur auf diese Weise, wenn sie nachgab, allen Gefahren entschlüpfen konnte, und vielleicht könnte sie auch für die Frau Gnade erwirken. »Wohlan, ich bin bereit, euch zu helfen.« – »Hast du einen Strick?« – »Nein.« – »Schneide deine Leintücher auseinander, binde sie zu einem Strick zusammen und wirf ihn uns herunter.« Justine folgte. – »Zieh an!«, rief man ihr zu. Eine Feile und eine seidene Leiter waren an den Tüchern angebunden und ein Zettel: Zerschneide mit dieser Feile die Gitter, befestige die Leiter, und morgen zwischen zwei und drei Uhr in der Früh steige ohne Sorge herab, wir werden da. sein. Du wirst uns die Tür des Hauses zeigen. Dafür bekommst du die Erlaubnis, unbehindert fortzugehen, volle Verzeihung und eine Belohnung außerdem. Justine wollte noch einige Einwendungen machen, doch sie war schon allein. Ganz entschlossen zerfeilt sie die Eisenstäbe, befestigt die Leiter und erwartet mit Sehnsucht die Stunde.

Endlich vernahm sie das Schlagen einer Uhr. Justine stieg auf das Fenster und glitt auf der Leiter herab. »Justine, erkenne mich wieder«, sagte Eisenherz zu ihr und umarmte sie, »hier findest du einen Mann, der dich verehrt und den du so grausam behandelt hast. Göttliches Weib, wie groß und schön bist du jetzt? Wirst du immer so grausam sein?« – »O Monsieur, beeilen wir uns, der Tag kommt, und wir sind verloren, wenn man uns hier sieht.« – »Ja, aber wirst du die Türe finden?« – »Gewiß, wenn du mir eines versprichst.« – »Was denn?« – »Das Leben der Unglücklichen, die ihr töten wollt, und meine Freiheit.« »Deine Freiheit ist dir zugesichert, aber das erste ist unmöglich.« »Oh, in welche Verlegenheit bringt Ihr mich, warum bin ich heruntergestiegen?«

»Der Tag kommt, Justine, du selbst hast es vorhin gesagt, keine Minute ist zu verlieren.« – Justine schritt zitternd voran. – »Hier ist eine Pappel, die mein Zeichen ist«, sagte sie, »und an dieser bin ich vorbei; die Tür muß daher ganz in der Nähe sein.« Eisenherz und seine Genossen fanden sie auch wirklich sehr bald. Sie führten Justine hin. »Ist sie das?«, fragten sie. – »Eine kleine, grüne Tür, ja, das ist sie.« – »O laßt mich jetzt fort.« – »Das muß leider sein; wir halten unser Wort, hier sind zehn Louisdor, umarme mich, teures Mädchen. Ich sollte deine Gunst verlangen, nach der ich mich so lange gesehnt, und ich könnte dich strafen für ein Verbrechen gegen die Truppe; aber dieser Fehler beruht auf deiner Tugend und ist daher geringer als der, den wir an jener Person rächen wollen, denn sie hat es aus Interesse getan. Wenn wir auch Räuber sind, so machen wir auch Unterschied. Adieu, Justine, trachte glücklicher zu werden als du bisher warst, und betrachte Eisenherz und seine Genossen stets als deine Freunde.«

»Wie wunderbar sind doch die Wege des Himmels«, sagte Justine. »Ich will ein Kind von einem Ungeheuer retten, doch ich selbst werde von ihm eingekerkert, und er will mich notzüchten. Ich liefere eine meiner Genossinnen der Wut dieser Menschenfresser aus, und dieser Verrat, diese scheußliche Handlung, die ich mein ganzes Leben bereuen werde, verschafft mir Freiheit und Geld und beendet meine Sorgen.« Die Unglückliche entfernte sich. Der Tag brach an, sie sah den schwarzen Teich wieder und kam zu dem Wirtshaus, wo sie drei Monate früher übernachten wollte. Sie frühstückte dort und nahm die Straße nach Auxerre wieder auf. Es war der siebente August, und sie war entschlossen, die Dauphiné aufzusuchen, wo ihre Phantasie den Frieden zu finden hoffte.

Sie hatte ein Stück Weges zurückgelegt, die Hitze begann sie zu belästigen, und sie bestieg eine kleine Anhöhe, um sich in dem Wald dort zu einem erquickenden Schlaf niederzulegen; es ist billiger als in einem Wirtshaus und sicherer als auf einer großen Straße. Sie ließ sich am Fuße einer Eiche nieder, und nach einem kärglichen Mahle schlief sie ein. Als die Unglückliche nach einem ruhigen Schlummer erwachte, betrachtete sie mit Vergnügen die schöne Umgebung. Aus der Mitte des Waldes, der zur Rechten sich ausdehnte, glaubte sie einen Kirchturm ins Blaue ragen zu sehen. Sie fragt ein junges Mädchen von sechzehn bis siebzehn Jahren, das in der Nähe Schafe hütet, ob dies ein Kloster sei. »Es ist eine Benediktinerabtei«, antwortet die Hirtin, »bewohnt von sechs Mönchen von berühmter Frömmigkeit und Sittenstrenge. Einmal im Jahr wallfahrtet alles zu der wundertätigen Jungfrau und erlangt dort die Erfüllung seiner Wünsche. Gehen Sie hin, Mademoiselle. Sie werden nicht zurückkommen, ohne sich besser zu fühlen.«

Justine machte sich auf den Weg nach dem heiligen Asyl. An dem Tor der Kirche läutete sie. Ein alter Bruder erschien. »Was willst du?«, fragte er sie rau. – »Kann man nicht den Abt sprechen?« – »Was hast du ihm zu sagen?« – »Eine heilige Pflicht führt mich her; kann ich sie erfüllen? Ich werde mich von allen Mühsalen, die ich ausgestanden habe, um hierher zu kommen, erholen, wenn ich mich zu Füßen des wundertätigen Jungfrauenbildes werfen kann.« Der Bruder entfernte sich und kam erst nach einer halben Stunde, begleitet von einem zweiten, zurück, denn die Brüder waren beim Nachtmahl. Er stellte seinen

Begleiter als Ökonomen Don Clement vor; derselbe kam, um sich zu erkundigen, ob es der Mühe wert ist, den Abt zu belästigen. Clement war ein Mann von siebenundvierzig Jahren, von gigantischer Figur mit schwarzem Haar und Bart, finsterem, falschen Aussehen. Er sprach mit rauer Stimme harte Worte: der richtige Satyr. »Was willst du? Ist es jetzt Zeit, zur Kirche zu kommen? Du siehst wie eine richtige Abenteuerin aus; deine Kleidung, deine Verstörtheit und die Zeit, um welche du kommst, verkünden nichts Gutes. Also, was willst du?«

»Heiliger Mann«, antwortete Justine, »die Unordnung meiner Kleidung rührt von dem langen Weg und von der Ermüdung her. Was die Zeit anbelangt, so glaubte ich das Haus Gottes immer offen. Ich komme von sehr weit, voller Inbrunst und Verehrung. Ich möchte beichten, und wenn du mein Inneres kennen wirst, so wirst du urteilen, ob ich würdig bin, mich zu Füßen der heiligen Jungfrau zu werfen.« – »Aber jetzt ist nicht Zeit zur Beichte«, antwortet der Mönch milder, »das kannst du erst in der Früh, und wo wirst du schlafen? Bei uns gibt es kein Hospiz.« Mit diesen Worten verließ Clement das Mädchen, um, wie er sagte, dem Abt Bericht zu erstatten. Einige Zeit nachher öffnete sich die Kirche, der Abt selbst – Don Severino – näherte sich ihr und lud Justine ein, einzutreten. Don Severino war ein Mann von fünfundfünfzig Jahren, hübsch, frisch, kräftig gewachsen, ausgestattet wie ein Herkules, dabei zeigten alle Formen eine gewisse Eleganz und Weichheit, welche bewiesen, daß er in seiner Jugend ein schöner Mann gewesen war. Er hatte heute noch schöne Augen, edle Züge und den ehrbarsten und daher auch verführerischesten Tonfall. Seine Nationalität klang nur etwas durch und machte die Sprache noch angenehmer. Justine wurde durch sein Aussehen über den Schreck beruhigt, den ihr der erste Mönch eingejagt hatte. »Meine liebe Tochter«, sagte Severino zart, »wenn auch die Stunde ungewohnt ist, so will ich doch deine Beichte anhören, und dann werden wir sehen, eine Möglichkeit zu finden, dich ehrbar in der Nacht unterzubringen, damit du in der Früh das Heiligenbild begrüßen kannst, welches dich hierher lockte.« Durch den Chor der Kirche kam ein junger Mann von fünfzehn Jahren, schön wie der Tag, aber so schamlos gekleidet, daß Justine stutzig geworden wäre, wenn sie es bemerkt hätte. Aber ganz versunken in Selbstbetrachtung und in die Prüfung ihres Geistes, bemerkte sie nichts. Der Jüngling zündete die Kerzen an und ging dann in denselben Beichtstuhl, welchen der Abt einnehmen sollte. Justine kniete auf der anderen Seite. Diese Stellung verhinderte sie, zu bemerken, was im Beichtstuhl geschah. Voll Vertrauen entrollte sie ihr Sündenregister, währenddessen der Abt den Knaben streichelt, liebkost und ihm sein Glied in die Hand gibt, welches der Ganymed streichelt und küßt. Alles auf Befehl des Mönches, welcher ihm zu der Beichte Justines die entsprechende Tätigkeit anweist. Unsere Fromme beichtete ihre Fehler mit einer solchen

Aufrichtigkeit und Wärme, daß sie rasch die Fantasie des Wüstlings, der ihr zuhört, entflammte. Alles teilte sie ihm mit, auch das Schandmal, welches ihr Rombeau eingepreßte. Der Mönch hörte mit der größten Aufmerksamkeit zu, er ließ sogar Justine einzelne Szenen wiederholen, denen er mit der Miene der Frömmigkeit zuhörte, während einzig und allein die Lüsternheit und die Zügellosigkeit ihn leitete. Dennoch hätte Justine, wenn sie weniger blind gewesen wäre, an den Bewegungen des frommen Vaters, an den Stoßseufzern, an dem Lärm, welchen er machte, sicher den Betrug erkannt. Aber die Unglückliche merkte nichts.

Der Mönch, seinen Lustknaben immer weiter bearbeitend, stellte dann folgende Fragen: Ob sie wirklich als Waise in Paris geboren, ob sie sicherlich weder Eltern noch Freunde, noch irgend jemanden hätte, dem sie schreiben könne. Ob sie der Hirtin gesagt hatte, weshalb sie käme und ob sie verabredet hätte, sie wieder aufzusuchen, ob sie sich nicht fürchte, verfolgt zu werden und ob sie jemand ins Kloster hätte eintreten gesehen. Dann erkundigte sich Severino über das Alter und das Aussehen der Hirtin und machte Justine Vorwürfe. »Du hättest«, sagte er ihr, »deine gute Tat verdoppelt, wenn du eine Gefährtin mitgebracht hättest; sie wäre so gut aufgenommen worden wie du.« – »Mein Kind«, sagte er zu Justine, »jetzt muß du die Strafe empfangen für deine Sünden und dazu mußt du dich ganz erniedrigen; gehen wir in das Heiligtum, die Kerzen werden vor das Bild der wundertätigen

Jungfrau gebracht werden, ich werde sie vor dir enthüllen, und du wirst ihr nachahmen und wirst auch alle Hüllen abwerfen. Dieser Zustand der Nacktheit vor anderen Menschen ist sonst nur ein Verbrechen, in deiner Lage aber nur ein Mittel zum Zweck.« Der Knabe kam halb entkleidet aus dem Beichtstuhl, nahm die Kerzen, stellte sie auf den Altar und enthüllte das Bild. Justine, ganz in ihrer Einbildung und ihrer Frömmigkeit lebend, hörte und sah nichts und warf sich auf die Knie. Aber Severino sagte zu ihr mit Härte: »Nein, nein, das darfst du nur nackt tun, hier muß man sich ganz erniedrigen.« – »Verzeihe, lieber Vater«, und in einem Augenblick bietet Justine ihre nackte Schönheit den Blicken des geilen Kerls. Kaum hat er diesen schönen Körper gesehen, als er vor Begierde wieherte; er drehte und wendete ihn nach allen Seiten, und unter dem Vorwand, das Schandmal zu sehen, beguckte der Spitzbub die entzückenden Formen und reizenden Backen Justines. »Knie nieder«, sagte er, »und bete jetzt, aber kümmere dich um gar nichts, was während deines Gebetes vorgeht. Bedenke, meine Tochter, daß, wenn ich bemerke, daß dein Geist nicht ganz im Gebete versunken ist, daß er noch an andere weltliche Dinge denkt, die Strafen für diese neue Sünde noch schrecklicher sein würden.« Von diesem Moment an folgte der Kerl nur mehr seiner Leidenschaft. Der Zustand Justines befreite ihn von jeder Vorsicht, er stellte sich mit seinem Lustknaben hinter sie, und während dieser ihn liebkost, ließ er seine Hände, von Zeit zu Zeit blutige Spuren seiner Fingernägel zurücklassend, über die herrlichen Hüften gleiten. Justine erduldete unbeweglich alles in der festen Überzeugung, es führe sie zum ewigen Heil; kein Seufzer, keine Bewegung. Sie war so in ihre Andacht vertieft, daß ihr Henker sie hätte zerfleischen können, ohne daß sie gewagt hätte, zu klagen. Ermutigt durch diese ruhige Haltung der Büßenden wurde der Mönch unternehmender. Er schlug mit aller Gewalt auf die schönen Backen dieses Engels, daß die Kirche davon erdröhnte und die Hüften des schwachen Opfers zusammenknickten. Dann trat er vor sie hin und läßt ein den Himmel bedrohendes Werkzeug sehen, welches genügen würde, die Binde des Aberglaubens zu zerreißen. Er betastete den Busen, küßte sie, und immer mutiger werdend wagte er es, seine Lippen auf die reinen, unbefleckten des Mädchens zu drücken. Da erst verschwand ihre Andacht, sie wollte sich ihm entziehen. »Ruhig«, sagte kalt der aufgeregte Mönch, »habe ich dir nicht gesagt, daß dein Heil von deiner Hingabe abhängt, und was Beschmutzung bei anderen Männern, bei uns nur Keuschheit und Frömmigkeit ist.« Und indem er mit einer Hand den Kopf des Opfers hält, steckt er ihr seine Zunge in den Mund, daß sie kaum fühlt, wie das Glied des Mönches ihre Scham besudelt. Aber der Italiener, fast erschreckt über die Abtrünnigkeit von seiner Lieblingspassion, stellt sich wieder nach rückwärts und drückt die heißesten Küsse auf die von seinen Mißhandlungen noch

roten Backen, indem er sie auseinanderspreizt, bis
der Abt, da es ihm nicht gestattet ist, ohne seine
Brüder weiterzugehen, Justine befiehlt, aufzustehen
und ihm zu folgen, die übrigen Strafen erhielte sie
im Innern des Klosters. »Muß ich nackt bleiben?«,
fragte Justine ein wenig besorgt. – »Gewiß«,
antwortete der Abt, »ist denn mehr Gefahr, im
Hause nackt zu sein, als in der Kirche?« »Nachdem
deine Strafe hier nicht beendigt werden kann, mußt
du mir dorthin folgen, wo dies geschieht.« – »Ich
folge dir, mein Vater.« Der junge Mann löschte die
Kerzen aus und nahm die Kleider mit. Er folgte
Justine, die hinter Severino ging, der mit einer
kleinen Kerze leuchtete. So kamen sie in die
Sakristei, durch einen wunderbaren Mechanismus
öffnete sich eine in der Vertäfelung befindliche Tür,
ein dunkler, schwarzer Gang zeigte sich, und sobald
sie ihn betreten, schließt sich die Tür. »Oh, mein
Vater«, sagt Justine ganz zitternd, »wohin führt Ihr
mich?« – »An einen sicheren Ort, von wo du
wahrscheinlich nicht bald zurückkommen wirst.« –
»Großer Gott«, sagte Justine und wollte
zurückgehen ...– »Vorwärts, vorwärts«, sagte der
Abt, »es gibt kein Zurück mehr, und wenn du auch
an dem Ort, wohin ich dich führe, nicht viel
Vergnügen finden wirst, so wirst du wenigstens
lernen, unserem Vergnügen zu dienen.« Diese
schrecklichen Worte ließen Justine erzittern, ihre
erschreckte Fantasie malte ihr den Tod vor Augen,
kalter Schweiß bedeckte sie, ihre Knie wankten, sie
war nahe daran, zu stürzen. »Elendes Weib«, sagte

der Mönch und gab ihr einen kräftigen Stoß in die Rippen, »vorwärts, keine Klagen, keinen Widerstand, alles ist umsonst.« – Der Marsch setzte sich fort; in der Mitte des Ganges löschte der Mönch das Licht aus und von dem Moment an sparte er, die Angst Justines bemerkend, weder Worte noch Taten. Stoßend und schlagend brachte er sie vorwärts. »Vorwärts, lauf, du Hure, soll ich dich vielleicht von hinten in die Arbeit nehmen und dich auf der Spitze meines Gliedes forttragen?« Hierbei ließ er sie die Spitze dieses Instrumentes fühlen. Plötzlich stieß Justine, welche nur mit den Händen forttappt, den Kopf gegen ein Eisengitter, dessen eiserne Spitzen ihr die rechte Hand zerreißen. Sie stieß einen Schrei aus, darauf öffnet sich die Tür. »Gib acht«, sagte der Mönch, »halte dich ans Geländer; du gehst über eine Brücke, ein Fehltritt und du liegst in einem Abgrund, von wo du nie mehr heraufkommst.« Dann kommt eine Stiege an die Reihe, dann eine Leiter, über welche sie hinaufsteigen mußte. Sie kamen an eine Falltür. »Stoße sie mit dem Kopfe auf, befahl der Abt. Lichtschein traf das Auge Justines, sie wurde emporgezogen. Gelächter empfing sie. Sie befand sich mit ihrem Führer in einem reizenden Saal, in welchem fünf Mönche zu Tische saßen; zehn Mädchen und fünf Knaben, alle fast entkleidet, von sechs nackten Frauen bedient. Dieser Anblick ließ Justine erbeben, sie wollte fliehen, sie hatte aber keine Zeit mehr, die Falltüre war geschlossen. »Meine Freunde«, sagte Severino beim Eintritt,

»gestattet, daß ich euch ein Wundertier zeige; diese Lukretia trägt das Brandmal des Verbrechens auf der Schulter und im Herzen die Unschuld der Jungfrau, übrigens, wie Ihr seht, ein tadelloses Geschöpf. Betrachtet die Figur, den Teint, die Brüste, die herrlichen Backen und Hüften, kurzum das ganze entzückende Wesen. Ich hoffe, daß Ihr mir eingestehen werdet, daß wenige in unserem Serail so viel Schönheit vereinigen.« – »Verfluchter«, sagte Clement, »ich habe sie nur angezogen gesehen, aber für so schön habe ich sie nicht gehalten!« Man läßt Justine in einen Winkel setzen, ohne sie zu fragen, ob sie irgend etwas braucht, aber dann erlebt sie die schrecklichste Nacht ihres Lebens.

Am nächsten Morgen befand sich Justine beim Erwachen in einer Zelle. Die größte Ruhe herrschte überall, der Saal in der Mitte der Zellen war von einem sehr hohen Fenster beleuchtet, das dreifach vergittert war. Die Zellen waren nicht verschlossen, und die Mädchen konnten ungehindert in den Saal gehen und sich gegenseitig besuchen. Der Name eines jeden Mädchens stand über der Tür. Sie suchte Omphale, die eine ihrer Leidensgenossinnen gewesen war, auf und warf sich weinend dem Mädchen, dessen zartes und mildes Gesicht ihr eine verständnisvolle Gefährtin verriet, in die Arme. »O teure Freundin«, sagte sie und setzte sich aufs Bett zu ihr, »ich kann mich noch von den Greueltaten, die ich erduldet und mit angesehen, nicht erholen. Wenn ich jemals an die Freude der Wollust dachte, bildete ich mir ein, sie sei so rein wie der Gott, der sie geschaffen. Ich glaubte, sie bestehe aus Liebe und Zartgefühl und bestehe nicht darin, wie wilde Tiere seine Mitmenschen zu martern. Großer Gott, es scheint, als ob jede Tugendregung für mich nur Unglück mit sich bringt. Ich wollte zum Himmel flehen, als ich in dieses Kloster kam, und was ist mein Los? Unverständliche Vorsehung, sprich deutlicher zu mir, damit ich nicht an dir zweifle.« – Omphale versuchte, die Arme zu trösten: »O Justine«, sagte sie voll Liebe, »genauso wie du habe auch ich geweint, doch die Gewohnheit hat meine Tränen gestillt, auch du mußt dich daran gewöhnen. Der Anfang freilich ist schrecklich, denn nicht nur der Zwang, alle Lüste dieser Wüstlinge zu erdulden, ist unsere tägliche Marter, sondern auch der Verlust unserer Freiheit, die Grausamkeit, mit der man uns behandelt, und der Tod, der uns vor Augen schwebt.« – Jeder Unglückliche tröstet sich, wenn er Gefährten hat. So beruhigte sich auch Justine und bat ihre Genossin, sie mit allem Schrecklichen, was ihr bevorstand, vertraut zu machen.

»Vor allem«, sagte Omphale, »muß ich dich Viktorine vorstellen; sie ist die Direktorin dieses Serails und hat die größte Gewalt über uns. Sie wird schon ungehalten darüber sein, daß du sie nicht früher besucht hast. Ordne deine Kleidung ein wenig und komme mich dann abholen.« – Justine, erschrocken über diese neue Pflicht, folgte. Viktorine war ein großes, mageres Mädchen, mit schwarzen Augen und schwarzen Haaren, einer römischen Nase, von grausamem und hartem Aussehen, sehr sinnlich, grausam, verdorben und gottlos, stolz auf ihren Platz, den sie mit ebensoviel Eifer wie Despotismus ausfüllte. Sie besaß alle Laster und Ausschweifungen, so daß dieses Weib ein Ungeheuer war, von dem man nur Scheußliches erwarten konnte. Seit achtzehn Jahren lebte diese Megäre freiwillig im Kloster, sie war die einzige, die frei aus und ein gehen konnte. Da sie aber in ganz Frankreich von den Gerichten verfolgt wurde, bediente sie sich nur selten dieser Erlaubnis. Um ihrer eigenen Sicherheit willen dachte sie nicht daran, diesen Ort zu verlassen, wo sie ruhig allen ihren Lastern frönen konnte. Ihre Wohnung, bestehend aus Speisezimmer, Schlafzimmer und zwei kleinen Zimmerchen, lag in der Mitte zwischen Knaben- und Mädchenserail, so daß sie sie leicht beaufsichtigen konnte. Viktorine war beim Frühstück, als ihr Omphale Justine vorstellte; ihre Tafel war reich besetzt und von sechs Flaschen Champagner gekrönt. »Tritt näher«, sagte sie zu Justine, »Schau, das ist ja ein reizendes Mädchen! Diese schönen Augen, der süße Mund! Küsse mich, mein Herz, noch einmal. Und etwas mehr Zunge, wenn ich bitten darf. Stecke sie mir so weit hinein, wie ich es tue.« Justine folgte. Wie sollte sie auch der widerstehen, von der ihr Leben abhing. Der andauerndste und schamloseste Kuß folgte. »Omphale«, sagte die Direktorin, »das Mädchen gefällt mir, ich werde mich mit ihr vergnügen; heute kann ich nicht, denn ich habe wie eine Hure geliebt.

Reihe sie unter die Vestalinnen ein, unterrichte sie und bring mir sie heute Abend. Wenn sie zum Souper nicht zugezogen wird, werde ich mit ihr schlafen, wenn ja, so morgen. Übrigens entblöße sie, damit ich sehe, wie sie gewachsen ist.« Viktorine betastete sie und schien sehr zufrieden zu sein. »Sie ist weiß und sehr gut gewachsen«, sagte sie, »sie muß wie ein Engel lieben. Auf Wiedersehen, ich muß frühstücken, alles andere heute Abend.«

Hierauf zogen sich die beiden Freundinnen in die Zelle zurück, und der Unterricht Justines begann. »Vor allem muß ich dir, Justine, dieses entsetzliche Haus beschreiben. Am Ende der Sakristei befindet sich eine Tür, welche in einen finsteren Gang fuhrt. Zuerst geht der Gang in die Tiefe, weil er unter einem Graben von dreißig Fuß durch muß, dann steigt er wieder, und so gelangt man in unseren Pavillon. Sechs Mauern aus Dornen und Stechpalmen von drei Fuß Dicke verhindern, daß man unsere Wohnung von der Spitze des Kirchturms sehen kann. Der Pavillon ist nämlich nur fünfzig Fuß hoch, die Hecken aber sechzig. Der Pavillon ist mit einem Bleidach bedeckt, auf welches verschiedene immergrünende Gewächse so gepflanzt sind, daß sie mit den Hecken einen Wald zu bilden scheinen. Im Souterrain des Pavillons ist ein großer Salon und zwölf Zimmer. Sechs davon dienen als Wohnzellen, die sechs anderen als Kerkerzellen. Letztere sind fast niemals leer. Der Aufenthalt dort ist schrecklich, sie sind feucht und gänzlich kalt, und man wird ganz nackt bei Wasser und Brot eingesperrt; nicht einmal eine Decke bekommt man. Einige von uns sind schon nach acht Tagen darin gestorben. Oft bleibt man ganze Monate darin. Oberhalb des Souterrains befindet sich der Speisesaal, wo die Orgien gefeiert werden. Daran schließen sich sechs Boudoirs, wo sich jeder Mönch mit seinem Opfer einschließen kann; diese Zimmer enthalten alles, was die Fantasie der Wollust und der Grausamkeit bieten kann. Zwei weitere Kabinette dienen zu geheimen Zwecken; niemals hat einer von uns sie betreten. Eines ist Küche, eines Dienerzimmer. Zwölf Zimmer sind im ersten Stock, sechs davon gehören den Mönchen. In den sechs anderen ist die Dienerschaft untergebracht; dieselbe ist mit Ausnahme des Koches und des Arztes taubstumm. Die Mönche schlafen jede Nacht hier, sie kommen um fünf Uhr, und um neun Uhr gehen sie ins Kloster zurück mit Ausnahme eines, welcher der Tagesregent heißt. Ich werde dir auch seine Tätigkeit beschreiben. Die Mönche bringen selbst die notwendigen Lebensmittel, Wein liegt im Keller, und ebenso befindet sich dort ein großartiger Brunnen. Unsere Zahl ist immer mit dreißig festgesetzt; jede Klasse hat ihr Kleid, frisieren müssen wir uns selbst, und jeden dritten Monat bekommen wir dazu ein Modell. Die Gewalt der Direktorin ist unbeschränkt. Bevor wir zu den Orgien gehen, müssen wir uns von ihr untersuchen lassen, ob wir auch in dem geforderten Zustand sind. Sonst werden wir sofort schrecklich gestraft.« – »Das verstehe ich nicht«, sagte Justine. – »Jeden Morgen«, antwortete Omphale, »bekommt Viktorine die Liste der zum Souper befohlenen Mädchen; bei jedem Namen befindet sich eine Bemerkung über den gewünschten Zustand, beispielsweise: Julie darf sich nicht waschen ... Alfonse muß einen dreckigen Popo haben. Wird der geforderte Zustand bei dir nicht gefunden, so straft dich Viktorine sofort.« – »Welche Scheußlichkeit, aber ich bitte dich, fahre fort.« – »Es gibt verschiedene Strafen«, sagte Omphale, »für die verschiedenen Fehler; der Tagesregent, welcher die Mädchen für die Orgie aussucht, die Wohnungen visitiert und die Klagen Viktorines in Empfang nimmt, fuhrt auch die Strafen aus, die entweder er oder Viktorine bestimmt.

Im übrigen können wir machen, was wir wollen, uns streiten, schlagen, besaufen, prügeln, ja sogar morden, nichts wird uns verübelt; ja, für manches werden wir sogar belohnt. Vor sechs Monaten hat eine schöne vierzigjährige Frau ein Mädchen aus Liebe und Eifersucht erstochen. Die Mönche freuten sich über die Tat, und einen ganzen Monat erschien die schamlose Person mit Rosen gekrönt. Du siehst also, nur durch Verbrechen kann man diesen wilden Tieren gefallen. Viktorine kann uns durch ein gutes Zeugnis unendlich viele Unannehmlichkeiten ersparen, aber leider läßt sich dieses nur durch Scheußlichkeiten erkaufen, die oft noch viel schwerer zu ertragen sind. Sie selbst ist heilig und außerhalb jeglicher Strafe. Man ist sicher, daß sie zu sehr den Geschmack der Mönche teilt, um sie zu verraten. Die Unmenschen könnten auch ohne diese Gesetze uns quälen, aber diese Art von Gerechtigkeit fördert ihre Wollust. Unsere Nahrung ist sehr gut. Wahrscheinlich weil wir dadurch geeigneter für ihre Lüste werden. Alle Mahlzeiten – es sind deren vier – sind überaus reichlich. Auch bekommen wir täglich zwei Flaschen Wein und eine Flasche Likör; diejenigen, welche nicht so viel trinken, geben es ihren Kameraden, und es gibt solche, welche sich täglich betrinken. Viktorine präsidiert bei den Mahlzeiten. Sie selbst speist aber separat, und mitunter speisen einige Mönche mit ihr; zu diesen Mahlzeiten zugezogen zu werden, gilt als Ehre. Bei den Soupers der Mönche müssen immer wenigstens zwölf anwesend sein und sechs zur Bedienung; die letzteren nackt. Für je zwei Mädchen wird ein Knabe zugezogen, weil sie schwerer zu beschaffen sind und daher geschont werden müssen. Trotzdem werden auch diese genauso gemartert und eventuell getötet. Ich brauche dir doch wohl nicht erst zu sagen, daß nie ein Fremder hierher kommt. Wenn wir krank sind, pflegt uns der Arzt, und wenn wir sterben, werden wir zwischen die Hecken in vorbereitete Gruben geworfen. Ist die Krankheit schwer oder ansteckend, so werden wir lebendig eingegraben, weil diese Ungeheuer sagen, es sei besser, wenn eine stirbt als zwanzig. Seit den dreizehn Jahren, da ich hier bin, sind über fünfundzwanzig auf diese Weise umgekommen. Im übrigen hängt dies von der Zuneigung ab, die der Tagesregent für die Kranke hat. Steht sie in seiner Mißgunst, so gibt er dem Arzt ein Zeichen, und dieser stellt ein Zeugnis über ansteckende Krankheit aus. Eine halbe Stunde nachher hat die Unglückliche zwei Fuß Erde über der Nase. Wir stehen im Sommer um sieben Uhr, im Winter um neun Uhr auf, doch kommen wir infolge der Belustigungen der Mönche sehr spät ins Bett. Sobald wir aufgestanden sind, kommt der Tagesregent einen Besuch machen. Er setzt sich in einen Lehnstuhl, und eine nach der anderen muß zu ihm hinkommen. Er küßt, untersucht, und sobald er damit fertig ist, kommt die Direktorin und macht ihren Rapport. Die Strafen werden entweder sofort vom Tagesregenten ausgeführt oder für den Abend aufgehoben. Wird eine zum Tode verurteilt, so wird sie sofort geknebelt und in den Kerker geworfen. Die Todesstrafe selbst wird erst beim Souper ausgeführt. Bevor die Unglückliche aber in den Kerker hinuntergeführt wird, wird sie, nachdem ihr der Regent deutlich und klar den bevorstehenden Tod vor Augen geführt, zuerst noch zur Direktorin geführt, damit diese und der Regent sich eine Stunde mit ihr belustigen können. Nichts soll den Elenden über das Vergnügen gehen, welches sie bei der zum Tode Verurteilten empfinden. Man kann sich daher vorstellen, wie wenig sie mit einem Todesurteil sparen. Die Todeskandidatin wird von ihnen hierbei in der furchtbarsten Weise zur

Befriedigung der ausschweifendsten Genüsse mißbraucht und uns das Schicksal dieser Armen recht eingeprägt. Nach den Strafen erhält Viktorine die Liste der zum Souper Befohlenen und trifft ihre Anordnungen diesbezüglich, je nach dem verlangten Zustand derselben. Trotz der kleinen Belustigungen pflegt der Regent selten den Saal zu verlassen, ohne zuerst noch irgendeine größere Szene, die Viktorine mit der größten Schamlosigkeit arrangiert, zu genießen. Hierauf geht er ins Knabenserail, wo dasselbe geschieht. Wenn ein Mönch vor dem Frühstück ein Mädchen wünscht, so überbringt der Kerkermeister den Befehl. Wenn sie zurückkommt, überbringt derselbe ein Zeugnis über ihre Aufführung, so daß die Direktorin sofort die eventuelle Strafe eintragen kann. Bis zum Souper haben sie dann Ruhe. Nur selten kommt es vor, daß ein Spezialbefehl von den Mönchen, die tagsüber im Kloster sind, kommt. Um sieben Uhr abends, im Winter um sechs Uhr, kommt der Kerkermeister die zum Souper befohlenen Mädchen holen, während die für die Nacht bestimmten in die Zimmer ihres Herrn gehen und dort, nur begleitet von den Ehrenfräuleins, auf diese warten.« – »Was sind das, Ehrenfräuleins?«, fragte Justine. – »Am Anfang jedes Monats wählt sich jeder Mönch zwei Mädchen aus, die ihm während des ganzen Monats als Dienerinnen und Lustobjekt zur Verfügung stehen. Er darf sie weder wechseln, noch zwei Monate hintereinander dieselbe behalten. Nichts ist so ekelhaft und so

142

grausam wie dieser Dienst. Ich weiß nicht, ob du ihn aushalten wirst. An jedem Tag um fünf Uhr gehen die Ehrenmädchen nackt zu ihrem Herrn und verlassen ihn nicht, bis er ins Kloster zurückkehrt. Es gibt keinen Dienst und keine Marter, die er ihnen nicht auferlegt. Tag und Nacht sind sie seinen Prügeln, Martern und quälenden Belustigungen ausgesetzt. Die kleinste Widersetzlichkeit wird bei einem Ehrenfräulein noch strenger bestraft als sonst. Sie müssen die von den Orgien erschöpften Mönche wieder in Ordnung bringen und überallhin begleiten und sitzen während des Soupers entweder wie ein Hund zu seinen Füßen oder zwischen seinen Knien, um ihn mit dem Munde zu liebkosen. Kürzlich haben sie alle zwölf in bizarre, überaus schwierige Positionen gestellt, wobei die Armen beim Stürzen entweder in Dornen oder in kochendes Wasser fielen. Bei diesem Anblick ergötzten sich die Mönche an Speis und Trank sowie an allen möglichen Ausschweifungen.« – »O Himmel«, sagte Justine, »kann man noch weiter die Schlechtigkeit und Gottlosigkeit treiben?« – »Es gibt keine Greueltaten«, antwortete Omphale, »die der Mann, der Religion und Gesetz verachtet, nicht kennt, und doch weißt du nicht alles. Die Schwangerschaft, auf der ganzen Welt geachtet, ist bei ihnen der Grund zu schrecklichen Martern. Mit Schlägen entbinden sie sie, und wenn sie die Frucht schonen, so geschieht dies nur zu Zwecken der Wollust. Hüte dich daher vor diesem Zustand.« – »Aber kann man das?« – »Es gibt so gewisse

Schwämmchen, doch muß man sich hüten, daß
Antonius es bemerkt; noch sicherer ist es, es sich
nicht kommen zu lassen, was doch bei diesen
Ungeheuern leicht möglich ist. Kein Mönch, mit
Ausnahme des Regenten und des Abtes, darf das
Serail betreten. Doch nachdem die Regenten jede
Woche wechseln, hat jeder Gelegenheit, diese
Rechte zur Genüge auszunützen. Außerdem steht es
jedem Mönch frei, sich soviel Mädchen und Knaben
wie er will, aufs Zimmer kommen zu lassen. Dafür
gibt es keine Entschuldigung, selbst nicht
Krankheit. Oft verlangen sie ein Subjekt, von dem
sie wohl wissen, daß es sie nicht befriedigen kann,
aber sie wollen nur ihrer Grausamkeit dienen. Im
übrigen haben alle Mönche gleiche Rechte und der
Abt nur den Vorzug des Eintrittes in das Serail. Die
sechs Mönche genießen die höchsten Ehrenstellen
in ihrem Orden. Außer den großen Mitteln, die der
Orden für diese Erholungsstätte, wohin alle
Mitglieder zu kommen hoffen, zur Verfügung stellt,
verfügt noch jeder zu diesem Zweck über einen Teil
seines großen Vermögens. Fünfmal hunderttausend
Francs dienen für Unzuchtzwecke, vier Frauen und
Männer durchreisen ganz Frankreich, um die Serails
zu ergänzen. Die Objekte dürfen nicht älter als
sechzehn und nicht jünger als zehn Jahre sein. Sie
müssen fehlerlos und mit allen Reizen geschmückt,
vor allem aber von vornehmer Abkunft sein. Darauf
achten die Wüstlinge sehr. Auf Jungfernschaft
halten sie nichts, auch verheiratete Frauen und
verführte Mädchen lassen sie rauben, aber der Raub

muß konstatiert sein, denn das befördert ihre Erregung. Nur durch Tränen wollen sie ihr Vergnügen erkaufen. Wenn sie dich nicht für so tugendhaft erkannt hätten, wenn du dich nicht so gewehrt hättest, hätten sie dich nicht vierundzwanzig Stunden behalten. Wir sind alle von adeliger Abkunft, ich bin die einzige Tochter des Grafen von Villebrunne und sollte einst ein Vermögen von achtzigtausend Francs Rente erben. Als ich als zwölfjähriges Kind vom Landgut meines Vaters in mein Kloster gebracht wurde, wurde unser Wagen angegriffen, meine Gouvernante ermordet und ich geraubt. Hierher gebracht, wurde ich noch am selben Abend geschändet. So ist es uns allen ergangen; nicht eine einzige, die sich nicht ihrer vornehmen Verwandtschaft rühmen kann und trotzdem mit der größten Schamlosigkeit behandelt wird. Aber diese Elenden schonen nicht einmal ihre eigenen Familien. Eines unserer schönsten Mädchen ist die Tochter Clements. Das neunjährige Mädchen ist die Nichte Jeromes; auch Severino hat mehrere Kinder hier im Haus gehabt, alle hat er sie ermordet. Ambrosius hat einen Knaben im Serail, den er selbst entjungfert hat. Sobald ein neues Objekt ankommt, wird, wenn die Zahl voll ist, eine vom selben Geschlecht ausgeschaltet. Die Arme steht dann am Rand des Grabes. Sie wird auf vierundzwanzig Stunden nackt in den Kerker gesteckt und das Souper, bei welchem sie abgeschlachtet werden soll, mit der größten Ausschweifung ausgestattet. Sechs der schönsten

Frauen und die sechs kräftigsten Männer werden zugleich mit der Direktorin zu dieser blutigen Orgie zugezogen. Eine Stunde vor dem Souper wird das Opfer, mit Zypressen gekrönt, hereingeführt, und man wählt die Martern aus, die den Scheusalen am meisten zusagen; das Opfer wird auf ein Piedestal gesetzt, und gleich nach dem Souper beginnen die Martern, die bis zum Tage dauern. Doch wozu soll ich dir das alles sagen, du wirst es nur zu bald selbst sehen.« – »O Himmel«, rief Justine aus, »so ist auch der Mord, das schändlichste aller Verbrechen, nur eine Quelle neuer Lust für sie? Gewöhnt, nur im Schmerz und in der Verzweiflung anderer sich zu berauschen, glauben diese Ungeheuer, zu unserem ersten Schmerz neue Martern hinzufügen zu müssen, um ihre Wollust zu steigern!« – »Zweifle nicht daran«, sagte Omphale, »sie schlachten uns ab, weil das Verbrechen sie reizt. Du wirst selbst hören, mit welcher Geschicklichkeit sie ihren schändlichen Standpunkt verteidigen.« – »Kommen diese Ausschaltungen oft vor?« – »Alle vierzehn Tage, und hierbei werden sie nur von ihrer Laune geleitet. Sie ermorden morgen die, welche sie heute mit Zärtlichkeit überhäuften, und lassen die zwanzig Jahre leben, deren sie schon ganz satt sind. Ich gebe dir einen Beweis dafür: Dreizehn Jahre bin ich hier, täglich allen Orgien zugezogen, verbraucht durch die schamlosen Exzesse, müßten sie doch meiner schon satt sein, und doch lassen sie mich weiter leben, während ich sie die herrlichsten Kreaturen schon nach acht Tagen habe morden sehen. Das letzte Opfer war sechzehn Jahre alt, erst sechs Monate hier; sie wurde schwanger, und das war ihr Todesurteil.« – »Und die, welche durch Zufall sterben«, fragte Justine, »werden die zu den Ausschaltungen dazugezählt?« – »Keineswegs, deshalb wird doch alle vierzehn Tage ein anderes Opfer getötet.«

»Kommen solche zufälligen Tote oft vor?«, fragte Justine. – »Nein«, antwortete Omphale, »sie begnügen sich mit den angeordneten Opfern. Glaube aber nur ja nicht, daß du durch die größte Folgsamkeit dem Schicksal entrinnen kannst. Die Pflichteifrigsten, Gefälligsten verschwanden oft schon nach sechs Monaten, während die Faulen oft jahrelang leben; ich kann dir daher diesbezüglich keinen Rat geben, denn hier herrscht nur der Wille dieser Ungeheuer. Wenn eine Frau verurteilt ist, so erfährt sie es erst in der Früh durch den Regenten. Er sagt ihr: Deine Herren haben dich verurteilt, heute Abend hole ich dich. Ist er fort, dann küßt sie ihre Genossen, und je nach ihrem Charakter sucht sie sich in Ausschweifungen zu betäuben oder in ihrer Zelle ihr Schicksal zu beweinen. Aber keine Klage, kein Verzweiflungsschrei darf ertönen, sonst wird sie auf der Stelle in Stücke gehauen. Die Stunde schlägt, und der Mönch führt sie in das finstere Gefängnis, wo sie bis zum nächsten Tage bleibt.

Während dieser vierundzwanzig Stunden wird sie wiederholt besucht. In ihrer fürchterlichen Grausamkeit lieben es die Mönche, ihr das

Schreckliche ihrer Lage immer wieder vor Augen zu führen; auch können sie sie allen Martern unterwerfen, so daß sie aufs Schändlichste vergewaltigt, halb tot zur Hinrichtung schwankt. Unter keinem Vorwand kann dieselbe aufgeschoben oder verzögert werden, ihr Gesetz diesbezüglich ist unverletzbar. Schenke mir die Einzelheiten dieser grauenhaften Szene, sie endigt mit der Volltrunkenheit und dem Delirium fast aller.« – »Und die Mönche?«, fragte Justine, »wechseln die auch?« – »Nein«, antwortete Omphale, »Ambrosius, der jüngste, ist seit zehn Jahren hier, die andern fünfzehn, zwanzig und fünfundzwanzig Jahre. Der Abt ist ein Italiener und naher Verwandter des Papstes. Er hat die wundertätige Jungfrau eingeführt, welche die Achtung des Klosters sichert. Aber das Haus, so wie es jetzt besteht, existiert schon über hundert Jahre, jeder Abt hat die Gesetze und Privilegien, die hier bestehen, geachtet. Severino, der größte Wüstling seiner Zeit, hat sich hierher nur versetzen lassen, um ein Leben entsprechend seinen Neigungen führen zu können. Wir gehören zur Diözese Auxerre, aber der Bischof, sei es, daß er verständigt ist oder nicht, erscheint niemals. Wenn ein Fremder im Kloster erscheint, so empfängt ihn der Abt mit allen Anzeichen der Frömmigkeit und Würdigkeit. Dadurch bleibt der Ruf der Ehrbarkeit gewahrt, und die Dummheit des Volkes und der blöde Aberglaube sichert den Ungeheuern Straflosigkeit.«

»Kommt es auch vor, daß ein Mönch ein Subjekt in seinem Zimmer ermordet?«

»Nein, das dürfen sie nur in der Gemeinschaft, nur über ihre Ehrenfräuleins haben sie Gewalt über Leben und Tod. Auch während der geheimen Orgien bei der Direktorin pflegen Morde vorzukommen, sie zeichnen dann einfach fünfundzwanzig Louisdor für einen Ersatz. So leben wir Tag für Tag unter dem Schwert, keine ist sicher, wenn sie in der Früh aufsteht, am Abend ihr Bett wieder zu finden. Trotzdem gewöhnt man sich langsam daran, und du wirst sehen, welche Ruhe unter uns herrscht.« – »Niemals werde ich aufhören zu weinen und zu zittern«, sagte Justine, »aber setze meine Erziehung fort und sage mir, ob die Mönche jemals ein Subjekt aus dem Kloster entlassen?« – »Niemals«, antwortete Omphale, »im Moment, in dem dieses Haus uns verschlungen, ist unsere Freiheit für immer dahin, und später oder früher erreicht uns dasselbe Schicksal.« – »Du hast wohl viele kommen und gehen gesehen?«, fragte Justine. – »Es gibt nur noch zwölf, die von den ersten übrig sind, alle andern haben gewechselt.« – »Hast du viele Freundinnen verloren?« – »Sehr teure.« – »Oh, welcher Kummer, woher soll ich die Kraft nehmen, dich zu lieben, wenn ich dich so früh für ewig verlassen soll.« Und die zwei zärtlichen Freundinnen umarmten sich voller Kummer und Verzweiflung. Kaum war diese Szene zu Ende, als der Tagesregent mit der Direktorin erschien. Es war Antonius. Alle Weiber stellten sich auf; er zählte sie ab und setzte sich. Hierauf hoben alle ihre Röcke auf, die einen bis zum Nabel, die anderen bis über den Popo. Als er Justine sah, fragte er sie roh, wie es ihr gehe; da sie nur mit Tränen antwortete, sagte er ihr: »Es wird schon gehen, es gibt kein Haus in Frankreich, wo man Mädchen rascher erzieht.« Er nahm die Liste der Schuldigen, welche die Direktorin ihm bot, und wandte sich an Justine und befahl ihr, die schon bei dem bloßen Wort wie vor einem Todesurteil zitterte, sich auf den Rand des Kanapees zu setzen. Er ließ ihr von Viktorine die Brust entblößen. Ein anderes Mädchen mußte ihr die Kleider bis zum Nabel hinaufheben. Auf Justine setzte sich ein zweites Mädchen, so daß er eine zweite Scheide zu Gesicht bekommt, wenn er sich mit der ersten belustigt. Ein drittes Mädchen mußte mit der Hand ihn liebkosen, während eine vierte das gleiche mit Justine tun mußte. Alles bemüht sich, ihn in die Höhe zu bringen, endlich ist er in dem gewünschten Zustand, ein neues Mädchen packt ihn beim Glied und führt es in die Scheide Justines ein. »Hol dich der Teufel«, brüllt er, indem er mit aller Gewalt liebt, »endlich bin ich in dieser Scheide, nach der ich mich sehne. Ich will sie mit meinem Samen besprengen, ich will, daß sie schwanger wird.« Sofort bemühen sich alle, ihn noch mehr aufzuregen. Die Krise nähert sich, ein Schrei, der die Decke erdröhnen macht, kündet sie an. Die Direktorin bemüht sich selbst, indem sie seinen Samenstrang massiert. Endlich erreicht er sein Ziel und geht brummend fort. So pflegte man gewöhnlich die Mönche in ihrem Vergnügen zu unterstützen. Das Frühstück wird gebracht, Justine setzt sich erst auf Befehl der Direktorin und aß nur auf Befehl. Kaum war man fertig, als der Abt eintrat. Man empfing ihn mit der gleichen Zeremonie wie Antonius, nur zeigte man ihm bloß die Popos. Nach der Prüfung sagte er: »Man muß wohl Justine Kleider geben.« Er ging zu einem Kasten, gab ihr die ihrer Klasse entsprechende Kleidung und verlangte, sie solle sofort den Kleiderwechsel vornehmen. Die arme Waise folgt, doch hatte sie noch die Geschicklichkeit, ihr Geld in den Haaren zu verbergen. Severino verschlingt sie mit den Augen, während sie sich umkleidet. Kaum ist sie nackt, als sie der Abt packt und sie mit dem Bauch auf das Sofa legt. Vergeblich bittet sie um Gnade. Er sodomiert sie und entleert mit der glücklichen Ruhe des Verbrechers. Im Novizenkleid erscheint Justine ihrem Henker noch schöner, er befiehlt ihr, ihn auf seinem Rundgang zu begleiten. Am Ende desselben erweckte ein schönes neunzehnjähriges Mädchen aus der Klasse der Sodomisten seine Begierde. Auf seinen Befehl hebt Victorine ihre Röcke in die Höhe, und der schönste, weißeste Popo bietet sich dem Auge des Wüstlings dar. Er befiehlt Justine, ihn zu liebkosen, sie tut es ungeschickt, ihre Genossinnen unterrichten sie. Sie gehorcht, und der Mönch liebt aus aller Kraft; aber es ist nur der Popo Justines, den er küssen will, an den andern ergötzt er sich nur mit den Augen. Seine Augen entflammen sich, man glaubt, er will sein

Ziel erreichen, doch er bricht plötzlich ab. »Genug«, sagt er, indem er sich zurückzieht, »ich habe auch noch heute Abend zu tun. Justine«, sagt er, »ich bin zufrieden mit deinem Popo und werde ihn oft lieben. Sei folgsam und zuvorkommend, es ist die einzige Möglichkeit, dich lange zu halten.« Hierauf entfernt er sich, indem er zwei dreißigjährige Mädchen zur Direktorin zum Frühstück mitnimmt. »Was wird er mit diesen machen?«, fragte Justine Omphale. »Er geht sich mit ihnen besaufen. Seit zwanzig Jahren im Haus sind sie ebenso verworfen wie die Mönche, du wirst sie betrunken zurückkommen sehen und bedeckt von seinen Hieben.« – »Und wird er dann noch weiter lieben?« – »Wahrscheinlich, nach dem Frühstück geht er ins Männerserail, und dort wird er sich wie eine Frau von fünf bis sechs Knaben gebrauchen lassen.« – »Was für ein Mensch!« – »Du weißt noch gar nichts, man kennt sie erst, bis man solange mit ihnen lebt wie ich.«

Der Tag verging ohne Ereignis, nachdem aber Justine nicht zum Souper zugezogen wurde, mußte sie entsprechend dem am Morgen erhaltenen Befehl mit Omphale zur Direktorin gehen. »Ah, du bist es«, sagte diese, als sie ins Zimmer eintrat, »ich schwärm für dich, meine Liebe, ich werde zwei Burschen kommen lassen, wir werden mit Omphale zu fünft essen und werden unser möglichstes tun.« Auf ein Glockenzeichen kamen zwei reizende Burschen von zwanzig bis zweiundzwanzig Jahren, und Viktorine sagte zu ihnen, nachdem sie sie eine

Viertelstunde geküßt hatte: »Augustin und Narziß, bildet mit diesen zwei schönen Mädchen schamlose Gruppen, um mich aus der Lethargie zu reißen, in welcher ich seit mehreren Tagen bin.« Die zwei heißblütigen Liebhaber lassen sich das nicht zweimal sagen. Der Jüngere packt Justine, der andere Omphale, und durch ihre Kunst bilden sie in einer halben Stunde eine solche Reihe schamloser Posen, daß die Megäre erhitzt sich unter die Kämpfer mischt. Alles bemüht sich jetzt, ihre Lust zu erregen. Die Hure, ganz nackt, von vorn und von hinten geliebt, entlud endlich unter Schreien, Flüchen und Zuckungen.

Man geht zu Tisch, Viktorine will nur Bissen essen, die die Elfenbeinzähne Justines vorgekaut. Omphale muß sie liebkosen. »Ich liebe beide Vergnügen zu mischen«, sagte sie, sie überschwemmt Justine mit Champagner, in der Hoffnung, daß ihr die Trunkenheit des Mädchens bieten würde, was ihr die Nüchternheit verweigert. Als sie bemerkt, daß alles umsonst ist, schickt sie sie schlafen, indem sie ihr zornig sagt, auf diese Weise würde sie ihre Gefangenschaft nicht erleichtern. »Dann werde ich eben leiden«, sagt Justine, indem sie sich zurückzieht; »ich bin zum Leiden geboren, und solange es dem Himmel gefällt, werde ich sie erdulden, niemals ihn aber freiwillig beleidigen, das soll mein Trost sein.« Omphale und die beiden Jünglinge bleiben über Nacht dort. Am nächsten Morgen erfuhr sie von Omphale, was für Greuel diese hatte erdulden müssen. Am nächsten Tage sollte eine Ausschaltung vorgenommen werden. Als Antonius erscheint, erbebt Justine bei dem Gedanken, ihre Aufführung bei der Direktorin könne die Wahl auf sie fallen lassen. Doch die Gleichgültigkeit Antonius beruhigte sie bald. Als die Zeremonien beendigt, nennt Antonius den Namen Aris. Es war eine wunderschöne Frau von vierzig Jahren, seit zweiunddreißig Jahren im Haus.

Justine verbrachte einen traurigen Tag, sie zitterte davor, der Blutorgie beigezogen zu werden. Glücklicherweise hielt man sie noch für zu jung und sie mußte einfach die Nacht bei Clement zubringen. »Oh, Himmel«, rief sie aus, »so muß ich denn die Begierden dieses Ungeheuers stillen, wenn er blutbedeckt von dem Mord an meiner unglücklichen Gefährtin sich mir nähern wird, das Laster im Herzen und Gotteslästerung auf der Zunge.« Der Kerkermeister kam sie holen und führte sie in die Zelle Clements, wo sie auf den Elenden wartend sich ihren traurigen Gedanken hingab.

Gegen drei Uhr morgens kam Clement von seinen zwei Ehrenfräuleins geleitet, die ihn, da sie an der Blutorgie nicht teilnehmen durften, abgeholt hatten. Die eine hieß Amanda, war ein reizendes Geschöpf, blond, sechsundzwanzig Jahre alt, die Nichte Clements, die andere hieß Luzinde, war achtundzwanzig Jahre alt und hatte weiße volle Formen. Unterrichtet über ihre Pflichten, empfing ihn Justine kniend, er betrachtete sie eine Zeit lang in dieser erniedrigenden Stellung, befahl ihr dann aufzustehen und ihn auf den Mund zu küssen. Clement schlürfte diesen Kuß mit aller Wollust, während die beiden Mädchen Justine entkleideten. Als sie von den Hüften bis zu den Sohlen entkleidet ist, bieten sie Clement seine Lieblingsgegend an. Der Mönch prüft und küßt in einem Lehnstuhl sitzend. Seine Nichte sitzt ihm zu Füßen und liebkost sein Glied, das nur die größte Kunst wieder ins Leben zurückrufen kann. Luzinde gleitet mit der Hand unter seinen Backen durch und streichelt ihn. Der Wüstling bearbeitet mit seiner Zunge das Heiligtum, das sich ihm darbietet, und seine krummen Finger kneifen den Popo Amandas und Luzindes. Aber am meisten beschäftigt er sich mit Justine. Er beißt in den Popo Justines; sie stößt einen Schrei aus und wirft sich nach vorn. Voll Wut brüllt sie Clement an: »Weiß du, was du für diesen Ungehorsam verdienst?« Die Unglückliche entschuldigt sich, aber wie ein wildes Tier packt er sie, reißt das Hemd herunter und quetscht ihr den Busen zusammen, furchtbar fluchend. Amanda sucht ihren Onkel zu besänftigen. Die Stimme des Blutes kommt zur Geltung, er haut wütend auf ihren Popo los. Tränen und Schreie entschlüpfen dem armen Mädchen. Dann kommt Luzinde an die Reihe. Er wendet sich zornig zu Justine um: »Wie schlecht du mich liebkost, Dirne, warte nur, ich werde dich martern. Überall werde ich dich peitschen, auch dieser Alabasterbusen, dessen Rosenknospen ich schon im voraus mit Vergnügen zerquetsche.« Unsere Unglückliche wagt kein Wort zu erwidern, und ihre Augen füllen sich wider Willen mit Tränen. Sie muß sich auf einen Sessel legen und mit den Händen die Füße desselben umklammern, und dann läßt er sich Ruten holen. Er sucht die dünnsten und schmiegsamsten aus und erprobt sie durch zwanzig Hiebe auf Schultern und Rücken. Dann läßt er Amanda und Luzinde dieselbe Position einnehmen und erklärt ihnen, daß, wer zuerst weinen, schreien oder den Sessel loslassen würde, die furchtbarsten Martern erdulden werde. Daraufgibt er den beiden ebenso viele Hiebe wie Justine, kehrt dann wieder zu ihr zurück und küßt alle Stellen, die er gequält hat. Dann versetzt er ihr weitere hundert Hiebe bis zu den Hüften und ebensoviel auch den andern. Die Unglücklichen wagen sich nicht zu rühren, nur einige dumpfe Seufzer ertönen. So sehr er sich aber auch durch diese Qualen zu entflammen suchte, er konnte es zu nichts bringen. »Teufel«, schreit er, »ich habe mich zu stark ausgegeben bei diesem Weibsbild, das wir heute zu Tode gemartert haben.« Er betrachtet mit Wohlgefallen die lilienweißen, noch unberührten Backen und küßt sie wiederholt. »Mut«, sagt er, und ein Regen von Prügeln saust auf sie hernieder. Ergötzt durch die Zuckungen, die Gesichtsverzerrung und den Schmerz der Unglücklichen, drückt er ihr sein Vergnügen in Küssen aus. »Diese Dirne gefällt mir; noch niemals haben mir Prügel mehr Vergnügen gemacht.« Darauf prügelt er noch Amanda und Luzinde in gleicherweise. Hierauf dreht er Justine um und gibt

156

ihr fünfzig Hiebe von Bauch bis zu den Schenkeln, und indem er ihr dieselben auseinanderspreizt, schreit er: »Da seh ich einen reizenden Vogel, den ich rupfen werde!« Einige Hiebe dringen sehr tief in die Scheide ein. Justine schreit laut auf. »Ah«, sagt er, »habe ich endlich die empfindliche Stelle getroffen? Wir werden das später etwas genauer untersuchen.« Luzinde und Amanda werden in gleicher Weise mißhandelt, doch sei es, daß es die Gewohnheit machte, sei es die Angst vor noch härterer Behandlung, sie lassen nur durch einige Seufzer und Zuckungen ihre Schmerzen erraten. Er verläßt sie in ihrem Blute. Mittlerweile hat sich der Zustand des Mönches geändert, das Glied begann zu schwelgen. »Auf die Knie nieder«, sagt er zu Justine, »ich werde deinen Busen peitschen.« – »Auch den Busen, mein Vater?« – »Ja, auch diese zwei Halbkugeln, die ich hasse und verabscheue.« – »Oh, mein Vater, Ihr werdet mich töten.« – »Was liegt mir daran, wenn ich nur meine Befriedigung finde.« Er beginnt mit ein paar Hieben, die Justine mit der Hand auffängt. Wütend bindet er ihr die Hände auf den Rücken und verbietet ihr drohend, auch nur ein Wort zu sprechen. Nichts bleibt ihr übrig, als ihr stummer, flehender Blick, doch dies kann das Scheusal nicht rühren. Ein Dutzend kräftige Hiebe erzeugen furchtbar blutige Spuren; Justine weint, und ihre Tränen vermengen sich mit dem Blut ihres zerfetzten Busens. Das Scheusal saugt Blut und Tränen auf und küßt Busen und Mund mit Wollust. Dann kommt Amanda an die

Reihe. Er mißhandelt sie so lange, bis sie in Ohnmacht fällt. »Teufel«, sagt der Mönch, »das habe ich wollen.«

Der Rest der Nacht war ruhig, in der Früh ließ sich der Mönch peitschen. Die drei Frauen erschöpften hierbei ihre ganze Stärke. Er betrachtet dann noch die Spuren seiner Grausamkeit, und sie gingen ins Serail.

Nachdem die Direktorin durchaus Justine in dem Zustand von schmutziger Erregung sehen wollte, zog sie sie gleichzeitig mit der berühmten Honorine zu ihrem Frühstück bei. Honorine war ebenso verliebt in unsere Heldin wie die Direktorin. Beide bemächtigten sich unserer armen Unglücklichen und bewiesen ihr, daß zwei Fräulein in einer solchen Schule die ganze Scham ihres Geschlechtes vergessen und ebenso schamlos und grausam werden können wir ihre Meister. Honorine hatte einen ganz männlichen Geschmack, und die arme Justine mußte alle ihre Kaprizen mit derselben Geduld hinnehmen, als wäre sie bei einem Mönch. Die zwei Megären quälten die Arme mit einem solchen Übermaß an Unzucht, daß sie ermüdeter fortging, als wenn sie mit zehn Wüstlingen zu tun gehabt hätte. Diesmal entließ sie die Direktorin etwas zufrieden gestellter, und Justine bemerkte, daß es besser sei, sich mit dieser Sultanin auf guten Fuß zu stellen. Zwei Nächte später schlief sie bei Jerome. Sie war nur mit zwei Ehrenmädchen, Olympia und Eleonore. Die erste neun, die zweite dreizehn Jahre alt. Vier Schandknaben von zwölf

158

bis fünfzehn Jahren und drei Liebhaber von zwanzig bis fünfundzwanzig Jahren vervollständigten die schamlosen Szenen. »Siehst du dieses Kind«, sagte der alte Verbrecher zu Justine, indem er auf Olympia zeigte, »Du hast keine Ahnung, wie vielfach dieses Kind mit mir verwandt ist. Ich habe meiner Cousine ein Kind gemacht, dieses Kind, meine Nichte, habe ich geliebt und von dieser habe ich dieses Kind. Sie ist daher meine Großnichte, meine Tochter und meine Enkelin, denn sie ist die Tochter meiner Tochter. Komm her, Olympia, und küsse den Popo deines Papas.« Die Kleine folgte und küßte den scheußlichen Popo des alten Kerls. Aber die verbrauchten Kräfte des alten Mannes erwachten nicht so geschwind. »Eleonore«, sagte er zu dem kleinen, dreizehnjährigen Mädchen, »wir haben die Beweise dafür, daß du und noch zwei andere Mädchen verabredet haben, das Serail anzuzünden. Ich will euch nicht erst beweisen, daß dies unmöglich ist, da das ganze Haus aus stählernen Gewölben ist, ich begnüge mich, euch mitzuteilen, daß, nachdem die Beweise für euer Komplott untrüglich sind, die Gesellschaft mir die Auswahl und die Ausführung der Strafe übertragen hat.

Ich habe mich für die härteste Todesstrafe entschlossen und werde sie noch heute Nacht ausführen.« Und während er so in die Seele des Kindes furchtbare Schrecken senkt, liebkost er es. »Oh, mein Vater«, sagt Eleonore und wirft sich ihm zu Füßen, »die Beschuldigung ist ungerecht.« – »Es handelt sich nicht darum, sondern daß du deine Komplizen nennst. Wenn nicht, so werde ich dir durch Matern die Namen entreißen.« Eleonore leugnet weiter, und Jerome schleppt sie ins Nachbarzimmer, wo alles mit der größten Sorgfalt für die furchtbarsten Martern vorbereitet ist. Der Mönch kommt in Wut, er flucht und lästert Gott, seine Augen sprühen Feuer wie Schmelzöfen, sein Mund schäumt. Er bindet Eleonore auf ein Kreuz, auf welchem Arme und Beine bis zum Zerreißen auseinandergespreizt werden. Sie blieb stumm. Man wechselte die Folter und schmiert sie am ganzen Körper mit Fett ein und stellt sie so vor ein furchtbares Feuer. Dasselbe Stillschweigen; das arme Opfer wird halbgebraten weggezogen. »Wir müssen ein anderes Mittel anwenden«, sagt Jerome zu den drei Liebhabern, welche ihm bei diesem blutigen Werke mit allen Zeichen von Vergnügen halfen. Das arme Opfer wird an Stricken zwischen zwei Eisenplatten gehängt, die innen mit Eisenspitzen versehen sind. Zuerst wendet man dieses Instrument nur schonend an, aber als Jerome sieht, daß er der Angeklagten nichts entreißen kann, dreht er die Platten so heftig zusammen, daß das arme Geschöpf, an tausend Stellen durchbohrt, entsetzliche Schreie ausstößt. »Nachdem sie nichts gestehen will, werde ich sie sofort verurteilen«, sagt der Barbar. Das Opfer wird vor ihn gebracht, vor seinen Augen sodomiert. Zwei junge Leute bedrohen mit Dolchen das Herz Eleonores. »Ihr werdet zustoßen, wenn ich euch das Zeichen gebe.

Es soll möglichst lange dauern, denn so liebe ich die Frauen zu martern, ich wollt', ich könnt es mit allen Frauen so tun.« Diese schrecklichen Ideen beschleunigen seine Krise, er vergißt das Zeichen zu geben. Sein unglückliches Opfer ist gerettet durch die Künste seiner Genossen. Jerome schläft am Rücken Justines, um seine Kräfte wieder herzustellen, deren fortwährende Erschöpfung bald jeden Mitteln Trotz bieten werden. Als er nach einigen Stunden erwachte, bedrohte er Justine, indem er ihr die Schuld an seiner Vergeßlichkeit gab, mit demselben Tod, den er Eleonore bestimmt hatte. Kurze Zeit nachher schlief Justine bei Ambrosius. Sein Hauptvergnügen bestand darin, sie vor seinen Augen peitschen zu lassen. »Welche traurige Schule«, sagte Justine, als sie hereinkam, »ich wollte, ich wäre erlöst, welches auch immer mein Los sei.« – »Dieser Wunsch kann dir leicht in Erfüllung gehen«, sagte Omphale, »das große Fest naht, und da sparen sie nicht an Opfern, weil sie Ersatz finden. Entweder verführen sie einige Mädchen in der Beichte, oder sie lassen einige verschwinden, endlich trifft der Nachschub ein. So viele neue Erwerbungen verlangen daher auch Ausschaltungen.« Das Fest nahte. Sie wollten durch ein Wunder den Ruf des Klosters heben und banden ein Mädchen von zwölf Jahren namens Florette in den Kleidern der Jungfrau durch unsichtbare Stricke in der Nische fest und befahlen ihr, bei Erhebung der Monstranz die Arme plötzlich zum Himmel zu erheben. Das kleine Mädchen, von den heftigsten

Strafen bedroht, spielte ihre Rolle großartig, das
Volk schrie Wunder, es regnete Opfergaben. Unsere
Wüstlinge ließen am Abend Florette in ihrem
Wundergewande beim Souper erscheinen und
entflammten ihre Fantasie, indem sie sie in dieser
Kleidung der scheußlichsten Unzucht unterwarfen.
Die fromme Justine fällt in Ohnmacht, und um sie
daran zu gewöhnen, muß sie auf den Vorschlag
Jeromes Florette ersetzen. Justine wurde halb
wahnsinnig vor Schmerz darüber, daß sie zu einem
solchen Verbrechen habe dienen müssen, in ihre
Zelle gebracht. Sie konnte ihrer Schwäche nur Dank
dafür wissen, daß sie sie vor den weiteren Orgien
bewahrt hatte, welche damit schlossen, daß die
Mönche am Ende das Mädchen, welches die
Jungfrau dargestellt hatte, auf dem Altar in der
Kirche in Stücke rissen.

Das Fest brachte wirklich auch neue Subjekte.
Drei schöne junge Mädchen kamen als Ersatz, und
man dachte an neue Ausschaltungen. Severino trat
eines Tages ganz aufgeregt als Tagesregent ein. Er
läßt alle in einer Reihe aufstellen. Lange Zeit bleibt
er vor Omphale stehen, dann gibt er ihr einen
furchtbaren Fußstoß, so daß sie zwanzig Schritte
weit fortfliegt: »Die Gesellschaft schaltet dich aus«,
ruft er ihr zu, »sie ist deiner überdrüssig, heute
Abend hole ich dich in dein Grab ab.« Omphale
fällt in Ohnmacht. Diese Ohnmacht reizt nur seine
Begierde. Sie wird ihm, ohnmächtig wie sie ist,
zurechtgelegt, da erinnert er sich daran, daß Justine
ihre beste Freundin ist. Er läßt sie rufen. »Tröste

dich«, sagte er zur weinenden Justine, »du folgst ihr bald nach, du stirbst genauso wie sie, geviertelt. Dies verspreche ich dir aus Rücksicht für dich.« Hierauf geht er zu Victorine. Kaum ist er fort, als Omphale und Justine unter furchtbarem Schluchzen sich in die Arme fallen. Doch die schreckliche Stunde naht, Severino kommt, noch ein letzter Kuß und ein Abschied für immer. Justine wirft sich verzweiflungsvoll auf ihr Bett.

Am nächsten Tage wurde Justine zum Souper beigezogen, es handelte sich um eine Aufnahme. »Hier ist eine neue Kameradin«, sagte Severino, indem er vom Busen des Mädchens die hüllenden Schleier wegriß. Es war ein entzückendes Wesen von fünfzehn Jahren, mit tränenfeuchten Augen, einer zarten Taille, blendend weißer Haut und den schönsten Haaren von der Welt. Octavia, so hieß sie, war mit ihrer Gouvernante, zwei Kammerjungfern und drei Lakaien im Begriffe, nach Paris zu reisen, um einen der bedeutendsten Männer Frankreichs zu heiraten, als ihre Begleitung von den Agenten der Mönche niedergemetzelt und sie selbst ins Kloster entführt wurde. Sie hatte bis jetzt noch kein Wort über ihr Schicksal gehört, und auch die sechs Mönche waren ganz stumm aus Erstaunen über soviel Schönheit. Doch solche Ungeheuer wie diese blieben nicht lange gefesselt. »Laß sehen«, sagte ihr der Abt frech, indem er sie zu sich zog, »ob auch alles übrige den Reizen entspricht, die wir sehen.« Die Unglückliche war ganz verwirrt und sucht zu fliehen. Severino packt sie aber mit den Worten: »Begreife doch endlich, du dummes Kind, daß du hier nicht mehr Herr bist, sondern unbedingt zu gehorchen hast. Fort mit den Kleidern.« Der Wüstling greift ihr mit der Hand unter die Röcke, während er sie mit der anderen Hand festhält. Clement nähert sich, und indem er ihr die Röcke bis über das Kreuz in die Höhe hebt, zeigt er der Gesellschaft den wohlgeformtesten, weißesten Popo. Alle nähern sich, um ihn zu bewundern, zu streicheln und ihn mit Lob zu überhäufen.

Octavia zerfließt in Tränen und wehrt sich aus allen Kräften. »Ziehen wir sie doch aus«, sagte Antonius, »kann man denn ein Frauenzimmer angezogen beurteilen?« Alle machen sich an die Arbeit, einer reißt ein Tuch, der andere einen Rock herunter, und sie umgeben Octavia wie eine Meute die Hündin. In einem Moment erscheinen die entzückenden Formen nackt vor den Augen aller. So viel Schönheit, Unschuld und Zartheit wird das Opfer der Barbaren. Octavia flüchtet sich beschämt in alle Winkel. Überall begegnet sie den schamlosen Augen und Händen der Mönche. Der Kreis verengt sich, sie wird in die Mitte geführt, und vier Frauen umgeben jeden Mönch. Octavia wird zu jedem einzeln hingeführt, Antonius küßt sie auf den Mund und packt sie bei der Scheide mit solcher Kraft, daß sie laut aufschreit. Er verdoppelt die Kraft, und sein Samen entschlüpft ihm. Sie wird zu Jerome hingeführt, welcher sich mit Nadelstichen bearbeiten läßt. Er beißt wütend in die Backen

Octavias. Ambrosius drückte sein schmieriges Maul auf Octavias zarten Mund, und als er diese frische Wollust erregende Zunge küßt, kommt es auch ihm. Octavia kommt zum Abt. Er gibt Octavia zwei wütende Schläge auf den Popo, und die Tour setzt sich fort. Sie kommt zu Silvester, und seine Zähne hinterlassen blutige Spuren. Clement stürzt sich wie ein Wahnsinniger auf die schönen Backen Octavias. »Vorwärts«, sagt Severino.

Er packt Octavia und legt sie mit dem Gesicht nach unten auf das Sofa. Octavia weint und fleht, aber die schamlosen Augen des Mönches sprühen Feuer. Ohne jegliche Vorbereitung, ohne Rücksicht zu nehmen auf den ungeheueren Unterschied der Größe der Festung und der des Angreifers, beginnt dieser den Kampf. Ein Schmerzensschrei kündigt seinen Sieg an. Die Unglückliche wehrt sich vergebens, vergeblich all ihr Flehen. »Ich dachte beinahe nicht zum Ziele zu gelangen, welche Enge, welche Wärme.« – »Ich muß Octavia von ihrem Geschlecht wieder überzeugen«, sagt Antonius, »es gilt noch eine Bresche zu legen.« Er nähert sich ihr voll Stolz, und in einer Minute ist sie entjungfert, neues Geschrei ertönt. Clement nähert sich ihr mit der Peitsche in der Hand. »Wie soll man nicht eine Schülerin prügeln«, sagt er, »die einen so schönen Popo herzeigt?« Zwei Mädchen halten sie, und das Pfeifen der Peitsche durchtönt die Luft. Die Schmerzensschreie Octavias und die Gotteslästerungen des Mönches klingen zusammen. Welcher Anblick für diese Wüstlinge, die sich mitten unter zwölf Mädchen den tollsten Ausschweifungen hingeben.

Drittes Buch

Schließlich hatte Ambroise eine Idee. »Behalten wir nur sechs Frauen«, meinte er, »und ersetzen wir die übrigen durch Knaben. Ich bin schon müde, seit vier Stunden nur weibliche Busen und Hälse um uns zu sehen; wenn man so hübsche Lustknaben im Käfig hat, begreife ich nicht, warum man sich nur von Frauen umringen läßt.« – »Sehr richtig«, rief Severino, »man bringe uns rasch acht Knaben herbei; von Mädchen wollen wir Justine, Octavia und diese vier hübschen sechzehn- bis achtzehnjährigen Geschöpfe, von denen Jerome umgeben ist, behalten.« – Das Bild ändert sich; es erscheinen Knaben; unsere Mönche bearbeiten sie von hinten und lassen sich desgleichen tun; die Mädchen dienen nur als Zielscheibe ihrer grausamen Begierden. »Sapperlot!«, ruft Ambroise, sein erigiertes Glied aus dem Popo eines prächtigen dreizehnjährigen Lustknaben zurückziehend, »ich weiß nicht, was ich in dem unerhörten Entzücken, das mich durchströmt, ersinnen und tun soll. Mich ergreift eine rasende Wut gegen dieses kleine Mädchen«, fuhr er fort, auf Octavia weisend. »Sie wäre nicht die erste, deren Ersetzung wir gleich am Tag ihrer Ankunft nötig gemacht haben. Wir werden von neuen Frauen überlaufen; in dieser Woche haben wir noch zwei oder drei zu erwarten, die mehr wert sind als die da. Ihr habt unter anderen ein siebzehnjähriges Geschöpf, schön wie eine Grazie, die mir die herrlichste Person erscheint, die seit langer Zeit hier eingetreten ist. Machen wir mit dieser kleinen Hure kurzen Prozess. Wir haben sie alle bearbeitet; wenn wir wieder von vorne anfangen, so ist es doch immer dasselbe und ...« – »Ich widersetze mich dem«, sagte Jerome, »nicht alle Leute werden so schnell müde wie Ambroise; es bleiben uns noch tausend Genüsse, einer höllischer als der andere, mit diesem Meinen Mädchen. Quälen und martern wir sie, nichts richtiger als das; aber opfern wir sie noch nicht.«

»Nun gut«, sagte Ambroise, der, sie zwischen den Beinen haltend, ihr hartnäckig zusetzte, »soll sie am Leben bleiben.«

Die Tugend und die Schönheit dieses Mädchens entflammten diese Frevler nur um so mehr; als man sie endlich mehr wegen Übersättigung als aus Mitleid in ihr Zimmer zurückbrachte, genoß sie wenigstens für einige Stunden die Ruhe, deren sie bedurfte.

Justine, die dieses hübsche kleine Ding in ihr Herz geschlossen hatte und die ihr dieselbe Freundschaft entgegenbringen wollte wie Omphale, tat alles, um die Erlaubnis zu erhalten, sie zu erziehen; aber Severino wollte durchaus, daß unsere Heldin in seiner Zelle schlafe. Wir haben bereits erwähnt, daß dieses schöne Mädchen so unglücklich war, mehr als eine andere die scheußlichen Gelüste dieses Sodomisten zu erregen; seit einem Monat schlief sie fast jede Nacht bei ihm; wenige Frauen hatte er so fleißig von hinten bearbeitet; er fand sie

168

entschieden überlegen den anderen durch den Schnitt ihrer Hinterbacken sowie durch die Hitze und unbeschreibliche Enge ihres Afters; was brauchte es mehr, um die Triebe eines Hurenkerls anzuregen? Aber der Wüstling war in dieser Nacht erschöpft und bedurfte besonderer Ausschweifungen. Da er zweifellos fürchtete, mit dem ungeheuerlichen Glied, das er besaß, ihr nicht genug Böses antun zu können, beschloß er diesmal, Justine mit einem Godemiche von zwölf Zoll Länge und sieben im Umfang von hinten zu bearbeiten. Das arme Mädchen wollte entsetzt einige Einwendungen erheben; die Antwort waren Schläge und Drohungen; sie war also verpflichtet, ihren Hintern preiszugeben. Infolge der Stöße drang das Ding allzu weit nach vorne; Justine stößt laute Schreie aus; der Mönch hat daran seine Freude. Nach einigen Hinundherbewegungen zieht er plötzlich das Instrument heraus und führt sein eigenes Glied in das Loch ein. Welch eine Laune! Ist das nicht gerade das Gegenteil von dem, was die Menschen wünschen müssen?

Als er des Morgens sich ein wenig kräftiger fühlte, wollte er eine andere Marter versuchen. Er zeigte Justine ein viel stärkeres Instrument als am Abend vorher. Es war hohl und mit einem Stempel versehen, das das Wasser mit unglaublicher Kraft durch eine Öffnung von mehr als zwei Zoll im Umfang durchspritzte. Das enorme Ding selbst war dreizehn Zoll lang bei einem Umfang von neun Zoll. Severino füllte es mit recht heißem Wasser und wollte es in die Scheide einsenken. Entsetzt über dieses Vorhaben, wirft sich Justine ihm zu Füßen und fleht um Erbarmen.

Aber der Mönch befindet sich in einer jener Launen, in denen die Stimme des Mitleids schweigt, dafür aber die viel beredteren Leidenschaften, die sie ersticken, eine oft recht gefährliche Grausamkeit an ihre Stelle setzen. Severino droht ihr mit seinem Zorn, wenn sie nicht gehorcht. Justine gibt sich bebend preis. Zwei Drittel des schrecklichen Werkzeuges drangen ein; die Zerreißungen, die es bewirkt, verbunden mit der äußersten Hitze, rauben ihr fast die Besinnung. Indessen hört der Prior nicht auf, sie weiter zu quälen, und läßt sich von einem Mädchen auf den Hinterbacken der anderen reiben. Nach einer Viertelstunde der Marterung, die Justine kaum mehr auszuhalten vermag, lockert sich der Stempel und spritzt das kochende Wasser tief in die Gebärmutter. Justine fällt in Ohnmacht. Severino gerät in Ekstase; er bearbeitet sie in diesem Zustande der Bewußtlosigkeit von hinten; er kneift ihren Hals, um sie wieder zum Leben zu erwecken; endlich öffnet sie wieder die Augen. »Was hast du denn?«, fragt sie der Mönch, »das ist ja gar nichts; wir behandeln diese Reize hier manchmal viel ärger. Ein dorniges Kraut, Teufel noch einmal! Gut gepfeffert und in Essig getaucht, mit der Spitze eines Messers in die Scheide gesteckt, das braucht es, um diese Reize zu zerreißen. Bei dem ersten Fehler, den du begehst, verurteile ich dich dazu«, sagt der Frevler, der bei diesem Gedanken sich in den prächtigen Hintern seines Opfers ergießt. »Ja, Dirne, ich verurteile dich dazu und vielleicht zu noch Ärgerem vor Ablauf von zwei Monaten.« Endlich bricht der Tag an, worauf Justine verabschiedet wird.

Sie fand beim Eintritt ihre neue Freundin in Tränen aufgelöst. Sie tat, was in ihrer Macht stand, sie zu beruhigen; aber es ist nicht leicht, sich in eine so schreckliche Situation zu finden. Octavia war tugendhaft, empfindlich und religiös; um so schrecklicher kam sie sich in ihrer Lage vor. Doch war sie zufrieden, eine gleich gestimmte Seele zu finden, und trat bald zu unserer liebenswürdigen Waise in ein inniges Verhältnis; sie fanden beide durch diese Freundschaft mehr Kraft, ihre gemeinsamen Leiden zu ertragen.

Aber die traurige Octavia genoß nicht lange diese angenehme Empfindung. Octavia befand sich kaum zwei Monate im Kloster, da verkündete ihr Jerome, daß für sie Ersatz eintreten müsse, obgleich er es war, der ihr am meisten zu huldigen schien. Sie schlief meistens bei ihm; noch am Abend vor dieser schrecklichen Katastrophe war dies der Fall gewesen. Doch geschah dies nicht ihr allein. Ein herrliches Mädchen, dreiundzwanzig Jahre zählend, das sich seit seiner Geburt im Kloster aufhielt und über jedes Lob erhaben war, dessen weiches, mitleidiges Wesen sich in merkwürdiger Weise mit einer romantischen Erscheinung verband, kurz, ein Engel, sollte am selben Tage das gleiche Schicksal erleiden; die Mönche beschlossen gegen ihre

Gewohnheit, beide zusammen zu opfern. Die Schöne hieß Mariette und war, wie es hieß, Sylvestres Tochter.

Sylvestre fiel durch die unglaublichen Quälereien, mit denen er in dieser Nacht seiner Tochter zusetzte, auf; das schöne, gefühlvolle und reizende Geschöpf starb dem schauerlichen Wunsche des Ruchlosen gemäß unter seinen Händen. So ist der Mensch, wenn ihn seine Leidenschaften verführen, so, wenn seine Reichtümer, sein Einfluß, seine Stellung ihn über die Gesetze stellen. Justine war bei ihrer Ermattung glücklich, bei niemandem schlafen zu müssen. Sie zog sich in ihre Zelle zurück, vergoß bittere Zähren über das schreckliche Schicksal ihrer besten Freundin und beschäftigte sich nur mehr mit dem Plan, zu entweichen. Zu allem fest entschlossen, um dieser abscheulichen Stätte zu entfliehen, konnte sie nichts von ihrem Vorhaben abbringen. Was konnte ihr drohen, wenn sie diesen Plan ausführte? Der Tod; was war ihr sicher, wenn sie blieb? Der Tod. Wenn sie aber Glück hatte, vermochte sie sich zu retten; sollte sie also schwanken? Doch konnte sie nicht vermeiden, daß vor dieser Unternehmung die traurigen Beispiele belohnten Lasters vor ihre Augen traten. In das große Buch des Schicksals, in dieses unbekannte Buch, in das kein Mensch Einblick hat, war es geschrieben, daß alle die, welche sie gequält, erniedrigt, in Ketten gehalten hatten, unaufhörlich vor ihren Augen für ihre Freveltaten belohnt werden sollten, als ob die Vorsehung es sich zur Aufgabe gemacht hätte, ihr die Gefahr oder Nutzlosigkeit der Tugend zu zeigen. Doch diese unheilvollen Lehren änderten sie keineswegs; sie sagte, daß sie stets diesem Idol ihres Herzens treu ergeben sein werde, wenn es ihr gelingen sollte, dem über ihrem Haupt dräuenden Schwert zu entrinnen.

Eines Morgens erschien Antonius im Serail und machte zur allgemeinen Überraschung die Mitteilung, daß Severino, ein Verwandter und Schützling des Papstes, soeben von seiner Heiligkeit zum Ordensgeneral der Benediktiner ernannt worden sei. Gleich am folgenden Tag reiste der Priester ab, ohne jemanden zu sprechen. Es ging das Gerücht, daß ein weit grausamerer und ausschweifenderer Mann an seine Stelle treten würde, ein weiterer Grund, um Justine zur schleunigen Ausführung ihres Planes anzuregen.

Am Tag nach Severinos Abreise veranstalteten die Mönche noch eine Opferung. Justine wählte diesen Augenblick, um ihren Plan auszuführen, damit jene, während sie beschäftigt waren, ihr weniger Aufmerksamkeit zuwenden könnten.

Man befand sich im Frühlingsanfang; die Nächte schienen noch lang genug zu dauern, um ihre Maßregeln zu begünstigen; seit zwei Monaten bereitete sie diese in aller Heimlichkeit vor. Sie durchschnitt allmählich die Gitter ihres Gemaches mit einer schlechten Schere, die sie gefunden hatte; schon konnte sie ihren Kopf ohne Mühe durchstecken; aus ihrer Wäsche hatte sie ein hinlänglich starkes Seil gebildet, um sich damit in die Tiefe lassen zu können. Als man ihr ihre Sachen weggenommen hatte, hatte sie ihr kleines Vermögen zurückbehalten und stets sorgfältig verborgen; vor der Flucht brachte sie es in ihren Haaren unter; sowie sie glaubte, daß ihre Gefährtinnen sich zu Bett begeben hätten, eilte sie in ihr Gemach. Hier öffnete sie das Loch, welches sie täglich sorgfältig verstopft hatte, band das Seil an einen Gitterstab, der unbeschädigt war, ließ sich herabgleiten und hatte bald den Boden unter den Füßen. Doch war dies nur der kleinste Teil des Hindernisses gewesen; die sechs Heckenwälle, von denen Omphale erzählt hatte, bereiteten ihr ganz andere Schwierigkeiten.

Als sie unten angelangt war, erkannte sie, daß jeder Raum zwischen zwei Hecken nur sechs Fuß breit war; und diese geringe Breite konnte im ersten Moment den Glauben erwecken, daß man nur ein einziges zusammenhängendes Gesträuch vor sich habe. Die Nacht war sehr finster. Indem sie die erste Allee zwischen den Hecken durchschritt, gelangte sie zum Fenster des großen Kellers, wo die Todesorgien abgehalten wurden. Sie bemerkte daselbst viel Licht und war kühn genug, sich zu nähern; und da vernahm sie ganz deutlich, wie Jerome also zur Versammlung sprach: »Ja, meine Freunde, ich wiederhole es, Justine muß jetzt als nächste an die Reihe kommen; ich hoffe, kein einziger wird sich meinem Vorschlag widersetzen.« – »Gewiß nicht«, entgegnete Antonius, »Mit

Severino befreundet, habe ich sie bis jetzt bevorzugt und protegiert, weil sie diesem ehrenwerten Gefährten unserer Ausschweifungen gefallen hat; da wir aber jetzt keinen weiteren Grund dazu haben, so bin ich der erste, der euch bittet, diesen Vorschlag ohne Widerspruch anzunehmen.«

Es herrschte Einmütigkeit; einige waren sogar der Ansicht, man solle sie sofort herbeischaffen; aber nach reiflicher Erwägung entschloß man sich, die Sache auf zwei Wochen zu verschieben. Justine! Welche Bewegung bemächtigte sich deiner Seele, als du also dein Todesurteil vernahmst! Unglückliches Mädchen! Fast hättest du dich nicht von der Stelle rühren können. Nichtsdestoweniger raffte sie alle ihre Kräfte zusammen, beeilte sich und ging rund herum; da sie aber keine Bresche wahrnahm, beschloß sie, eine solche zu schlagen.

Sie hatte die oben erwähnte Schere bei sich, mit der sie nun arbeitet; ihre Hände werden zerrissen, doch hält sie das nicht zurück. Die Hecke war mehr als zwei Fuß breit; doch bahnt sie sich den Weg zur zweiten Allee. Welche Bestürzung aber bemächtigt sich ihrer, als sie unter ihren Füßen einen weichen und nachgiebigen Boden fühlt, in welchen sie bis zu den Knöcheln versinkt! Je mehr sie vorwärts geht, desto dichter wird die Finsternis. Voll Neugier über die Ursache dieser Änderung der Erdbeschaffenheit, tastet sie ... Gerechter Himmel, sie spürt den Kopf eines Leichnams. »Großer Gott!«, ruft sie vernichtet, »so bin ich zweifellos, wie man mir gesagt hatte, im Friedhof, wohin die Henkergesellen ihre Opfer werfen; kaum nehmen sie sich die Mühe, sie mit Erde zu bedecken. Dieser Schädel gehört vielleicht meiner teuren Omphale oder der unglücklichen Octavia; sie war so schön, so sanft, so gut, so lieblich wie eine Rose. Ach, zwei Wochen später hätte auch mich dieser Platz erwartet; daran ist kein Zweifel, soeben habe ich es vernommen. Was würde es mir nützen, wenn ich neuen Schicksalsschlägen entgegenginge? Habe ich nicht genug Böses begangen? Bin ich nicht die Veranlassung einer ziemlich großen Zahl von Verbrechen geworden? Ach, möge sich mein Geschick erfüllen! Du Zufluchtsort meiner Freundinnen, öffne dich auch für mich! Das tut gut, wenn man so arm und verlassen ist wie ich. Aber nein, ich muß die wehrlose Tugend rächen; sie rechnet auf meinen Mut, lassen wir uns nicht niederdrücken, gehen wir vorwärts! Es tut Not, daß die Welt von solch gefährlichen Missetätern befreit werde. Soll ich schwanken, sechs Menschen zu verderben, um Tausende von Personen zu retten, die ihre Grausamkeit hinschlachtet?« Sie durchbricht die Hecke, die dichter ist als die erste; je mehr sie vorwärts schreitet, desto undurchdringlicher findet sie das Gesträuch. Dennoch bricht sie die Breschen, jenseits deren sie wieder festen Boden fühlt; unsere Heldin gelangt an den Rand des Grabens, ohne die Mauer zu finden, von der ihr Omphale erzählt hatte; sicherlich war keine solche vorhanden; wahrscheinlich hatten die Mönche die gefangenen Mädchen damit nur abschrecken wollen.

Jenseits dieser sechsfachen Umwallung unterscheidet Justine die Gegenstände besser. Die Kirche und das sich daran anschließende Gebäude bieten sich sogleich ihren Blicken dar; der Graben zog sich längs beider hin. Sie hütet sich wohl, ihn auf dieser Seite zu überschreiten; sie geht den Rändern entlang weiter; sowie sie sich einem Waldweg gegenüber sieht, entschließt sie sich, den Graben an dieser Stelle zu überschreiten und jenen Weg einzuschlagen, sowie sie die Böschung emporgeklommen ist. Dieser Graben war sehr tief, aber trocken; da er mit Steinen bedeckt war, konnte sie sich nicht herabgleiten lassen, sie stürzte sich also hinein. Ein wenig betäubt von dem Fall, vergehen einige Minuten, bevor sie sich erheben kann; endlich richtet sie sich wieder auf und durchquerte den Graben, ohne auf Hindernisse zu stoßen. Aber wie hinaufkommen? Indem sie eine bequeme Stelle sucht, findet sie einen, wo einige zerbrochenen Mauersteine ihr die Möglichkeit gaben, sowohl sich der anderen Steine als Stufen zu bedienen, als auch die Fußspitzen in die Erde einzubohren, um sich besser stützen zu können. Sie befand sich schon fast oben, als alles unter ihr einbrach und sie wieder in den Graben fiel, bedeckt mit Trümmern, die sie im Fall mitgerissen hatte; sie glaubte schon, sterben zu müssen. Denn dieser Sturz war, da er nicht freiwillig stattgefunden hatte, viel unsanfter gewesen als der erste; die Steine, die ihr gefolgt waren, hatten sie sogar an mehreren Körperstellen verletzt. »Ach Gott!«, sagte sie voll

Verzweiflung, »ich gehe nicht weiter, ich bleibe da; dieses Mißgeschick ist ein Fingerzeig des Himmels, er will nicht, daß ich weiter gehe. Meine Gedanken täuschen mich sicherlich; das Böse ist notwendig auf Erden; wenn Gott es wünscht, so ist es gewiß ein Unrecht entgegenzusteuern.«

Aber die kluge, tugendhafte Justine schüttelt rasch diesen Gedanken ab und entledigt sich mutig der Trümmer, mit denen sie bedeckt ist; da sie es nunmehr leichter findet, durch die infolge der neu entstandenen Löcher gebildete Bresche in die Höhe zu steigen, unternimmt sie nochmals den Versuch und sieht sich sofort in der Höhe. All das hat sie von dem wahrgenommenen Pfad abgeführt; aber umherschauend wird sie seiner wieder gewahr. Und nunmehr macht sie sich eilig daran, zu fliehen. Vor Tagesanbruch befindet sie sich schon außerhalb des Waldes und bald auf dem Hügel, von welchem aus sie einstens das ruchlose Haus erblickt hatte, aus dem sie mit solcher Freude entwichen war. Sie ruht auf ihm aus, in Schweiß gebadet; ihre erste Sorge ist, sich niederzuknien, um Gott zu danken und neuerlich seine Verzeihung zu erflehen für die Vergehen, die sie unfreiwillig in dieser hassenswerten Stätte der Ruchlosigkeit und des Verbrechens begangen hatte. Bald entströmten bittere Zähren ihren schönen Augen. »Ach«, sagte sie zu sich, »ich war weit schuldloser, als ich im vergangenen Jahr diesen selben Weg einschlug, geleitet von frommen Gedanken, die so traurig getäuscht wurden. O Gott! In welchem Zustand sehe ich mich jetzt!«

Diese traurigen Betrachtungen wurden einigermaßen gemildert durch den Gedanken, frei zu sein; Justine nahm ihren Weg gegen Dijon, da sie der Meinung war, daß nur in dieser Stadt ihre Klagen mit Erfolg vorgebracht werden könnten.

Sie befand sich auf der zweiten Tagesreise; sie hatte keine Angst vor Verfolgung, doch war ihr Kopf noch ganz wüst von all den Schrecken, deren Zeugin und Opfer sie gewesen war. Es war warm; ihrer sparsamen Art gemäß war sie von der Landstraße abseits gegangen, um eine Stätte zu finden, wo sie ein leichtes Mahl einnehmen und bis abends warten konnte. Ein kleines Gehölz rechts vom Wege, durch das sich ein klares Bächlein schlängelte, schien ihr geeignet zu sein. Erfrischt von dem Wasser, ein wenig Brot zu sich nehmend, den Rücken an einen Baum lehnend, atmete sie die reine Luft ein, die sie wieder belebte und ihre aufgeregten Sinne beruhigte. Sie dachte an ihr beispielloses Geschick, das sie trotz der Dornen, mit denen ihre tugendhafte Bahn bestreut gewesen war, immer und immer wieder zu der Verehrung Gottes, zu Handlungen der Liebe und Ergebung gegen das höchste Wesen, dessen Ebenbild sie war, geführt hatte; eine Art Verzückung bemächtigte sich plötzlich ihrer Seele. »Ach«, sagte sie zu sich, »läßt er mich nicht im Stich, dieser gute Gott, den ich anbete? Danke ich nicht ihm die Gunst, meine Kräfte wieder sammeln zu können? Gibt es denn nicht Wesen auf der Erde, denen das nicht vergönnt ist? Ich bin doch nicht ganz unglücklich, da es viel beklagenswertere Geschöpfe als mich gibt. Ach, bin ich nicht viel glücklicher als die Unseligen, die in dieser Lasterhöhle zurückgeblieben sind, der mich die Güte Gottes wie durch ein Wunder hat entkommen lassen?« Von Dankbarkeit erfüllt, wirft sie sich auf die Knie, um dem Höchsten zu danken, als sie bemerkte, daß sie durch ihr Gebaren die Blicke einer großen, schönen, ziemlich gut gebauten Frau anzog, die in derselben Richtung daherkam wie sie. »Mein Kind«, sagte freundlich diese Frau, »Sie scheinen tief versunken zu sein. Von Ihrem Gesicht kann man leicht ablesen, daß ein tiefes Leid Sie bedrückt. Auch ich, liebe Kleine, bin unglücklich; würdigen Sie mich, mir Ihre Schmerzen anzuvertrauen; ich werde Ihnen die meinigen mitteilen. Wir wollen uns zusammen trösten; vielleicht wird diesem gegenseitigen Vertrauen das süße Gefühl der Freundschaft entspringen, das den Unglücklichsten ihre Leiden erträglich macht, da sie sie brüderlich teilen. Sie sind jung und hübsch, mein liebes Kind, das ist viel mehr, als nötig ist, um recht viel Dornen auf dem Lebenspfad zu finden. Die Menschen sind so böse, daß man nur etwas, das ihr Interesse erregen kann, haben muß, um ihre ganze Ruchlosigkeit mächtig zu erregen.«

Die Seele der Unglücklichen ist den Tröstungen sehr zugänglich. Justine betrachtet die Frau; da sie ein schönes Gesicht, das auf höchstens

180

sechsunddreißig Jahre weist, geistvolles und sittsames Wesen bemerkt, ergreift sie ihre Hand, vergießt Tränen und sagt: »Ach, Madame!« – »Kommen Sie, mein Engel!«, antwortet ihr freundlich Madame d'Esterval; »gehen wir in dieses Gasthaus; ich kenne es, wir können uns ruhig dorthin begeben. Dort können Sie mir Ihr Unglück erzählen, ich werde desgleichen tun; vielleicht wird das Ergebnis dieses süßen Vertrauens unser Unglück uns weniger fühlen lassen.«

Justine läßt sich überreden. Sie treten in die Herberge ein; Madame d'Esterval sorgt für alles; ein ausgezeichnetes Essen wird sogleich in einem abgesonderten Zimmer aufgetragen, worauf die Konversation intimer wird.

»Mein teueres Kind«, sagt sie, nachdem sie, wie es scheint, einige Tränen über das Unglück ihrer Gefährtin vergossen hat, »mein Mißgeschick ist vielleicht nicht so mannigfacher Art wie das Ihre, dafür aber beständiger, und, ich wage es zu sagen, bitterer. Seit früher Jugend einem Mann, den ich verabscheue, preisgegeben, habe ich seit zwanzig Jahren den hassenswerten Mann vor Augen; seit dieser traurigen Zeit bin ich grausam beraubt des einzigen Wesens, das das Glück meines Lebens hätte machen können. An der Grenze von Burgund ist ein großer Wald, inmitten dessen mein Mann eine Herberge besitzt, ziemlich bequem für diejenigen aufzusuchen, die diese unbekannte Gegend durchstreifen; aber, gerechter Himmel, soll ich es Ihnen gestehen, meine Teuere, dieser Elende mißbraucht die Abgelegenheit dieser finsteren Stätte und bestiehlt, beraubt, ermordet alle die, welche das Unglück haben, sich bei ihm aufzuhalten.« – »Sie machen mich erbeben, Madame; großer Gott, dieses Scheusal mordet?« – »Teures Kind, erbarme dich meiner Schande und meines Unglücks; ich würde selbst ermordet werden, wenn ich seine Taten verriete; könnte ich übrigens versuchen, Klage zu führen? Ich entehre mich selbst, wenn ich meinen Mann der Schande preisgebe. Oh, Justine, ich bin die Unglücklichste der Frauen! Einzig das würde mich trösten, wenn ich ein tugendhaftes Wesen gleich dir an mein Los knüpfen könnte, mit dessen Hilfe ich dem rasenden Scheusal den größten Teil seiner Opfer zu entreißen vermöchte. Wie nötig wäre mir ein solches Weib! Sie wäre die Freude meines Daseins, der Schirm meines Gewissens, meine Stütze, meine Hilfe in dem schrecklichen Zustand, in dem ich lebe. Liebenswürdiges Kind, wenn ich dir soviel Erbarmen, soviel Vertrauen einflößen könnte, um dich mit meinem Los zu verknüpfen. Du wärest mehr meine Freundin als meine Dienerin; ich würde dir keinen Lohn bieten, nein, die Hälfte meines Besitzes. Nun also, Justine? Hast du den Mut, meinen Vorschlag anzunehmen? Vermag die Gewißheit, an so guten Handlungen teilnehmen zu dürfen, deine edlen, tugendhaften Empfindungen anzufachen? Darf ich endlich hoffen, eine Freundin gefunden zu haben?«

Ein Glas Champagner wurde von beiden ausgetrunken, bevor Justine sich geäußert hatte; dieser Zaubertrank, dessen merkwürdige Eigenschaft im Menschen zugleich alle Laster und alle Tugenden erweckt, bestimmte rasch die kluge Justine, eine so Teilnahme erweckende Frau, wie die, welche ihr das Glück in Aussicht stellte, nicht im Stich zu lassen. »Ja, Madame«, sagte sie zu ihrer neuen Freundin, »rechnen Sie darauf, daß ich Ihnen überallhin folgen werde; Sie bieten mir Gelegenheit, die Tugend zu üben; wie muß ich dem Ewigen danken, daß er es mir ermöglicht, mit Ihnen diesen meinen Trieb zu befriedigen! Wer weiß, ob es uns nicht durch gute Ratschläge, Geduld und ausgezeichnete Beispiele glückt, Ihren Mann zu bekehren! Die Bitten, die wir an den Himmel richten, sind so innig! Hoffen wir, eines Tages Erfolge zu erreichen!«

Madame d'Esterval bemerkt während dieser Rede ein Kruzifix und wirft sich voll Zerknirschung davor auf die Knie. »Christengott«, rief sie weinend, »wie muß ich dir für eine solche Begegnung danken! Erhalte mir lange diese Freundin und belohne sie für ihren Eifer!«

Sie erheben sich vom Tisch; Madame d'Esterval bezahlt freigebig alle Auslagen; unsere beiden Frauen machen sich sodann auf den Weg.

Von der Herberge, die sie verlassen hatten, bis zu dem Gasthof der d'Esterval betrug der Weg fünfzehn Kilometer, von denen sechs im dichtesten

Wald zurückgelegt werden mußten. Nichts Friedlicheres als dieser Marsch; nichts Teilnehmenderes, Zärtlicheres, Tugendhafteres als all das, was während des Gehens gesprochen wurde; nichts Angenehmeres als die Pläne, die entworfen wurden. Endlich kamen sie ans Ziel.

Als Frau d'Esterval von der Lage der Herberge gesprochen hatte, hatte sie nur eine schwache Vorstellung der Wirklichkeit erweckt. Man hätte sich keine wildere Stätte vorstellen können. Da das Haus ganz in einer mit Hochwald bewachsenen Schlucht verschwand, konnte man erst dann seiner gewahr werden, wenn man unmittelbar davor stand. Zwei riesige Doggen bewachten die Tür; d'Esterval selbst empfing, von zwei starken Mägden begleitet, seine Frau und Justine.

»Wer ist dieses Geschöpf?«, fragte der wilde Wirt, die Gefährtin seiner Frau betrachtend.

»Das ist etwas, was wir brauchen«, antwortet die d'Esterval in einem Ton, der unserer unglücklichen Heldin langsam die Augen öffnet und ihr begreiflich macht, daß zwischen jener und ihrem Gatten ein viel größeres Einverständnis bestand, als sie hatte vorher merken lassen. »Findest du sie nicht hübsch?«

»Ja, das ist sie, aber wird sie mich auch lieben?«

»Bist du nicht ihr Herr, sowie sie bei dir eintritt?«

Die zitternde Justine wird mit ihrer Führerin in einen niederen Raum gebracht, wo der Wirt nach einem kurzen, leise geführten Gespräch mit seiner Frau an unsere Heldin ungefähr folgende Worte richtete:

»Von allen Abenteuern, die Ihnen im Laufe Ihres Lebens zugestoßen sind, wird dieses, mein teures Kind, Ihnen sicherlich am merkwürdigsten vorkommen. Von Ihrer dummen Tugendbegeisterung getäuscht, sind Sie – wie meine Frau mir mitteilt – in viele Fallen schon geraten, in denen man Sie durch Anwendung von Gewalt fing; hier geschieht dies bloß durch List. Dort waren Sie der Gegenstand vieler Verbrechen, ohne an irgendeinem teilzunehmen. Sie werden hier bei allen mitwirken, ohne daß Sie sich helfen können; Sie werden freiwillig daran teilnehmen; Sie werden dazu genötigt sein, ohne anders als durch moralische Bande und durch Ihre Tugenden dazu gezwungen zu werden.«

»Monsieur!«, schrie die gute Justine, »ach, sind Sie denn ein Zauberer?«

»Nein«, erwiderte d'Esterval, »ich bin nur ein Frevler, ohne Zweifel ein ziemlich merkwürdiger; doch unterscheiden sich meine Triebe und Verbrechen nur durch die Form von denen vieler Leute, die gleich mir die Bahn des Lastern durchlaufen und die im Grunde die gleichen Mittel anwenden. Ich bin Frevler aus Gründen der Wollust. Reich genug, um mein Gewerbe nicht ausüben zu müssen, betreibe ich es dennoch wegen meiner Leidenschaften; diese werden merkwürdigerweise nur dann gekitzelt, mein Glied steht einzig und allein nur dann, wenn ich stehle oder morde; nur dann kann ich in Feuer geraten. Nichts anderes könnte mich in den zum Genuß nötigen Zustand versetzen; sowie ich aber das eine oder andere Verbrechen begangen habe, kocht mein Blut, mein Glied bäumt sich, und ich brauche unbedingt Weiber. Da mir aber meine Frau nicht genügt, ersetze ich sie durch Mägde oder durch junge, hübsche Dinger, die uns der Zufall schickt. Kommen sie nicht von selbst, dann sucht Madame d'Esterval welche. Sie ist ein famoses Geschöpf, dieses Weib; da sie den gleichen Geschmack hat, hilft sie mir und wir pflücken nacheinander die Früchte.«

»Was?«, fragte Justine, in deren Überraschung sich der Schmerz mischte. »Madame d'Esterval hat mich betrogen?«

»Gewiß, wenn sie sich tugendhaft gezeigt hat; denn schwerlich kann man sich eine verderbtere Frau denken. Doch mußten Sie verführt werden; List und Betrug waren nötig. Sie werden hier meinen und meiner Frau Genüssen zu Willen sein und – ja, mein Engel, das wird Sie erbeben machen: Sie werden die Circe der hier einkehrenden Reisenden sein; Sie werden sie liebkosen, sie fesseln, ihnen zu Willen sein, alle ihre Leidenschaften befriedigen, um ihr Verderben um so sicherer herbeizuführen, damit wir sie dann um so leichter umbringen können.«

»Und Sie glauben, Monsieur, daß ich in diesem höllischen Haus bleiben werde?«

»Mehr als das, Justine; ich habe Ihnen gesagt, daß es Ihnen schwer fallen wird, zu fliehen, daß Sie gern hier bleiben werden, wenn Sie alles wissen werden, denn es wird Ihnen unmöglich sein, nicht hier zu bleiben.«

»Erklären Sie sich, Monsieur, ich beschwöre Sie!«

»Ich werde es tun; hören Sie mich an, verdoppeln Sie gefälligst Ihre Aufmerksamkeit ...« Aber in diesem Augenblick läßt sich ein großer Lärm im Hofe vernehmen; d'Esterval war genötigt zu unterbrechen, um zwei Kaufleute zu Pferde zu empfangen, die von ebensoviel reich beladenen Maultieren gefolgt waren; sie wollten auf den Markt von Dole und wünschten in dieser Mördergrube zu übernachten.

Unsere Reisenden wurden freundschaftlichst empfangen, bedient, erfrischt und von ihren Schuhen befreit; als d'Esterval bemerkte, daß sie ganz ruhig auf das Souper warteten, kam er zu Justine zurück, um die Instruktion zu beendigen. Der merkwürdige Mensch sagte:

»Es ist nicht notwendig, Ihnen, mein teueres Kind, zu sagen, daß ich mit dem Geschmack, von dem ich Ihnen eben erzählte, auch andere Eigenarten verbinde; folgende sind es, die erstaunlicherweise meine Leidenschaften befriedigen.

Ich will, daß die Reisenden, die unter meinen
Händen sterben, von meinen Plänen Nachricht
erhalten; es gefällt mir, ihnen die Gewißheit
beizubringen, daß sie im Haus eines Ruchlosen
sind; ich will, daß sie sich in Verteidigungszustand
versetzen, kurz, es ist mir darum zu tun, sie durch
Gewalt niederzuzwingen. Dieser Umstand versetzt
mich in Erregung, ermöglicht mir die Erektion, so
daß ich unbedingt eines Geschöpfes zum Lieben
bedarf, mag es welchem Alter und welchem
Geschlecht immer angehören. Folgende Rolle ist
Ihnen, mein Engel, zugeteilt: Sie werden mit bestem
Gewissen alles in Bewegung setzen, um die Opfer
entkommen zu lassen oder sie zur Verteidigung zu
bewegen. Ich will Ihnen noch mehr sagen: die
Freiheit winkt Ihnen dafür. Wenn Sie einen einzigen
entwischen lassen, können Sie sich mit ihm
retten;.ich versichere feierlich, Sie dann nicht zu
verfolgen; aber wenn das Opfer unterliegt, müssen
Sie hier bleiben; da Sie tugendhaft sind, habe ich
recht, wenn ich sage, daß Sie herzlich gerne hier
bleiben werden; denn die Hoffnung, einen dieser
Unglücklichen meiner Wut zu entreißen, wird Sie
unaufhörlich hier halten. Wenn Sie mir
davonlaufen, dann betreibe ich gewiß mein
Handwerk weiter, und Sie würden es stets tief
bereuen, keinen Versuch unternommen zu haben,
die zu retten, welche nach Ihrer Abreise zugrunde
gehen werden; Sie würden es sich nie verzeihen
können, die Gelegenheit zu einem so guten Werk
verabsäumt zu haben; wie gesagt, die Hoffnung,

eines Tages doch Erfolg zu haben, wird Sie notwendigerweise das ganze Leben an uns fesseln. Wollen Sie einwerfen, daß all das nicht nötig sei, daß Sie gleich in den ersten Tagen entweichen würden, um gegen mich Hage zu führen? Wie ungeschickt wäre ich, wenn ich diesen Einwurf nicht beantworten könnte, wenn ich ihn nicht siegreich mit einem Wort niederschlagen könnte. Hören Sie mich an, Justine; es vergeht kein Tag, an dem ich nicht einen Mord begehe; sechs Tage würden vergehen, bevor Sie zum nächsten Gericht kommen; dann aber haben Sie sechs Opfer umkommen lassen, um zu versuchen, mich gefangen nehmen zu lassen; unter der Voraussetzung, daß diese Unmöglichkeit stattfindet – denn ich fliehe sofort, wenn Sie nicht mehr im Hause sind – haben Sie sechs Opfer hinschlachten lassen, um einer lächerlichen Hoffnung nachzujagen.«

»Ich wäre die Ursache ihres Todes?«

»Ja, denn Sie hätten eines der Opfer retten können, wenn Sie es gewarnt hätten; wenn Sie aber das eine retten, retten Sie auch die anderen. Nun also, Justine, hatte ich unrecht zu sagen, daß ich Sie durch List festhalten werde? Fliehen Sie jetzt, wenn Sie es wagen, fliehen Sie, alle Türen sind offen!«

»Monsieur«, sagte Justine niedergeschlagen, »in welche Situation versetzen Sie mich durch Ihre Bosheit!«

»Ich weiß wohl, sie ist schrecklich; gerade das regt meine abscheulichen Leidenschaften mächtig an. Es gefällt mir, daß Sie an den Ruchlosigkeiten teilnehmen müssen, ohne daß Sie sie verhindern könnten; ich freue mich, Sie durch die Tugend an das Verbrechen und den Frevel zu fesseln; und wenn ich, Justine, Sie lieben werde, denn Sie werden es begreiflich finden, daß es dazu kommen wird, wird dieser köstliche Gedanke mir wundervolle Freuden verschaffen.«

»Wie, Monsieur, ich werde mich dem fügen müssen?«

»Gewiß, Justine, allem; wenn Sie geschickt genug sind, den Opfern das Entwischen zu ermöglichen, so ist damit alles gesagt, da Sie zusammen mit jenen fliehen werden. Aber wenn sie unterliegen, werden sich Ihre Hände mit dem Blut jener färben; Sie werden sie mit mir bestehlen, umbringen, ausplündern; dann werde ich Sie bearbeiten. Wie viel Gründe haben Sie nicht, jene zu retten! Welche Ränke, welche Geschicklichkeit werden Sie, von der Tugend und ihrem Vorteil getrieben, anwenden, um sie meinen Dolchen zu entreißen! O Justine! Nie werden sich die hehren Tugenden, zu denen Sie sich bekennen, in einem schöneren Licht zeigen, nie wird sich Ihnen eine günstigere Gelegenheit bieten, sich der Achtung und Bewunderung der guten Menschen würdig zu erweisen.«

Es ist sehr schwer, die Situation zu beschreiben, in der sich unsere Heldin befand, als d'Esterval

190

wegging, um seine Pflichten obzuliegen, und sie einen Augenblick all ihren schrecklichen Gedanken überließ:

»Großer Gott!«, rief sie aus, »ich war der Meinung, daß der Frevel alle seine Mittel gegen mich in Anwendung gebracht habe und daß nach all meinen Erfahrungen mir neue Empfindungen dieser Art erspart bleiben würden. Ich habe mich getäuscht. Ich erlebe beispiellose Tücken, Grausamkeiten und Ausschweifungen, die sicherlich selbst dem Bösen der Hölle fremd sind. Dieses Scheusal hat recht: wenn ich mich sofort retten und ihn festnehmen lassen will, vergeht sicherlich einige Zeit; vielleicht kann ich ihm aber gleich heute Abend die beiden Reisenden, die eben angekommen sind, entreißen. Aber wenn ich in einem oder zwei Jahren bemerke, daß ich niemals ein Opfer retten kann, täte ich nicht besser daran, den Schurken anzuzeigen? Ach, niemals, niemals; er hat gesagt, er werde sofort fliehen, wenn er mich frei sehen werde; er würde vor der Flucht alle bei ihm befindlichen Fremden umbringen, vielleicht gerade solche, denen ich hätte das Leben retten können. Das Scheusal hat recht, durch List bezwingt er mich. Wäre ich nicht so klug, ich hätte mich gleich entfernt; wegen meiner Tugend werde ich verbrecherisch. Gott, darfst du es zugeben, daß das Gute soviel Böses verursacht? Zeugt es von Gerechtigkeit, wenn du duldest, daß die Tugend Unheil bewirkt?«

Justine vergoß Tränen, als sie sich solch schmerzlichen Gedanken hingab; da wurde sie plötzlich durch Frau d'Esterval unterbrochen.

»Ach, Madame«, sagte sie, diese bemerkend, »wie haben Sie mich betrogen!«

»Teurer Engel«, entgegnete die Megäre und versuchte es, sie zu liebkosen, »es war nötig, um deiner habhaft zu werden. Aber tröste dich, Justine, du wirst dich leicht in alles finden; ich bin fest überzeugt, daß dir nach einigen Monaten nicht einmal der Gedanke, uns zu verlassen, kommen wird. Küsse mich, Kleine; du bist sehr hübsch, und ich habe große Lust, dich von meinem Gatten bearbeitet zu sehen.«

»Wie, Madame, Sie erlauben solchen Greuel?«

»Ich teile vollständig den Geschmack meines Mannes; er erwidert aber auch mein Entgegenkommen; man kann sich schwerlich ein intimeres Verhältnis vorstellen; wir lesen uns unsere Wünsche von den Augen ab; da wir den gleichen Geschmack und die gleichen Mittel haben, so befriedigen wir uns gegenseitig.«

»Wie, Madame, Sie stehlen und morden?«

»Ja, meine Süße, das macht mir Riesenfreude und erregt gewaltig meine Triebe; du wirst sehen, welche unerhörten Genuß wir haben, wenn wir vom Blut berauscht sind.«

»Sind auch diese Mägde beauftragt, die Reisenden zu benachrichtigen?«

»Diese Ehre ist nur dir vorbehalten. Da wir deine schönen Prinzipien kennen, wollten wir sie in Tat umsetzen. Die Mädchen, von denen du sprichst, sind unsere Komplicen; im Verbrechen großgezogen, lieben sie es fast ebenso wie wir und sind weit entfernt, die Opfer entwischen zu lassen. Du wirst manchmal bemerken, daß mein Mann sich ihrer bedient, jedoch besteht keine Vertraulichkeit zwischen uns und ihnen. Du allein wirst unser Vertrauen genießen; nur du wirst die Freundin des Hauses sein; diese Geschöpfe werden dich ebenso wie uns bedienen; du wirst stets an unserem, nicht an ihrem Tisch essen.«

»Ach, Madame, wer hätte daran gedacht, daß eine solche, wie mir schien, achtungswerte Person sich solchen Grausamkeiten hingeben kann?«

»Wende doch nicht solche Ausdrücke an«, erwiderte Frau d'Esterval, mitleidig lächelnd, »was wir tun, ist ganz einfach. Nie irrt man von den Wegen der Natur ab, wenn man seinen Trieben gehorcht, und ich versichere dir, daß wir nur von ihr alle Leidenschaften, denen wir frönen, erhalten haben.«

»Wohlan, Justine«, sagte also gleich d'Esterval, rasch herbeieilend. »Unsere Kaufleute sind beim Souper; suche sie auf, plaudere mit ihnen, warne sie, versuche sie zu retten, namentlich aber gib dich ihnen preis, wenn sie es wünschen; vergiß nicht, daß das dir am sichersten ihr Vertrauen verschafft.«

Während Justine ihres Amtes waltet, wollen wir unseren Lesern die Kenntnis der schrecklichen Gewohnheiten dieses Hauses und der Personen, die unsere Heldin daselbst trifft, beibringen.

Madame d'Esterval, mit der wir beginnen wollen, war eine große, schöne Frau von ungefähr sechsunddreißig Jahren; sie besaß einen ganz braunen Teint, recht glänzende Augen, eine schöne, vornehme Gestalt, die Haare waren von schönstem Schwarz; sie war behaart wie ein Mann, besaß einen hohen Hals, einen kleinen aber wohlgeformten Hintern, eine trockene, rote Scham; ihr Kitzler war drei Zoll lang und entsprechend dick, ihr Bein war vollendet schön; sie war voll Fantasie und Lebhaftigkeit, talentiert und gebildet, verbrecherisch und tribadisch bis zum höchsten Grad. Aus vornehmer, feiner Familie stammend, hatte sie zufällig die Bekanntschaft d'Estervals gemacht, der, selbst reich und von vornehmer Abstammung, sich beeilte, dieses Mädchen, mit dem ihn die Gleichheit des Geschmacks und der Triebe verband, zu seiner Frau zu machen. Nach der Vermählung ließen sie sich an dieser wilden Stätte nieder, die es ihnen ermöglichte, ihre Frevel recht lange ungestraft zu begehen.

D'Esterval, älter als seine Frau, war ein recht schöner Mann von fünfundvierzig Jahren, von trefflicher Konstitution, voll wüster Leidenschaften; er besaß einen riesenstarken Körper, ein prächtiges Glied; im Genuß zeigte er Merkwürdigkeiten, von denen wir noch gelegentlich sprechen werden.

Wohlhabend genug, um das Gastgewerbe nicht ausüben zu müssen, betrieb er es mit seiner Gattin nur deshalb, weil es ihnen die Befriedigung ihrer schrecklichen Triebe ermöglichte. Ein prächtiges Haus auf einem schönen Gut in Poston harrt ihrer für den unglücklichen Fall, daß das Geschick nicht weiterhin einen Schleier über ihre Ausschweifungen breiten sollte.

Es gab keine anderen Bedienten im Hause außer den zwei Mägden, von denen schon die Rede gewesen war. Da diese von früher Kindheit an hier aufgewachsen waren, nirgends hingingen, in Hülle und Fülle lebten und seitens ihrer Herren sich guter Behandlung erfreuten, brauchten diese nicht zu fürchten, daß sie ans Entweichen dachten. Madame d'Esterval sorgte allein für die Beschaffung der Nahrungsmittel; einmal wöchentlich begab sie sich in die Stadt und brachte alles mit, was nicht ihre eigene Meierei liefern konnte. Übrigens herrschte in diesem Haushalt die vollständigste Einigkeit, so verderbt er auch sein mochte; der beste Beweis, wie falsch es ist, zu sagen, daß Freundschaft nur unter Tugendhaften bestehen könne. Was die Verbindungen löst, sind die Unähnlichkeit der Moral und der Geistesart; sowie aber Einigkeit besteht, sowie zwischen den Gewohnheiten zweier Bewohner des gleichen Hauses kein Widerspruch da ist, besteht kein Zweifel, daß sie das Glück ebenso im Schoß des Lasters wie in dem der Tugend finden können; weil nicht diese oder jenes den Menschen glücklich oder unglücklich machen, sondern einzig die Zwietracht sie in die letztere Lage versetzt; diese schreckliche Gottheit schwingt nur dort ihre Fackeln, wo Disharmonie in Geschmack und Ansichten besteht. Keine Eifersucht störte dieses reizende Zusammenleben. Dorothea, glücklich über die Freuden ihres Mannes, gab sich nie lieber ihren Ausschweifungen hin, als wenn sie ihn in erlesenen Genüssen schwelgen sah; umgekehrt riet d'Esterval seiner Frau, zu lieben, wann sie immer Gelegenheit dazu hatte; nie war seine Entleerung genußvoller, als wenn er sie in den Armen eines anderen erblickte. Zerzankt man sich, wenn man so denkt? Ist es anzunehmen, daß ein Ehepaar, das durch solche Rosenketten verknüpft ist, sie je zerreißen würde?

Indessen warnte Justine die beiden Kaufleute auf deren Zimmer auf jede mögliche Weise, doch ohne Erfolg. Ihre zarte, gefühlvolle Seele konnte keine Entscheidung treffen zwischen der schrecklichen Notwendigkeit, ihren Herrn oder zwei Unschuldige umbringen zu lassen. Anderseits paßte d'Esterval ganz nahe bei der Türe auf; zu seinen Leidenschaften gehörte auch die Lust, die Gäste während des Genusses zu überraschen und sie aus den Armen der Venus in die des Todes zu geleiten; in dieser ruchlosen Absicht führte er ihnen stets ein Mädchen zu; er brannte vor Verlangen, Justine an der Arbeit zu sehen und klagte sie innerlich an, zu wenig Mittel anzuwenden, um ihre beiden Reisenden in Erregung zu versetzen, als plötzlich der eine unsere Heldin ergreift, und sie, ohne ihr

Zeit zu lassen, sich zu wehren, vergewaltigt. »Ach, Monsieur, was tun Sie denn«, ruft das schamhafte Kind, »welchen Ort wählen Sie zu derlei Dingen? Großer Gott! Wissen Sie, wo Sie sind?«

»Wie? Was wollen Sie damit sagen?«

»Lassen Sie mich los, ich will Ihnen alles enthüllen. Ihr Leben ist in Gefahr; hören Sie mich an, sage ich Ihnen.«

Der zweite, kaltblütigere, bewog seinen Freund, einen Augenblick sein Vorhaben aufzuschieben, und nun bitten beide Justine, sie möge ihnen das Geheimnis enthüllen, auf das sie anzuspielen scheint. »Können Sie in einer Mördergrube an solche Dinge denken? Haben Sie wenigstens Waffen zur Verteidigung?«

»Jawohl, da sind unsere Pistolen.«

»Nun gut, halten Sie sie bei sich; beschäftigen Sie sich mit Ihrer Verteidigung, nicht mit den faden Genüssen, denen Sie sich hingeben wollten.«

»Hühnchen«, sagte der eine von ihnen, »drücken Sie sich anders aus, wir bitten Sie darum; droht uns ein Unfall?«

»Ja, ein schrecklicher, entsetzlicher. Um Himmels willen, rüsten Sie sich zur Verteidigung; man will Sie heute Nacht ermorden.«

»Gehen Sie, mein Kind«, sagte der, dessen Glied soeben in Justines Scheide gedrungen war, »lassen Sie uns Wein und Licht heraufbringen, morgen wollen wir uns Ihnen erkenntlich zeigen.«

Justine begibt sich hinab; als sie aber die Tür öffnet, erblickt sie sofort d'Esterval, wie er seine Frau tätschelt; beide horchen an der Tür und weiden sich an den Vorgängen. »Warum hast du dich nicht lieben lassen?«, fragte d'Esterval rau. »Habe ich dir nicht gesagt, daß uns nur das Genuß bereitet? Aber es ist keine Zeit mehr; laß ihnen das Verlangte bringen und bleibe allein im Salon.«

Unsere Kaufleute rüsteten sich zur Verteidigung. Ach, sie war nutzlos. Plötzlich ertönt ein schreckliches Geräusch. »Sie sind da! Sie sind da!«, schreit d'Esterval; »komm Frau, lauf, Justine, ich habe sie, die Lumpen; sie sind da.«

D'Esterval geht, eine Kerze in der Hand, voran; alle drei – denn Justine wurde mitgezerrt – steigen in einen Kellerraum hinab; welch Erstaunen aber faßt unsere unglückliche Heldin, als sie die Reisenden, von einem schrecklichen Sturze betäubt, wehrlos auf dem Boden liegen sieht!

Unsere Leser werden ohne weitere Erklärung leicht begreifen, daß alles sich vermittelst einer Falltüre zutrug; die Waffen, die auf einem Tische lagen, konnten den Unglücklichen auf ihrem Falle nicht nachfolgen. »Kameraden«, sagte d'Esterval, beiden Pistolen an die Kehle setzend, »man hat euch doch gewarnt, warum habt Ihr denn nicht aufgepaßt? Höret mich an: Ihr könnte euch aus dieser Verlegenheit ziehen, verzweifelt nur nicht. Ihr sehet hier zwei Frauen; die hier ist die meine, sie ist noch schön; was die andere betrifft, habt ihr sie betastet, sie ist ein königliches Stück. Nun gut, liebt mit ihnen vor meinen Augen, dann ist euer Leben gerettet; wenn ihr aber Widerstand leistet, ist's um euch geschehen; darum machet euch gleich an die Arbeit.« Mit diesen Worten legt der ruchlose d'Esterval, ohne ihnen Zeit zur Antwort zu lassen, von seinen Trieben erregt, die Pistolen weg und knöpft ihre Hosen auf.

Man geht leicht von der Furcht zum Vergnügen über; aber über welche Mittel verfügt nicht die Natur, wenn es sich um die Erhaltung der Art handelt! Dorothea benimmt sich so geschickt, sie weiß so gut die beiden Unglücklichen zugleich zu beruhigen und zu liebkosen, daß beider Glieder sich bald hoch aufbäumen. Ein Sofa ist vorhanden; der eine Kaufmann legt die Frau des Wirtes darauf und bearbeitet sie. Justine macht ein wenig mehr Umstände; und ohne d'Estervals Drohungen wäre es sehr zweifelhaft, ob der zweite einen Erfolg erzielt hätte; aber von der Gewalt bezwungen, muß sie nachgeben. Die beiden Paare sind an der Arbeit; da erscheinen die Mägde, ganz nackt, Ruten in der Hand. Sie lassen die Hosen der Kaufleute herunter und machen deren Hinterbacken d'Estervals Augen sichtbar; dann peitschten sie die vor Vergnügen erregten Popos. Der Wirt tätschelt sie, tastet die Hintern der Mägde, packt die der beiden anderen Weiber; unbeständiger als ein Schmetterling kostet er bald die, bald jene Wollust erregenden Reize. Bald zeigt er sein Glied den Kaufleuten, um bald wieder zu den liebenden Weibern, dann zu den

Mägden zurückzukehren. »Vorwärts«, sagte er zu seiner Frau, Justines Partner sodomisierend, »gib auf den deinen Acht, die meine wird mir nicht entgehen.« Indessen peitschten ihn die Mägde. Die beiden Kaufleute entladen sich, im selben Moment werden sie getötet.

»Teufel noch einmal!«, schreit der Frevler, »unglücklich der, welcher nicht diesen Genuß kennt; kein einziges Vergnügen kommt diesem an Reiz und Köstlichkeit gleich.«

»Scheusal!«, ruft Justine, sich von dem auf ihr lastenden Leichnam befriedigt, »ich glaubte alle Arten des Verbrechens durchgekostet zu haben; solche, wie die von dir begangenen, habe ich nicht einmal geahnt. Schmeichle dir, Ruchloser, damit, daß du alles, was ich bis heute an Grausamkeiten wahrgenommen habe, übertroffen hast.«

Aber der verstockte Menschenschlächter lachte nur.

»Ach Gott!«, schrie Justine, »gehen wir weg von diesem Schreckensorte.«

Die Bestattung der Leichname wurde durch die Mägde besorgt. D'Esterval und seine Frau raffen das Geld zusammen und werfen den Besitz der Reisenden in ein großes Loch neben dem Hause, das zu diesem Zwecke bestimmt ist.

»Ach, Monsieur«, sagte Justine, als ein wenig Ruhe eingetreten war, »wenn Sie wollen, daß es mir gelinge, Ihre Opfer zu retten, wenn Sie wünschen,

200

daß ich wenigstens den Versuch dazu mache, dann belehren Sie mich über den Mechanismus Ihrer Fallen, denn wie könnte ich sonst etwas dagegen tun?«

»Das wirst du nie erfahren, mein Kind«, sagte d'Esterval. »Gehe in das Zimmer dieser Fremden, und du kannst dich überzeugen, daß alles in Ordnung ist. Ich bin ein Zauberer, meine Tochter; niemand kann meine Fallen stören oder erraten. Setze deine Versuche fort; die Tugend, die Religion, die Ehre, alles treibt dich dazu; aber ich fürchte, du wirst nie Erfolg haben.«

Sie begeben sich zu Bett. Da sowohl der Wirt, als auch seine Frau Lust zeigen, den übrigen Teil der Nacht mit Justine zu verbringen, wurde beschlossen, sie sollte, damit ein Einverständnis erzielt werde, bei beiden im Ehebett liegen. Von beiden mit Liebkosungen überschüttet, mußte die gehorsame Justine zugleich ihre Scham ihr, ihren Hintern ihm überlassen. Bald gerieben, bald liebkost oder geschlagen, konnte die Unglückliche sich überzeugen, daß all das, was sie im Marienkloster getan hatte, nur ein Vorspiel der Wollustszenen war, die sich bei diesen unerhörten Vorbildern der Geilheit und Frevelhaftigkeit abspielten. Die grausame Dorothea, voll Wildheit in ihren Lüsten, wollte Justine peitschen. Ihr Gatte hielt diese, die dann geschlagen wurde wie noch nie zuvor. Das Verbrecherpaar gefiel sich darin, sie nackt und im Dunkeln von einem Ende des Hauses zum anderen zu jagen und sie durch die Phantome der eben Ermordeten zu erschrecken. Beide versteckten sich, um ihr noch mehr Furcht einzuflößen; sobald sie aber an den Winkeln vorbei kam, wo jene ihr auflauerten, wurde sie mit kräftigen Ohrfeigen oder mächtigen Fußtritten bestraft. Sodann schleuderte sie der Gatte in die Mitte des Zimmers und bearbeitete sie von hinten auf der Erde, während sich die Frau beim Lärm dieser nächtlichen Szene rieb. Andere Male nahmen sie Justine in die Mitte; sie leckte ihren Mund, der andere ihre Scham, und so wurde sie zwei Stunden lang abgemattet. Endlich erhebt sich Justine, ganz erschöpft. Aber durch ein treffliches Frühstück neu belebt, gut behandelt, soweit es sich nicht um Akte der Wollust handelt, beruhigt durch die Gewißheit, an keinen dieser Missetaten freiwillig teilzunehmen, darauf rechnend, daß es ihr eines Tages doch gelingen würde, die Opfer zu retten, besänftigte sich das arme Mädchen und fügte sich ins Unvermeidliche.

Zwei Tage vergingen, ohne daß ein Reisender erschienen wäre. Während dieser Zeit ließ Justine nichts unversucht, um zu enträtseln, durch welchen merkwürdigen Mechanismus d'Esterval die Unglücklichen aus dem Zimmer in den Keller stürzte. Wohl dachte sie an eine Falltür; aber wie sehr sie auch spähte, nichts vermochte sie von dieser Möglichkeit zu überzeugen. Gesetzt aber den Fall, es war dem so, wie wollte sie dem entgegentreten? Sollte sie den Reisenden sagen, sie müßten diesen oder jenen Platz vermeiden? Aber waren nicht vielleicht mehrere Falltüren vorhanden? Vielleicht war der ganze Fußboden von einer solchen gebildet; nie aber gab man den unglücklichen Todesopfern andere Zimmer. In dieser schrecklichen Ratlosigkeit schien es ihr sogar unnütz, die Leute zu warnen. Sie teilte dies der Frau d'Esterval mit, die ihr aber versicherte, sie täusche sich; wenn man ihr einen solchen Auftrag erteilt habe, würde sie sicher das Geheimnis des Erfolgs ausfindig machen.

»Ach, Madame, so erklären Sie mir doch die Sache!«

»Das hieße auf unsere Genüsse verzichten, ich würde meiner größten Vergnügen verlustig werden.«

»Solche Greuel können Sie ergötzen?«

»Es ist köstlich, einen Mann zu hintergehen, ihn während der Umarmung sterben zu sehen. Es ist herrlich, ihm den Tod zu geben in dem Augenblick, da er das höchste Entzücken kostet; dieser Kampf zwischen den Parzen und Venus erhitzt den Kopf zum Staunen; ich versichere dir, du wirst dich rasch daran gewöhnen, wenn du den Versuch machen wolltest.«

»Ach, welche Entartung!«

»Aber gerade die Entartung befriedigt den Trieb; sie belebt ihn erst. Was wäre die Wollust ohne Ausschweifung?«

»Ach, kann man es so weit treiben?«

»Beklage mich, meine Teure, daß ich es nicht noch ärger tun kann. Wenn du wüßtest, wohin sich meine Einbildungskraft verirrt, wenn ich einmal im Genießen bin! Was alles ich dann ersinne! Sei überzeugt, Justine, all das, was ich tue, bleibt weit hinter meinen Wünschen zurück. Warum müssen sich meine Begierden auf dieser Welt beschränken? Warum bin ich nicht die Herrin der Welt? Warum kann ich dieses rasende Verlangen nicht auf die ganze Natur ausdehnen? Jede Stunde meines Lebens wäre durch einen Frevel geheiligt, jeder meiner Schritte durch einen Mord. Wenn ich je nach unumschränkter Gewalt Verlangen getragen habe, so geschah dies, um mich an Freveln zu weiden. Ich möchte durch meine Greueltaten alle grausamen Frauen des Altertums übertreffen; von einem Ende der Welt zum anderen sollten die Menschen vor meinem Namen, meinen Missetaten zittern. Genügt nicht die bloße Analyse des Verbrechens, um es lobenswert zu finden? Was ist ein Verbrechen? Eine Handlung, die die Menschen uns fügsam macht und uns unfehlbar über sie erhebt; eine Handlung, die uns zu Herren über Leben und Tod der anderen macht und die daher zu dem Glück, dessen wir uns freuen, das des geopferten Wesens hinzufugt. Kann man mir einwerfen, daß das auf Kosten anderer erworbene Glück nicht vollkommen sei? Toren, gerade darin ist es vollkommen, weil es angemaßt ist; es besäße keine Reize, wenn es geschenkt würde. Man muß es gewaltsam rauben; es muß den, welchem man es raubt, Tränen kosten, denn gerade aus der Gewißheit, daß man anderen Schmerz verursacht, entspricht der süßeste Genuß.«

»Aber das ist ja verbrecherisch!«

»Ganz und gar nicht; es handelt sich nur um das sehr einfache und natürliche Verlangen, sich ein möglichst großes Quantum Glück anzulegen.«

»Ich stimme bei, wenn es nicht auf Kosten der anderen geschieht.«

»Das wäre aber ein schlechter Genuß, wenn ich die anderen für ebenso glücklich halten müßte wie mich; um mein Glück zu vervollkommnen, muß mich alles auf der Welt glücklich schätzen, während alle andern leiden; es gibt kein organisiertes Wesen, das nicht fühlt, wie süß es ist, Vorrechte zu haben. Solange ich nur im allgemeinen Glück teilhabe, bin ich nur wie alle Welt; wenn ich aber alles in mir vereinen kann, bin ich unbestreitbar glücklicher als die anderen. Wenn zum Beispiel in einer Gesellschaft von zehn Personen das Glück sich zu gleicher Weise verteilt, dann kann sich keiner schmeicheln, glücklicher zu sein als der andere; wenn dagegen einer aus dieser Gesellschaft den neun anderen das Glück zu rauben und sich zuzuschanzen versteht, dann ist er sicherlich wahrhaft glücklich; denn er kann nun Vergleiche anstellen, was ihm vorher unmöglich war. Das Glück hängt nicht von dem oder jenem Seelenzustand ab; es besteht nur im Vergleich des eigenen Zustandes, mit dem des anderen; wie kann

man aber Vergleiche anstellen, wenn alle einander
ähneln? Wenn alle Leute ein gleiches Vermögen
besäßen, könnte ich dann jemand reich nennen?«

»Ich werde nie diese Art, glücklich zu sein,
verstehen, ich glaube es nur dann sein zu können,
wenn ich wüßte, daß alle anderen es auch sind.«

»Das rührt von deiner Schwäche her; denn du hast
nur kleine Wünsche, schwache Leidenschaften,
geringe Wollustgefühle. Aber diese mittelmäßige
Denkweise kann nie bei einem so gearteten Wesen,
wie ich es bin, Anklang finden; wenn mein Glück
nur mit dem Unglück der anderen zusammen
bestehen kann, so ist dies deshalb der Fall, weil ich
in diesem Unglück das einzige Reizmittel erblicke,
das meine Nerven stark anregt und das,
entsprechend der Heftigkeit der Erschütterung, die
Nerven mit größerer Gewißheit in den Zustand der
Wollust versetzt.

Im allgemeinen entspringen alle menschlichen
Irrtümer den falschen Begriffen, die sie sich vom
Glück machen. Was man so nennt, ist nicht ein
Zustand, der gleicherweise allen Menschen zusagen
kann, sondern ist individuell verschieden, je nach
der Art der Organisation. Das ist richtig, denn der
Reichtum und die Wollust, die das Glück im
allgemeinen zu begründen scheinen, finden bei
manchen keinen Anklang; die Schmerzen dagegen
und die Melancholie, das Mißgeschick und der
Kummer, die aller Welt zu mißfallen scheinen,
haben dennoch ihre Anhänger. Wenn man aber

diese Behauptung für recht findet, bleibt dem, der sich über die Sonderbarkeit des Geschmackes in einen Streit einlassen will, keine Waffe; wenn er vernünftig ist, bleibt ihm nichts übrig, als zu schweigen. Ludwig XI. fand sein Glück in den Tränen, die er den Franzosen verursachte, Titus in den Wohltaten, mit denen er die Römer überhäufte. Woraufhin wollen Sie, daß ich den einen dem andern vorziehe? Hatten nicht beide recht? Waren nicht beide gerecht?«

»Gewiß nicht; die Gerechtigkeit äußert sich nur dadurch, daß sie Gutes tut.«

»Aber was bezeichnest du als das Güte? Ich bitte dich, beweise mir, daß es besser ist, einem Menschen hundert Louisdor zu geben als sie ihm zu rauben. Wie komme ich dazu, das Glück der anderen zu machen? Wodurch kannst du mich überzeugen, daß ich besser bin, wenn ich es tue als wenn nicht? Jedes System einer allgemein gültigen Moral ist ein richtiges Hirngespinst; es gibt außer der relativen Moral keine wahre Moral, die auf uns Einfluß üben könnte. Die Verbrechen ergötzen mich, daher fröne ich ihnen; ich schaudere vor der Tugend, daher fliehe ich sie; ich würde sie vielleicht lieben, wenn ich von ihr irgendeinen Genuß verspürt hätte. Justine, werde lasterhaft wie ich! Die Göttin, der du dienst, ist undankbar; sie wird dich nie für die Opfer, die sie fordert, entschädigen; wenn du ihr dienst, wirst du nie belohnt werden.«

»Aber würden die Menschen das, was Sie tun, bestrafen, wenn es gut wäre?«

»Die Menschen strafen das, was ihnen schadet; sie zertreten die Schlange, die sie beißt, ohne daß man daraus das geringste Argument gegen die Existenz dieses Reptils schöpfen könnte. Die Gesetze sind egoistisch, wir müssen es auch sein; sie dienen der Gesellschaft; aber die Interessen der letzteren sind nicht die unserigen; und wenn wir unsere Leidenschaften befriedigen, so tun wir das einzeln, was jene in Masse tun; nur die Resultate sind verschieden.«

Manchmal mengte sich d'Esterval in derartige Gespräche; dann nahmen sie einen imponierenden Charakter an. Unmoralisch aus Grundsatz und durch sein Temperament, Atheist aus Liebhaberei und durch Philosophie, bekämpfte d'Esterval alle Vorurteile und ließ der unglücklichen Justine keine Möglichkeit der Verteidigung. Als diese ihm gelegentlich seine täglichen Mordtaten vorwarf, sagte er: »Mein Kind, der Wechsel ist das Wesen der Welt; doch kann es keinen Wechsel ohne Zerstörung geben; also ist diese nötig für die Naturgesetze; demnach fördert derjenige, der am meisten zerstört – da er den größten Wechsel in der Materie verursacht – am besten die Naturgesetze. Diese Mutter aller Menschen hat ihnen ein gleiches Recht auf alles verliehen. In der natürlichen Ordnung der Dinge ist es jedem erlaubt, alles, was ihm gut dünkt, mit wem immer zu tun; jeder kann besitzen, sich dienstbar machen, genießen, was immer er gut findet. Der Nutzen ist die Richtschnur des Rechtes. Es genügt, daß ein Mensch eine Sache begehrt, um festzustellen, daß er ihrer bedarf; wenn aber etwas jemandem nötig oder auch nur angenehm ist, hat er ein Recht darauf. Die einzige Strafe, die wir für eine solche Handlung verdienen, besteht darin, daß es einem anderen gestattet ist, gegen uns ebenso vorzugehen, ›Die Berechtigung oder Nichtberechtigung einer Handlung‹, sagte Hobbes, ›hängt nur von dem Urteil des Handelnden ab; dadurch ist dieser über jeden Tadel erhaben und kann sein Vorgehen rechtfertigen.‹ Die einzige Ursache aller unserer Irrtümer rührt daher, daß wir das für Naturgesetze halten, was nur den Gewohnheiten und Vorurteilen der Zivilisation entspringt. Nichts auf der Welt verletzt die Natur; die Zivilisation, mehr zorniger Natur, fühlt sich fast jeden Moment beleidigt, aber was liegt denn an ihrer Beleidigung! Die menschlichen Gesetze verletzen heißt ein Hirngespinst beschimpfen. Hatten die, welche an dieser Zivilisation arbeiteten, meine Zustimmung? Kann ich Gesetzen anhänglich sein, die meinen Trieben und meiner Vernunft widerstreben?«

Justine rühmte die Vorzüge unserer Wahrnehmungen; dann wollte sie, sich auf ihre schwankende Basis stützend, daraus fälschlich die Richtigkeit der Religion ableiten. »Ich gebe zu«, erwiderte d'Esterval, »daß unsere Wahrnehmungen und unsere Organe, die feiner entwickelt sind als bei den Tieren, uns veranlaßt haben, an die Existenz

Gottes und die Unsterblichkeit zu glauben; darum schrieben wir, so wie Sie es tun; gibt es einen besseren Beweis für die Richtigkeit jener Dinge, als daß wir genötigt sind, sie zuzugeben, aber gerade da zeigt sich der Sophismus. Es ist ganz richtig, daß die Beschaffenheit, die uns die Natur zuteil werden ließ, uns nötigt, Hirngespinste zu schaffen und uns oft durch solche zu trösten; aber die Existenzberechtigung eines Kults ist deshalb nicht bewiesen. Der Mensch wäre das glücklichste Wesen, wenn sich jeder seiner Wünsche und Illusionen verwirklichte. Noch einmal wiederhole ich es, der Vorteil, den wir von einer Sache haben, bewirkt noch nicht deren Verwirklichung, selbst wenn es noch mehr in unserem Interesse gelegen wäre, mit einem der gütigen Wesen zu tun zu haben, so würde das noch kein Beweis sein für dessen Existenz. Es ist tausendmal angenehmer für den Menschen, von einer blinden Natur abhängig zu sein als von einem Wesen, dessen gute Eigenschaften nur von den Theologen festgestellt sind, aber jeden Augenblick durch die Tatsachen Lügen gestraft werden. Die Natur bietet uns, wenn sie gut erforscht ist, alles, was wir brauchen, um uns so glücklich zu machen, wie unsere Organisation es zuläßt. Durch sie können wir unsere physischen Bedürfnisse befriedigen; in ihr sind alle Gesetze unseres Glückes und unserer Erhaltung gelegen, was sich von ihr entfernt, ist Illusion und muß von uns unser ganzes Leben lang verflucht und verabscheut werden.«

210

Aber wenn auch Justine nicht die ihren Wirten charakterisierende Geisteskraft besaß, um so viel Philosophie zu bekämpfen, so entsprangen doch manchmal ihrem Herzen Gedanken, die zu widerlegen selbst jenen kaum möglich war. Das geschah eines Tages, als d'Esterval mit ihr wegen ihrer Neigung zum Wohltun disputierte und ihr die ganze Haltlosigkeit dieser angeblichen Tugend zum Bewußtsein zu bringen versuchte. »Ja«, sagte sie mit diesem beredten Pathos, der oft sogar den Geist bezwingt, »ich weiß wohl, daß alles Wohltun keinen Dank einträgt; aber ich ziehe es vor, von der Ungerechtigkeit der Menschen als den Vorwürfen meines Herzens zu leiden.«

Solche Gespräche wurden geführt, ohne daß die Sittenverderbnis die trefflichen Grundsätze der Kindheit in unserer Heldin hätte vernichten können, als Fremde in der Herberge anlangten.

»Was sie betrifft«, sagte d'Esterval, »werden sie uns nicht viel Geld eintragen, wohl aber eine tüchtige Menge Wollust; ich fühle es am Prickeln in meinem Innern.«

»Was sind denn das für Leute?«, fragte Dorothea.

»Eine elende Familie, bestehend aus Vater, Mutter und Tochter. Der erstere, noch kräftig, wird dir gute Dienste leisten, wie ich hoffe, die Mama ist höchstens dreißig Jahre alt, weißer Teint, hübsche Taille; die Tochter ist eine Schönheit, dreizehn Jahre alt, ein bezauberndes Gesicht. O Dorothea, wie herrlich wird das werden!«

»Monsieur«, sagte der Vater, sich respektvoll an den Wirt wendend, »ich glaube, Sie vor meinem Eintreten von unserem Mißgeschick in Kenntnis setzen zu müssen; es ist derartig, daß es uns unmöglich sein wird, unsere Ausgaben zu bezahlen, so klein sie auch sein mögen. Wir waren nicht zum Unglück geboren; meine Frau hat einigen Besitz mitbekommen, auch ich habe etwas besessen. Schreckliche Verhältnisse haben uns ruiniert; wir rechnen auf die Wohltätigkeit der Menschen, um uns zu einem Verwandten ins Elsaß zu begeben, der uns einige Hilfe versprochen hat.«

»Ach d'Esterval«, flüsterte Justine ins Ohr des Herbergvaters, »Sie werden doch das Unglück respektieren, nicht wahr?«

»Justine«, sagte der Grausame, »führen Sie diese Leute ins gewohnte Gemach; ich will für ihr Abendessen sorgen.«

Und Justine begreift voll Schmerz durch den Befehl, daß das Los dieser nicht besser sein wird als das der anderen, und führt die arme Familie traurig in das für sie bestimmte unheilvolle Zimmer.

»Unglückliche«, sagt sie zu ihnen, als sie dort eingezogen waren, »nichts kann euch schützen vor der Frevelhaftigkeit der Leute, bei denen ihr seid; macht nicht einmal den Versuch, hinauszugehen, ihr könnt es nicht mehr. Aber leget euch nicht zu Bett; zerbrecht oder zerschneidet womöglich die Gitter eures Fensters; lasset euch in den Hof hinab und rettet euch blitzschnell.«

212

»Wie – was sagen Sie? Himmel, was haben wir Unglücklichen, das die Wut oder die Raubsucht dieser Menschen erregen könnte? Das ist ja unmöglich!«

»Doch, es ist so; beeilen Sie sich; in einer Viertelstunde ist es schon zu spät.«

»Wenn ich es versuchte«, sagte der Vater, sich dem Fenster nähernd, »wenn ich den Rat befolge, so ist der Hof, in den wir gelangen, von einer Mauer umgeben, wir wären ebenso eingesperrt. Nun gut, Mademoiselle, da Sie so gut sind, uns zu warnen, da unser unglückseliges Geschick Ihre Teilnahme erweckt, versuchen Sie, uns Waffen zu verschaffen.«

»Waffen – rechnen Sie nicht damit«, entgegnete Justine, »ich verfüge nicht über solche. Versuchen Sie zu fliehen, ich kann Ihnen nur diesen Rat erteilen; wenn die Flucht Ihnen nicht glückt, halten sie sich am Bett fest, ohne zu schlafen; diese Stellung wird Sie vielleicht vor einer Falltür sichern, durch die man Sie in die Tiefe stürzen will. Adieu, fragen Sie mich nicht weiter.«

Der Schmerz des unglücklichen Vaters ist unbeschreiblich. Kaum ist Justine weggegangen, wirft er sich in die Arme seiner Frau. »Teure Freundin«, ruft er, »wie sind wir vorn Unglück verfolgt! Doch danken wir dem Himmel; das ist das letzte und wird unseren Leiden ein Ende machen.«

Alle drei vergossen bittere Tränen. Indessen guckte d'Esterval still durch eine Spalte der Tür, beobachtete voll ruhigen Frevelmutes und rieb sich wollüstig im Angesichte dieses Greuels.

»Sehr gut«, sagte er zu Justine, als sie hinausging, »du hast dich diesmal gut aufgeführt; komm, rege mich auf, lege deinen hübschen Popo auf meine Hände, neben mein Glied.« Er sah weiter zu, als aber die Schmerzensausbrüche durch Stille unterbrochen wurden, fürchtete d'Esterval einen plötzlichen Entschluß. »Ziehen wir uns zurück«, sagte er zu Justine, »es ist Zeit zu handeln.«

»Sie haben noch nicht gegessen.«

»Sie würden mir das Souper nicht bezahlen; wozu auch sollten sie Kräfte schöpfen für die friedliche und rasche Reise, die sie unternehmen werden?«

»Können Sie nicht solchen Unglücklichen gegenüber Gnade walten lassen?«

»Gnade? Gerade solche sind die richtigen Opfer für Wüstlinge; es täte mir recht leid, sie mir entgehen zu lassen.«

Sie begaben sich hinab. Justine und d'Esterval treffen unten Dorothea, die in dem köstlichen Gedanken des zu begehenden Frevels schwelgend sich rieb. Doch, da sie nicht wollten, daß unsere Heldin das Spiel der Falltür gewahre, sperrten sie sie in ein Zimmer ein; erst dann holte sie eine der Mägde, als der Fußboden des unheilvollen Zimmers sich vollständig im Keller befand. »Du siehst, Justine«, sagte d'Esterval, »daß es unnütz war, ihnen zu sagen, sie sollten sich am Bett festhalten,

214

um der Falltür zu entgehen. Sie haben es ja getan, aber da ist das Zimmer mit dem Bett.«

Indessen flehten die drei wehrlosen Opfer seufzend und schluchzend d'Esterval an. Das Mädchen warf sich der grausamen Frau jammernd zu Füßen, doch, nichts konnte die Ungeheuer erweichen. Sie ist die erste, die d'Esterval opfert. Er entjungfert sie ohne Erbarmen; beide Vergnügungsbahnen betritt er. Ebenso wird die Mutter behandelt; dem Vater wird Gnade in Aussicht gestellt, wenn er bereit ist, Dorothea zu lieben. Justine wird genötigt, die Triebe des Unglücklichen anzufachen. Es gelingt ihr. Man hat ganz recht, wenn man sagt, es stecken oft mehr Schätze in der Hose eines Bauern als in der eines großen Pächters. Ein mächtiges Glied bäumt sich hoch auf; Dorothea bohrt es voll Feuer in ihre Scheide, d'Esterval stützt die Tochter auf den Rücken des Vaters und bearbeitet sie von hinten. Justine wird beauftragt, die Mutter zu reiben. Diesmal tötet d'Esterval zugleich Eltern und Tochter, und zwar im Moment, da er entladet; mit seiner Rechten erdolcht er Vater und Kind, mit seiner Linken schießt er eine Kugel in den Kopf der Mutter. Unsere Heldin hält diesen entsetzlichen Massenmord nicht aus und fällt in Ohnmacht.

»Wir sind einer Mühe überhoben«, sagte d'Esterval, als er den Raum verließ.

»Welcher denn?«, fragte Dorothea.

»Diese da zu plündern.«

»Wer weiß?«, erwiderte eine der Mägde. »Oft schützen solche Lumpen Armut vor, um nicht zahlen zu müssen.«

Aber diese hatten nur zu wahr gesprochen; die genauen Nachforschungen ergaben nur einen Franc.

»Entsetzliche Tat!«, sagte Justine zu dem Ehepaar, »gestehen Sie nur, daß das ein unnötiges Verbrechen war!«

»Gerade solche sind gut«, antwortete d'Esterval, »wenn man das Verbrechen um seiner selbst willen liebt, bedarf es keines Motivs.«

Die nächste Woche war besser. Fast alle Tage kamen Fremde, aber trotz aller Warnungen Justines vermochte keiner zu entkommen; alle fielen der Raubgier und den Lüsten des infernalischen Paares zum Opfer. Da kam eine Persönlichkeit in die Herberge, die merkwürdig genug war, um die Aufmerksamkeit unserer Leser zu fesseln.

Es war ungefähr sieben Uhr abends; die ganze Gesellschaft atmete auf einer Bank nahe der Tür die reine, heitere Luft eines schönen Herbstabends, als ein Reiter in Galopp heransprengt und ungeduldig fragt, ob er in diesem Haus Unterkunft finden könne. »Ich bin eine Meile von hier angefallen worden«, rief er mit einer Art Entsetzen, »man hat meinen Diener getötet und sein Pferd geraubt! Glücklich, stark genug zu sein, um denjenigen, der den Zügel des meinen faßte, zu Boden zu werfen, vermochte ich nicht mehr, meinen Diener zu rächen; sein Mörder war verschwunden, ich selbst floh.«

»Welche Unvorsichtigkeit«, sagte d'Esterval, »mit so schwachem Geleite einen so gefährlichen Wald zu durchreiten.«

»Ich habe um so mehr unrecht«, sagte der Mann, »als ich Leute genug zur Verfügung habe, um mich ein wenig besser geleiten zu lassen, aber ich will einen Onkel besuchen, den ich sehr gern habe und der mich seit langem schon einlädt, ich sollte seine Genüsse auf seinem schönen Landsitz in der Franche-Comte teilen: da ich nun weiß, daß er die Einsamkeit liebt, führte ich nur wenig Leute mit mir. Kurz, Monsieur, können Sie mir Quartier geben?«

»Gewiß«, erwiderte d'Esterval. »Treten Sie nur ein. Meine Gattin und ich werden Ihnen die beste Aufnahme bereiten.«

Der Reiter steigt ab und begibt sich in den Salon; da stößt Justine, ihn genauer betrachtend, einen Schrei der Überraschung aus, da sie ihn erkennt. »Bressac!«, schrie sie, »sie sind hier! Ich bin verloren ...«

»Bressac!«, rief d'Esterval, »wie, Monsieur, Sie sind der Marquis de Bressac, der Besitzer des schönen Gutes in der Umgebung des Waldes von Bondy?«

»Jawohl!«

»Umarmen Sie mich, ich habe die Ehre, Ihnen nahe zu stehen; erkennen Sie in mir Sombreville, den leiblichen Bruder Ihrer Mutter!«

»Oh, solch ein Zufall. Ach! Sie wissen, durch welches Geschick ich meine zärtliche Mutter einbüßte; aber was Sie zweifellos nicht wissen und was Sie nicht ungestraft lassen werden«, setzte Bressac hinzu, auf Justine weisend, »ist, daß hier die Mörderin dieser ehrwürdigen Mutter steht. Wie ist es möglich, daß Sie ein solches Scheusal bei sich hielten?«

»Oh, glauben Sie das nicht!«, rief Justine weinend. »Ich bin zu solchem Frevel nicht fähig, und wenn man mir erlaubt, alles zu sagen ...«

»Schweigen Sie, Justine, ich will mich von diesem Herrn unterrichten lassen, von seinem Bericht werden meine weiteren Verhaltungsmaßregeln Ihnen gegenüber abhängen. Gehen Sie hinaus!«

Justine zog sich bestürzt zurück; Herr de Bressac fuhr fort – wie leicht einzusehen – sie in den Augen seiner Verwandten zu beschuldigen. Nach Verlauf einer Stunde wird Justine zurückgerufen und beauftragt, den Fremden, in das verhängnisvolle Zimmer zu führen. Sie gehorcht, aber ohne jede weitere Erklärung begibt sie sich zu ihrem Herrn. »Monsieur«, sagt sie hastig, »wie soll ich mich gegen Monsieur de Bressac betragen? Da er Ihr Verwandter ist, ohne Zweifel ...«

»Justine«, antwortet Sombreville, den wir aber auch weiterhin d'Esterval nennen wollen, »es ist erstaunlich, daß nach all den Beweisen von Güte, nach all den Rücksichten, die meine Frau und ich Ihnen unaufhörlich zuteil werden lassen, Sie einen Umstand Ihres Lebens verbergen konnten, der Sie in den Augen der Alltagsmenschen so schuldig macht. Da Sie unsere philosophischen Ansichten in solchen Dummheiten kennen, hätten Sie – wie mir scheint – sich ein wenig freimütiger zeigen können.«

»Oh, ich schwöre Ihnen«, antwortete Justine mit der edlen Unbefangenheit, die die Tugend verleiht, »ich erkläre feierlichst, ich bin unschuldig an dem Verbrechen, dessen mich Monsieur de Bressac anklagt. Er soll den Mörder seiner Mutter nicht so weit suchen, er weiß nur zu gut, wo er ist.«

»Wie? Erklären Sie sich Justine!«, sagte Frau d'Esterval.

»Er selbst, Madame, er selbst hat diese Missetat begangen, und der Frevler klagt mich an!«

»Sind Sie dessen sicher, was Sie da sagen?«

»Ich kann daran nicht zweifeln; ich will Ihnen, wenn Sie es wünschen, alle Einzelheiten dieser Ruchlosigkeit enthüllen.«

»Ich habe jetzt keine Zeit, Sie anzuhören«, sagte d'Esterval. Dann wandte er sich an seine Frau: »Wozu entschließest du dich, Dorothea?«

»Nur ungern«, antwortete das Scheusal, »verurteile ich ein Wesen, das ebenso frevelhaft ist wie wir, zum Tod; aber dieser schöne Mann erregt meine Wollust außerordentlich, ich will durchaus, daß sie befriedigt werde.«

»Gut«, sagte d'Esterval. »Justine, keine weiteren Auseinandersetzungen mit ihm, sondern erfüllen Sie Ihre gewöhnliche Mission. Übrigens fürchten Sie nichts. Selbst wenn Sie das Verbrechen, dessen er Sie anklagt, wirklich begangen haben, würden wir Sie nicht geringer schätzen: im Gegenteil, das wäre ein Ehrentitel in unseren Herzen. Erröten Sie nicht, es zuzugeben.«

»Glauben Sie mir, ich würde durch eine solche Rede ermutigt, alles gestehen, wenn ich schuldig wäre; aber ich bin an dem Verbrechen unschuldig. Ich beschwöre es feierlichst.«

»Schon gut, gehen Sie nur hinauf, mein Kind, und führen Sie sich wie gewöhnlich auf; denken Sie daran, daß ich Ihnen auf Schritt und Tritt folge.«

Unsere Heldin war in großer Verlegenheit; welche Freude hätte sie empfunden, wäre sie rachsüchtig gewesen! Wir wissen genau, daß der Tod ihres Verleumders sicher war, ob sie ihn nun warnte oder nicht, aber gerade wegen dieser Gewißheit fielen Justine neue Möglichkeiten ein, die sie anwendete, um dem das Leben zu retten, der so grausam nach dem ihren getrachtet hatte. Sie beeilte sich, sie wußte, daß sie einen Augenblick Zeit hatte, mit dem Marquis zu sprechen, bevor d'Esterval lauschte. »Monsieur«, sagte sie ihm weinend, »trotz allem, was Sie mir zugefügt haben, will ich Sie retten, wenn ich es vermag. Bleiben Sie keinen Moment in diesem Zimmer, das allenthalben mit Falltüren versehen ist. Versuchen Sie, seine Raserei zu dämpfen, besonders aber, die Megäre zu besänftigen; besessener als ihr Gatte, hat sie Ihr Todesurteil gesprochen. Schnell, gehen Sie hinunter; nehmen Sie Ihre Pistolen mit; in zwei Sekunden wird es schon zu spät sein!«

Bressac, der im Grunde seiner Seele gezwungen war, die Sprecherin hinreichend zu achten, um ihren Worten das größte Vertrauen zu schenken, stürzt hinaus und begegnet d'Esterval auf der Treppe. »Gehen wir hinunter, ich muß Sie sprechen«, sagt er zu ihm mit fester Stimme.

»Aber, Monsieur ...«

»Gehen wir hinab, sage ich Ihnen!«

Mit diesen Worten stößt er ihn in den Salon und sperrt die Tür hinter sich ab, indem er Justine, die ihm folgen will, hinausschiebt. Das Gespräch wurde zweifellos sehr heftig geführt; wir kennen nicht die Einzelheiten, aber das Ergebnis war, daß Bressac, der sich seinem Verwandten zweifellos zu erkennen gab, ihm rasch die Überzeugung beibrachte, daß die Frevler untereinander sich nichts Böses zufügen dürften; Dorothea wurde durch die Artigkeiten und die Verführungskünste des Marquis beruhigt; endlich wurde beschlossen, alle sollten zum Onkel des Bressac sich begeben.

»Dieser Onkel ist ein Wüstling«, sagte Bressac, »er ist auch Ihr Verwandter, da wir Vettern sind; gehen wir zu ihm, ich stelle Ihnen göttliche Genüsse in Aussicht.«

Nachdem man diesen Entschluß gefaßt hatte, soupierte man gemeinsam. Auch Justine wurde zugelassen.

»Umarme mich«, sagte Bressac, »ich will dich in den Augen meiner Verwandten wieder zu Ehren bringen. Mein Freund, da du ebenso frevelhaft bist wie ich, fürchte ich nicht, dir zu gestehen, daß ich allein das Verbrechen begangen habe, dessen ich vorher dieses Mädchen anklagte; die Unglückliche wäre dazu unfähig. Sie soll an der Reise teilnehmen. Mein Onkel hat mich beauftragt, ihm eine Kammerfrau ausfindig zu machen; er wünscht ein zuverlässiges Mädchen an der Seite seiner Gattin zu haben. Ich vermute, daß niemand ihm dazu so geeignet erscheinen kann wie Justine. Der Platz, den ich ihr verschaffe, ist gut; wenn sie das Vertrauen meines Onkels gewinnt, kann sie das Trugbild vom Glück, dem sie seit so langer Zeit nachläuft, endlich realisieren. Oh, Justine, nimm dieses Zeichen meiner Dankbarkeit an. Mögen Einigkeit, Friede und Ruhe unter uns herrschen. Erklären Sie sich einverstanden, Vetter? Überlassen Sie mir Justine?«

»Oh, ganz gern«, antwortete d'Esterval, »ich begann schon, ihrer müde zu werden: die Folgen meines Überdrusses aber hätten für sie verhängnisvoll werden können.«

»Das glaube ich«, sagte Bressac; »ich bin dir darin ähnlich, mein Lieber; wenn ein Gegenstand meine Begierde gestillt hat, möchte ich ihn zum Teufel schicken.«

»Sie haben sich doch an Justine nicht ergötzt«, fragte Dorothea.

»Nein, Madame, ich kenne nur Sie auf der ganzen Welt, die mich meinem Geschmack untreu werden lassen könnte: ich liebe nur die Männer.«

»Mein Freund«, sagte d'Esterval hastig, »meine Frau kann dir zu Gebote stehen, wenn du es wünscht; sie hat den schönsten Hintern und das größte Vergnügen, darin ein Glied aufzunehmen. Außerdem hat sie einen Kitzler, der größer ist als ein Finger, mit dem sie dir desgleichen tun wird, wie du ihr.«

»Himmel«, sagte Bressac, »sogleich!«. Damit bemächtigte er sich Dorotheas, die, bereits trunken von Wein und Wollust, ihm freundlichst entgegenkam, als man plötzlich die Hunde bellen hörte, was die Ankunft von Menschen andeutete. Tatsächlich wurde geläutet; obwohl es schon Mitternacht war, begehrten Fremde Unterkunft. Es waren die Polizeibeamte, die von dem an Bressac verübten Raub und von dem Mord, der an seinem Diener begangen worden war, vernommen hatten, und, nachdem sie den Spuren gefolgt waren, sich erkundigen wollten, ob es nicht in dieser Herberge

Leute gäbe, die ihnen Aufklärung verschaffen könnten. Bressac erschien selbst, erzählte, was ihm zugestoßen war und sagte, der Weg, den die Räuber genommen hätten, wäre ihm unbekannt. Man gab den Leuten zu trinken, man bot ihnen Betten an, die sie aber ausschlugen; dann gingen sie weiter. Die Lustbarkeiten gingen wieder los, sowie sie draußen waren, und der übrige Teil der Nacht wurde mit den skandalösesten Orgien zugebracht.

Da die Mischung der Geschlechter nicht von Erfolg gekrönt war und die Anstrengungen Bressacs nur dazu geführt hatten, daß Dorothea zweimal sodomisiert wurde, mußten die Männer sich zusammen unterhalten, während die Frauen desgleichen taten. Dorothea, voll wilder Gier, ermüdete Justine; ebenso erging es d'Esterval und Bressac. Bei Tagesanbruch begab man sich zu Bett mit dem Plan, sogleich nach dem Frühstück gemeinsam aufzubrechen.

»Der Mann, zu dem ich Sie führe«, sagte Bressac, als man das Mahl einnahm, »heißt Graf de Gernande.«

»Gernande? Sicherlich, ich bin verwandt mit ihm«, sagte d'Esterval. »Er war der Bruder Ihrer Mutter, daher mein leiblicher Vetter.«

»Und kennen Sie ihn?«

»Ich habe ihn nie gesehen; ich weiß nur, daß er ein sonderbarer Mensch ist, ein Mann, dessen Geschmacksrichtung ...«

»Warten Sie, warten Sie«, sagte Bressac, »ich will ihn Ihnen schildern, da Sie ihn nicht kennen. Der Graf de Gernande ist ein fünfzigjähriger, recht dicker Mann. Nichts ist so erschreckend wie sein Gesicht; die Länge seiner Nase, die rabenschwarzen Augenbrauen, die bösen dunklen Augen, sein großer Mund voll schlechter Zähne, seine finstere, kahle Stirne, der raue, drohende Ton seiner Stimme, die gewaltige Länge seiner Arme und Hände, alles das macht ihn zu einem gigantischen Wesen, dessen Nähe Schrecken einflößt. Sie werden bald sehen, ob die Moral und die Handlungsweise dieses Satyrs seiner schauerlichen Karrikatur entsprechen. Übrigens besitzt er Geist und Kenntnisse, aber keine Sittlichkeit und Religion; er ist einer der größten Frevler, die je gelebt haben und der berühmteste Feinschmecker unserer Zeit. Nichts ist sonderbarer als die Art seiner Ausschweifungen. Sein Weib ist der hauptsächlichste Gegenstand seiner wilden Lüste; aber er führt zudem so wüste sodomistische Handlungen aus, daß Ihr beide mir nach acht Tagen für diese Bekanntschaft Dank wissen werdet.«

»Und dieser Frau, dem unglücklichen Objekt der Raserei ihres Gatten, wollen Sie mich zugesellen?«, fragte Justine.

»Gewiß, sie ist ein recht sanftes Weib, wie es heißt. Ich selbst kenne sie nicht, doch versichert man, sie wäre ein sittsames und gefühlvolles Weib, das einer gleichgestimmten Seele bedarf, eines sanften Wesens, das sie tröstet. Es scheint mir,

Justine, daß das sich mit Ihren Prinzipien vorzüglich verträgt.«

»Zugegeben; aber werde ich, wenn ich das Weib tröste, nicht dem Gatten mißfallen? Werde ich nicht zudem den brutalen Trieben des Frevlers, den Sie eben schilderten, zur Beute fallen?«

»Und wenn?«, sagte Bressac, »schreckliches Unglück! Waren Sie nicht in diesem Haus den gleichen Gefahren ausgesetzt?«

»Wider meinen Willen.«

»Nun also, bei meinem Onkel wird es gutwillig geschehen müssen – das wird der ganze Unterschied sein.«

»Ach, Monsieur, ich sehe, Ihr immer aufs Böse gerichteter Witz hat nichts von seiner Schärfe verloren; doch da Sie meinen Charakter kennen, wissen Sie gut, daß ich mich nicht zu allen diesen Dingen hergeben kann. Da d'Esterval sein Haus verläßt und meiner Dienste nicht mehr bedarf, wäre ich Ihnen sehr verpflichtet, wenn Sie mir meine Freiheit wiedergeben wollten, die mir zu rauben Sie gar nicht das Recht haben.«

»Oh, was das Recht anbelangt, gewiß«, sagte d'Esterval, »sind wir denn nicht die Stärkeren? Und kennst du, Justine, ein heiligeres Recht als dieses?«

»Ich spreche mich offen gegen diese Freiheit aus«, sagte Bressac. »Von meinem Onkel beauftragt, ihm ein hübsches, sanftes Mädchen zuzuführen, kann ich keine finden, die Justine gleichkäme; ich hoffe, sie ist geschmeichelt, daß ich ihr Geschick unwiderruflich an das der Frau de Gernande knüpfe. Diese benötigt gerade eine solche Gesellschafterin, und sollte diese intime Beziehung sie manchmal auch den brutalen Lüsten des Gatten aussetzen, so muß sie sich doch darein fügen, daß ich sie zu deren Frau bringe.«

Justine mußte gehorchen. Man reist ab. Bis zur Mitte des Waldes wurde der Weg zu Pferde zurückgelegt; in der nächsten Stadt wurde ein vierspänniger Wagen benützt; ohne besondere Zufälle kam man bei Herrn de Gernande an, dessen prächtiges Schloß isoliert inmitten eines großen, von hohen Mauern umgebenen Parkes lag. Aber das mächtige Gebäude war ganz und gar nicht so bewohnt, wie es seiner Größe nach schien; man konnte nur wenig Dienerschaft, und zwar in der Nähe der Küchen, in der Mitte des Wohntraktes, bemerken; der ganze übrige Teil war ebenso verlassen und einsam wie die Lage des Schlosses.

Als die Gesellschaft eintrat, befand sich Herr de Gernande im Hintergrund eines prächtigen, großen Gemaches, eingehüllt in einen Schlafrock von indischem Satin, nachlässig auf einem Sofa ausgestreckt. Neben ihm sah man zwei so lächerlich gekleidete, so kunstvoll und elegant gekämmte Knaben, daß man sie hätte für Mädchen halten können; beide hatten reizende Gesichter und waren höchstens fünfzehn bis sechzehn Jahre alt, befanden sich aber in einem solchen Zustand von

Erschlaffung und Müdigkeit, daß man versucht war, sie für krank anzusehen.

»Mein teurer Onkel«, sagte der Marquis de Bressac beim Eintritt, »hier sind zwei meiner Freunde, die ich Ihnen mit umso größerem Vergnügen vorzustellen mir erlaube, als beide die Ehre haben, mit Ihnen verwandt zu sein.«

»Ah! Es sind meine Cousins«, sagte Gernande, »ich habe sie nie gesehen; doch da du sie mitbringst, sind sie sicher unser würdig; ich bin daher sehr erfreut, sie zu sehen.«

»Wer ist aber dieses junge Mädchen?«

»Eine vertrauenswürdige Person, die ich, Ihrem Auftrag gemäß, zu Madame de Gernande führe; ich glaube, sie besitzt alle Eigenschaften, die zu diesem Posten erforderlich sind.«

Der Graf ließ Justine näher treten; ohne die Gesellschaft um Erlaubnis zu bitten, schürzte er sie bis übers Kreuz und prüfte sie vom Scheitel bis zur Sohle in der ungezwungensten Weise. »Wie alt sind Sie?«, fragte er sie.

»Zwanzig Jahre.«

An diese Frage knüpfte er noch einige Erkundigungen über ihre Person. Justine erzählte kurz die interessantesten Einzelheiten ihres Lebens, verschwieg aber geschickt die Greueltaten, zu denen sie durch d'Esterval genötigt worden war. Dann schilderte sie ihre elende Lage.

»Sie und unglücklich«, sagte das Ungeheuer, »desto besser; desto unterwürfiger werden Sie sein. Nicht wahr, es ist das ein sehr geringer Nachteil, daß das Unglück dieses verworfene Volk verfolgt, das von der Natur dazu verdammt ist, neben uns auf derselben Erde zu kriechen? Darum ist es arbeitsamer und weniger frech; es erfüllt dadurch viel besser seine Pflichten uns gegenüber.«

»Aber, Monsieur«, warf Justine ein, »ich habe Ihnen ja meine Abkunft berichtet; sie ist gar nicht niedrig.«

»Ja, ja, ich kenne das; man gibt sich für Gott weiß was aus, wenn man im Elend ist; die hochfahrenden Illusionen müssen für das Unrecht des Geschickes trösten. Wir aber glauben von dieser durch Schicksalsschläge vernichteten Existenz so viel als uns beliebt. Übrigens ist mir das alles gleichgültig; ich sehe Sie in der Tracht einer Magd, ich werde Sie also demgemäß behandeln. Doch wird es nur von Ihnen abhängen, glücklich zu werden; haben Sie Geduld, seien Sie diskret, dann will ich Ihnen in einigen Jahren, wenn ich Sie entlasse, ermöglichen, den dienenden Beruf aufzugeben. Mein Freund«, sagte er dann zu Bressac, »erzähle mir jetzt ein wenig von den beiden lieben Verwandten, die du da mitbringst; mit der Magd da haben wir uns lange genug abgegeben.«

»Monsieur und Madame de Sombreville, bekannter unter dem Namen d'Esterval, haben, lieber Onkel, alle Eigenschaften, die ihre

Bekanntschaft angenehm zu gestalten vermögen; ihre große Sittenlosigkeit wird Ihnen sicherlich Achtung einflößen; wenn Sie aber erst erfahren werden, daß sie trotz Ansehen und Reichtum alle Annehmlichkeiten, die ihnen die Welt bieten konnte, beiseite gelassen haben, um sich in einem dichten Wald zu vergraben, wo ihr einziges Vergnügen darin besteht, die Passanten, die um Unterkunft in der Herberge bitten, zu bestehlen und umzubringen, dann hoffe ich, werden Sie mir Dank wissen dafür, daß ich so treffliche Freunde hergebracht habe.«

»Sie bringen die Reisenden um?«, sagte Gernande, in ein Gelächter ausbrechend, »ah, das ist ja köstlich! Ich kenne das alles, ich verstehe das vortrefflich. Es ist unglaublich, was die Fantasie vermag! Man tötet, plündert, vergiftet, äschert ein, nichts ist einfacher als all das; aber man genießt dadurch, und von diesem Moment an ist es göttlich. Ich habe mich früher an all diesen Dummheiten ergötzt, mein Kopf erhitzt sich noch jetzt durch sie; aber da ich altere, ziehe ich ruhigere und häuslichere Genüsse vor. Ich tue vielleicht noch dergleichen, aber zu Hause ist es mir lieber. Ach so! Die Gattin dieses prächtigen Verwandten ist ja doch ...«

»Ganz so lasterhaft wie er, teurer Onkel; ich hoffe, ihr Zynismus und ihre Lüsternheit werden Sie amüsieren. Glauben Sie mir, daß unser Verwandter zu viel Geist besitzt, um sich an eine Frau zu knüpfen, die nicht die gleichen Laster übt wie er.«

230

»So ist es recht«, sagte Gernande, »ich gestehe, daß ich ihm ohne diesen Vorbehalt nicht verzeihen könnte, mich mit seiner Frau zu besuchen. Die Frauen, teurer Neffe, fühlen einen unwiderstehlichen Zwang, das an ihrem Geschlechte verübte Unrecht wieder gutzumachen. Verzeihung. Madame« – wandte er sich an Dorothea –, »aber ich liebe die Frauen ebenso wenig wie mein Neffe, und wenn ich mir eine halte, so werden die Leute, die gleich mir denken, dies dadurch entschuldbar finden, daß ich sie zum Opfer meiner Launen aussehe ...«. Dann hieß er Dorothea näher treten und fuhr fort: »Ihre Frau ist wenigstens schön, sehr schön; erlauben Sie, Vetter?« Damit schürzte das Scheusal Dorothea von hinten und prüfte einen Moment ihre Backen. »Auf Ehre, ein prächtiges Gesäß, ein wenig männlich zwar, doch ziehe ich es vor. Ich hoffe, Sie haben nie Kinder gehabt?«

»Nein, gewiß nicht; ich setze mich nicht dergleichen Dummheiten aus; wenn aber durch eine Unvorsichtigkeit mir ein solches Unglück zustieße, würden mich zwei oder drei Gläser Sabina rasch befreien.«

»Schön, schön, ich sehe, sie ist recht liebenswürdig, Ihre Frau; sie bildet zur meinigen einen prächtigen Kontrast; ich sehne mich danach, sie zusammenzubringen.«

»Wünschen Sie«, fragte d'Esterval, »daß ich sie mit Ihnen allein lasse?«

».Ach nein«, erwiderte der Graf, »wir brauchen uns voreinander nicht zu genieren; ich hoffe, unsere Freuden werden von nun ab wie unsere Gedanken sein.«

»Jawohl, ganz offen«, sagte Bressac, »das ist der wahre Reiz der Geselligkeit.«

»Und Sie, Vetter«, wandte sich Gernande an d'Esterval, »Sie müssen ein Glied besitzen?«

»Wie ein Maultier«, antwortete Bressac. »So sehr ich auch gewöhnt bin, mächtige Gliede in meinen Hintern einzuführen, ich versichere Ihnen, daß das seine mir stets Schmerzen bereitet.«

Zugleich kam Justine auf ein Zeichen Bressacs herbei, um d'Estervals Hose herabzulassen und den Augen Gernandes den Anblick eines der schönsten und gewaltigsten Gliede, die er je gesehen hatte, darzubieten. »Ah! Herrlich!«, sagte Gernande. »Es ist wirklich prächtig! Ach, mein Lieber, wie drängt es mich, es in dem Hintern meiner Frau zu erblicken. Wende mir deine Backen zu, Bressac, damit ich es einen Moment in deinen Popo treibe. Aber es geht ja! ... Oh, welch ein After, mein Neffe, welch ein After! Nie sah ich einen so weiten. Freunde«, sagte er zu seinen beiden Lustknaben, »der eine soll Bressacs Hoden reiben, der andere ihm seinen Hintern überlassen; leisten Sie die einem bearbeitenden Menschen gegenüber erforderlichen Dienste. Man darf in solchen Fällen keine Pflicht außer acht lassen.«

Die Sache ging so trefflich vor sich, daß Bressac, bearbeitet und bearbeitend, nahe daran war, zu ergießen. »Halt! Halt!«, schrie sein Onkel, der es bemerkte. »Halte Maß, mein Freund, ich wollte nur dieses Experiment machen. Ich höre zum Diner läuten, begeben wir uns zu Tisch. Das ist für mich ein interessanter Moment; beim Nachtisch stehe ich euch wieder zur Verfügung; das ist dann der richtige Augenblick, wo wir einige Szenen aufführen wollen, die uns alle vier ein wenig ergötzen werden.«

Man begab sich zu Tisch. »Verzeihung«, sagte der Graf, »ich rechnete nicht auf euch; mein Neffe hatte mir nichts geschrieben, daher muß ich euch mein tägliches Diner vorsetzen; ihr werdet sehr durch dessen Minderwertigkeit leiden.«

Man trug zwei Suppen auf: eine Nudelsuppe und eine Kraftbrühe mit Schinken; dann Hinterfleisch vom Rind, in englischer Manier zubereitet, zwölf Nebengerichte, davon sechs gekochte, sechs pflanzliche; zwölf Entrees, und zwar viermal Rindfleisch, ebenso oft Geflügel und Pasteten; eine Blutwurst, zwölf Braten, zwei Zwischengerichte, zwölf Gemüse, sechs verschiedene Arten Creme und sechs Pasteten; zwanzig Schüsseln mit Früchten und Kompott; sechs Arten Gefrorenes; acht verschiedene Weine, sechs verschiedene Sorten Likör, Rum, Punsch, Schokolade, Kaffee. Gernande kostete jede Speise; manche Schüssel wurde von ihm vollständig geleert; er trank zwölf Flaschen Wein, zum Obst Tokayer, Paphos, Madeira, er schloß mit zwei Flaschen Likör, einer Finte Rum, zwei Schalen Punsch und zehn Tassen Kaffee. Die beiden d'Esterval und der Marquis de Bressac, die ebenso starke Esser waren, hielten ihm stand; aber sie schienen erhitzt zu sein, während Gernande ebenso frisch war, als wenn er eben aufgewacht wäre.

Was Justine betraf, der man bereitwilligst einen Platz am Ende des Tisches einräumte, so setzte sie ihre gewohnten Tugenden: Enthaltsamkeit, Nüchternheit und Bescheidenheit der groben Unmäßigkeit der Frevler entgegen, unter die sie ihr unglückseliges Geschick versetzt hatte.

»Nun denn«, sagte Gernande, die Tafel aufhebend, »fühlen Sie sich disponiert zur Aufführung einiger Szenen? Was mich anbelangt, so muß ich gestehen, daß jetzt für mich der richtige Moment ist.«

»Ja, bei Gott, tun wir etwas«, sagte Bressac, »die Probe aus dem männlichen Serail, die ich vorhin sah, erweckt in mir außerordentliche Lust nach dem übrigen.«

»Ganz wie du willst«, antwortete der Graf, »vielleicht wird es dir recht sein, zu sehen, wie ich in Sachen der Wollust vorgehe; ich werde es dir an Justine zeigen.«

»Und Ihre Gattin?«, fragte Dorothea.

»Ach, die werden Sie erst in zwei bis drei Tagen sehen; sie ruht sich nach jeder meiner Sitzungen aus; sie bedarf einer langen Erholung, woraus Sie vielleicht schließen können, was Sie sehen werden. Alle meine Schändlichkeiten werden Sie überraschen, Madame; aber man versichert, daß Sie philosophisch und wollüstig seien; bei solchen Eigenschaften aber kann man durch nichts in Erstaunen versetzt werden; denn da man selbst Leidenschaften hegt, findet man sie alle bei anderen auch für ganz selbstverständlich.«

»Liebenswürdiger Vetter«, sagte Dorothea, »ich betrachte die offene und unbefangene Art, mit der Sie sich mir gegenüber aussprechen, als ein Zeichen der Achtung. Seien Sie also überzeugt, daß keine Ausschweifung mich überrascht; bei meiner Geschmacksrichtung, meinen Launen, kann ich mich höchstens über die Minderwertigkeit der Triebe anderer beklagen. Ich bitte Sie, mir eine Rolle anzuweisen, ich werde jeder genügen, gleichzeitig ob Opfer oder Henkersknecht.«

»Opfer? Nein«, sagte Gernande, »ich will dieses Mädchen hier recht oft mißhandeln. Ich lasse zur Ader«, fuhr er fort, seinen im Verhältnis zu seiner mächtigen Gestalt erstaunlich kleinen Penis reibend, »ja, ich lasse zur Ader, das ist mein Gelüste, und zwar nur dann, wenn der Gegenstand, dessen ich mich bediene, gesättigt ist. Aus diesem Vorbehalt ergibt sich notwendigerweise eine dauernde Störung im Organismus, der ich ebenso wie dem fließenden Blut meine Erektion verdanke.«

»Er ist köstlich«, sagte Bressac, sich seinem Onkel nähernd und dessen Glied reibend, »er hat wundervolle Lüste.«

Gernande ließ die Hose des Marquis herunter, rieb ihn mit der einen Hand und tätschelte ihm die Hinterbacken mit der anderen. »Was Sie betrifft, teurer Vetter«, wandte er sich an d'Esterval, »so werde ich nicht müde, Ihr schönes Glied zu betasten; nicht wahr, Sie werden meine Frau bearbeiten, mein Freund?« – »Gewiß«, entgegnete d'Esterval, »ich werde ihr alles tun, was Sie wünschen.«

»Selbst Böses?«

»Oh, die entsetzlichsten Greuel!«

Währenddessen entkleideten sich die beiden Frauen auf Gernandes Befehl.

»Verstecken Sie die Scham, meine Damen«, sagte er zu Dorothea und Justine, da er sie bereit sieht, ihre Scheiden darzubieten, die ihm so wenig des Kultes würdig schienen, »verhüllen Sie das, ich beschwöre Sie, sonst machen Sie mich für sechs Wochen impotent.«

Bressac knüpft dreieckige Taschentücher an ihr Kreuz fest, worauf die beiden Frauen vorwärts schreiten. Nachdem Gernande einen Augenblick die Hintern geküßt, getätschelt und gepackt hatte, ergreift er einen Arm Justines und betrachtet ihn; dann betrachtet er den anderen ebenso und fragt, wie oft sie zur Ader gelassen worden sei.

»Zweimal«, antwortet Justine. Während dieses Gesprächs kniet Dorothea zwischen den Schenkeln des Wüstlings und liebkost sein Glied; Bressac und d'Esterval unterhalten sich in einer anderen Ecke des Gemaches auf mannigfache Weise mit den beiden Lustknaben, von denen früher die Rede gewesen ist. Gernande setzte seine Betrachtungen fort, legte seine Finger auf Justines Adern, wie man es zu tun pflegt, um sie vor dem Aderlaß zur stärkeren Füllung zu bringen, und als er sie strotzen sah, legte er seinen Mund an und leckte. »Vorwärts, Hure«, sagte er barsch zu unserer unglücklichen Justine, »bereite dich vor, ich will dein Blut fließen lassen.«

»Aber Monsieur.«

»Glaube mir«, fährt Gernande fort, der in Hitze gerät, »versuche jetzt nicht, die Prüde zu spielen, du Dirne! Dein Widerstand wäre erfolglos; es stehen mir Mittel zu Gebote, um Frauen, die sich meinen Wünschen widersetzen, zur Raison zu bringen.« Er legte dann seine Hände auf Justines Backen und zwickte sie gewaltig; seine langen, krummen Nägel bohrten sich in das Fleisch ein und ließen blutige Spuren zurück, die seine Lippen sofort leckten; sodann kniff und quetschte er sie am Hintern und am Hals und drückte ihre Brustwarze mit solcher Kraft, daß Justine laute Schreie ausstieß.

»Bravo Onkel«, sagte dann Bressac, »empören wir uns offen gegen die Brüste; diesen weiblichen Körperteil müssen Sodomisten wie wir ungemein verabscheuen; auch der Hals ist ein Greuel für den, der die Hintern liebt.«

»Oh, ich hasse ihn unsagbar«, sagte Gernande und biß in den Justines. Dann ließ er sie einige Schritte vorwärts gehen und nach hinten schreitend zurückkehren, um den schönen Popo unserer Heldin nicht aus den Augen zu verlieren. Sowie sie wieder neben ihm stand, ließ er sie sich beugen, gerade stehen, die Füße zusammenlegen und spreizen; dann bückte er sich vor dem Gegenstand seines Kultes und biß ihn an verschiedenen Stellen. Während dieser vorbereitenden Szene befragte er Justine um viele Einzelheiten ihrer Erlebnisse im Marienkloster, welche die Arme, ohne zu beachten, wie erregt ihre Quälgeister durch diese Berichte wurden, mit ebensolcher Wahrheit wie Unbefangenheit schilderte. Jetzt verlangte Gernande Knaben; aber da er bemerkte, daß die Anwesenden allzu sehr mit Bressac und d'Esterval beschäftigt waren, läutete er. Zwei neue erschienen; sie zählten kaum sechzehn Jahre und hatten recht angenehme Gesichtszüge; sie nahten, während Dorothea ihn beständig liebkoste. Sowie sie vor dem Wüstling standen, löste er den Knoten eines rosenfarbigen Bandes, das an Hosen aus weißer Gaze angebracht war und entblößte zwei hübsche, kleine Hintern. Nachdem er sie in seiner Art einen Moment geküßt hatte, streichelte er ihre Gliede, während er die Hinterbacken und Brüste Justines fortgesetzt kniff. Sei es durch Gewohnheit bei den Knaben oder durch die Geschicklichkeit des Scheusals, kurz, in wenigen Minuten ergossen sich jene. Auf diese Weise versetzte der Wüstling die Kinder in Erschöpfung, daher auch der Zustand von Ermattung, von dem vorhin die Rede gewesen war. Die Huldigung, die der Graf den Reizen Justines erwies, zog sich unendlich in die Länge, ohne daß er die geringste Unbeständigkeit in der Wahl des Objektes gezeigt hätte; weder seine Küsse noch seine Lüste galten anderen, als den erwähnten Körperpartien. Er hieß die d'Esterval sich erheben; einer der Lustknaben ersetzt sie und liebkost ihm das Glied. Hieraufbemächtigt er sich der Hinterbacken der Frau und behandelt sie fast so wie Justine, aber da er sie nicht zur Ader lassen will, betrachtete er mehr ihren Hintern als ihren Arm. Er lobt ihren Popo und sagt dann zu ihrem Gatten: »Wenn Sie den Knaben, den Sie zu liebkosen scheinen, nicht bearbeiten, dann erweisen Sie mir das Vergnügen und sodomisieren Sie Ihre Frau; ich will meinen Neffen ersuchen, Sie von hinten zu bearbeiten; zwei Lustknaben werden Sie küssen, während ich mit Hilfe der beiden anderen an meine chirurgische Operation an der schönen Justine schreiten werde.«

D'Esterval, der den erwähnten Knaben bloß tätschelte, kam mit der Lanzette herbei; Dorothea wies ihm schön den Hintern und wurde bald sodomisiert, Bressac, der d'Estervals Hintern hoch schätzt, läßt seinen Lustknaben gleichfalls im Stich, um seinen Vetter zu bearbeiten. Die Knaben umgeben ihn, wobei der eine seinen Hintern, der andere sein Glied tätscheln ließ. Gernande, entzückt, daß sich eine solche Gruppe vor seinen lüsternen Blicken entwickelt, geht daran, die seinige zu formieren.

»Narcisse«, sagt er zu einem der Knaben, die er bei sich behalten hatte, »hier ist die neue Kammerzofe der Gräfin, ich muß sie erproben; gib mir meine Lanzetten.« Narcisse reicht sie ihm sofort. Justine gerät in Angst und bebt; alle lachen über ihre Bestürzung. »Bringe sie in die gehörige Stellung, Zephire«, sagt Gernande zu einem anderen Lustknaben.

Der schöne Jüngling nähert sich Justine und sagt ihr lächelnd: »Fürchten Sie nichts, Mademoiselle, diese Operation kann Ihnen nur sehr gut tun. Stellen Sie sich so!« Sie mußte sich am Rande eines Tisches in der Mitte des Zimmers leicht an seine Knie lehnen, während ihre Arme durch zwei schwarze Bänder an den Plafond gefesselt waren.

Kaum befindet sie sich in dieser Stellung, als der Graf sich ihr nähert, die Lanzette in der Hand. Er atmet kaum; seine Augen funkeln, sein Gesicht war furchterregend. Er spannt die Haut der beiden Arme und sticht in sie. Ein Schrei entringt sich seiner Brust, dem zwei oder drei Gotteslästerungen folgen; sowie er das Blut sieht, setzt er sich nahe der Gruppe Dorotheas. Narcisse liebkost ihn, zwischen seinen Füßen kniend, während Zephire, die Füße auf den Fauteuil seines Herrn stemmend, sein Glied von diesem streicheln läßt. Gernande umfaßt

Zephires Hüften und drückt ihn an sich; nur von Zeit zu Zeit richtete er seine Blicke bald auf die unglückliche Justine, bald auf die von ihrem Blut überschwemmte Gruppe. Doch, fühlt jene ihre Kräfte versiegen. Monsieur«, schreit sie, »haben Sie Erbarmen mit mir, ich falle in Ohnmacht!« Tatsächlich wankt sie, sie würde umfallen, würden die Bänder sie nicht festhalten: der Kopf wackelt auf den Schultern, die Blutstrahlen, die durch dieses Schwingen andere Richtung bekommen, bespritzen ihr Gesicht. Der Graf ist trunken, er erhebt sich, bemächtigt sich des von Blut überströmten Hintern seines Neffen. Endlich trägt man die ohnmächtige Justine hinaus, während unsere erschöpften Wüstlinge sich in den Garten begeben, um sich wieder zu erholen. Da unsere Leser den Taumel der anderen kennen, wollen wir sie nicht damit ermüden; wohl aber wollen wir unsere Aufmerksamkeit dem Grafen ein wenig zuwenden. Fast eine volle Viertelstunde dauerte seine Ekstase – und welch eine Ekstase! Großer Gott! Er schlug um sich wie in einem epileptischen Anfall, seine schrecklichen Schreie, seine entsetzlichen Blasphemien wären auf eine Meile weit vernehmbar gewesen; er schlug auf seine Umgebung los, seine Zuckungen waren fürchterlich.

Überlassen wir zwei Tage lang die ganze ausgelassene Gesellschaft sich selbst. Nur die Stellung Justines an der Seite ihrer Herrin soll uns beschäftigen.

Nach Verlauf dieser Zeit hieß Gernande sie zu ihm in den Salon kommen, wo er sie bei ihrer Ankunft empfangen hatte; sie war noch schwach, fühlte sich aber sonst ganz gut.

»Mein Kind«, sagte er zu ihr, indem er ihr die Erlaubnis gab, sich zu setzen, »ich werde die gestrige Szene nur selten wiederholen, sie würde Sie erschöpfen, und ich bedarf Ihrer zu anderen Dingen; doch war es wichtig, Ihnen meinen Geschmack kund zu tun, und die Todesart, der Sie zum Opfer fallen werden, wenn Sie mich verraten, ja, wenn Sie sich nur von der Frau, an deren Seite ich Sie stelle, verführen lassen sollten. Diese Frau ist meine Gattin wie Ihnen mitgeteilt wurde; das ist aber für Sie eine äußerst verhängnisvolle Sache, da sie sich täglich dem bizarren Gelüste, das ich an Ihnen befriedigt habe, unterwerfen muß. Glauben Sie übrigens nicht, daß ich sie aus Rache, aus Verachtung oder durch ein Gefühl des Hasses so behandle; es geschieht nur aus Trieb. Nichts kommt dem Genuß gleich, den ich verspüre, wenn ich das Blut dieses Geschöpfes vergieße; es ist die köstlichste Freude meines Herzens, nie habe ich mich mit ihr in anderer Weise ergötzt. Seit drei Jahren ist sie an mich gekettet und erduldet regelmäßig alle vier Tage die Operation, die ich an Ihnen erprobt habe. Ihre große Jugend – sie zählt kaum zwanzig Jahre –, die besondere Sorgfalt, die man auf sie verwendet, die reichliche Nahrung, die sie zu sich nimmt, all das hält sie aufrecht. Aber Sie begreifen wohl, daß ich sie bei einem solchen

Zwang weder ausgehen lassen, noch anderen
Leuten zeigen kann, als diesen da, die fast den
gleichen Lüsten frönen wie ich, und mich daher
entschuldigen müssen. Ich gebe sie daher für
verrückt aus; ihre Mutter, ihre einzige Angehörige,
wohnt sechs Kilometer von hier auf ihrem Schloß
und ist dermaßen von dieser Idee überzeugt, daß sie
sie nicht einmal zu besuchen wagt. Die Gräfin fleht
häufig um Gnade; sie tut alles, um mich zu
erweichen, aber ewig vergeblich. Meine
Triebhaftigkeit hat das unabänderliche Urteil über
sie gefällt. So wird sie, solange wie möglich, ihr
Dasein fristen, nichts wird ihr abgehen, und da ich
es liebe, sie zu erschöpfen, werde ich sie, solange
ich vermag, am Leben erhalten; wenn sie es nicht
mehr aushaken wird ... Sie ist meine vierte Frau, ich
werde bald eine fünfte, eine sechste, eine
zwanzigste haben; nichts ist mir gleichgültiger als
das Geschick eines Weibes; es gibt deren so viele!
Es ist so süß, sie zu wechseln! Wie dem auch sei,
Ihre Aufgabe, Justine, besteht darin, für sie Sorge
zu tragen. Sie verliert regelmäßig zwei
Aderlassbecken Blut jeden vierten Tag, aber die
Gewohnheit verleiht ihr Kräfte; sie fällt jetzt nicht
mehr in Ohnmacht; ihre Ermattung dauert
vierundzwanzig Stunden, während der übrigen drei
Tage fühlt sie sich ganz gut. Doch werden Sie es
begreiflich finden, daß ihr dieses Leben sehr
mißfällt. Sie tut alles, um ihre Mutter über ihren
wahren Zustand aufzuklären; sie hat bereits zwei
ihrer Zofen verführt, doch wurden deren Pläne

glücklicherweise rechtzeitig genug entdeckt, um die Wirkung unmöglich zu gestalten. Sie ist die Ursache des Todes dieser Unglücklichen, denn ich ließ beide vor ihren Augen sterben.«

»Sie haben sie getötet?«

»Ja, in dergleichen Fällen lasse ich sie an allen Extremitäten zur Ader und lasse sie so sterben.«

»Oh, Gott!«

»Sie begreifen wohl, Justine, daß meine Frau heute bereut, diese zwei Frauen kompromittiert zu haben, und sie macht sich Vorwürfe wegen ihres Todes. Da sie nun die Unabänderlichkeit ihres Geschickes erkennt, beginnt sie, sich zu fügen und ist fest entschlossen, die Personen ihrer Umgebung nicht mehr zu verleiten. Wenn dies dennoch eintreten sollte, so warne ich Sie, denn Sie würden das gleiche Schicksal erleiden wie die anderen. Betrachten Sie sich von diesem Moment an als nicht mehr auf der Erde befindlich, da Sie auf meinen leisesten Wunsch daraus verschwinden können. Ihr Los ist, Justine: Glück, wenn Sie sich gut aufführen, Tod im entgegengesetzten Falle. Sie haben mich verstanden? Begeben wir uns zu meiner Frau.«

Da Justine gegen diese deutlichen Worte keine Einwendung erheben durfte, folgte sie ihrem Herrn. Nachdem sie eine lange Reihe von Gemächern durchschritten hatten, die ebenso düster und einsam waren wie der übrige Teil des Schlosses, gelangt sie in ein Vorgemach, wo sich zwei alte Weiber befinden, die sie in allem, was den Dienst bei der

Gräfin betrifft, unterweisen müssen. Sie öffnen die Tür, Gernande und Justine befinden sich in einem Zimmer, wo die unglückliche junge Gattin des Scheusals auf einem Ruhebett lag, wie leicht zu erraten, blaß und ermattet. Sie erhob sich, sowie sie ihren Gatten erblickte, und erkundigte sich respektvoll um seine Befehle.

»Hören Sie«, sagte ihr Gernande, ohne ihr die Erlaubnis zu geben, sich wieder zu setzen, obwohl sie sich kaum aufrecht erhalten zu können schien, »hier ist ein Mädchen, das mein Neffe Bressac für Sie mitbringt; ich empfehle sie Ihrer Obhut. Wenn Sie je Lust haben, sie zu verleiten, tun Sie es wenigstens nicht, ohne sich an das Los ihrer Vorgängerinnen zu erinnern.«

»Alle Versuche wären nutzlos, Monsieur«, sagte Justine voll Eifer, ihrer Herrin helfen zu können und dabei ihre Pläne verheimlichend, »ja, Madame, ich will es vor Ihnen bekräftigen, alles wäre fruchtlos; jedes Ihrer Worte und Ihrer Gesten werde ich sofort Ihrem Gemahl hinterbringen; auf keinen Fall werde ich mein Leben riskieren, um Ihnen behilflich zu sein.«

»Ich werde nichts tun, was Sie vor eine solche Frage stellen könnte«, sagte die arme Frau, die die Motive der vorgeschützten Harte Justines noch nicht erraten hatte, »ich bitte Sie nur um Ihre Mühewaltung.«

»Daran soll es nicht fehlen«, sagte das neue Kammermädchen, »darüber hinaus aber gehe ich nicht.«

Der entzückte Graf drückte Justines Hand. »Ausgezeichnet«, sagte er leise zu ihr, »halte Wort – und dein Glück ist gemacht.«

Er zeigte ihr dann ihr Gemach, das sich an das seiner Gemahlin anschloß; zugleich machte er sie darauf aufmerksam, daß dieses Zimmer, durch treffliche Türen abgeschlossen und an allen Ausgängen mit doppeltem Gitter versehen, keine Aussicht auf Flucht eröffnete. »Hier ist wohl eine Terrasse«, fuhr Gernande fort, Justine in einen kleinen Blumengarten geleitend, der sich in gleicher Flucht mit dem erwähnten Gemach befand, »aber sie liegt hoch genug, denke ich, um Ihnen die Lust zu nehmen, sich an der Mauer herabzulassen. Die Gräfin kann hier ganz nach Belieben frische Luft schöpfen; doch ist das die einzige Zerstreuung, die meine Strenge zuläßt. Sie werden sie nicht verlassen, wenn sie hierher kommt. Sie müssen ihr ganzes Tun und Lassen beobachten und mir darüber getreulich berichten. Adieu!« Justine begab sich zu ihrer Herrin.

7

Frau de Gernande zählte neunzehneinhalb Jahre und besaß die denkbar schönste, edelste, wohlgeformteste Gestalt; jede ihrer Gesten und Bewegungen atmete Grazie, jeder ihrer Blicke zeugte von Seele. Ihre Augen waren, obwohl sie blond war, vom schönsten Schwarz und höchst ausdrucksvoll, doch eine Art Wehmut, die Folge ihres Mißgeschickes, machte sie noch tausendmal interessanter. Sie besaß einen ganz weißen Teint, wundervolle Haare, einen recht kleinen Mund, Perlenzähne und Lippen von einer Röte, daß man hätte sagen können, Amor habe sie mit Farben geschmückt, die er der Blumengöttin entliehen habe. Sie besaß eine schmale, feine Adlernase, darüber Augenbrauen, schwarz wie Ebenholz; ihr Kinn war vollendet schön; kurz, ihr schön ovales Gesicht, das von Anmut, Naivität und Unbefangenheit strahlte, hätte viel eher für das eines Engels als einer Sterblichen gelten können. Ihre Arme, ihr Hals, ihre Hinterbacken waren von einer Pracht, einer Rundung, daß sie Künstlern zum Modell hätte dienen können. Ein leichter, schwarzer Flaum beschattete die hübscheste Scham der Welt, die sich zwischen zwei wohlgeformten Schenkeln zeigte; was aber nach all dem Unglück der Gräfin überraschend wirkte, waren ihre vollen Formen. Ihr Popo war ebenso rund, so fest und fleischig, als ob sie von üppigerer Gestalt gewesen wäre. Zwar zeigten sich die furchtbaren Spuren der Grausamkeiten ihres Gatten, doch war sie nicht entstellt; sie bot das Bild der schönen Lilie, auf der die unreine Hornisse einige Flecken hinterlassen hat. Zu so vielen Gaben gesellte sich ein sanfter Charakter, romantisches Gefühl, ein empfindsames Herz, Bildung und Talente; bestrickende Anmut, der nur ihr ruchloser Gemahl widerstehen konnte;

einschmeichelnder Klang der Stimme und große Frömmigkeit. So beschaffen war Gernandes Gattin, das engelgleiche Wesen, gegen die er sich verschworen hatte. Es schien, daß sie um so mehr seine Wildheit erregte, je mehr Reize sie entwickelte; alle Gaben, die ihr die Natur verliehen hatte, schienen die Frevelhaftigkeit dieses Scheusals nur zu erhöhen.

»Wann sind Sie zur Ader gelassen worden, Madame?«, fragte Justine die Gräfin, sowie sie allein waren.

»Vor drei Tagen«, antwortete diese, »und morgen wird Monsieur de Gernande sicherlich das reizende Schauspiel dieses Greuels seinen Freunden vorführen.«

»Tut er das vor Zeugen?«

»Vor solchen, die gleich ihm denken. Ach, Sie werden das alles sehen, Mademoiselle.«

»Und wird Madame nicht durch alle dies Aderlässe geschwächt?«

»Gerechter Himmel! Ich zähle noch keine zwanzig Jahre und bin überzeugt, daß man mit siebzig nicht schwächer ist. Aber ich hoffe, das wird ein Ende nehmen; es ist vollständig ausgeschlossen, daß ich lange ein solches Leben aushalte. Ich werde zu meinem Vater gehen; ich will in den Armen Gottes die Ruhe suchen, die mir die Menschen so grausam auf Erden verwehrt haben. Ach, was habe ich denn getan, großer Gott, um nicht diese Ruhe genießen zu dürfen! Ich habe nie jemandem den geringsten Schmerz gewünscht, ich liebe meinen Nächsten und ehre die Religion; ich bin von der Tugend begeistert; eine meiner größten Qualen in der schauerlichen Situation, in der man mich hält, ist die, niemandem nützlich sein zu können.« Tränen entströmten ihr bei diesen Worten. Unsere Leser können sich wohl denken, daß die Justines, sich bald mit denen jener verschmolzen hätten, wenn sie nicht großes Interesse daran gehabt hätte, ihren Kummer zu verbergen. Aber sie schwor sich in diesem Augenblicke feierlich, lieber tausend Leben zu opfern, als nicht alles zu tun für eine Frau, deren Gefühle und Geschicke den ihren so ähnlich schienen.

Eben war es an der Stunde, in der die Gräfin dinierte. Die beiden Alten benachrichtigten Justine, sie solle sich mit jener auf ihr Zimmer begeben; denn nicht einmal die Alten durften direkt mit der Gräfin verkehren. Madame de Gernande, an alle die Vorsichtmaßregeln schon gewöhnt, unterwarf sich ihnen ohne weiteres; das Diner wurde aufgetragen, worauf die Gräfin erschien, sich zu Tisch setzte und Justine einlud, ihr Gesellschaft zu leisten; ihre Miene war dabei so freundlich, so leutselig, daß sie sich vollends die Zuneigung ihrer Wächterin gewann. Aufgetragen wurden mindestens zwanzig Speisen.

»Was das anbelangt, sorgt man für mich, wie Sie sehen«, sagte Frau de Gernande.

»Ich weiß, Madame, daß der Graf wünscht, Sie mögen sich nichts abgehen lassen.«

»Gewiß; doch da die Gründe dieser Aufmerksamkeiten nur in seiner Grausamkeit gelegen sind, rühren sie mich wenig.«

Madame de Gernande, erschöpft und von der Natur lebhaft zur Erneuerung des Verlorenen angeregt, aß viel; sie verlangte rote Rebhühner und eine junge Ente, die ihr sofort gebracht wurden.

Nach dem Mahle begab sie sich auf die Terrasse, Luft zu schöpfen, wobei sie sich auf Justine stützte; ohne diese Hilfe hätte sie keinen Schritt machen können. Jetzt zeigte sie alle ihre Körperteile ihrer neuen Gefährtin. Diese war bestürzt über die erstaunliche Menge von Narben, mit denen diese arme Frau bedeckt war.

»Er beschränkt sich nicht auf meine Arme, wie Sie sehen«, sagte Frau de Gernande, es gibt keinen Teil meiner unglücklichen Person, aus dem er nicht zu seinem Vergnügen Blut fließen ließe.« Und sie bewies es ihr, indem sie ihre Füße, den Bauch, die Brüste, Hinterbacken, ja selbst die Schamlippen zeigte. »Vielleicht«, sagte die interessante Frau, »würde ich weniger leiden, wenn er nicht die abscheuliche Idee hätte, zu dieser Operation die Zeit unmittelbar nach der Mahlzeit zu wählen. Diese doppelte Grausamkeit verdirbt mir den Magen, ich kann nicht mehr verdauen."

»Nun, Madame, könnten Sie sich denn nicht am selben Tage des Essens enthalten?«

»Ich bin nicht benachrichtigt, er überrascht mich; ich weiß nur, daß er nach Zwischenpausen von drei bis vier Tagen kommt, aber nie kann ich den Augenblick bestimmt erraten; nie würde er den Moment wählen, da ich vorbereitet bin.«

Indessen vergeudeten Gernandes Freunde nicht ihre Zeit; die zwölf Lustknaben, die eben in Gebrauch standen, waren bereits so oft bearbeitet worden, daß man ihrer überdrüssig zu werden anfing.

»Das wird nach dem Diner stattfinden«, sagte Gernande, »bereiten wir uns durch ein recht wollusterregendes Mahl zu diesem großen Werke vor. Justine und Dorothea werden nackt dinieren, sechs meiner kleinen Liebesgötter werden in demselben Zustand zwischen ihnen sitzen, die sechs anderen werden als Priesterinnen der Diana gekleidet, uns bedienen; ich verspreche ihnen das beste Diner, das sie je bei mir genossen haben.«

Es wäre tatsächlich schwer gefallen, sich ein reicheres und erleseneres, ein lukullischeres Mahl zu denken; die vier Weltteile schienen zu wetteifern, die Tafel dieser Lüstlinge mit ihren Schätzen zu versehen; es fanden sich zugleich die Weine aller Länder und die Speisen aller Jahreszeiten vor. Dieses eine Diner kostete zweifellos mehr als die Ernährung von zehn oder zwölf unglücklichen Familien während eines Monats.

»Nach den Genüssen der Wollust«, meinte Gernande, »gibt es nichts Göttlicheres als die der Tafel.«

»Sie stützen sich beide gegenseitig derart«, sagte Bressac, »daß es ausgeschlossen ist, daß die Anhänger der ersteren nicht auch die letzteren verehrten.«

»Es ist nichts so köstlich als der Feinschmeckerei zu frönen«, antwortete Gernande; »nichts kitzelt so wollüstig meinen Magen und meinen Geist; diese schmackhaften Speisen bereiten das Gehirn so gut auf die Eindrücke der Wollust vor, daß es, wie mein Neffe sagt, kaum einen richtigen Wüstling gibt, der nicht die Tafel hoch schätzt. Ich gestehe, daß es häufig mein Wunsch war, die Ausschweifungen des Apscius, dieses berühmten römischen Gourmands, nachzuahmen, der lebende Sklaven in seine Fischteiche werfen ließ, damit das Fleisch seiner Fische delikater werde. Grausam in meiner Wollust, wäre ich es ebenso bei diesen Ausschweifungen, und ich möchte tausend Individuen opfern, wenn dadurch eine Speise appetitlicher und erlesener würde. Ich staune nicht, daß die Römer einen Gott der Feinschmeckerei ersonnen haben.«

»Es heißt«, sagte d'Esterval, »daß Cleopatra, eine der größten Feinschmeckerinnen des Altertums, die Gewohnheit besaß, vor Tische sich wiederholt klistieren zu lassen.«

»Auch Nero tat desgleichen«, sagte Gernande, »ich führe es ab und zu an mir aus und befinde mich dabei gut.«

»Ich lasse mich statt dessen sodomieren«, meinte Bressac, »der physische Effekt ist fast der gleiche, während die Psyche unvergleichlich mehr ergötzt wird, nie nehme ich ein Mahl ein, ohne mich ein Dutzend Mal bearbeiten zu lassen.«

»Was mich betrifft«, sagte Gernande, »so gebrauche ich einige Gewürze, namentlich Senf; man bereitet mir daraus ein so stark abführendes Getränk, daß ich, wenn ich es ausgetrunken habe, rasend hungrig werde. Da es ganz selbstverständlich ist, daß man zu den Freuden der Wollust sich anregt, warum sollte man sich denen der Feinschmeckerei gegenüber anders verhalten? Oh, ich gestehe«, fuhr das Ungeheuer, die köstlichen Speisen verschlingend, fort, »die Unmäßigkeit ist meine Gottheit; ihr Bild stelle ich in meinem Tempel neben dem der Venus auf; nur zu beider Füßen könnte ich mein Glück finden.«

»Das, was ich darüber oft gedacht habe, wird ihnen recht böse scheinen«, sagte Dorothea, »aber gestatten sie, daß ich alles sage. Ich gestehe, daß es einer meiner größten Genüsse wäre, vor meinen Augen von Hunger abgezehrte Unglückliche zu haben, während ich mich übersättige.«

»Das begreife ich«, antwortete Bressac, »nur müßte der Mensch, der der erwähnten Passion huldigt, mächtig und angesehen genug sein, um durch seine Feinschmeckerei seine ganze Umgebung zu entkräften; seine Untergebenen müßten infolge seines unmäßigen Verbrauches Hungers Sterben.«

»Ja, ja«, erwiderte Dorothea, »so habe ich es gemeint; man hat keine Vorstellung, was ich alles bei einem solchen Mahle verschlingen könnte.«

»Jawohl«, sagte Gernande, »ich glaube, daß Tiberius von solchem Blutmahl geschwärmt hat.«

»Was mich betrifft«, meinte d'Esterval, »so liebe ich Nero außerordentlich, der nach Tisch fragte: was das eigentlich sei, ein Armer?«

»Wenn es – worüber kein Zweifel besteht – wahr ist«, meinte Bressac, »daß die Unmäßigkeit die Mutter aller Laster und der Lasterpfuhl das verdiente Paradies ist, müssen wir alles tun, um die Unmäßigkeit in uns zu steigern. Und wie frisch gestärkt machen wir uns tatsächlich an die wollüstigen Handlungen, wenn wir uns nach einem unmäßigen Mahle daran machen! Wie erregt sind dann unsere Lebensgeister! Eine ungewohnte Hitze scheint unsere Adern zu durchströmen, die Begierde nach den Objekten unserer Wollust wird so stark, daß man ihr nicht widerstehen kann. Vergleichen Sie Ihre Kräfte, Sie werden kaum einen Verlust wahrnehmen. Es ist so viel aufgespeichert, daß man eine Unzahl von Anläufen machen kann, die man sonst nicht wagen würde; alles verschönt und schmückt sich; die Illusion bedeckt alles mit ihrem goldenen Schleier, so daß Sie Dinge unternehmen,

254

die im nüchternen Zustande Ihnen Schauder erwecken würden. O wollustvolle Unmäßigkeit! Ich schätze dich als die Neuschöpferin der Genüsse; nur mit dir kostet man sie so recht; durch dich verlieren sie ihre Stacheln, du allein ebnest den Weg, der zu ihnen fuhrt; du allein befreist sie von den dummen Gewissensbissen; du allein verstehst es, diese kalte und monotone Vernunft in Taumel zu versetzen; ohne dich würde sie alle unsere Leidenschaften vernichten.«

»Lieber Neffe«, sagte Gernande, »wärest du nicht viel reicher als ich, würde ich dir für den Lobeshymnus auf eine meiner süßesten Passionen zweitausend Louisdor schenken.«

»Ich reicher als Sie?«

»Gewiß! Du hast über eine Million Zweihunderttausend Livres Rente, während ich Armer bloß über achthunderttausend verfüge. Ich gestehe, daß es mir unbegreiflich ist, wie man von weniger als einer Million jährlich leben kann.«

»Monsieur«, warf d'Esterval ein, »ich habe sie nicht und doch lebe ich.«

»Nun gut, doch haben Sie sich eine anspruchslose Lebensart zu eigen gemacht, andererseits muß Ihr Beruf Ihr Vermögen täglich vergrößern. Ich kenne nichts Köstlicheres als die Laufbahn, die Sie eingeschlagen haben. Wäre ich jung, würde ich sicherlich die gleiche betreten. Ich wette, daß Sie aus ihr sowie aus Ihrem Erbe, mindestens fünf- bis sechshunderttausend Livres Rente herausschlagen.«

»So ungefähr.«

»Sie sehen also, daß wir alle reich sind, und daß unsere Denkweise, unser Geschmack und unsere Interessen sich durchaus ähnlich sein dürften.«

»Ach«, meinte d'Esterval, »ich habe das Unglück, unersättlich zu sein; noch mehr aus Habsucht als aus Wollust betreibe ich mein Handwerk.«

»Sie könnten es gewiß an den Nagel hängen.«

»Ich könnte ohne diese köstliche Gewohnheit nicht existieren. Ich freue mich über die tägliche Zunahme meines Vermögens und schwelge in dem Gedanken, es auf Kosten anderer zu vermehren. Ich töte auf Grund meiner ausschweifenden Wünsche wegen meiner grausamen Begierden, doch stehle ich nur aus Habgier, selbst bei einem Einkommen von Millionen, glaube ich, würde ich noch immer stehlen.«

»Ich begreife das«, sagte Gernande, »mir ist wie kaum einem, die Sucht eigen, zu nehmen und für mich zu behalten. Selbst wenn ich in Gold schwimmen könnte, würde ich keinen Sou für Almosen ausgeben und würde außer für meine Genüsse für nichts Geld übrig haben. Sie kennen meinen Besitz und meine Auslagen, nun, betrachten Sie mein Gewand, ich trage es schon seit zwanzig Jahren; ich hoffe es bis zum Tod beizubehalten.«

»So wollen Sie also, teurer Onkel«, sagte Bressac, »mit vollem Recht den Namen eines Wucherers tragen?«

»Ja, aber wenn deine Mutter, wenn auch aus anderen Gründen, nicht ebenso geizig gewesen wäre wie ich, wärst du heute reich?«

»Sprechen Sie mit ihm nicht über diesen Punkt«, warf d'Esterval ein, »sonst wird er erröten.«

»Er täte beim Himmel sehr Unrecht daran«, sagte Gernande, »er hat nur die einfachste Sache der Welt getan, indem er seine Mutter tötete. Man will rasch zum Genießen kommen, nichts natürlicher als das. Übrigens war sie eine zänkische, frömmelnde und herrschsüchtige Person, daher verabscheute er sie, was leicht begreiflich ist. Nehmen Sie an, er beerbt mich, nun gut, ich wette, daß er auf meinen Tod nicht ungeduldig wartet, wir haben den gleichen Geschmack, die gleiche Denkweise, er ist sicher, in mir einen Freund zu finden. Solche Erwägungen sind genug sichere Bande für den Menschen, die sie nicht zu zerreißen suchen.«

»Sie haben recht, mein Onkel, wir werden vielleicht viele Verbrechen gemeinsam begehen, doch nie werden wir uns Schaden antun. Dennoch habe ich einen Augenblick bemerkt, daß mein Vetter diese Erwägung wenig respektierte, er hat mich dem Tode geweiht.«

»Ja«, meinte d'Esterval, »als Verwandter, nicht als Genosse der Ausschweifungen, sowie ich erfuhr, wessen Sie fähig seien, haben wir uns nur geliebt und eng verbunden.«

»Gut, aber Sie werden zugeben, daß Madame d'Esterval mir erst nach vieler Mühe das Leben schenkte.«

»Machen Sie mir keinen Vorwurf«, antwortete Dorothea, »mein Urteil ist für Sie ein Lob. Meine schreckliche Gewohnheit, die Menschen, die mir gefallen, zu opfern, kennzeichnet Ihre Verurteilung als eine Liebeserklärung meinerseits, weniger hübsch, wären Sie entwischt.«

»Sicherlich, Cousine«, sagte Gernande lachend, »wünschen Sie, scheint mir, nicht, daß man große Lust habe, Ihnen zu gefallen.«

»Ich bin ebenso egoistisch wie Sie, wenn man nur meine Triebe befriedigt, so tun Liebe und Eitelkeit nichts zur Sache.«

»Sie hat recht«, sagte Gernande, »so müßten alle Weiber denken; wären sie alle meiner Cousine ähnlich, ich glaube, ich könnte mich in das Geschlecht finden.«

»Es ist also ein eingewurzelter Haß?«, fragte d'Esterval. »Ich verabscheue sie, ich würde sie ganz vertilgen, wenn mir der Himmel einen Augenblick seinen Blitzstrahl zur Verfügung stellte.«

»Ich begreife nicht«, sagte Bressac, seine Zunge in Justines Mund steckend, »wie man so kleine, süße, interessante Dinger verabscheuen kann.«

»Ich begreife es wohl«, sagte d'Esterval, in den Mund eines Lustknaben rülpsend, »ich verstehe sehr wohl, daß man diesen hübschen Wesen den Vorzug gibt.«

»Teufel, du bist ja in Erektion«, sagte Dorothea, »ich bemerkte es, nun also, geniere dich nicht, bearbeite diesen hübschen Knaben, ich lasse es gerne zu, wenn mich auch dieser nur bearbeitet«, fuhr sie fort, indem sie ihre, Hinterbacken dem neben ihr stehenden Knaben zuwandte.

»Sapperlot!«, rief da Gernande, »ihr seid ja ganz besessen von den sieben oder acht Flaschen Wein, die jeder getrunken hat.«

»O Ja, ich bin besoffen«, sagte Bressac und kniff die Brüste Justines, bis sie aufschrie. »Aber, teurer Onkel, ich habe unerhörte Sehnsucht nach dem Aderlaß, den Sie an Ihrer Frau ausführen wollen. Werden Sie mir erlauben, Sie während dieser Zeit von hinten zu bearbeiten.«

»Gerne. Aber erbricht da nicht Dorothea.«

»Ich bin betrunken.«

»Nun gut, lasse dich lieben, du Hure«, sagte ihr Gatte, »das ernüchtert.«

»Wahrlich, Onkel«, sagte Bressac, »wir nehmen uns bei Ihnen viel Freiheiten heraus.«

»Genieren Sie sich nicht, meine Freunde, ich liebe das alles. Bressac, stütze doch Dorothea, siehst du denn nicht, daß das Glied dieses Knaben, der sie von hinten bearbeitet, sie umwerfen wird?«

»Helfen Sie ihm, Justine. D'Esterval, fragen Sie
Ihre Frau, ob sie zu Bette gehen will.«

»Ins Bett? Himmel noch einmal«, antwortete
Dorothea, »nein, nein, ich will lieben, ich bin schon
in Ordnung; nichts ist mehr im Magen, ich kann
wieder von vorn anfangen.«

»Geben Sie mir Ihre Frau, Onkel, ich beschwöre
Sie«, sagte Bressac.

»Justine soll sie benachrichtigen.«

Es geschieht, während die Scheusale sich nur
mühsam aufrecht erhalten und ihre Kräfte erproben,
um an andere Ruchlosigkeiten zu schreiten.

Es ist unnötig, die Aufregung der unglücklichen
Gattin zu schildern, als sie erfuhr, daß ihr Quälgeist,
von ebenso wüsten und grausamen Gesellen wie er
geleitet, herbeikam, um ihr die schauerlichen
Visiten abzustatten. Sie erhob sich vom Tisch.
»Liebe Mademoiselle«, fragte sie Justine, »sind Sie
recht trunken, recht erhitzt, recht fürchterlich?«

»Jawohl, Madame, sie sind ohne Besinnung.«

»Großer Gott! Ich werde Grausamkeiten
erdulden. Nicht wahr, Mademoiselle, Sie lassen
mich während dieser furchtbaren Szene nicht allein,
Sie bleiben doch bei mir?«

»Gewiß, wenn man es mir erlaubt.«

»O ja, wer sind denn diese Leute?«

»Der eine von ihnen ist, wie Sie sagten, der Neffe
des Grafen, der Marquise de Bressac.«

260

»Oh, das ist ein Scheusal, ich kenne seinen Ruf, er hat, wie es heißt, seine Mutter vergiftet. Und Monsieur de Gernande empfängt in seinem Haus den Mörder seiner Schwester! Welche Ruchlosigkeit, großer Gott! Der andere, sagen Sie, ist ein Berufsmörder?«

»Ja, Madame, ein Vetter des Monsieur de Gernande, der seiner Ausschweifungen wegen eine Herberge hält, um darin alle dort weilenden zu bestehlen und umzubringen.«

»Ach! was für Leute! Solchen Frevlern will mich mein Gatte preisgeben! Wer ist aber die Frau, die sie dabei haben?«

»Die Gattin des Wirtes, ebenso frevlerisch und entartet wie die anderen.«

»Ach, es ist also möglich, daß die Sanftmut und Anmut unseres Geschlechtes sich zu all der Entartung der Männer gesellen!«

»Wissen Sie denn nicht, Madame, daß eine Frau, die auf die Schamhaftigkeit und Zurückhaltung, die unserem Geschlecht eigen ist, verzichtet hat, schneller noch und unaufhaltsamer als die Männer die Bahn des Lasters und der Unmäßigkeit einschlägt?«

»Und Sie glauben, daß Monsieur Gernande mich auch zum Spielball der scheußlichen Lüste dieses abscheulichen Geschöpfes wird werden lassen?«

»Zweifellos!«

Kaum hatte Justine ihre Antwort gegeben, da ließ sich die Gesellschaft vernehmen. Unmäßiges Gelächter, entsetzliche Flüche, eine Flut von Gotteslästerungen kündigten ihre Ankunft der Frau de Gernande an, der einige Tränen in die Augen traten; dennoch bereitete sie sich unterwürfig vor.

Die Sippschaft bestand aus dem Gatten, Herrn und Frau d'Esterval, Bressac, sechs der hübschesten Lustknaben und den zwei alten Aufseherinnen; dazu kam noch unsere unglückselige Justine, die ganz bestürzt über die Vorbereitungen zu den Ruchlosigkeiten gleichfalls mißhandelt zu werden fürchtete; überzeugt, ihrer Herrin von keinem Nutzen sein zu können, wünschte sie sich innerlich hundert Kilometer weg von hier.

Alle Zeremonien wurden regelmäßig bei jeder Visite des grausamen Gatten eingehalten. Änderungen wurden nur in Kleinigkeiten getroffen, je nach der größeren oder geringeren Zahl der vom Grafen zugelassenen Leute.

Die Gräfin, nur in ein Hemd aus Gaze gehüllt, kniete nieder, sowie der Graf eintrat; in diesem Zustand der Demütigung wurde sie von den Frevlern einer Betrachtung unterzogen. »Wahrlich, lieber Onkel«, sagte Bressac, schwankend, »Sie haben da ein prächtiges Geschöpf zur Frau.« Dann stammelte er: »Erlauben Sie mir, teure Tante, Sie zu begrüßen? Ich bin wirklich betrübt, Sie in so kläglichem Zustand zu sehen; mein lieber Onkel muß wirklich Grund zur Klage haben, daß er Sie derart quält; denn er ist wirklich ein gerechter Mensch.«

»Madame muß böses Unrecht ihrem Gatten antun«, sagte Frau d'Esterval, die von einem heftigen Schlucken geplagt wurde; »es wäre sonst unmöglich, daß ein so menschlicher, so liebenswürdiger und sanfter Mann dergleichen Dinge von einer Dame verlangte, wenn sie ihm nicht Grund zur Klage gäbe.«

»O nein, ich sehe, um was es sich handelt«, sagte d'Esterval; »das ist ein Akt der Anbetung von Seiten der Gräfin; es ist eine Huldigung, die sie ihrem Gatten erweist.«

»Meine Freunde«, sagte Gernande, »Sie werden es für gut befinden, daß sie diese Huldigung Ihrem Hintern darbringt, und ich bitte Sie alle drei, ihr den Popo darzubieten.«

»Ah, beim Himmel, mein Onkel hat Recht«, sagte Bressac, sogleich die Hosen herablassend und bereitwilligst seinen Popo enthüllend, »ja, ja, ich sehe wohl, es ist mein Hintern, den meine teure Tante anbeten will, daher weise ich ihn ihr mit großem Vergnügen.«

»Vorwärts also, alle Popos heraus!«, befahl Gernande. Momentan umgaben die Hintern der beiden anderen Mitglieder der Sippschaft, der Justines, der Lustknaben und selbst der der Alten derart die arme Gräfin, daß sie von dieser Überfülle von Gesäßen, die ihr fast das Gesicht streifen, beinahe erdrückt wird.

»Ein bißchen Ordnung«, sagte Bressac, »sonst werden wir Madame ersticken; ein jeder soll – einer nach dem anderen – sich diesen Körperteil, der derart die Lüste anregte, von ihr küssen lassen; ich will mit dem Beispiel vorangehen.«

»Wohlan, Madame«, sagt Gernande, »sind Sie bereit?«

»Zu allem, Monsieur!«, antwortete die Gräfin unterwürfig; »sie wissen wohl, daß ich Ihr Opfer bin.«

Gernande befiehlt dann Justine, ihre Herrin zu entkleiden, und mag sie noch solchen Widerwillen empfinden, es bleibt ihr nichts übrig, als sich zu fugen. Die Unglückliche gab sich erst dann her, wenn sie nicht anders konnte, doch nie gutwillig; sie zieht ihrer Herrin das Hemd aus und enthüllt sie nackt vor den Augen der schamlosen Sippschaft.

»Ein prächtiges Weib, auf Ehre«, sagt d'Esterval, den dieser Anblick gewaltig reizt.

»Nun also«, meinte Gernande, »bearbeite sie, mein Freund, da du sie für schön findest; ich gebe sie dir preis. Verzeihung, Neffe, wenn ich sie nicht zuerst dir überlasse; aber ich kenne deinen Geschmack, dir bleibt ihr Popo vorbehalten; wenn es dich danach gelüstet, dann nehmt sie in die Mitte.«

»Die Verwandtschaft wird bei mir Wunder bewirken; und obgleich der Popo eines Weibes mich ebenso wenig reizt wie ihre Scham, so will ich, wenn d'Esterval es erlaubt, zusammen mit ihm den entgegengesetzten Pfad betreten; leiten Sie unsere Aufstellung, mein Oheim.«

»Gerne«, sagte Gernande, »nichts macht mir mehr Vergnügen, als an meiner eigenen Schande mitzuarbeiten.« Er bemächtigte sich mit diesen Worten des Gliedes d'Estervals und steckte es in die Scham seiner Frau, die er auf jenen stützt. Dadurch gelangten die herrlichsten Hinterbacken in Bressacs Bereich, der, ebenfalls von Gernande eingeführt, bald jedes Hindernis überwunden hat. Der alte Wüstling setzt sich auf einen gegenüberstehenden Fauteuil, während die sechs Lustknaben ihn umgeben. »Sokratisieren Sie meinen Neffen«, sagte er zu den alten Weibern; »die Kerle lieben es, wenn man ihren Hintern liebkost, während sie lieben.«

»Ja, ja«, sagte Bressac, sich fest an seine Tante klammernd, die er wuchtig sodomisiert, »dieser Akt ist notwendig, mein Oheim hat recht, das zu verlangen, aber ich will mit Justine desgleichen tun.«

»Nichts leichter als das«, sagte Gernande, »sie soll sich sogleich ausziehen.«

Da heißt es gehorchen; unsere Heldin ist gezwungen, ihre Backen den geilen Fingern Bressacs preiszugeben, der alle fünf zu einer voluminösen Masse formt und damit den Hintern des armen Mädchens grausam quält. Nur Dorothea bleibt ohne Arbeit; das Weibsbild reibt sich angesichts des Vergnügens der anderen.

»Madame«, sagte ihr Gernande, »legen Sie sich unter meine Frau; sie wird Sie reiben; ich will Ihnen einen Lustknaben überlassen, der Sie liebkosen soll, während Ihr Kitzler von meiner Frau und Ihr Popo von Justine lebhaft gerieben wird. Jetzt scheint die Gruppe ziemlich gut formiert zu sein; arbeiten wir jetzt zusammen. Sprechen Sie doch wenigstens von meiner Frau, meine Herren; da lohnt es sich nicht, sie Ihnen zu überlassen, wenn Sie mir nicht einmal Ihre Meinung über sie sagen.«

»Schau einmal, mein Freund«, sagte d'Esterval, indem er seinen Samen ergoß, »das ist das beste Lob, das ich ihr spenden kann; eine Frau muß mich sehr reizen, um so viel Samen ohne jeden grausamen Akt von mir, zu erhalten. Was für einen Genuß habe ich empfunden! Bressacs Glied, das ihren Mastdarm befahren hat, hat ihre Scheide so verengt! O köstlich!«

»Ich entlade gleichfalls, ich halte es nicht mehr aus«, rief Dorothea. »Aber sagten Sie nicht, Sie würden sie zur Ader lassen? Mein Sekret wäre viel besser geronnen, wenn ich ihr Blut hätte fließen sehen.«

»Meiner Treu«, sagte Bressac, »ich will mein Sperma für den Aderlaß sparen; ein wenig anspruchsvoller als Sie, habe ich im Popo meiner Tante nicht alles gefunden, was ich darin zu finden glaubte; man verlangt viel von seinen Verwandten. Ich bitte dich, Gernande, gehe doch an diese süße

Operation; mein Kopf kann sich nur dann begeistern; ich will nur sie sehen.«

Damit konnte sich Bressac nicht enthalten, all den Abscheu an den Tag zu legen, den er gegenüber einem Akt hegte, der so wenig zu seinen Grundsätzen paßte. Er betrachtete voll Verachtung den Popo, den er eben bearbeitet hatte, näherte sich einem Lustknaben, und sagte: »Nun denn, mein Oheim, wollen wir an den Aderlaß schreiten?«

Gernande, der höchst erregt war, begann seiner Frau wütende Blicke zuzuwerfen. »Ja, ja, wir werden sie zur Ader lassen, die Hure; fürchten Sie nicht, daß ich sie schonen werde. Vorwärts, Madame« – damit wandte er sich seinem Opfer zu – »tun Sie ihre Pflicht.«

Madame de Gernande stellt sich, von Justine unterstützt, auf den Fauteuil des Grafen und reicht ihm die Hinterbacken zum Kusse.

»Spreize doch die Füße«, sagt der Graf voll Brutalität. Er huldigt lange dem ersehnten Gegenstand, den er in verschiedene Stellungen bringt; bald schiebt er die Hinterbacken auseinander, bald zusammen, bald kitzelt er mit seiner Zunge die Mündung. Sodann quetscht er, von seinem wilden Treiben hingerissen, ein Stück ihrer Haut und verwundet es, um dann daraus das Blut zu saugen. Während dieses vorbereitenden Aktes schaut Bressac aufmerksam zu und läßt sich von einem Lustknaben reiben; d'Esterval tätschelt seine

Frau; die fünf anderen Lustknaben umringen den
Grafen.

Diese Haltung, die er fast eine Viertelstunde
beibehielt, hatte noch keinen Erfolg erzielt; er
mußte sie ändern. Die Alten streckten die Frau auf
einer Chaiselongue aus, wobei sie, auf dem Rücken
liegend, ihre Schenkel möglichst weit
auseinanderspreizen mußte. Der Anblick dieser
Scham versetzte Gernande in eine Art Raserei; er
betrachtete sie zitternd vor Wut, seine Augen
sprühten Feuer, er stieß Gotteslästerungen aus,
bemächtigte sich der Lanzetten, stürzte sich wie ein
Tobender auf sein Opfer und stach sie an sieben bis
acht verschiedenen Stellen des Bauches und der
Brust. Bressac und d'Esterval, von dieser
wollüstigen Handlung entflammt, bearbeiteten je
einen Knaben. Doch waren die von Gernande
erzeugten Wunden sehr leicht; er ladet Dorothea
ein, die klaffende Scheide seiner Frau zu liebkosen,
was sie auch tut, dann bringt er den schönen Popo
der Frau d'Esterval in seinen Bereich, um an ihm
die gleiche Prozedur wie an der Gräfin
vorzunehmen.

»Genieren Sie sich nicht«, sagte d'Esterval, als er
wahrnahm, daß jener zart vorging, »stechen Sie nur
zu, es liegt nichts Unrechtes darin, den Popo der
Frauen bluten zu lassen, dann führen sie sich
wenigstens besser auf.«

Die ganze Gruppe gerät in Unordnung, nur die
Gräfin bleibt auf ihrem Sofa ausgespreizt. Nun

bittet Gernande alle Zuschauer, ihm behilflich zu sein.

»Um was handelt es sich denn?«, fragt Bressac.

»Hier ist eine Frau, die ich Ihnen preisgebe, meine Freunde«, sagt Gernande; »ich beschwöre euch, sie zu beschimpfen, zu belästigen und auf jede mögliche Weise zu quälen, je mehr ihr sie mißhandelt, desto mehr werdet ihr meine Leidenschaften erregen.«

Der Gedanke findet begeisterte Aufnahme und wird energisch in die Tat umgesetzt. Die Alten, die Lustknaben, Dorothea, d'Esterval und namentlich Bressac beschimpfen die Gräfin mit solcher Frechheit, behandeln sie so schonungslos, begegnen ihr so grausam, daß ihre Tränen in Strömen fließen. Man kann sich gar nicht vorstellen, welchem Laster und Mißhandlungen die Unglückliche mehr als zwei Stunden ausgesetzt ist, da ergreift Gernande das Verlangen, sie noch mehr zu quälen. »Ans Werk, ans Werk! Vorwärts, Hure, deine Arme!« jetzt zieht sich jeder zurück und erwartet ehrfurchtsvoll schweigend das Ende des Vorganges. Bressac und d'Esterval, von Lustknaben gerieben, richten ihre lüsternen Augen auf den Grafen. Dieser packte wild sein Weib und läßt sie auf einen Schemel niederknien, während er ihre Arme vermittelst breiter, schwarzer Bänder an der Decke befestigen läßt. Justine wird beauftragt, die Binden anzulegen, er prüft diese, und da er sie nicht genug fest geschnürt findet, zieht er sie mit aller Kraft zusammen, um, wie er sagte, das Blut heftiger hervorquellen zu lassen. Dann senkt er die auf diese Weise komprimierten Arme, worauf er zunächst die Adern saugt, um sie dann beide fast gleichzeitig aufzustechen. Das Blut quillt hervor, Gernande gerät in einen Taumel.

Er stellt sich, während der Lebenssaft herausspringt, der Gräfin gegenüber auf, wobei er sich von Justine liebkosen läßt, er seinerseits tut hintereinander vier Lustknaben desgleichen, ohne indessen den Blick von den Blutstrahlen abzuwenden, die einzig und allein seine Erektion zu bewirken scheinen. Da beeilt sich die mitleidige Justine, von dem gebieterischen Gefühle des Erbarmens hingerissen, so schnell wie möglich den Samenerguß ihres Gebieters herbeizuführen, weil sie dadurch die Qualen ihrer Herrin rascher beendigen zu können glaubt und wird so lüstern aus Güte und Tugend. Endlich tritt die erhoffte Entladung ein. Jetzt bricht die ganze Wildheit Gernandes aus; er nähert sich seiner Frau, überhäuft sie mit Schmähungen, legt seine Lippen auf jede der blutenden Stellen, saugt und schlürft mehrere Schlucke Blutes. Dies macht ihn ganz trunken, er ist nicht mehr bei Sinnen, sein Gebrüll gleicht dem eines Stieres, er würde sein Weib erdrosseln, wenn die Alten und Justine ihn nicht zurückhielten, denn seine ruchlosen Freunde, weit entfernt ihn davor zu besänftigen, reizen ihn nur noch mehr.

»Lassen Sie ihn«, schreit der elende Bressac, obwohl er bereits ergossen hat.

270

»Hemmen Sie doch nicht seinen Trieb!« Dorothea.

»Teufel!«, schreit d'Esterval, »was liegt daran, ob er sie tötet oder nicht, höchstens gibt's eine Frau weniger.«

Justine will zu ihrer Herrin fliehen, denn sie brennt vor Begierde, ihr Blut zu stillen. »Einen Moment«, sagt d'Esterval, »glaubt man denn, daß ich nicht auch mein Sperma ergießen will?« Er betrachtete alle, ohne einen ins Auge zu fassen. Endlich bleibt sein Blick auf der blutüberströmten, unglücklichen Gräfin haften, er wirft sich auf die fast Ohnmächtige und sodomiert sie. »Wohlan«, sagte er nach Verlauf einer kurzen Zeit, sein Glied herausziehend, »helfen Sie jetzt der Hure so viel Sie wollen; aber ich mußte doch ergießen.«

Man verbindet endlich die Wunden des Opfers, entfesselt sie und legt sie in einem Zustand großer Schwäche auf ein Sofa. Doch unsere Wüstlinge, insbesonders Gernande, gehen ohne weiteres mit ihren Lustknaben weg, ohne sich um den Zustand der Gräfin zu kümmern oder auch nur einen Blick des Erbarmens auf das unglückliche Opfer ihrer Raserei zu werfen, sie überlassen die Sorge für die Arme den Alten und Justine.

Bei einer solchen Gelegenheit kann man die Menschen am besten beurteilen. Ist es ein von der Wildheit seiner Leidenschaften hingerissener Neuling, so malen sich die Gewissensbisse auf seinem Antlitz, wenn er im Zustand der Ruhe die unheilvollen Wirkungen seines Taumels erwägt. Handelt es sich dagegen um einen von entarteten Lastern zerfressenen Lüstling, so werden ihn derlei Folgen nicht erschrecken, er betrachtet sie, ohne Leid oder Reue zu empfinden, vielleicht sogar mit dem Gefühl einer elenden Wollust, die seinen ruchlosen Taumel weckte.

Doch unsere Lüstlinge, die eher erregt als erschlafft sind, plaudern von den eben genossenen Freuden und schöpfen bald aus dessen Einzelheiten die nötige Kraft, um neue zu ersehnen. Sie zogen sich, von den Lustknaben begleitet, in ein großes Boudoir zurück, jeder suchte, jene küssend und tätschelnd, durch die Reize der Gespräche einige der Gefühle, an denen man sich eben erfreut hatte, wieder zu erwecken.

»Wissen Sie, Oheim«, meinte Bressac, »daß Ihre Leidenschaft köstlich ist!«

»Ich kenne nichts Anregenderes«, sagte d'Esterval, »als diese Verknüpfung von geilen und grausamen Ideen, nichts erhitzt mich so sehr, kein Vorgang vermag diese Vorstellung feinsinniger zu verknüpfen, als der von Monsieur de Gernande angewandte.«

»Jawohl«, entgegnete Bressac, »aber ich glaube, ich würde mich nicht auf den Arm beschränken, ich würde überall ein wenig zur Ader lassen.«

»Das tue ich ja«, entgegnete Gernande, »die Narben, die meine teure Gattin bedecken, müssen euch wohl den Beweis liefern, daß nur die

272

wenigsten Körperteile meiner Grausamkeit entgangen sind.«

»Aber ist es wahr«, fragte d'Esterval, »daß nur Ihre Gattin Sie so heftig in Erregung zu versetzen vermag?«

»Es wäre auch bei einer anderen Frau der Fall«, antwortete Gernande, »aber zweifellos elektrisiert mich die mehr als eine andere.«

»Das dürfte wohl mit den Anschauungen, die Sie von unserem Geschlecht hegen, zusammenhängen«, meinte Dorothea.

»Oh, ich bin überzeugt, daß sie von großer Strenge sind«, sagte Bressac, »wenn mein Oheim so freundlich wäre, sie uns auseinanderzusetzen, so würde die ganze Gesellschaft zweifellos mit Vergnügen lauschen.« Gernande willigt ein, da in diesem Moment Justine herbeikam, um ihrem Herrn von dem Zustand der Gräfin Bericht zu erstatten, erlaubt man ihr, dem Vortrage Gernandes beizuwohnen. Er begann also:

»Ihr sagt, meine Freunde, daß meine Leidenschaften euch eine ziemlich schlechte Meinung von meiner Art von den Frauen zu denken geben, und gewiß täuscht ihr euch nicht, wenn ihr überzeugt seid, daß ich sie ebenso verachte wie hasse, aber insbesondere dann, wenn diese Frau durch eheliche Bande an mich geknüpft ist, muß meine Abneigung und mein Widerwille sich verdoppeln. Bevor ich diese Gefühle näher erörtere, muß ich euch zunächst fragen, mit welchem Recht

ihr eigentlich behaupten könnt, daß ein Mann
verpflichtet sei, für das Glück seiner Frau zu sorgen
und dann, woraufhin diese Frau das von ihrem
Gatten verlangen kann. Die Nötigung, sich
gegenseitig glücklich zu machen, kann zweifellos
nur zwischen zwei Wesen bestehen, die
gleicherweise die Fähigkeiten besitzen, sich zu
schaden, daher also zwischen zwei gleich starken
Wesen. Eine solche Verbindung kann nicht
stattfinden, ohne daß diese zwei Wesen einen Pakt
abschließen, nichts einander zu tun und ihre Kräfte
nicht zum Schaden des anderen Teiles zu verwerten,
doch könnte diese lächerliche Vereinbarung
sicherlich nicht zwischen einem starken und
schwachen Wesen bestehen. Mit welchem Recht
verlangt denn dieses letztere, daß das andere ihn
schone? Welche Dummheit soll das erstere dazu
veranlassen? Ich kann zustimmen, daß ich meine
Kräfte nicht gegen den gebrauche, der wegen der
seinen zu fürchten ist, aber weshalb sollte ich es
nicht tun gegen das Wesen, das die Natur mir zu
eigen gibt? Werden Sie mir erwidern, aus Mitleid?
Dieses Gefühl ist nur bei dem mir ähnlichen Wesen
angebracht, da dieses aber egoistisch ist, so wird es
nur dann eintreten, wenn das Individuum, das mir
Erbarmen einflößt, auch mit mir solches empfinden
wird. Aber wenn ich es durch meine Überlegenheit
ständig bezwinge, wird sein Mitleid überflüssig,
und ich brauche es nie durch irgendein Opfer zu
erkaufen. Wäre ich nicht ein Tor, wenn ich
Erbarmen besäße für ein Wesen, dem ich nie

solches einflöße? Soll ich den Tod der Hühner beweinen, die man für meine Diners schlachtet?

Dieses Geschöpf, das weit unter mir steht und keine Beziehung zu mir hat, kann in meinem Herzen kein Gefühl erwecken. Nun aber sind die Beziehungen der Gattin zum Mann ähnlich denen wie zwischen dem Huhn und mir, beides sind Haustiere, deren man sich nach den von der Natur vorgeschriebenen Plänen bedienen darf, ohne irgendeinen Unterschied zwischen ihnen zu machen. Aber ich frage Sie, meine Damen, hätte diese blinde Natur, wenn es ihre Absicht wäre, ihr Geschlecht zu unserem Glück und umgekehrt geschaffen, soviel Albernheiten in der Konstruktion beider Geschlechter begangen? Hätte sie beiden so viele Nachteile zuteil werden lassen, daß sich die Abneigung und der Widerwille daraus mit Notwendigkeit ergeben müssen?

Ohne weiter nach Beispielen zu suchen, sagt mir, Freunde, wo ist die Frau, die ich beglücken könnte? Und umgekehrt, welcher Mann vermag den Genuß einer Frau als süß zu empfinden, wenn er nicht gigantisch entwickelt ist, so daß er sie zu befriedigen vermag: Können Sie glauben, daß die geistigen Qualitäten einer Person dieses Geschlechtes uns für ihre körperlichen Gebrechen entschädigen können? Aber welcher vernünftige Mensch, der eine Frau genau kennt, wird nicht mit Euripides ausrufen: ›Der Gott, der die Frauen auf die Welt gesetzt hat, kann sich rühmen, das schlechteste und für den Mann Ärgernis erregendste

Geschöpf geschaffen zu haben.‹ Wenn es also bewiesen ist, daß die beiden Geschlechter gar nicht zueinander passen, und daß es keine einzige von dem einen Teil vorgebrachte Klage gibt, die nicht wunderbar auf den anderen Teil paßt, dann ist es doch falsch, daß die Natur sie zu ihrem gegenseitigen Glück geschaffen habe; sie kann ihnen die Begierde eingeflößt haben, sich zu nähern zum Zwecke der Fortpflanzung, doch nie die, sich mit der Absicht zu verbinden, das Glück ineinander zu finden. Da also der schwächere Teil gar keinen begründeten Anspruch auf das Erbarmen des stärkeren hat, so bleibt ihm nichts übrig, als sich unterzuordnen. Und da trotz aller Schwierigkeiten beide Geschlechter an diesem gegenseitigen Glück arbeiten, so will das Schwächere durch diese Unterwürfigkeit die ganze ihm zugängliche Glücksmöglichkeit sich verschaffen; das Stärkere aber soll an dem seinigen durch alle Arten der Unterdrückung, die ihm passen, arbeiten, da es bewiesen ist, daß das Glück des Starken einzig in der Ausübung der Gewalt, das heißt, in der vollständigen Unterdrückung des Schwachen besteht. Es werden also die beiden Geschlechter uns dadurch ihr gegenseitiges Glück bedingen, wenn das eine blind gehorcht, während das andere energisch seine Übermacht zur Geltung bringt. Wäre es nicht die Absicht der Natur, daß das eine Geschlecht das andere beherrsche und tyrannisiere, hätte sie nicht beide mit gleicher Stärke begabt? Hat sie nicht dadurch, daß sie das eine vor dem anderen in jeder Hinsicht bevorzugt hat, hinreichend klargelegt, daß es ihr Wunsch sei, der Stärkere möge von den ihm verliehenen Rechten Gebrauch machen? Je mehr dieser seinen Machtbereich ausdehnt, je unglücklicher er die an sein Los geknüpfte Frau macht, desto mehr fördert er die Absichten der Natur. Man darf die Sache nur nicht nach den Klagen des schwächeren Wesens beurteilen; jedes solche Urteil wäre falsch, daß Sie es den Ideen des Schwachen entnehmen; man darf die Handlung nur nach der Macht des Starken beurteilen; wenn die Wirkungen dieser Macht sich auf ein Weib erstrecken, dann soll man zuerst prüfen, was ein Weib ist, und wie dieses verächtliche Geschlecht sowohl im Altertum wie in der Neuzeit von drei Viertel der Völker des Erdkreises angesehen wurde.

Was sehe ich also, wenn ich unbefangen an diese Prüfung herantrete? Ein schwächliches Geschöpf, dem Mann stets nachstehend, unvergleichlich weniger sinnreich und klug, im Besitze einer anwidernden Konstitution, die dem, was ihrem Herrn gefallen und ihn erfreuen kann, gänzlich entgegengesetzt ist; ein durch ein Viertel seines Lebens ungesundes Wesen, das außerstande ist, ihren Gatten während der Gebärzeit zu befriedigen; von launischem, zänkischem und herrschsüchtigem Wesen; tyrannisch, wenn man ihr Rechte gibt; niedrig und kriecherisch, wenn man sie im Zaum hält, aber immer falsch, boshaft und gefährlich; kurz, ein so entartetes Geschöpf, daß auf dem

Konzil zu Macon während mehrerer Sitzungen in ernstliche Erwägung gezogen wurde, ob dieses bizarre Individuum, das sich vom Mann ebenso unterscheidet wie der Affe vom Menschen, einen Anspruch auf die Bezeichnung Mensch habe und ob man sie ihr mit Recht zugestehen kann. Aber wäre das nur das Vorurteil eines Jahrhunderts? Wurde die Frau in den vorhergehenden Zeiten mit freundlichen Blicken angesehen? Haben die Perser, Meder, Babylonier, Griechen und Römer dieses verhaßte Geschlecht, das wir heute zu vergöttern wagen, geehrt?

Ah, ich sehe es überall unterdrückt, überall streng von den Geschäften ferngehalten; überall verachtet und abgeschlossen; kurz, die Frauen wurden im allgemeinen wie Tiere behandelt, deren man sich im Bedarfsfall bedient, die man aber sogleich darauf in den Stall sperrt. Ich will einen Moment bei Rom verweilen; ich höre den weisen Cato mir aus der alten Hauptstadt der Welt zurufen: Wären die Männer ohne Frauen, sie könnten noch jetzt mit den Göttern umgehen. Ich höre einen römischen Censor also reden: Wenn wir ohne Frauen leben könnten, so würden wir das wahre Glück kennen lernen. Ich höre, wie die Dichter in den Theatern Griechenlands singen: O Zeus, was hat dich veranlaßt, die Frauen zu erschaffen? Hättest du den Menschen nicht auf klügere und bessere Weise werden lassen können, die uns diese Geißel erspart hätte? Ich sehe auch die Griechen dieses Geschlecht derart verachten, daß es Gesetze schafft um einen Spartaner zur

Fortpflanzung zu veranlassen; eine der Strafen dieser weisen Republik bestand darin, einen Übeltäter als Frau zu verkleiden, das heißt, als das schnödeste und verächtlichste Wesen, das sie kennen.

Aber ohne auf so entlegene Jahrhunderte zurückzugreifen, mit welchen Augen wird dieses elende Geschlecht noch jetzt angesehen, wie wird es behandelt? Ich sehe es in ganz Asien eingesperrt; als Sklaven müssen sie den barbarischen Launen eines Despoten zu Willen sein, der sie quält, peinigt und mit ihren Schmerzen sein Spiel treibt. Ich finde, daß bei Völkern, die im Naturzustand leben, die Männer sich alles erdenklich Gute antun, während sie die Frauen mit der denkbar größten Härte behandeln. In dem einen Erdteil sehe ich sie den Lüsten der Fremden preisgegeben, während sie in einem anderen für Geld dienen. In Afrika, wo sie noch schlechter gehalten werden, werden sie als Lasttiere verwendet, sie bebauen das Land, säen und bedienen ihren Gatten kniend. Soll ich dem Kapitän Cook auf seinen neuen Entdeckungen folgen? Die reizende Insel Othathaiti, wo die Schwangerschaft ein Verbrechen ist, das manchmal der Mutter und fast immer der Frucht das Leben kostet, zeigt uns doch keine glücklicheren Frauen! Auf anderen von demselben Seefahrer entdeckten Inseln werden sie von den eigenen Kindern geschlagen und gequält, und auch der Gatte gesellt sich dazu, um sie mit aller Härte zu mißhandeln. Je näher die Völker der Natur stehen, desto mehr befolgen sie ihre Gesetze. Die Frau kann zu ihrem Gatten keine andere Beziehung haben, als die des Sklaven zum Herrn; sie hat absolut kein Recht auf höhere Ansprüche.

Kurz, meine Freunde, sei dem wie immer, alle Völker der Erde besaßen die ausgedehnteste Macht über die Frauen, es gab selbst solche, die sie gleich nach ihrer Geburt zum Tod verurteilten und nur die geringe, zur Erhaltung der Art nötige Anzahl leben ließen. Die unter dem Namen Korrihs bekannten Araber begruben ihre Töchter, sowie sie sieben Jahre zählten, auf einem Berge neben Mekka, weil ein – wie sie sagten – so elendes Geschlecht ihnen unwürdig schien, den Tag zu sehen. Die Frauen im Serail des Königs von Achten werden für den bloßen Verdacht der Untreue, für den geringsten Ungehorsam gegen den Fürsten, oder sobald sie Widerwillen einflößen, zu den schrecklichsten Todesstrafen verurteilt; der König richtet sie eigenhändig hin. An den Ufern des Ganges müssen sie sich auf der Asche ihrer Gatten opfern, als unnütz auf der Welt von dem Augenblicke an, da ihre Herren sich nicht mehr an ihnen ergötzen können. Anderswo jagt man sie wie die wilden Tiere; es gilt als Ehre, ihrer viele zu töten. In Ägypten opfert man sie den Göttern. In Formosa tritt man sie mit Füßen, wenn sie schwanger sind. Die germanischen Gesetze verurteilten den Mörder einer fremden Frau bloß zu zehn Francs Buße, zu nichts, wenn es seine eigene Frau oder ein Lustmädchen war.

Kurz, ich wiederhole, überall werden die Weiber erniedrigt, gequält, dem priesterlichen Aberglauben, der Grausamkeit der Gatten oder den Launen der Lüstlinge geopfert; was aber das Schrecklichste für sie ist: Je mehr man sie studiert, je mehr man sie analysiert, desto mehr überzeugt man sich, daß sie ihres Loses wert sind. Ist es möglich, schreien ihre dummen Anhänger, daß das männliche Geschlecht nicht ihre vielen Verdienste sehen will? Sehet doch, sagen sie begeistert, wie rührend sie für unsere Jugend sorgen, wie gefällig sie sich uns in unserem reifen Alter erweisen, wie sie uns im Alter zur Stütze werden, wie pflegen sie uns, wenn wir krank sind, wie trösten sie unseren Kummer, wie zart wissen sie unsere Leiden zu mildern, wie geschickt das Mißgeschick von uns abzulenken, wie schnell unsere Tränen zu trocknen! Und ihr schätzet und verehret nicht so vollkommene Wesen, so zärtliche Freundinnen, die uns die Natur geschenkt hat? Nein, ich liebe sie nicht, ich verehre sie nicht, ich bleibe fest gegenüber der Illusion, meine Klugheit weiß ihr zu widerstehen: ich sehe in all dem Gerühmten nur Schwäche, Furcht und Egoismus. Wenn das Weib wie eine Wölfin und Hündin ihren Säugling stillt, so nur darum, weil diese Sekretion von der Natur angeordnet, ihrer Gesundheit unumgänglich nottut; wenn sie uns bei den verschiedenen geschilderten Leiden nützlich ist, so geschieht das mehr aus Temperament als aus Tugend, aus Hochmut oder aus Eigenliebe. Lassen wir uns nicht durch ihre Beweggründe überrumpeln;

die Schwäche ihrer Organe macht sie geeigneter als uns zu dem kleinmütigen Gefühl des Mitleids und veranlaßt sie, ganz willenlos und ohne jedes Verdienst, die Leiden, die sie vor sich hat, zu beklagen und zu trösten; ihre natürliche Feigheit nötigt sie, demjenigen, der stärker ist als sie, Dienste zu erweisen, von denen sie gut weiß, daß sie sie früher oder später benötigen wird. Aber keine Spur von Tugend oder Uneigennützigkeit in alledem, nichts als Egoismus und Trieb. Es ist eine empörende Albernheit, ihre Bedürfnisse für Tugenden auszugeben und in etwas anderem als in ihrer Schwäche und ihrer Furcht die Motive dieser schönen Handlungen zu suchen, über die wir uns in unserer Verblendung täuschen; und weil ich das Unglück habe, bei einem Volk zu wohnen, das roh genug ist, sich nicht zu diesen großen Grundsätzen aufschwingen zu können, das es nicht wagt, das lächerlichste aller Vorurteile abzuschaffen, soll ich mich der Rechte entschlagen, die mir die Natur über dieses Geschlecht verleiht! Nein, nein, meine Freunde, das ist nicht gerecht; ich werde mein Betragen verdecken, da es so sein muß; doch werde ich mich im stillen für die albernen Hindernisse der Gesetzgebung entschädigen; und da werde ich meine Frau behandeln, wie es mir behagt, wozu ich das Recht in den Gesetzen des Weltalls, in meinem Herzen, in der Natur finde.«

»Meiner Treu, mein Onkel«, sagte Bressac, der während des ganzen Vertrages an einem hübschen Knaben, den er von hinten bearbeitete, bewies, wie sehr er Gernandes Ansichten über die Frauen billigte, »jetzt glaube ich, daß Ihre Bekehrung unmöglich ist.«

»Ich würde auch niemandem raten, sie zu versuchen«, erwiderte der Graf, »der Baum ist zu alt, als daß er sich biegen ließe, in meinem Alter kann man auf der Bahn des Lasters noch einige Schritte vorwärts tun, nicht so auf der der Tugend. Übrigens bedingen meine Grundsätze und mein Geschmack mein Glück; seit meiner Kindheit waren sie alleinige Grundlage meines Betragens und meiner Handlungen; vielleicht werde ich darin noch weitergehen; ich fühle, es ist möglich, doch nie werde ich umkehren. Ich verabscheue zu sehr die menschlichen Vorurteile, ich hasse zu aufrichtig ihre Zivilisation, ihre Tugenden und ihre Götter, um ihnen jemals meine Vergnügen zu opfern.«

»Meine Herren«, nahm die feurige d'Esterval das Wort, »Sie haben mein Geschlecht mißhandelt, doch heben mich die Empfindungen, zu denen ich mich stets bekannt habe, allzu hoch über seine Schwächen empor, als daß ich die wichtige Ehre seiner Verteidigung auf mich nehmen sollte. Ich bin übrigens ein Zwitter, der nach Ihrem eigenen Urteil viel mehr zu Ihrem Geschlecht hält als zum weiblichen, noch besser könnten Sie sich davon überzeugen durch die Energie, mit der ich die Marterungen der Gräfin betrieben habe. Ich versichere also feierlich, daß ich stets ein Mann zu sein wünsche, wenn es sich darum handelt, den männlichen Begierden und Treiben zu frönen.«

»Ich dagegen«, sagte die kluge Justine, »werde sie fliehen wie wilde Tiere, wenn sie sich so grausamen Leidenschaften hingeben.«

Wie gesagt, erhitzten sich die durch die Szene bei Frau de Gernande gar nicht beschäftigten Geister durch dieses Gespräch vollends.

»Warum«, fragte d'Esterval Gernande, »befriedigen Sie Ihre Launen nicht an den hübschen Knaben, die Sie umgeben?«

»Ich tat es mehrmals«, erwiderte der Graf, »aber da ich die Jungen ebenso heiß liebe wie ich die Frauen verabscheue, glaube ich nur an letzteren meinen wilden Trieb abkühlen zu dürfen; doch wenn Sie dies ergötzt, steht es Ihnen vollkommen frei.«

»Das würde mich unendlich erregen«, sagte Bressac, »schon seit einer Stunde spaziert mein Glied im Hintern eines Ihrer Lustknaben, dem ich alles erdenkliche Böse antun möchte.« Mit diesen Worten drückte Bressac dermaßen die Hoden des erst vierzehnjährigen Knaben, daß dieser schreckliche Schreie ausstieß und Tränen vergoß.

»Überlassen Sie mir diesen«, sagte d'Esterval, indem er sich Bressac näherte und das gleiche tat. »Sie haben ihrer so viele, daß es auf einen mehr oder weniger gar nicht ankommt.«

»Und was wollen Sie mit mir tun?«, fragte Gernande.

»Opfern ohne Zweifel«, erwiderte Bressac.

284

»Eine recht grausame Szene, wenn Sie wollen«, sagte d'Esterval.

»Gut«, meinte Dorothea, »doch müssen Justine und die Gräfin bei dem Opfer unbedingt als Priesterinnen fungieren.«

»So bin ich zufrieden«, entgegnete Herr de Gernande, »wäre aber das nicht eine kleine Marter für meine Frau, ich weiß nicht, ob sie mich dann so gefällig finden würden. Vorwärts, wir brauchen bloß zu ihr hinüber zu gehen.«

»Ach Monsieur«, sagte die weiche Justine, »denken Sie doch an den Zustand der Gräfin.«

»Ich gedenke«, sagte Gernande, ihr eine kräftige Ohrfeige versetzend, »dich in den gleichen Zustand zu versetzen, wenn du dich unterstehst, zu widersprechen. Lerne, du prüde Törin«, fuhr er fort, »daß ich dir erlaube, meine Gedanken zu überbieten, wenn es deine Fantasie erlaubt, daß ich dir aber bei Todesstrafe verbiete, sie jemals abzuschwächen.«

»Fliegen wir zu Ihrer Frau, Oheim«, sagte Bressac.

Hüllen wir einen Schleier über diese neuen Orgien, es bleiben uns nur noch zu viele Ruchlosigkeiten zu schildern; der Akt war überaus blutig; Madame de Gernande und Justine mußten den Spielball abgeben; der hübsche kleine Lustknabe starb nach Verlauf von vier Stunden, nachdem er sein ganzes Blut verloren hatte.

»Wo bin ich?«, sagte sich schließlich Justine nach Verlauf einiger Wochen. »Welchen Dienst hat mir Bressac erwiesen, als er mich in dieses Haus brachte? Das Scheusal! Er wußte wohl, daß er mein Unglück bewirkte, sonst hätte er sich nicht um mich gekümmert.«

So beständig von den Gewissensbissen, im Verbrechen leben zu müssen und der Verzweiflung, ihre Herrin nicht retten zu können, gemartert, siechte das arme Mädchen dahin, erschöpfte ihren Geist im Plänemachen und konnte keine ersinnen, die sie beide so einem Unglück und Leid hätten entziehen können.

»O Justine, du wirst noch neue Personen im Schloß einziehen sehen«, sagte ihr eines Tages Frau de Gernande, die endlich einsah, daß das arme Mädchen vertrauenswürdig war.

»Wen denn?«

»Monsieur de Verneuil, einen anderen Onkel deines Quälgeistes Bressac, einen Bruder meines Gatten; er kommt regelmäßig zweimal im Jahr mit Frau, Sohn und Tochter her.«

»Um so besser«, meinte Justine, »Sie werden wenigstens in dieser Zeit Ruhe haben.«

»Ruhe? Ach Liebe, ich werde noch tausendmal mehr gequält werden. Diese zwei Reisen bedeuten für mich nur Qualen und Unglück; meine Leiden verdoppeln sich, ein aufs Rad Geflochtener erduldet dann nicht so viel wie ich. Höre Justine, ich will dir entsetzliche Geheimnisse enthüllen, die dich werden erbeben machen.

Monsieur de Verneuil, meine Liebe, ist noch wüster und ausschweifender, noch verbrecherischer und grausamer als sein Bruder; er ist eine rasende Bestie, die außer ihren Leidenschaften nichts kennt und die – wie ich glaube – die ganze Welt opfern würde, wenn sie das ihren ruchlosen Genüssen dienlich hielte. Verneuil ist jünger als mein Mann, er zählt fünfundvierzig Jahre, er ist nicht so dick, aber sehniger, viel stärker und hat ein viel abschreckenderes Antlitz, er ist ein Satyr, ja Justine, ein Satyr in jeder Hinsicht. Das Gewisse ist an ihm gigantisch; es scheint, die Natur wollte ihn für das entschädigen, was sie seinem Bruder entzogen hat; dazu ist er unermüdlich, dieser Frevler vermöchte zehn Frauen zu zerreißen. Seine zweiunddreißig Jahre zählende Gattin ist eines der denkbar schönsten Wesen; sie besitzt kastanienbraune Haare, ihre leichte, schmiegsame Taille ist vergleichbar der der Venus; ihre seelen- und gefühlvollen Augen haben einen Ausdruck ohnegleichen; ihr Mund ist vollendet schön, ihr Fleisch fest, voll und bewundernswert weiß; ihre ganze Person ist ein Muster von Anmut und Feinheit; aber gewiß besitzt sie eine robuste Natur, daß sie seit achtzehn Jahren den bizarren und ausschweifenden Launen standhält, deren Opfer sie tagtäglich ist.«

»Ist es möglich, daß es ein barbarischeres Wesen auf Erden gibt als Monsieur de Gernande?«

»Du wirst selbst urteilen, Justine; ich möchte, daß du den ganzen Schrecken der Überraschung erlebst; lasse mich die Personen, die wir erwarten, weiter schildern: Viktor, der Sohn des Monsieur de Verneuil, zählt sechzehn Jahre; er ist das Abbild seiner Mutter; es gibt kein hübscheres, frischeres, feineres und zierlicheres Wesen. Nur eine Person wetteifert mit ihm an Schönheit, seine Schwester Cecilie, die etwa vierzehn Jahre alt ist; man könnte sagen, daß die Götter selbst sie bilden wollten, um den Menschen einen möglichst großen Begriff ihrer Macht zu geben; eine niedliche Gestalt, zugleich süße und belebte Gesichtszüge, wundervolle Haare, die schönsten Zähne; sie könnte neben ihrer Mutter für das schönste Wesen auf Erden gelten. Nun, Justine, diese Frau und ihre beiden schönen Kinder sind tagtäglich die Opfer der Grausamkeit dieses Scheusals; Viktor vielleicht weniger, weil das Gift des Beispiels und der Verführung sein Herz nur allzu sehr verdorben hat.«

»O Himmel! Sie machen mich erbeben ... ein Vater, der seine Kinder verdirbt! Ach, darf ich über diese Greuel staunen, da ich so lange darin gelebt habe!«

»Ach, das dürfte alles von dir Gesehene in den Hintergrund drängen«, sagte Frau de Gernande. »Dieser Frevler begnügt sich nicht mit der Blutschande, mit der er sein Familienleben befleckt; ganz andere Frevel.«

»Was tut er denn?«

288

»Die schönsten Personen beider Geschlechter werden sorgsam aus den reichsten und vornehmsten Klassen ausgesucht und sind die Opfer, die durch Geschicklichkeit und Geld seiner Geilheit anheim fallen; der Wüstling ist in Bezug aufs Alter so anspruchsvoll, daß er einen Gegenstand, der die sieben Lebensjahre, die er zur Bedingung macht, nur um einen Monat überschreitet, sofort zurückschickt; du begreifst, Justine, was alles diese Kinder von einem geistig und physisch so scheußlichen Wesen zu erdulden haben. Mehr als die Hälfte ist nie zu retten; die grause Gewißheit dieser schrecklichen Folgen ist eine der süßesten Freuden der frevlerischen Wollust dieses Ruchlosen; hundertmal hörte ich ihn sagen, daß er nicht den ganzen Genuß auskoste, wenn er nicht drauf rechnen könne, daß sein gigantisches Glied die Rose, die seine Brutalität öffnet, für immer welk mache. Zweimal so reich wie sein Bruder, infolge einer vorteilhaften Heirat in den Kolonien und verschiedener, höchst einträglichen Geschäfte, sind die Summen, die er infolgedessen auf seine schauerlichen Vergnügungen verausgaben kann, märchenhaft. Die Kinder rekrutieren sich aus allen Provinzen und werden mit großen Kosten auf sein Schloß Verneuil gebracht, das zehn Meilen von hier gelegen ist, und in dem er seit langem sich festgesetzt hat. Einige dieser Gegenstände werden ihn seiner Gewohnheit gemäß sicherlich begleiten; du wirst sehen, Justine, ob je ein entsetzlicherer Mensch auf Erden gelebt hat.«

Unsere Waise, erschreckt durch das Gehörte, folgte wie gewöhnlich der Stimme ihres Herzens und suchte gleich den nächsten Tag am Morgen den Marquis de Bressac auf. »Monsieur«, sagte sie aufgeregt zu ihm, »man droht uns mit einem Zuwachs, der recht unheilvoll für meine arme Herrin ist, wissen Sie, um was es sich handelt, und vermögen Sie Vorkehrungen dagegen zu treffen?«

»Ich bin unterrichtet«, entgegnete Bressac, »es ist mein zweiter Oheim, ein Bruder meiner Mutter gleich Gernande, den ich nie gesehen habe und von dem es heißt, er sei sehr liebenswürdig und geistvoll.«

»Ach, alle diese Leute von Geist sind gefährlicher als die anderen, da sie alle ihre Ausschweifungen geschickt zu beschönigen verstehen, überlassen sie sich ihnen mit weniger Skrupeln, gegen sie ist man schutzlos. Es werden jetzt vier Frevler ersten Ranges in diesem Schloß vereinigt sein, und es werden Schaudertaten vollbracht werden.«

»Ich hoffe es«, sagte Bressac, »nichts ist so köstlich, als wenn ich mehrere Freunde von gleichem Geschmack und Geist finde, man teilt sich gegenseitig Gedanken und Triebe mit, die Begierden der einen werden durch die Ausschweifungen der ändern angefacht, man steigert, übertrumpft, man ermutigt sich, die Resultate sind köstlich.«

»Sie sind schrecklich für meine arme Herrin.«

»Aber welches Interesse hast du denn an ihr? Wann wirst du endlich aufhören, die Närrin deines Herzens zu sein? Wenn zufällig ein Komplott gegen meine Tante geplant würde, würdest du nicht, wie im Fall meiner Mutter, dein Leben riskieren, um sie zu verteidigen? Ach, entsage endlich einmal diesem guten, besser, dummen Charakter, der dir bis jetzt so wenig geholfen hat, sei egoistischer und also klüger, kümmere dich nur um dich selbst und höre endlich auf, die Leiden der andern zu mildern und auf dich zu nehmen? Was geht dich das Leben oder der Tod dieser Frau an? Was habt ihr denn gemein? Wie bist du doch töricht, dir solche Bande zu schaffen, die nur dein Unglück bewirken werden? Verhärte deine Seele, wie wir es getan haben, suche daraus Freuden zu schöpfen, was jetzt dein Herz beunruhigt.

Du wirst bald so wie wir vollendet abgehärtet werden, und aus dieser Empfindungslosigkeit wird dir eine Menge neuer Freuden erblühen, die weit köstlicher sind als die, welche aus der unheilvollen Gefühlsduselei ihren Ursprung nehmen. Glaubst du denn, ich hatte nicht in der Kindheit ein Herz, gleich dem deinen?

Aber ich habe es ertötet, durch diese wollüstige Härte aber entdeckte ich den Quell einer Unzahl von Ausschweifungen und Genüssen, die mehr wert sind als meine Schwachheiten.«

»Ach, man ist zu allem fähig, wenn man derart die Stimme seines Herzens erstickt.«

»Gerade so soll es sein, erst wenn man so weit ist, genießt man wahrhaft, ich bin ersr glücklich, seitdem ich kaltblütig alle Verbrechen begehe. Als meine Seele, noch in einer Rinde, sich erst allmählich zu der Höhe, auf der sie jetzt schwebt, emporschwang, ließ ich mich, wenn ich meinen Trieben allzu freien Lauf ließ, von dummen Skrupeln quälen. Ich habe sie bekämpft, ich wurde mir über meine Irrtümer klar, erst jetzt kannte ich das Glück. Man macht aus seiner Seele was man will, vermittelst der Philosophie, was uns in der Kindheit erbeben machte, wird im reifen Alter Gegenstand unserer größten Freuden.«

»Wie? Sie wollen mich überzeugen, daß Sie den entsetzlichen Muttermord, den Sie vor meinen Augen begingen, nicht bereuen?«

»Selbst zehn Mütter hätte ich nacheinander in der gleichen Art geopfert. O Justine, dieses Verbrechen reicht noch nicht an die Höhe meiner Seele heran, dazu bedürfte es weit anderer. Kurz, was immer dem Gegenstand deiner Besorgnis zustoßen mag, so denke ja nicht daran, mit Gernande darüber zu sprechen.

Sein Herz aus Stein versteht die Gefuhlsseligkeit nur wenig, und du könntest dabei schlecht abschneiden. Wenn Verneuil ankommt, so vertrage dich mit ihm: sei sanft, zuvorkommend und geistreich, verbirg sorgfältig die dummen Regungen deines Herzens. Ich werde ihm Gutes von dir berichten, vielleicht kann dir diese Bekanntschaft vorteilhaft werden.«

Vier Lustknaben traten in diesem Augenblick an Bressac heran und beendigten ein Gespräch, das wenig nach Justines Geschmack war, so daß sie sich über die Unterbrechung freute.

»Bleibe, wenn du willst«, sagte ihr Bressac, während er seine Knaben küßte und ihre Hosen herabließ. »Obgleich du ein Weib bist, sehe ich dich doch gern bei meinen Wollustakten, du kannst mir sogar dabei behilflich sein.«

Aber die schamhafte Justine, die bei derlei Greueln nur gezwungen mit Hand anlegte, zog sich seufzend zurück und sagte sich: »O mein Gott! Was ist der Mensch, wenn er der Sklave seiner Triebe wird, bergen die Wälder Nubiens wildere Bestien als solche Leute?« Sie kehrte traurig zu ihrer Herrin zurück, um ihr von der Fruchtlosigkeit ihrer Unterhaltung zu berichten, da sagte einer der Alten, Herr de Gernande verlange sie zu sprechen, da er ihr etwas mitzuteilen habe.

»Justine«, sagte der schreckliche Schlossherr, »weshalb benachrichtigst du mich nicht, daß hier Intrigen gesponnen werden?«

»Ich weiß nichts davon.«

»Ich werde sie dir also enthüllen«, sagte Gernande, ohne das geringste Zeichen von Erregung auf seinem bösen Gesicht.

»So höre, daß Dorothea in meine Frau vernarrt ist und daß sie mich um die Erlaubnis gebeten hat, heute Vormittag einige Stunden bei ihr zu verbringen. Ich habe meine Zustimmung gegeben, aber ich will diese Vergnügungen überwachen. Du mußt mich in deinem Kabinett neben der Ottomane verstecken, und ich will durch ein Fenster zuschauen, was diese Erztribade eigentlich mit meiner keuschen Gattin vorhat.«

»Aber, haben Sie schon probiert, ob man durch dieses Fenster sehen oder hören kann?«

»Jeden Tag, ich verberge mich daselbst, um die Klagen zu vernehmen, die sie gegen mich vorbringt, um mich daran zu ergötzen.«

Unsere Heldin, die vernünftigerweise sich hierbei nur unterordnen konnte, begab sich sofort mit Gernande in das erwähnte Kabinett, Dorothea, die nichts ahnte, begab sich zu Frau de Gernande, die von diesem Besuch höchst überrascht war.

Die herrschsüchtige, hochmütige d'Esterval, die ebenso grausam war wie ihr Gatte und der man vollständige Aktionsfreiheit gegeben hatte, begnügte sich nicht, wie leicht einzusehen, mit platonischer Liebe. Eine der Alten geleitete sie, mit dem Auftrag, die unglückliche Gräfin zu veranlassen, sich allen Wünschen der Messalina zu fügen. Sie mußte gehorchen. Das entkleidete Opfer war bald in Tränen aufgelöst, während sie ihre Reize preisgab. Man kann sich die Raserei Dorotheas nicht vorstellen, solcher Taumel ist nicht zu beschreiben. Ihr Geschlecht ganz vergessend, gab sich die stolze Tribade schamlos allen männlichen Ausschweifungen und Tollheiten hin. Das war nicht mehr Sappho in den Armen der Damophile, das war Nero mit Tigelein.

Alle männlichen Leidenschaften, alle Ausschweifungen der grausamsten Wollust wurden von diesem wüsten, entarteten Scheusal ins Werk gesetzt. Sie tat und ersann alles, um ihre schamlose Wollust zu befriedigen, Justines arme Herrin wurde durch diese Szene mehr ermüdet als von denen ihres Gatten.

»Teufel«, sagte Gernande, während er sich von Justine liebkosen ließ, »das ist köstlich, noch nie hat mich etwas derart erregt. Ich liebe diese Dorothea rasend, hätte ich ein solches Weib, ich hätte sie nie zum Opfer gemacht. Ach Justine, bemühe dich, mein Sperma im gleichen Moment zum Fließen zu bringen wie das dieser Schelmin.«

Aber Gernandes Begierden, angeregt, ohne befriedigt zu werden, führten nicht zum ersehnten Erfolg. Die d'Esterval begann bereits zu ermatten, bevor der an ihren Freuden Schmachtende sein Ziel erreichte.

Angeekelt von ihrem Genuß, betrachtete sie die Gräfin voll Verachtung, beschimpfte sie und gab ihr wiederholt zu verstehen, ihr Gatte sei zu gut, weil er sie so lange leben lasse, sie lästerte die Reize, an denen sie sich berauscht hatte, erniedrigte und verhöhnte sie und ging hinaus, wobei sie bemerkte, sie würde ihrem Gatten raten, bald einen festen Entschluß bezüglich einer so verächtlichen Frau zu fassen.

Kaum war Dorothea aus dem Zimmer der Gräfin hinausgegangen, als Gernande mit Justine eintrat; nur unter dem Vorwand, daß er den Besuch überrascht habe, überhäufte er die Unglückliche mit bösen Flüchen und Drohungen. Diese verteidigte sich so gut wie möglich. »Man hat meine Tür geöffnet«, sagte sie weinend; »eine meiner Alten, zu der ich Vertrauen hatte, hat mir diese Frau hereingebracht; es war mir unmöglich, mich vor ihren Zumutungen zu schützen, ich hätte sie zurückgewiesen, wenn es mir möglich gewesen wäre.«

Aber Gernande, der nur Gelegenheit zu einer Szene suchte, die er sich auf diese seiner falschen Seele höchst zusagende Weise verschaffte, verurteilte seine Frau sogleich zum Aderlaß; das von dem Vorhergehenden höchst aufgeregte Scheusal stach sie sofort in beide Arme und die Scham. Dieses Mal verzichtete er auf Männer und begnügte sich mit Justine; die Unglückliche erschöpfte sich in Versuchen, ihn ergießen zu machen. Der grausame Unhold verstand es geschickt, erst dann das Sperma zu ejakulieren, wenn er seine Frau ohnmächtig erblickte; diese Sitzung war eine der barbarischsten, die Justine je sah.

Kaum war der Lüstling in sein Gemach zurückgekehrt, als sich im Hof Wagengerassel vernehmen ließ. Es war Herr de Verneuil mit seiner Familie. Herr de Gernande ließ seiner Frau sogleich die Nachricht davon zukommen. Gerechter Himmel! In welchem Zustande befand sie sich, als sie diese Katastrophe erfuhr! Justine wurde sogleich beauftragt, die neuen Gäste zu empfangen.

Der erste Wagen war eine sechsspännige deutsche Berline, in der sich Herr und Frau de Verneuil mit ihren Kindern, Cecile und Viktor, befanden, der zweite war eine große Kalesche, besetzt von einer sehr schönen vierzigjährigen Frau, ihrer Tochter, einem prächtigen zweiundzwanzigjährigen Geschöpf, und zwei sechs- und siebenjährigen Kindern. Diese letzteren von de Verneuil. Der kleine Knabe hieß Lili, das Mädchen Rose, es war ein herziges Pärchen. Zwei Jünglinge, zwanzig bis zweiundzwanzig Jahre alt, gebaut wie Herkules und schön wie Amor, nahmen die beiden anderen Plätze ein und trugen die Bezeichnung: Kammerdiener des Herrn de Verneuil.

Die Damen und Kinder wurden rasch in ihre Apartments untergebracht und zogen sich dahin zurück; Gernande geleitete Verneuil zu d'Esterval, wohin sich Bressac begeben hatte, um diesen Besuch zu empfangen.

»Hier ist ein prächtiger Neffe, den du nicht kennst«, sagte Gernande zu seinem Bruder, »umarmen Sie sich, meine Freunde, wenn man sich so ähnlich sieht, ist man von jedem Kompliment dispensiert. Die liebenswürdige Person, die Sie hier gesehen« – damit wies er auf d'Esterval – »ist ein Freund meines Neffen, der ihn zu mir begleitet hat. Er ist ein Mensch, in dessen Haus zu schlafen ich dir nicht raten würde; denn er bringt jeden um, der zu ihm kommt. – Nun also, bist du zufrieden mit der Gesellschaft, die ich dir gebe?«

»Entzückt!«, sagte Verneuil, d'Esterval umarmend; dieser stellte ihm sogleich seine Frau vor, und versicherte, daß diese, obwohl ein Weib, es mit dem frevelhaftesten Mann aufnehmen kann.

»Das ist prächtig, meine Freunde«, sagte Verneuil, »ich sehe, daß wir in einer so charmanten Gesellschaft einige recht angenehme Tage verbringen werden.«

Vier Lustknaben traten sogleich ein, sich zu erkunden, ob Herr de Verneuil nicht ihrer Dienste bedürfe.

»Ah, gewiß«, sagte Verneuil, »die Fahrt hat mich erhitzt; schon seit zwei Stunden erigiere ich. Überzeugen Sie sich!« Damit legte er auf den Tisch ein erschreckend dickes und langes Glied. »Wohlan, Kinder, gehen wir daran! Diese Herren werden nichts dagegen haben, daß ich ein wenig Sperma abgebe, bevor ich näher mit Ihnen bekannt werde.«

»Gestatten Sie meiner Frau, Ihnen behilflich zu sein«, sagte d'Esterval; »niemand ist geschickter als sie, ihre Fantasie wird Sie ergötzen.«

»Gern«, sagte Verneuil; »ich wäre auch nicht abgeneigt, das Mädchen, das uns empfangen hat, dazu zu nehmen. Wer ist sie denn?«

»Sie heißt Justine«, antwortete Bressac; »sie ist eine Tugendheldin, eine ganz gefühlvolle Person, deren Moral und Mißgeschicke mit unseren Grundsätzen den merkwürdigsten Kontrast bilden. Gernande hat sie als Gesellschaftsfräulein seiner Gemahlin angestellt; sie weinen, beten und trösten sich, während wir sie quälen.«

»Ah, köstlich! köstlich! Lasse dieses Mädchen heraufkommen, Bruder, ich werde sie gebrauchen!«

»Aber Onkel«, sagte Bressac, »es scheint mir besser zu sein, zu Frau de Gernande hinüberzugehen; alles, was Sie kitzeln kann, findet sich dort vereinigt; Ihre Entladung wird dann vollkommen sein.«

»Mein Neffe hat recht«, sagte Verneuil, »aber er weiß nicht, daß mir mehr als alles andere daran gelegen ist, seine Bekanntschaft zu machen.« Zugleich zieht er ihn in ein Kabinett, küßt ihn, läßt seine Hosen herab, liebkost ihn, tätschelt seinen Popo, reibt sein Glied, sodomiert ihn und läßt sich von ihm bearbeiten, ohne daß er nur einen Tropfen Sperma verliert. Dann kehrt er zur Gesellschaft zurück und lobt seinen Neffen über die Maßen.

»Schaut nur, in welchen Zustand er mich versetzt hat«, sagte er, auf seinen gegen den Himmel dräuenden Penis weisend, den er während des Gesprächs rieb. »Gehen wir, Bruder, nun zu deiner

Frau; ich will Dorothea, Justine und zwei Lustknaben mitnehmen, das wird mir genügen.«

»Frühstückst du vorher?«, fragte Gernande.

»Nein, wir haben vor unserer Ankunft gespeist; ich habe es nötiger, meine Fantasie zu beschmutzen als zu essen; wir wollen das Verlorene nachher schon einbringen.«

Justine, von ihrem Herrn zu Frau de Gernande geschickt, teilte Herrn Verneuil mit, daß ihre Gebieterin trotz der Entkräftung, in die sie durch den Verlust von sechs Bechern Blutes vor einer Stunde versetzt worden war, sich dennoch dem Willen ihres Gatten unterwerfe und die Gesellschaft zu empfangen bereit sei.

»Ah, du hast zur Ader gelassen!«, sagte Verneuil, »desto besser; mich freut es ungemein, sie in diesem Zustand zu sehen. Kommen Sie her, Mädchen«, sagte er zu Justine, sie schürzend, um ihre Hinterbacken zu greifen, »kommen Sie nur her; ich bin sehr neugierig auf Ihren Popo, ich glaube, er ist hübsch.« Er wandte sich an Gernande, Bressac und d'Esterval: »Ich lade Sie ein, indes zu meiner Frau zu gehen; Verzeihung, wenn ich Sie ihr nicht vorstelle; aber seien Sie überzeugt von ihrer Willfährigkeit; genieren Sie sich nur ebenso wenig, wie ich mich geniere.«

»Also«, sagte Verneuil, als er bei der Gräfin, begleitet von seinen Lustknaben und einer Alten, im schamlosesten Zustand der Welt eintrat. »Sie erregen noch immer das Missvergnügen meines

Bruders? Er beklagt sich unaufhörlich über Sie, und immer muß ich ihm helfen, Sie zur Vernunft zu bringen. Sehen Sie hier eine Zeugin Ihres schlechten Betragens« – er wies auf Dorothea – »die mir bestätigt, daß Sie Dinge tun, die man mit den ärgsten Martern bestrafen müßte, würde mein Bruder weniger auf die Stimme des Herzens und mehr die der Gerechtigkeit hören; vorwärts, entkleiden Sie sich.«

Justine vollführte den Befehl und entblößte ihre schamhafte Herrin sofort den frechen Blicken des Frevlers.

»Entkleidet euch gleichfalls«, wandte er sich an Justine und Dorothea, »aber verhüllt eure Scham. Ihr, meine schönen Kinder« – sagte er zu den Lustknaben – »legt nun eure Hosen ab, die übrigen Kleider könnt ihr anbehalten, da sie auch nicht schaden, ich liebe alles, was mich an ein Geschlecht erinnert, das ich vergöttere; hätten die Frauen männliche Kleider, ließe ich sie vielleicht nicht entkleiden.«

Alle gehorchten, nur Justine leistete einigen Widerstand; aber ein schrecklicher Blick des fürchterlichsten und abschreckendsten Menschen, den sie je gesehen hatte, ließ sie rasch gehorchen. Verneuil ließ Justine und die Gräfin am Rande des Sofas niederknien und ihre Hintern ihm zuwenden, während er Dorotheas Popo besichtigte.

»Teufel«, sagte er zu ihr, »Sie sind zum Malen. Sie haben den Leib eines schönen Mannes; ich liebe rasend diesen Flaum, ich küsse ihn mit Vergnügen! Ich bete diesen braunen Teint Ihrer Aftermündung an, er weist auf Gebrauch hin. Schieben Sie die Backen auseinander, oh, ist das aber weit! Wie schätze ich diesen authentischen Beweis Ihrer Entartung; Sie lieben es, wenn man Sie von hinten bearbeitet. Hier, sehen Sie meinen Hintern, er ist ebenso, ganz weit.«

Dorothea küßte entzückt Verneuils Popo. »Sie gefallen mir unendlich«, fuhr Verneuil fort, »Sie müssen bloß, um mir vollends den Kopf zu verdrehen, meinen Vorschlag akzeptieren; wenn Sie ihn nicht erfüllen, bewirkt Ihre ganze Kunst nicht meinen Samenerguß. Sie sind reich, wie man sagt, in diesem Fall muß ich Sie bezahlen; wären Sie arm, würde ich Sie bestehlen. Sie dürfen sich mir nur für eine sehr hohe Summe zur Verfügung stellen. Sie müssen diesen Vorbehalt Ihrem Gatten verbergen und mir versichern, daß Sie die Summe, die ich Ihnen geben werde, bloß für Ausschweifungen verwenden; vor allem müssen Sie mir schwören, auch nicht einen Franc für gute Werke auszugeben, kurz, daß Sie damit nur Verbrechen belohnen. Was sagen Sie zu meiner Leidenschaft?«

»Sie ist eigenartig; aber glauben Sie mir, daß ich philosophisch genug veranlagt bin, um nicht in Erstaunen zu geraten. Ich nehme Ihren Vorschlag an; ich werde mich nur um so lieber mit Ihnen unterhalten und schwöre Ihnen hoch und heilig, Ihr Geld nur für Ausschweifungen auszugeben.«

»Auf Ruchlosigkeiten, Madame, auf Ruchlosigkeiten!«

»Auf die entsetzlichsten!«

»Nun gut, Madame, hier sind fünfhundert Louisdor, sind Sie zufrieden?«

»Nein, das heißt nicht zahlen.«

»Ah, Köstliche, Entzückende!«, rief Verneuil. »Da sind noch weitere tausend; Sie sind die liebenswürdigste Frau, die ich je gesehen habe. Ah! Hure, ich triumphiere, du gehörst jetzt mir. Knaben, reibet mein Glied, während ich den Hintern dieser Hure tätschle; ihr, Opfer, bleibt unter meinen Augen. Ei, Madame, etwas stößt das Taschentuch zurück; ich glaubte eine Scham zu entdecken und entdeckte ein Glied. Teufel, welch ein Kitzler! Entfernen Sie die Hülle rasch! Da Sie mehr Mann als Frau sind, steht mir die Illusion frei; Sie brauchen nichts zu verbergen.« Der Wüstling rieb diesen Auswuchs, der großartig genug war, um die Besitzerin in den Zustand zu versetzen, mit Erfolg die Rolle eines Mannes zu spielen.

»Sie müssen ausschweifend im ärgsten Grade sein«, meinte Verneuil; »Sie dürften alle unsere Geschmacksrichtungen teilen.« Zugleich senkte er drei Finger in ihren Popo, wodurch sich die Klitoris sofort aufstellte, so daß Dorothea einen Lustknaben zu bearbeiten wünschte. Verneuil ist ihr dabei behilflich und packt kräftig die Hinterbacken der Messalina, während sie stößt. »Soll ich Sie quälen?«, fragte er sie; »die Opfer frage ich nicht, wohl aber Sie.«

»Tun Sie mit meinem Popo, was Sie wollen«, entgegnete Dorothea; »er wird alles erdulden.« Verneuil kniff ihre Hinterbacken kräftig. »Nun also«, fuhr er fort, da er sie schwelgen sah, »geben Sie zu, daß nur die Qual die Ejakulation beschleunigt? Henker oder Opfer, ich kenne nur diesen einen Weg zum Erfolg.«

»Und um diese Popos, die Sie hierher gestellt haben, bekümmern Sie sich gar nicht?«

»Der Zustand, in den ich sie versetzen werde, wird Ihnen bald das Gegenteil beweisen«, entgegnete Verneuil. Er näherte sich ihnen und sagte: »Sehen wir, welche der beiden Frauen mutiger ist.« Er kniff zugleich in grausamer Weise die rechte Brust der Gräfin und die linke Hinterbacke Justines. Obgleich sich seine Nägel fest in die letztere vergruben, hielt sie doch stand; nicht so Frau de Gernande. Der Ruchlose hatte ihre Brustwarze derart gequetscht, übrigens fühlte sie sich so schwach, daß sie fast in Ohnmacht fiel.

»Göttlich!«, sagte er zu Dorothea, »das ist köstlich! Diese Zuckungen liebe ich bis zur Raserei. Und Sie, Madame, geraten Sie in Hitze, wenn Sie leiden sehen?«

»Wie Sie sehen«, erwiderte die Tribade und zeigte ihre vom Sekret ihrer Scheide triefenden Fingerspitzen; »ich glaube, wir handeln nach fast gleichen Grundsätzen.«

304

»Ich wiederhole, Madame, nur der Schmerz bewirkt den Erguß.«

Der Hurenkerl erigierte, zwischen den Lustknaben und Dorothea stehend.

»Dummes Geschöpf.«, schrie er und packte mit einer Hand seine Schwägerin, mit der anderen eine mehrfach geflochtene Peitsche, die er stets in der Tasche hatte, »verzagtes Ding, du verstehst also nicht zu leiden? Nun, du sollst für deine Schwäche bestraft werden!« Er steckte sein Glied in Justines Hand und befahl ihr, es zu reiben, während Dorothea, die er mit einer zweiten Peitsche versah, ihn, während er die Gräfin schlägt, geißeln muß.

Peitschen und gepeitscht zu werden war eine der heftigsten Leidenschaften Verneuils; dreiundzwanzig Minuten lang saust sein kräftiger Arm über den schönen Popo der Gräfin; sie ist zerfetzt von der Mitte des Kreuzes bis zu den Fersen; ihm geschieht desgleichen. Das Blut spritzte nach allen Richtungen; nichts war so merkwürdig, als diese Mischung von Flüchen auf der einen, von Klagen und Schreien auf der anderen Seite. Allzu sehr mit ihrem Auftrage beschäftigt, um die Stimme ihres Herzens zu hören, rieb Justine aus Leibeskräften das enorme Glied Verneuils, ohne es zu wagen, um Gnade für ihre Herrin zu bitten. Sie hätte ihr gern die schrecklichen Hiebe erspart, wenn sie es vermocht hätte, aber sie begann, die Unbeugsamkeit dieser Verbrecherseelen einzusehen, als daß sie es versucht hätte, diesen zu erweichen. Da bemerkte Verneuil ihre Ungeschicklichkeit im Reiben. »Was ist denn mit dieser kleinen Hure?«, fragte er, sich ihrer bemächtigend! »Ha, Hure, ich will dich lehren, ob man ein Glied wie das meinige so reibt.« Er steckte es in Dorotheas Hände, und überläßt es ihr, schneller oder langsamer, je nach dem Kitzel, den er empfindet, zu reiben, während er die süßen, feinen Hinterbacken unserer Justine aus Leibeskräften drischt.

Kein Instrument, mit dem sie während der unter Lüstlingen zugebrachten Zeit gegeißelt worden war, hatte ihr derartige Schmerzen bereitet; jeder Striemen drückte sich tief ins Fleisch und hinterließ außer einem entsetzlichen Schmerz so blutige Spuren, als ob man sich eines Messers bedient hätte. Sofort ist sie ganz wund. Sodann lehnt Verneuil die beiden Opfer Bauch an Bauch aneinander; beständig von Dorothea gerieben, peitschte er sie ein zweites Mal. Die Gräfin, von dem dreimaligen Blutverlust erschöpft, wankt, verliert das Bewußtsein, fällt und reißt Justine mit sich; beide liegen nun auf der Erde und schwimmen in ihrem Blut. Verneuil stürzt sich alsbald auf seine Schwägerin und bringt sie wieder zu Bewußtsein durch eine neue Quälerei, die, so natürlich sie auch ist, dennoch die Unglückliche durch das Missverhältnis zwischen ihren und des Angreifers Organen zerriß.

»Jetzt genug«, sagte Verneuil zu Dorothea. »Sie sind ein prächtiges Geschöpf; bald wollen wir uns wieder ergötzen.«

»Ich werde Ihnen alle möglichen Genüsse verschaffen«, sagte Dorothea; »je mehr wir uns kennen lernen, desto mehr werden wir – ich hoffe – an uns Gefallen finden.«

Beide suchten wieder die Gesellschaft auf. Justine bleibt mit ihrer Herrin allein.

»Dinieren wir jetzt, Freund«, sagte Verneuil zu seinem Bruder; »wir müssen uns wieder einmal stärken. Die Trunkenbolde kommen – wie es heißt – erst mit dem Glase in der Hand zu Bewußtsein. Die Bestimmung ist erfüllt, beklagen wir uns nicht.« Nach einem überaus reichlichen und erlesenen Mahle löste sich die ganze Gesellschaft während einer Promenade auf; Gernande befahl Justine, ihm in ein Gartenhaus zu folgen, wo er sich mit ihr in ein Gespräch einließ.

Er verlangte zunächst einen genauen Bericht über das, was sein Bruder mit seiner Frau getan hatte; da aber Justine nur oberflächlich die Vorgänge streifte, befahl er ihr, alles mit größter Genauigkeit zu schildern. Justine tat dies. Sie beklagte sich darüber, daß sie ebenso hart behandelt wurde wie Frau de Gernande.

»Laß mich einmal sehen!«, sagte der Graf und amüsierte sich im höchsten Grade bei dieser abscheulichen, grausamen Prüfung.

‚Aber meine Frau«, sagte der Bösewicht, »ist doch wenigstens nicht so mißhandelt worden?«

»Ganz genauso!«

»Ah, gut, ich wäre böse, wenn mein Bruder diese Hure geschont hätte.«

»Sie verabscheuen Sie also, Monsieur?«

»Unendlich, Justine. Ich werde sie nicht lange behalten, denn nie sah ich eine Frau, die mir mehr Abscheu einflößte; aber weißt du auch, daß Verneuil ein noch viel größerer Wüstling ist als ich?«

»Das ist wohl schwer möglich.«

»Es ist doch so; die göttlichen Freuden der Blutschande, verschönt durch die der Grausamkeit, sind seiner verderbten Seele am teuersten. Du weißt nicht, welches sein Hauptgenuß ist?«

»Kinder, die Peitsche, Greueltaten.«

»All das ist nebensächlich; die Blutschande ist seine größte Freude. Du wirst ihn morgen diesen Frevel auf fünf oder sechs verschiedene Arten betreiben sehen. Dieses schöne Weib, das du für die Kammerfrau der Frau de Verneuil hältst und die etwa vierzig Jahre zählt, ist eine unserer Schwestern, eine Tante Bressacs, die Schwester seiner Mutter, deren durch ihren eigenen Sohn verursachten Tod du so lange beweint hast. Unsere Familie, liebe Justine, ist die des Ödipus; es gibt keine Art des Verbrechens, die nicht in ihr verübt wurde. Wir verloren unsere Eltern im Kindesalter;

böse Leute behaupteten, wir hätten zu ihrem Tod beigetragen; das war wohl möglich; wir erlaubten uns so viele Schelmenstreiche, daß dieser wohl auch darunter sein konnte. Wir hatten drei Schwestern; die eine, die vor dem Tod unserer Eltern geheiratet hatte, wurde von Bressac ermordet; die zweite fiel unseren Freveltaten zum Opfer; die dritte siehst du hier; wir verheimlichten ihre Abstammung. Auferzogen wie eine Magd, brachte sie mein Bruder nach seiner Heirat bei seiner Frau unter; sie heißt Marceline. Die junge Person, die du gleichfalls für eine Dienerin der Frau de Verneuil hältst, ist eine Tochter der Marceline und meines Bruders, also zugleich seine Tochter und seine Nichte. Sie ist die Mutter der beiden Kleinen, die du bewundert hast, und gleichfalls meinem Bruder gehören. Beide sind wohl noch jungfräulich; doch will Verneuil dem hier ein Ende machen; wenn er sich an dem Mädchen ergötzt, so genießt er zugleich seine Tochter, seine Enkelin und seine Nichte. Nichts erfreut ihn so, als diese Auflösung aller familiären Bande; das ist sein höchster Genuß; doch da er sich nicht begnügt, sie bei seinen illegitimen Kindern zu zerreißen, tut er es auch bei seinen ehelichen.«

»Ich wußte es, Monsieur.«

»Aber du solltest erst sehen, wie er seinen Sohn erzieht, wie er ihn nach seinem Beispiel alle sozialen Institutionen über den Haufen zu werfen heißt. Du wirst sehen, wie dieses Kind seine Mutter behandelt, wie er alle religiösen und moralischen Vorurteile mit Füßen getreten hat. Er ist köstlich,

ich bete ihn an; ich wollte heute Nacht bei ihm schlafen, doch will der Vater, daß er sich für morgen ausruhe.«

»Für morgen?«

»Ja, morgen feiern wir ein großes Fest, den Geburtstag meiner Frau; vielleicht werden wir wünschen, daß die Parzen den Lebensfaden zerreißen, wer weiß? Selbst Gott, an dessen Existenz du glaubst, könnte nicht die Fantasie solcher Frevler, wie wir sind, erraten.«

»Ach«, rief Justine unruhig aus, »wäre ich nur so glücklich, mich bei Ihren geplanten Orgien verschont zu sehen! Haben Sie denn nicht genug Leute, und bin ich nicht vollständig unnütz?«

»Nein, nein, deine süße Tugend ist für uns wesentlich; aus der Mischung dieser reizenden Eigenschaft und der Laster, die wir ihr entgegenstellen, erblüht uns der herrlichste Genuß. Übrigens wird die zärtliche, liebe Herrin deiner Hilfe bedürfen. Du mußt dich einfinden, unbedingt!«

»Ach, welche Last, an so viel Ruchlosigkeiten teilzunehmen! Wissen Sie wohl, daß es keine schauerlicheren gibt, als die des Monsieur de Verneuil? Seine eigene Familie derart zu verderben!«

»Ich frage dich, Justine, was das ist: eine Familie? Was verstehst du unter diesen heiligen Banden, die von den Toren als die Bande des Blutes bezeichnet werden?«

»Ist es nötig, eine solche Frage zu beantworten? Kann es ein Wesen auf Erden geben, das diese Bande nicht kennt und ehrt?«

»Dieses Wesen existiert: ich bin es. Sei überzeugt, daß wir unseren Eltern nicht mehr schulden als sie uns.«

»Monsieur«, antwortete Justine lebhaft, »ersparen Sie mir alles, was Sie darüber sagen könnten; ich bin vertraut mit diesen Sophismen, doch keine hat mich überzeugt. Wenn die Blutschande, eines der größten Verbrechen, die der Mensch begehen kann, die Grundlage der Genüsse Ihres Bruders ist, so ist und bleibt er das ruchloseste und in meinen Augen schuldigste Wesen der Welt.«

»Die Blutschande ein Verbrechen! Ach, sage mir, wie eine Handlung, die auf der einen Hälfte unserer Erdkugel berechtigt ist, auf der anderen verbrecherisch sein kann? Fast in ganz Asien und im größten Teil Afrikas und Amerikas heiraten Vater, Sohn, Schwester, Mutter durcheinander; gibt es aber eine süßere Verbindung als diese? Eine, die schöner die Bande der Liebe und der Natur verknüpft? Nur aus Furcht, daß solche Familien zu mächtig werden könnten, haben unsere Gesetze in Frankreich die Blutschande als Verbrechen gestempelt; aber hüten wir uns, die Gesetze der Natur mit denen der politischen Berechnung zu verquicken! Selbst wenn ich einen Augenblick dein soziales System mir gefallen lasse, frage ich dich, wie es möglich wäre, daß sich die Natur solchen Verbindungen entgegensetzt? Kann es in ihren Augen etwas Heiligeres geben, als die Mischung des verwandten Blutes? Hüten wir uns: Wir sind verblendet in Bezug auf die Gesetze der Natur; die brüderlichen oder kindlichen Gefühle, sobald sie sich auf verschiedene Geschlechter erstrecken, sind nichts als geile Gelüste. Möge der Vater oder Bruder, die ihre Tochter oder Schwester vergöttern, in die Tiefe ihrer Seelen blicken und sich vorurteilslos über ihre Gefühle befragen, sie werden sehen, ob diese unendliche Zärtlichkeit etwas anderes ist, als die Lust zu lieben; sie mögen ohne Bedenken ihrem Trieb gehorchen, sie werden bald merken, welche Freuden sie empfinden. Nun frage ich, wessen Hände dieses Übermaß an Wollust schaffen? Doch die der Natur. Wenn dem aber so ist, ist es vernünftig, zu sagen, daß solche Handlungen sie verletzen könnten? Verdoppeln und verdreifachen wir diese Blutschande so gut wir können ohne jede Furcht. Je näher uns der Gegenstand unserer Begierden steht, desto mehr werden wir uns seiner Reize erfreuen.«

»So entschuldigt Ihr alles, Ihr Leute von Geist«, entgegnete Justine; »doch wenn euer unglückseliges Talent eure Leidenschaften auf dieser Welt entschuldigt, an dem schrecklichen Tag, da Ihr vor dem Weltherrn werdet erscheinen müssen, wird Ihnen kein so nachsichtiger Beistand zur Verfügung stehen!«

»Du predigst in der Wüste«, erwiderte Gernande; »unbestreitbarer Wahrheiten setzest du Gemeinplätze entgegen. Schau mal, ob meine Lustknaben bereit sind und führe sie in mein Gemach; ich werde mich bald zurückziehen; gehe, und bereite deinen kleinen Verstand und deine großen Grundsätze auf die morgigen erstaunlichen Ausschweifungen vor.«

Frau de Gernande erwartete unruhig und erschöpft Justine, um sie wegen einiger Einzelheiten der Vorbereitungen des folgenden Tages zu befragen. Unsere Heldin glaubte, ihr nichts verbergen zu dürfen.

»Ach«, sagte die unglückliche Gattin, und ihren Augen entströmten Tränenfluten, »morgen ist vielleicht der letzte Tag meines Lebens – ich muß auf alles gefaßt sein, wenn diese Barbaren sich zusammentun. Ach, Justine, wie gefährlich sind die Menschen ohne Moral, ohne Zartgefühl, ohne Grundsätze!«

Indessen bereitet sich ein jeder für die Nacht vor und glaubt durch die wüstesten Ausschweifungen die nötigen Kräfte für die noch schrecklicheren des folgenden Tages zu finden. Verneuil schlief mit Dorothea, Gernande zwischen zwei Lustknaben, d'Esterval mit Frau de Verneuil und Bressac mit einem Kammerdiener seines Onkels.

Am nächsten Tag bereiteten die Alten den schönsten Salon des Schlosses vor; der Fußboden wurde mit einer sechs Zoll dicken Matratze bedeckt, die einen Teppich bildete, auf dem zwei bis drei Dutzend Polster umher lagen. Eine große Ottomane war im Hintergrund des Salons angebracht; rings umher liefen so viele Spiegel, daß alles, was vorging, tausend- und abertausendmal zurückgeworfen wurde. Auf Rolltischen aus Ebenholz, die allenthalben standen, lagen alle zur Wollust dienenden Geräte: Ruten, Klopfpeitschen, Ochsensehnen, Nadeln, Fesseln aus Hanf und Eisen, Godemiches, Kondome, Spritzen, Pomaden, Essenzen, Zwickzangen, Scheren, Dolche, Pistolen, Giftbecher, alle möglichen Stimulantien und verschiedene sonstige Marter- und Giftinstrumente; all das war reichlich vorhanden. Auf einem normalen Büfett gegenüber der Ottomane, am anderen Ende des Salons, waren in Hülle und Fülle die schmackhaftesten und erlesensten Speisen symmetrisch aufgestellt zu sehen; die meisten konnten warm bleiben, ohne daß man die Wärmequelle bemerkte. Karaffen aus Bergkristall befanden sich zwischen dem sächsischen und japanischen Porzellan, das diese Speisen enthielt und waren mit den besten Weinen und den seltensten Likören gefüllt. Eine Unmenge Rosen, Nelken, Jasmin, Maiglöckchen und andere noch köstlichere Blumen gestalteten diesen Tempel der Wollust vollends schön und wohlriechend; alles war hier vereinigt, um für den ganzen Tag die Sinnlichkeit zu befriedigen.

Sechs Kabinette schlossen sich an den Salon und boten denjenigen, die sie benützen wollten ungestörte Stätten für besondere Vergnügungen; daneben waren hübsche Garderoben mit Waschbecken und Sitzwannen. Eine schöne Terrasse mit Orangenbäumen, mit einem Zeltdach und Jalousien versehen, schloß sich gleichfalls an den Salon an und ermöglichte dadurch, frische Luft zu schöpfen; ein großer Erdwall umgab sie und konnte durch seine Tiefe für immer die Materie, die durch die Frevler bei ihren scheußlichen Orgien zerstört wurde, bergen; eine Vorsicht, die beweist, wie sehr diese Wüstlinge das Verbrechen liebten, und wie sie stillschweigend entschlossen waren, es ganz kaltblütig zu begehen.

Punkt zehn Uhr morgens begab sich die Gesellschaft in den Salon, jeder in ein anderes Kostüm gehüllt, das wir genauer schildern wollen.

Frau de Verneuil war nach Art der Sultaninnen in Konstantinopel gekleidet, was ihr wunderbar stand.

Cecile, ihre reizende Tochter, erschien als Murmeltier maskiert, wodurch sie die Geilheit im höchsten Grade weckte.

Der junge Viktor trug die Attribute Amors.

Marceline stellte eine Wilde dar.

Ihre Tochter Laurette trug ein einfaches Gazehemd, das mit großen Lilabändern gefällig an den Hüften und den linken Busen geknüpft war; dadurch wurde eine ihrer Brüste und die Hälfte ihrer Hinterbacken sichtbar. Da sie ihre beiden hübschen Kinder fast nackt an der Hand führte, glich sie der

Göttin der Jugend, umgeben vom Spiel und vom Lachen.

Frau de Gernande erschien in dem interessanten Kostüm der Opfer, die man im Tempel der Diana schlachtete; sie hätte für Iphigenie gelten können.

Justine erschien als Kammerzofe mit nackten Armen; sie war mit Rosen geschmückt, und ihre schöne Taille trat gut hervor.

Dorothea zeigte sich im Kostüm, das von den Malern der Proserpina beigelegt wird; es entsprach ganz ihrem Charakter und war von feuerrotem Satin.

Die sechs hübschesten Lustknaben Gernandes stellten Ganymeds dar.

John und Constant, Verneuils Kammerdiener, erschienen als Herkules und Mars.

Verneuil, d'Esterval, Bressac und Gernande trugen rote Seidengewänder, die sich eng an ihre Haut anschmiegten und sie vom Nacken bis zu den Füßen bekleideten. Zwei kunstvoll vorn und hinten angebrachte runde Öffnungen ließen ihre Hinterbacken und ihr Glied frei. Sie waren stark rot geschminkt und trugen auf dem Kopf einen leichten, brennroten Turban. Sie ähnelten den Furien.

Vier sechzigjährige Alte wurden, als spanische Matronen gekleidet, zum inneren Dienst zugelassen, worauf die Sitzung ihren Anfang nahm.

Alle standen aufrecht in einem Halbkreis, als die Meister im Saale erschienen. Alle knieten nieder, sowie sie diese erblicken. Dorothea schritt auf sie zu und sagte ihnen folgendes: »Illustre und hohe Herren, alle Subjekte, die Sie hier sehen, warten nur auf Ihre Befehle. Sie werden bei allen die größte Unterwürfigkeit, die vollständigste Ergebung, die höchste Willfährigkeit finden. Befehlen Sie also Ihren Sklaven, unumschränkte Gebieter dieser Stätten; verlangen Sie es, und wir werden vor Ihnen im Staube liegen, um ihre Aufträge zu erwarten oder zu fliegen, um Ihren Wünschen zuvorzukommen. Vermehren Sie die Zahl Ihrer Lüste, lassen Sie Ihren Trieben und Leidenschaften den freiesten Lauf; unser Können, unser Dasein, unser Hab und Gut, alles gehört Ihnen; sie können über alles verfugen. Schwelgen Sie im Gedanken an die Ruhe, mit der Sie hier genießen werden. Kein Mensch auf Erden würde es wagen, Ihre Genüsse zu stören; Ihre ganze Umgebung wird sie nur noch lebhafter gestalten. Überschreiten Sie also alle Schranken; scheuen Sie vor nichts zurück. Die traurigen Vorurteile des Pöbels können und dürfen so mächtige Wesen nicht hindern; Ihre Gesetze sind die des Universums; Sie sind die einzigen Götter, die man anbeten darf. Mit einem einzigen Worte können Sie uns vernichten, mit einer Geste uns in Staub verwandeln; aber selbst wenn Sie dies täten, würden wir Sie noch mit unserem letzten Hauch erhöhen, lieben und ehren.

Nach diesen Worten verbeugte sich Dorothea, liebkoste die vier Gliede[?] und bittet um die Erlaubnis, ihren Popo lecken zu dürfen; dann zog sie sich schweigend zurück und wartete der Befehle.

»Mein Freund«, sagte Gernande zu seinem Bruder, »dieses Fest wird deinetwegen gefeiert, du hast also hier zu befehlen; gewiß stimmt mein Neffe zu; unser Freund d'Esterval, dem wir ein anderes Mal das Verfügungsrecht anvertrauen werden, wird es heute dir gern überlassen.«

Alle geben ihren Beifall zu erkennen. Verneuil, mit der höchsten Macht betraut, setzte sich also auf eine Art Thron, der sich auf einer mit einem purpurroten, goldgefransten Samtteppich bedeckten Estrade befindet. Sowie er sitzt, kommen die Frauen, die Mädchen, die Kinder, die Knaben und die Alten unterwürfig herbei und reichen ihm nach dreimaliger Kniebeuge ihre Hintern zum Küssen. Hierauf begeben sie sich nacheinander zu den drei Freunden, die auf den den Thron umgebenden Fauteuils saßen und mit jeder der Nahenden nach Belieben umgingen.

»Wenn es Sie während dieser ersten Runde«, sagte Verneuil, »gelüsten sollte, an einigen der sich Ihnen darbietenden Gegenstände energischere Maßregeln vorzunehmen, so schließen Sie sich sofort in ein Kabinett ein, um nicht die Ordnung zu stören; ist dann Ihre Leidenschaft gekühlt, dann führen Sie die Person wieder in die Versammlung zurück.«

Bressac macht als erster davon Gebrauch; er kann die reizenden Hinterbacken seines Vetters Viktor nicht nackt sehen, ohne weiter zu gehen; er zieht ihn in eines der Kabinette, indes d'Esterval, von Cecile begeistert, mit ihr seine Leidenschaft befriedigt. Gernande tut desgleichen mit Laurette. Verneuil zieht sich mit Maceline und den beiden Kleinen zurück, während Dorothea, der man alle Rechte der Männer eingeräumt hatte, sich mit Constant einschließt.

»Meine Freunde«, sagt Verneuil, nachdem er wieder seinen Platz eingenommen hatte, »da das offene Bekenntnis der Geilheiten, denen man sich hingegeben hat, das Feuer der Begierden nur noch mehr entfacht, so wünsche ich, daß ein jeder über alle wollüstigen Handlungen, die er soeben vorgenommen hat, mit lauter Stimme und möglichst detailliert, Rechenschaft ablegt. Reden Sie, Gernande; Ihre Freunde werden Ihnen folgen. Vergessen Sie namentlich nicht, möglichst unverhüllte, klare Schilderungen zu geben und die technischen Ausdrücke zu verwenden; verdecken wir schamhaft die Tugend, das Verbrechen möge immer offen hervortreten.«

Und alle, die in den Kabinetten verschwunden waren, berichteten, was dort passierte.

»Nun wollen wir uns mit ernsteren Dingen befassen«, sagte danach Verneuil. »Ein jedes von uns, Dorothea, Sie sind immer inbegriffen, Sie sind würdig, unter die Männer zu zählen – ein jedes soll auf dieses Papier seinen Wunsch schreiben und unterzeichnen. Die fünf Billette werden in einen Kelch geworfen, den eine der Alten herumträgt. Zehn Personen, die ich bezeichnen werde, müssen, immer je zwei, ein Billett ziehen. Jedes Paar wird dem Unterzeichner des Billetts, das es gezogen hat, zufallen und den darauf geäußerten Wunsch befriedigen. Nur der Zufall soll über die Behandlung der Paare entscheiden, die immerhin arg genug sein muß, um dem Gegenstand Schreie zu entlocken.

Frau de Gernande und ihre getreue Justine werden das erste Billett ziehen. Frau de Verneuil und Laurette das zweite; Marceline und Lili das dritte; Cecile und Rose das vierte; eine der Alten und der hübscheste Lustknabe das fünfte.

Sie sehen, daß ich bei Viktor eine Ausnahme mache, die Handlungen, die Sie ihn beständig werden vornehmen sehen, machen ihn eher würdig, unter den Handelnden als den Leidenden zu figurieren.«

Die fünf Billette werden beschrieben; eine Alte wirft sie in eine Urne und stellt sich auf die Ottomane, worauf die einzelnen Paare nacheinander ziehen und mit lauter Stimme das ihnen zufallende Los vorlesen müssen.

D'Esterval hat den Wunsch geäußert, die Hinterbacken fest zu zwicken und den Popo und den Kitzler zu beißen. Frau de Verneuil und Laurette fallen ihm zu.

Bressac erklärt, er wolle sodomieren, die Brüste kneifen und gewaltige Ohrfeigen geben; Frau de Gernande und Justine gehören ihm.

Dorothea will mit einer Nadel die empfindlichsten Körperstellen stechen. Die Alte und der Lustknabe sind für sie bestimmt.

Gernande erklärt, er werde sechs leichte Einstiche mit seinen Lanzetten vornehmen und sich liebkosen lassen. Cecile und Rose sind sein Anteil.

Verneuil kündigt Geißelung bis aufs Blut an. Marceline und Lilli fallen ihm zu.

Am Fuße des Sofas hatte man sich beraten; eben dort erfüllte sich das Los der Opfer.

Bressac ist der einzige, der bei der Ausführung seinen Samen verliert, und zwar in den Hintern Justines, wobei er die arme Gräfin derart ohrfeigt, daß ihr die Tränen aus den Augen fließen.

Diese verschiedenen Szenen haben, wie leicht denkbar, alle Kleidungen zum Verschwinden gebracht, so daß man nur mehr Nacktheiten gewahrte.

»Jetzt«, schrie Verneuil, »müssen wir meine Frau quälen. John und Constant strecken diese Unglückliche auf der Erde aus; ein jeder soll sie nach den Eingebungen seiner ruchlosen Fantasie martern. Sie Cecile, meine und Ihre Tochter legen sich auf die Ottomane. Die Genüsse, die Ihre Reize bieten, werden die Folterknechte Ihrer Mutter belohnen. Ich werde den Preis, je nach Energie, mit der man meine Frau gequält hat, zuerkennen. Viktor, legen Sie sich neben Cecile, um denen, die Ihr Geschlecht vorziehen, süßere Freuden zu gewähren.« Er wies dann auf seine Frau auf der einen, auf seine beiden Kinder auf der anderen Seite und rief: »Mut, Freunde! Hier ist das Opfer, hier der Lohn!« Marceline steht neben ihm und reibt ihn; zwei Lustknaben bieten ihm ihre Hintern. Dann geht es los.

Gernande ist der erste; seine ruchlose Lanzette macht fünfzehn Einschnitte leichter Art in das schöne Fleisch der Unglücklichen; dann wirft er sich auf Viktor und läßt sich von ihm liebkosen.

Dorothea folgt ihm und drückt so stark den Busen der Frau de Verneuil, daß sie schauerliche Zuckungen hervorruft, dann stürzt sie sich auf Cecile.

D'Esterval reißt dem Opfer Haare aus und sticht ihre Lippen blutig.

Bressac versetzt seiner Tante mächtige Faustschläge ins Gesicht; sie blutet; er sodomiert sie, reißt ihre Ohren, daß sie fast auseinander gehen.

Jetzt naht Verneuil. Wie leicht denkbar, schont er seine Frau nicht; er schlägt, kneift und quält sie.

»Nun, Viktor«, sagt er zu seinem Sohn, »sehen wir mal, wie du deine Mutter behandelst. Bewundere diesen Verwandten, der nicht so lange die seinige schonte, Bressac! Ermutigen Sie Ihren Neffen, Ihnen eines Tages nachzuahmen!« Der

Junge Viktor ist bereit. Der grausame, brutale Vater befiehlt ihm, die eigene Mutter zu quälen, seine eigene Schwester soll ihm als Lohn winken. Ach, der junge Knabe überläßt sich nur allzu willig den Ruchlosigkeiten, die man von ihm zu fordern wagt, man braucht ihm nicht erst Vorschriften zu geben. »Schöne Mama«, sagt der kleine Lüstling, »ich weiß, was Sie in Verzweiflung versetzt; fügen Sie sich darein, daß ich es tue. Wenden Sie mir Ihren schönen Popo zu, damit ich ihn auf jede Weise, die Ihnen nicht behagt, genieße.« Da war jeder Widerstand nutzlos.

Infolge der Erschöpfung sahen sich die Wüstlinge genötigt, sich zu kräftigen.

Man nähert sich dem Büfett. Die Pasteten, Schinken, Geflügel und Rebhühner werden zerschnitten, die Flaschen entkorkt, alles wird aufgegessen; aber bald darauf ruft die anspruchsvolle Göttin von Cythera alle ihre Anhänger zu ihren verlassenen Altären zurück.

Die Unmöglichkeit, jedem der Handelnden in sein Kabinett zu folgen, wird uns bei unseren Lesern entschuldigen, wenn wir uns nur auf die Vorgänge beschränken, an denen unsere Heldin beteiligt war.

»Justine«, sagte Verneuil, nachdem er sich mit ihr eingeschlossen hatte, »lassen wir einen Moment diesen Knaben in die Garderobe treten und höre mir aufmerksam zu. Die Stimme des Herrn der Welt hat mir zugerufen, ich könne dich in mein Geheimnis einweihen; ich will es tun; treibe damit keinen

Mißbrauch, trachte, daß ich mein Vertrauen nicht bereuen muß.

Ich kann dir, meine Liebe, nicht verbergen, daß du etwas an dir hast, das mir außerordentlich gefällt. Mein Bruder findet bei dir Geist, aber zu viel Prüderie; lasse ab von ihr, da sie deinen Reizen Abbruch tut. Verzichte auf deine dumme Religion und Tugend, durcheile mit mir den dornigsten Pfad des Verbrechens. Gib deine Zustimmung, auf mein Gut zu kommen, dann ist dein Glück gemacht; aber wenn du es annimmst, bedarf es unendlichen Mutes, Hingabe, gänzlicher Resignation ...«

»Ach, Monsieur, um was handelt es sich denn?«

»Um ein Greuel. Zunächst, mein Kind, sei überzeugt, daß es keinen größeren Frevler auf Erden gibt als mich, keiner treibt es im Verbrechen und der Grausamkeit weiter als ich. Um meine perversen Gelüste ohne soviel Risiko wie die gewöhnlichen Übeltäter zu befriedigen und um meine Opfer durch eine ungeheuerliche Ruchlosigkeit, die alle meine Sinne unsagbar erregt, zu vermehren, bediene ich mich eines Pulvers, das demjenigen sofort den Tod verursacht, der es einatmet oder verschluckt. Dieses Pulver rührt von der Addadwurzel her, die in Afrika wächst, aber auch bei uns gezüchtet werden kann. Das daraus gewonnene Gift ist so heftig, daß eine sehr kleine Dosis schon sehr rasch den schmerzhaftesten Tod herbeifuhrt. Du kannst dir, meine Liebe, gar nicht vorstellen, welche unglaubliche Zahl von Opfern auf diese tückische Weise zugrunde gegangen ist. Aber da der, welcher dem Verbrechen huldigt, nach immer höheren Zielen strebt, beschäftigte ich mich, wenig befriedigt von der Zahl der Individuen, die mir zum Opfer fallen, mit einem Mittel, das mein Feld erweitern soll. Doch um dabei Erfolg zu haben, bedarf ich einer Hilfe. Ich habe meine Blicke auf dich gerichtet; mit diesem Höllenpulver müßtest du die Städte durcheilen und dieses Gift verteilen; ich würde das beispiellose Glück genießen, deine Frevel den meinen beizugesellen und sie als die meinigen zu betrachten, da sie ja mein Werk sind.«

»Wie, Monsieur, solche Greueltaten?«

»Bewirken meine süßesten Freuden. Wenn ich mich dieser Handlungsweise hingebe, werden zunächst meine Geister unglaublich angeregt, was daraus ersichtlich ist, daß sogleich mein Sperma abgeht, ohne daß ich sonstiger Hilfe bedarf.«

»Ach, wie beklage ich Ihre Umgebung!«

»Nein, meine Frau, meine Kinder, meine Dienerschaft laufen keine Gefahr, sie bieten mir andere Freuden, die ich ohne sie entbehren müßte. Aber im übrigen – ehrgeiziger als Alexander, möchte ich die ganze Welt verwüsten und sie mit den von mir Ermordeten bedecken.«

»Sie sind ein Scheusal; Ihre Entartung wird sich durch diesen neuen Anreiz nur noch verdoppeln, und die geheiligten Wesen, die Sie heute noch schonen wollen, werden bald auch geopfert werden.«

»Du glaubst, Justine?«, fragte Verneuil, ihren Hintern tätschelnd und seinen durch ihre Prognose höchst erregten Penis in ihre Hand drückend.

»Ich bin davon überzeugt.«

»Und wenn dem so wäre, mein Engel, würde ich damit ein so großes Verbrechen begehen?«

»Ein schreckliches, ein entsetzliches; und werde ich nicht sobald auch Ihnen zum Opfer fallen?«

»Niemals, du wärest mir zu kostbar, zu nötig dazu.«

»Ach, ich würde nur um so früher geopfert werden, wenn ich Ihr Anerbieten annähme. Das Klügste, was ein Frevler tut, ist, seine Komplizen unschädlich zu machen; von allen seinen Freveln ist zweifellos dieser der annehmbarste.«

»Ich will deinen Einwurf rasch abfertigen. Du wärest im Besitz meines Pulvers, hättest also die gleichen Rechte auf mein Leben, wie ich auf das deinige.«

»Ach, Verneuil, nur die Waffen, die sich in den Händen des Lasters finden, sind gefährlich; wenn die Tugend sie einen Augenblick besitzt, bedient sie sich ihrer nur dazu, um sie denjenigen zu rauben, die damit Mißbrauch treiben.«

»Also du glaubst, mein Kind, es wäre ein großes Übel, sich auf diese Weise zu befriedigen?«

»Es wäre der abscheulichste aller Frevel, denn diese Art des Mordes ist die tückischste und die gefährlichste, da man sich gegen sie nicht wehren kann.«

»Da du von meinem Bruder belehrt worden bist«, erwiderte Verneuil, »werde ich dir nicht wiederholen, was er und die anderen Philosophen, bei denen du dein Leben zugebracht hast, dir über die Nichtigkeit des angeblichen Verbrechens, nämlich des Mordes, gesagt haben; ich will mich nur darauf beschränken, dir verständlich zu machen, daß von allen Arten des Mordes die, welche nicht mit Blutvergießen verbunden ist, die sicherlich am wenigsten schreckliche ist. Tatsächlich mußt du mir zugeben, daß, wenn etwas bei der Vernichtung von seinesgleichen abstößt, die Gewaltsamkeit es ist, mit der man gegen ihn vorgeht, und das Blut, das man vergießt, kurz das Schauspiel seiner Wunden. Bei der Vergiftung geht alles glatt vor sich; keine Gewalttätigkeit; der Tod tritt vor Ihren Augen die verurteilte Person ganz leise an, fast ohne daß Sie es ahnen. O Justine! Das Gift ist ein köstliches Ding, wie viele Dienste hat es schon geleistet, wie viele Menschen schon bereichert, von wie viel unnützen Leuten die Welt gereinigt, wie viel Tyrannen hat es schon aus der Welt geschafft. Gesetzt den Fall, man möchte die Ketten des Despotismus, die Tyrannei eines Vaters, eines Gatten, eines ungerechten Herrn brechen, gelingt dies nicht am sichersten durch Gift? Wäre dieser kostbare Saft dem Menschen nicht nötig, hätte die Natur ihn uns geschenkt, Gibt es eine einzige Pflanze, die für uns unbrauchbar wäre, eine einzige, deren Gebrauch sie uns nicht unserem Wunsch gemäß gestattete? Verwenden wir sie also alle ohne Wahl für die Bedürfnisse, die dieselbe Natur uns einflößt; die einen mögen unsere Kräfte erhalten und vermehren, die anderen uns von den Säften befreien, deren Überfülle unserer Gesundheit abträglich ist, wieder andere mögen die Individuen beseitigen, die uns schaden oder zur Last fallen; all das ist in der richtigen Ordnung. Die Natur bietet und schreibt es zugleich uns vor; nur die Toren wollen es nicht verstehen und stoßen es zurück oder legen es falsch aus.«

»Aber, Monsieur«, sagte Justine, »nie sprach mir Ihr Bruder von dergleichen Greueln.«

»Er hat eben eine andere Art, Böses zu tun, und hält sich daran. Jeder verletzt die Gesetze und die gesellschaftliche Sitte nach seinem Belieben, man soll jedem seinen Geschmack lassen.«

»Nun, ich beklage Sie wegen des Ihrigen und erkläre zugleich feierlich, daß ich ihn nie fördern werde.«

Das unglückliche Mädchen wußte nicht, wie sehr diese Weigerung den Erzlüstling reizte. Verneuil ging von der Geilheit rasch zur Wut über: »Wohlan«, sagte er, »da die Verführung nichts nützt, so soll mich wenigstens die Gewalt befriedigen; wende mir deinen Popo zu, der mich reizt.« Das Scheusal packt, küßt und beißt ihn.

Danach kehrt Verneuil in den Salon zurück. Gernande, Bressac, d'Esterval, Viktor und Dorothea traten daselbst fast gleichzeitig ein. Sie schilderten einander voll Interesse die Genüsse, die sie eben gekostet hatten.

Ach, welch eine Leidenschaft ist die Wollust! Wenn sie die köstlichste ist von allen, die die Natur uns eingibt, so ist sie zugleich wohl auch die stärkste und gefährlichste.

Von Mattigkeit erschöpft, begab man sich schließlich zu Bett. Aber Verneuil, der also gleich aus einer neuen wollüstigen Vorstellung frische Kräfte schöpfte, wollte durchaus die Nacht bei seiner Tochter Laurette zubringen, die ihn von allen Anwesenden am meisten zu erregen vermochte. Jeder folgt seinem Beispiele; Justine genießt die Ehre, Dorotheas Bettgenossin sein zu dürfen, die nicht satt wird, ihre Gelüste an jener zu befriedigen.

Viertes Buch

Die ausschweifende Gesellschaft unterhielt sich den nächsten Tag an neuen Niederträchtigkeiten.

Rosa und Lilly mußten an diesem Tage und an den beiden nächsten alle Einfälle dieser Ungeheuer über sich ergehen lassen. Bloß Gernande, der in seine Schwester Marceline vernarrt war, tauchte sie mindestens zehn Mal während dieser beiden Tage in Blut und ergötzte sich daran.

»Es scheint mir«, sprach Bressac, »daß das seine Reize für sich hat, wenn man das Blut liebt, muß man sich daran sättigen.« Jeder begann nun diese Behauptung zu erproben, und selbst Dorothea verschluckte das Blut massenhaft. Diese Greueltaten wurden durch Spaziergänge unterbrochen, während dieser Bressac ein schönes, vierzehnjähriges Mädchen entdeckte und es alsbald entführte.

Dieses Geschenk wurde von der Gesellschaft freudig aufgenommen, und es gab keine Qual, die man nicht an dieser Unglücklichen erprobte. Man sprach gerade eines Abends über den hübschen Zufall dieser Entdeckung, als Frau de Gernande sich äußerte: »Glauben Sie, daß, wenn die Verwandten dieser Unglücklichen ebenso mächtig wären wie Sie, sie die Vergehen nicht verfolgen würden, die Sie an dem Mädchen begingen. Nun wenn aber das Elend, in dem sie sich befinden, der einzige Grund ist, daß sie Sie in Ruhe lassen, sind Sie nicht Verbrecher, wenn Sie damit Mißbrauch treiben?«

»Mein Freund«, sprach Verneuil zu seinem Bruder, »wenn meine Frau gewagt hätte, solchen Unsinn zu schwätzen, hätte ich sie niederknien und von einem Lakaien auspeitschen lassen, aber da Madame nicht mir gehört, will ich mich begnügen, ihren Einwurf in nichts zu zermalmen.«

»Das ist vorzüglich«, erwiderte der Schlossherr, »aber da ich nicht solider sein will als mein Bruder, wird es sich die Gesellschaft gefallen lassen müssen, daß Madame Gernande die an sie gerichtete Rede in einer schmerzlichen Stellung anhört. Ich verdamme sie also dazu, sich auf alle Viere zu stützen und den Hintern in die Luft zu strecken. Zwei Kerzen sollen ihr die Haut an diesem empfindlichen Körperteil verbrennen.«

Von allen Seiten erscholl Beifall, Frau de Gernande nahm ihre Stellung ein und Verneuil begann: »Nehmen wir vorerst an, als unerschütterliche Grundlage aller Systeme, daß es in den Absichten der Natur liegt, daß eine Menschenklasse der anderen durch ihre Schwäche und Minderwertigkeit unterworfen sei. Wenn also das Opfer dieser schwächlichen Klasse angehört, so tat der Opfernde nichts Schlimmeres, wie der Besitzer eines Bauern Gutes, der sein Schwein tötet. Wollten Sie aber an meinem obersten Grundsatz zweifeln, so bitte ich Sie die Weltgeschichte zu durchlaufen, um zu sehen, daß jedes Volk seine verachtete Kaste besaß. Die Juden bildeten die der Ägypter, die Heloten die der Griechen, die Parias die der Brahmanen und die Neger die Europas. Nur ein Misantrop wie Rousseau konnte behaupten, daß alle Menschen von Geburt aus an Kraft und Rechten gleich seien. Aber wie könnte der Zwerg, der vier Fuß und zwei Zoll hoch ist, sich mit einem Menschen vergleichen, der den Wuchs eines Herkules hat? Könnte man nicht ebenso gut sagen, daß die Mücke dem Elefanten ähnelt.

Kraft, Schönheit, Wuchs und Beredsamkeit waren die Tugenden, die in der Kindheit der Menschheit Einfluß verschafften. Eine Familie, ein Flecken der sich verteidigen mußte, wählte bald aus seiner Mitte das Wesen, das die meisten oben beschriebenen Fähigkeiten besaß. Dieses erwählte Oberhaupt suchte sich unter den Schwächeren Sklaven aus und opferte sie mitleidslos seinen Interessen und Leidenschaften hin. Wer zweifelt daran, daß, als die Gesellschaften entstanden, die Nachkommen dieser Oberhäupter, obwohl ihre Kraft oder ihre moralischen Eigenschaften, nicht mehr denen ihrer Väter ähnelten, die Macht dennoch weiter besaßen. Das ist der Ursprung des Adels, der schließlich einsah, daß es nötig sei, die ursprünglichen Eigenschaften weiter vorzutäuschen und schließlich notwendigerweise oder aus Ehrgeiz grausam wurde. So war es unter einem Nero, einem Tiberius, einem Helliogabale, einem Wenzelslaus, einem Ludwig XI. Sie erbten eine ihren Vorfahren übertragene Macht und mißbrauchten sie für ihre Leidenschaft.

Hatte jedoch dieser Mißbrauch schließlich Folgen? Zweifellos weniger, wie wenn die Macht eingeschränkt worden wäre, denn der Mißbrauch hielt die Herrschaft aufrecht, während durch die Verminderung der Gewalt die Völker in einen Anarchiezustand gefallen wären.

Nun gut, sprechen die Dummköpfe, die eine unmögliche Gleichheit vertreten. Wir können die physische und moralische Überlegenheit einiger Wesen über andere nicht leugnen. Aber geben Sie wenigstens zu, daß alle Geschöpfe vor dem Gesetz gleich sind. Das werde ich wohl bleiben lassen. Wie wollen Sie das eine Wesen, daß von der Natur die Veranlagung zum Verbrechen und gleichzeitig die Fähigkeiten dazu erhalten hat. Wie wollen Sie, daß diese Wesen nach demselben Gesetze abgeurteilt werden, wie dasjenige, das sich nur zur Tugend hingezogen fühlt. Wäre dieses Gesetz gerecht, das die beiden Menschen mit derselben Strafe belegen würde? Nein, nein, meine Freunde, das Gesetz ist nur für das Volk da, das gleichzeitig schwach und in der Mehrheit ist. Unter der Adelsherrschaft ist Frankreich groß geworden, und Rom war nie mächtiger als in der Zeit, als der Absolutismus seine Blüte hatte. Derjenige, der also seine Kräfte nicht gebrauchen will, ist ein Dummkopf, der dieses Geschenk der Natur nicht verdient. Wir tun also kein Unrecht, meine Freunde«, fuhr Verneuil fort und kam damit auf den Gegenstand seiner Rede zurück, »wenn wir diese Geschöpfe allen Launen der Geilheit unterwerfen. Wir haben es entführt und können mit ihm machen, was wir wollen, da wir die Stärkeren sind.«

Unsere Leser können sich leicht vorstellen, daß derartige Redensarten bei den in diesem Buch vorgeführten Personen wirken mußten.

Frau de Gernande wurde trotz ihrer Schmerzen verurteilt, in derselben Stellung zu verbleiben, und an ihr sowie an dem neuen Opfer wurden alle möglichen Versuche, das Blut hervorquellen zu lassen, angestellt. D'Esterval behauptete nun, daß es genußreich sein müsse, währenddessen zu lieben, und er machte auch den Versuch. Die anderen ahmten seine neue Leidenschaft nach, und bald war Frau de Gernande mit Wunden bedeckt. Man tat desgleichen schließlich zuviel mit dem vierzehnjährigen Mädchen, so daß es an den geilen Launen seiner Herren starb. Man begrub es, und bald begannen neue Verbrechen die Köpfe unserer Kannibalen zu erhitzen.

Nach einem Diner, an dem man die ungeheuerlichsten geistigen und körperlichen Ausschweifungen begangen hatte, stellten Gernande und Verneuil die Behauptung auf, daß das Blut des hingeopferten Mädchens den unterirdischen Göttern nicht genüge und daß unbedingt noch ein Opfer erforderlich wäre. Bei diesen Worten schauderten alle Frauen. Unsere unglückliche Justine, auf die mehrere deuteten, begann sich unwohl zu fühlen, als Gernande der Gesellschaft vorschlug, daß man das Opfer nach der Vorzüglichkeit der Backen

aussuchen solle. Durch folgende Sophismen stützte
er seinen Vorschlag: »Diejenige, die den schönsten
Popo hat, hat uns notwendigerweise am häufigsten
zum Entladen gebracht. Das Geschöpf aber, daß uns
am häufigsten erregt hat, muß jetzt am meisten
unseren Abscheu verdienen, daher müssen wir uns
seiner entledigen.«

»Nein«, sprach Verneuil, »das wäre parteiisch.
Wir müssen das Los entscheiden lassen.« Man
schrieb also die Namen Justines, der Frauen
Gernande und Verneuil, dann den Marcelines,
Laurettes und Rosas auf Zetteln und warf sie in eine
Urne. Bressac zog neugierig einen davon heraus
und las den Namen der Frau de Gernande.

»Ich hätte wetten können«, sprach kaltblütig der
Mann, »der Himmel war mir gegenüber immer
gerecht. Nun, meine zarte Freundin«, sprach er und
näherte sich seiner unglücklichen Frau, »nun, mein
Herzchen, nur Mut. Es ist ein schlimmer
Augenblick, den du zu verbringen haben wirst, denn
wir werden dich furchtbar quälen, aber das wird
auch aufhören. Sie werden bald in den Schoß der
Natur zurückkehren, die Sie so liebt. Im übrigen ist
es doch für Sie besser, Sie sterben gleich, als daß
Sie sich, ein langes Leben hindurch, von mir quälen
lassen.«

Und der grausame Gatte hätte vielleicht noch
seine unglückliche Frau verspottet, wenn der
blutrünstige Verneuil sich nicht rasch auf das Opfer
gestürzt hätte, um sich an den Zuckungen der Angst

zu ergötzen. Der Verbrecher bestieg das Opfer von vorn und küßte den Mund, aus dem nur Klagen und Beschwörungen hervorkamen.

»Warte ein wenig«, sprach Gernande zu seinem Bruder, »du mußt dich an ihr von vorne befriedigen, Bressac von hinten, ich in ihrem Mund, d'Esterval und Victor unter ihren Achseln. Bei der Arbeit wollen wir ihre Qualen ausdenken. Man gebe mir Schreibzeug, damit ich meinen Einfall niederschreibe.

Und die fünf Verbrecher zeichneten ein jeder ihren Urteilsspruch auf und um das Maß der Grausamkeit voll zu machen, mußte Justine, die ihre Herrin außerordentlich liebte, das Vorlesen vornehmen. Ach, kaum konnte das arme Mädchen die barbarischen Worte stammeln. Aber, da man sie mit demselben Tode bedrohte, folgte sie schließlich und begann zu lesen.

Die Gernande hatte kaum ihr Todesurteil gehört, als sie sich ihren Henkern zu Füßen stürzte. Aber Mitleid war bei derartigen Seelen nicht zu finden. Man verlangte vorerst von dem Opfer, daß es mit lauter Stimme Gott und die Menschen um Verzeihung für die begangenen Verbrechen bitte. Die arme Frau tat alles, was man von ihr wollte, und die Quälereien, die erst endeten, als Frau de Gernande tot war, begannen.

Justine benutzte die Gelegenheit, um aus ihrem Kerker zu entfliehen und den Hof zu überschreiten.

Bald befand sie sich auf der Landstraße, ohne von jemand bemerkt zu sein.

Voll von Dankbarkeit, schritt sie tapfer weiter, und bei Anbruch der Nacht kam sie an eine Hütte, die bereits sechs Meilen vom Schloß entfernt war. Am nächsten Morgen brach sie nach Lyon auf.

Nach acht Tagen kam sie an, sie ruhte sich in der Stadt aus und beschloß, nach Grenoble weiter zu reisen, wo, wie sie sich einbildete, sie zweifellos ihr Glück machen würde. Wir aber wollen einmal betrachten, was ihr inzwischen zustieß.

Justine überließ sich einen Augenblick lang ihren trüben Gedanken, als ihr eine Zeitung in die Hand fiel. Sie las darin mit Erstaunen, daß Rudin, jener niederträchtige Mensch, der sie so grausam bestraft hatte, soeben von der Kaiserin von Rußland als Leibarzt erwählt worden war. »Großer Gott«, rief sie erstaunt aus, »so ist es also in meinem Schicksale geschrieben, daß ich nur Beispiele von belohntem Laster und bestrafter Tugend sehen soll. Nun denn, er möge triumphieren, der Verbrecher, da es die Vorsehung will und du Unglückliche dulde, dulde ohne dich zu beklagen. In deinem Herzen herrscht Ruhe, während in dem jener Verbrecher die Gewissensbisse ihren Sitz aufgeschlagen haben. Die Arme, sie wußte noch nicht, daß es für derartige Seelen keine Gewissensbisse gibt.

Unser interessantes Mädchen befand sich aber noch nicht am Ende ihrer Dulderjahre, und sie mußte noch einige Beispiele von belohntem Laster sehen.

Sie beschäftigte sich gerade mit ihrer Abreise, als ein in Grün gekleideter Lakai ihr eines Abends folgendes Schreiben überbrachte und sie um Antwort bat:

Jemand, den Sie falsch verdächtigen, brennt danach, Sie zu sehen. Beeilen Sie sich, ihn aufzusuchen. Die betreffende Person kann Ihnen vielleicht Aufklärung geben, die Sie von Ihrem Irrtum befreit.

»Woher kommen Sie, Monsieur?«, fragte Justine den Lakai, »ich kann Ihnen erst antworten, wenn ich weiß, wer Ihr Herr ist.«

»Er heißt Saint-Florent, Mademoiselle, er hat Sie früher einmal in Paris kennen gelernt, und Sie haben ihm, wie er behauptet, Dienste geleistet, die er unbedingt belohnen möchte. Jetzt steht er an der Spitze eines großen Handelsgeschäftes und ist im Besitz eines Vermögens, das ihm in die Lage versetzt, seine Pläne mit Ihnen zu verwirklichen.«

Justines Entschluß war bald gefaßt. Wenn dieser Mann, so dachte sie, keine guten Absichten hätte, würde er mir nicht auf diese Art und Weise schreiben. Zweifellos bereut er seine Niederträchtigkeiten und erinnert sich an die Bande, die uns vereinigen. Zweifellos hat er Gewissensbisse, und ich würde mich gegen das höchste Wesen vergehen, wenn ich sie nicht mildern wollte. Ich bin übrigens nicht in der Lage, eine Hilfe, die sich mir bietet, zurückzuweisen. Dieser Mann will mich überdies in seinem eigenen Haus empfangen, und er wird sich wohl hüten, sich nochmals vor seinen Leuten gegen mich zu vergehen.

Auf Grund dieser Überlegung beschied Justine den Lakai, sie werde sich am nächsten Tag um elf Uhr die Freiheit nehmen, seinen Herrn zu begrüßen.

Sie legte sich ins Bett, war aber mit dem, was ihr dieser Mann zu sagen hätte, so sehr beschäftigt, daß sie kein Auge schließen konnte.

Am nächsten Tage machte sie sich auf den Weg. Ein prachtvolles Haus, eine Unmenge von Dienern sowie die demütige Aufforderung dieser reichen Kanaille, alles dies brachte sie eben in Verwirrung, als derselbe Lakai, der sie besucht hatte, sie in ein dunkles Kabinett führte, in dem ihr früherer Peiniger sie erwartete. Saint-Florent erhob sich nicht, sondern gab ein Zeichen, daß man ihn allein lassen möge, und lud Justine ein, sich zu setzen.

»Ich habe Sie sehen wollen, meine Liebste«, sprach er, mit dem frechen Ton der Überlegenheit, »nicht, weil ich glaube gegen Sie ein großes Unrecht begangen zu haben, aber ich erinnere mich, daß Sie in der kurzen Zeit, während welcher wir beisammen waren, viel Geist gezeigt haben. Dessen werden Sie für meinen Vorschlag auch bedürfen, sollten Sie annehmen, so steht Ihnen mein Vermögen zur Verfügung, im gegenteiligen Falle erhalten Sie natürlich nichts.«

Da Justine etwas erwidern wollte, fuhr Saint-Florent fort: »Lassen wir das Geschehene ruhen. Sie waren jung und hübsch, Justine, Sie waren meine Nichte, wir befanden uns in einem Wald, Sie besaßen die Blume der Unschuld – und ich habe Sie eben vergewaltigt.«

»Vielleicht wollen Sie mir aber sagen, warum Sie mich ohne Hilfsmittel auf einer gefährlichen Straße inmitten der Nacht zurückließen.«

»Ah, Justine, die Gründe hierfür würde ich Ihnen vergeblich zu erklären trachten. Sie hatten mich verpflichtet, Justine, Sie hatten mir geholfen, meine Fessel zu lösen, mit einem Wort, Sie hatten Anrecht auf meine Dankbarkeit. Gibt es aber für eine Seele, die der meinen gleicht, einen triftigeren Grund zu allen erdenklichen Verbrechen?«

»Welche Grausamkeit!«

»Lassen wir das jetzt, mein Kind, und kommen wir auf das zurück, weswegen ich Sie sehen wollte. Die außerordentliche Neigung für Jungfernschaften hat mich noch nicht verlassen. Es ist mit ihr ebenso wie mit allen anderen Leidenschaften, je mehr man altert, desto stärker werden sie. Jeden Tag benötige ich zwei Kinder. Habe ich mich an ihnen befriedigt, so müssen diese Geschöpfe aus der Stadt verschwinden, ich könnte die Freuden des nächsten Tages nicht rein genießen, wenn ich daran denken müßte, daß mein Opfer von heute noch dieselbe Luft mit mir atmen, das Mittel mich ihrer zu entledigen ist einfach. Würdest du es glauben,

Justine, das die Languedoc und die Provence durch mich bevölkert wird?

Eine Stunde, nachdem diese kleinen Mädchen mir gedient haben, werden sie von meinen Handelsleuten eingeschifft und dann mit Kupplerinnen von Niel, von Montpellier, von Toulouse, von Aix und Marseille verkauft. Dieser Handel entschädigt mich reichlich für meine Selbstkosten und befriedigt gleichzeitig meine anderen Hauptleidenschaften, die Wollust und die Geldgier. Es ist mir aber zu anstrengend, immer neue Objekte zu entdecken und zu verfuhren, außerdem will ich, daß sie alle aus den Asylen des Elends stammen. Ich lasse daher alle diese Zufluchtsstätten unbarmherzig durchstöbern, und man macht sich keinen Begriff davon, wie reichhaltige Ernte sie mir geben. Ich gehe aber noch weiter. Ich trachte durch meinen allmächtigen Einfluß in der Stadt, die Preise der Lebensmittel in die Höhe zu treiben, damit neue Opfer in meine Arme strömen. Trotz aller Mühe jedoch bedarf ich einer jungen intelligenten Frau, die die Pfade des Unglückes beschritten hat, und dadurch fähig ist, die Elenden besser zu verführen. Ich besaß eine derartige Frau, allein sie starb. Man kann sich nicht vorstellen, wie weit diese Frau ihre Niederträchtigkeiten trieb. Dieses Wesen sollst du ersetzen, meine Teuere. Du sollst zweitausend Franc jährliches Einkommen haben, und vier Weiber sollen deinen Befehlen gehorchen. Antworte, Justine, aber laß dich nicht von

Hirngespinsten zurückhalten, dein Glück zu machen, wenn die Hand des Schicksals es dir darbietet.«

»O Monsieur«, erwiderte schwankend Justine, »wie können Sie derartige Grausamkeiten erfinden, und wie können Sie mir zumuten, daß ich Ihnen dabei helfe. Grausamer Mann, wären Sie nur zwei Tage unglücklich, Ihr Herz würde sich ändern. Gerechter Gott nicht nur, daß Sie mit dem Elend Mißbrauch treiben, Sie wollen es noch vermehren, und um ihre Begierde zu befriedigen, welche Grausamkeit. Die wildesten Tiere sind nicht herzloser.«

»Du täuschest dich, Justine, es gibt nichts, was der Wolf nicht anwenden würde, um das Lamm in seine Falle zu locken. Diese Listen werden uns von der Natur eingegeben, die Wohltätigkeit aber nicht. Ich frage Sie also nochmals, wollen Sie oder nicht?«

»Ich weise das natürlich zurück«, erwiderte Justine, und erhob sich. »Oh, ich bin arm, trotzdem fühle ich mich reich, weil mich die Gefühle meines Herzens entschädigen.«

»Hinaus!«, sprach kaltblütig der abscheuliche Mann. »Und daß Sie mir nicht schwatzen, ich würde Sie sonst an einen Ort bringen, wo Ihnen das unmöglich fallen würde.«

Nichts ermutigt die Tugend so, wie wenn das Laster sie fürchtet. Mutvoller, als sie selbst es gedacht hätte, versprach Justine Verschwiegenheit zu bewahren, wenn man ihr das geraubte Geld zurückgeben würde. »Sie müssen daran denken, Monsieur, daß das Geld mir gerade jetzt unentbehrlich ist«, sprach sie.

Allein das Ungeheuer erwiderte, daß es an ihr läge, wenn sie etwas verdienen wolle und daß er nicht im geringsten die Verpflichtung in sich fühle, ihr zu helfen.

»Nein, Monsieur«, erwiderte sie mit Festigkeit, »ich möchte tausendmal eher zugrunde gehen, als mein Leben um diesen Preis zu verkaufen.«

»Und ich«, entgegnete Florent, »ich gebe nicht gern mein Geld jemanden, der es nicht verdient. Trotzdem Sie mir mit großer Frechheit antworteten, will ich Ihnen noch Bedenkzeit geben.«

»Ich werde auf keinen Fall ihren niederträchtigen Leidenschaften dienen«, entgegnete Justine frostig, »übrigens verlange ich von Ihnen kein Almosen, sondern das, was Sie mir schulden, und das Sie mir auf die schandloseste Weise gestohlen haben. Behalte es, grausamer Mann, aber denke daran, daß ich dadurch das Recht erwerbe, dich zu verraten.«

Nur hätte Justine daran denken müssen, daß die Tugend auch dann nicht glücklich ist, wenn sie eine derartige Sprache führt. Saint-Florent klingelte, der Kammerdiener erschien.

»Hier ist ein kleines Geschöpf, sprach er, »das mich ehemals bestohlen hat, ich müßte Sie hängen lassen, wenn ich meine Pflicht erfüllen wollte, trotzdem jedoch will ich ihr das Leben retten und nur um die Gesellschaft von ihr zu befreien, will ich sie zehn Jahre lang in unserem Zimmer gefangen halten.

Lafleur bemächtigte sich alsbald Justines, die durchdringende Schreie ausstieß. Saint-Florent sprang wütend auf, verband ihr den Kopf und fesselte ihre Hände, dann half er seinem Diener, und die beiden stießen nun die Unglückliche in ein vollkommen abseits gelegenes Zimmer, in dem ihre Klagen ungehört verhallten.

Sie befand sich noch keine Stunde darin, als Saint-Florent mit Lafleur wieder erschien.

»Nun«, fragte dieses Ungeheuer, »wollen Sie es noch wagen, sich meinen Begierden zu entziehen?«

»Der Wunsch ist der gleiche geblieben, und meine Kräfte haben sich nicht geändert.«

»Desto besser«, erwiderte Saint-Florent, »so werde ich also gegen Ihren Willen handeln, und das wird mein Vergnügen erhöhen. Ziehen Sie diese Hure aus. Ah, ah«, sprach Saint-Florent, als er das verhängnisvolle Zeichen bemerkte, »es scheint, als ob meine teure Nichte nicht immer so tugendhaft gewesen ist, wie sie uns einreden will, und diese verräterischen Spuren klären uns vollkommen über ihr Betragen auf.«

»In der Tat, Monsieur«, fuhr Lafleur fort, »diese Bestie kann Sie entehren, ich rate Ihnen also, wenn

Sie sich an ihr befriedigt haben, sie in einen Kerker zu werfen.«

»Hören Sie mich an«, rief jetzt Justine, »bevor Sie mich verdammen.«

Und das arme Mädchen erklärte ihr ganzes Mißgeschick. Jedoch ein so unschuldiges Gesicht Justine immer machte, Saint-Florent spielte doch den Ungläubigen und wiederholte seine höhnischen Bemerkungen. Justine stand nackt da und wurde nun von den beiden Männern in roher Weise zugerichtet. Jedoch alle ihre Bitten, alle ihre Kämpfe waren umsonst. Sie war wehrlos und müßte nachgeben.

»Weißt du«, fragte der Herr seinen Vertrauensmann, »ob für mich ein kleines Mädchen vorbereitet ist?«

»Gewiß, Monsieur, die Stunde hat bereits geschlagen, und Sie wissen, wie pünktlich man Sie bedient.«

»Hole sie mir«, sprach er, und während der Diener hinausging, vollführte der Wüstling Dinge, die man kaum beschreiben kann.

Alsbald erschien das angekündigte Mädchen. Es war ein achtjähriges Kind, das sich in einem derartigen Zustand befand, daß bei seinem Anblick nur das Gefühl des Mitleids rege wurde.

»Entkleide dieses Mädchen«, sprach Saint-Florent zu Justine, »aus deinen Händen will ich sie empfangen. Du, Lafleur, kitzle mein Glied.« Und der Schamlose betastete die Arschbacken seines Vertrauten, indem er sich von ihm liebkosen ließ.

»Ebne den Weg«, fuhr er jetzt zu Justine gewandt fort, »befeuchte die Scheide dieses kleinen Mädchens.«

Die nun folgenden Schreie, Tränen und Klagen konnten unseren Wüstling nicht zurückhalten, das Opfer zu begehen. Lafleur legte sich aufs Bett, zog Justine an sich und begann sie von vorne zu bearbeiten, indem er auf diese Art und Weise ihren Hintern den Angriffen Saint-Florents preisgab. Mit einer langen Stahlnadel bewaffnet, ergötzte sich der Barbar daran, die schönen Backen unserer Abenteurerin zu stechen. Bei jedem Stich spritzte das Blut.

»Nun wollen wir von hinten lieben«, sprach er nach einiger Zeit, »du drehe Justine um, ich will meine Kleine umdrehen.«

Der Befehl wurde ausgeführt und auf diese Weise die Scham Justines den Nadelstichen preisgegeben.

»Teufel«, rief Saint-Florent, »welch ein Vergnügen! Was sagst du dazu, Lafleur?«

»Ich würde sie spicken wie eine Gans.« Alsbald wurden sämtliche Körperteile Justines dieser Peinigung unterworfen.

»In dem Zustand, in dem sie sich jetzt befindet, will ich ihr die Ehre antun, sie nochmals zu lieben«, sprach Saint-Florent und verließ den Hintern seiner Jungfrau, um in die Scheide Justines hineinzufahren. »Ah«, sprach er und preßte sich auf sein Opfer, »ich liebe es, mich auf diese Art und Weise an einer Frau zu befriedigen.« Nun wurden die Backen des kleinen Mädchens dem eigenartigen Vergnügen mit der Nadel unterzogen.

»Eh, eh«, rief er aus, »man gebe mir Messer, Dolche, Pistolen, ich will töten, ich will massakrieren, ich will meine ganze Umgebung ermorden.« Und erst nachdem sich die Hoden des Rasenden entleert hatten, gewannen die Opfer einige Ruhe, um sich ein wenig zu erholen.

»Justine«, sprach Saint-Florent nach einigen Augenblicken, »ich habe Ihnen schon gesagt, wie wichtig es zu meiner Befriedigung gehört, daß die Opfer meiner Wollust verschwinden, sobald ich mich an ihnen befriedigt habe. Wollen Sie mir schwören, Lyon sofort zu verlassen? Nur unter dieser Bedingung gebe ich Ihnen die Freiheit zurück. Sollten Sie um sieben Uhr noch in der Stadt sein, so können Sie mit ewigem Gefängnis rechnen.«

»Monsieur, seien Sie versichert, öffnen Sie die Tür, Sie werden mich in Ihrem Leben nie wiedersehen.« Und das arme Mädchen verließ eiligst ein Haus, in dem man es so grausam behandelt hatte, lief nach der Herberge und verließ in einigen Stunden die Stadt. »O Himmel, rief sie dabei aus, »welche Verderbtheit. Das Ungeheuer begeilt sich an den Tränen der Unglücklichen.«

Justine war bald außerhalb der Stadt, aber es schien, als ob jeder ihrer Schritte von einem unglücklichen Abenteuer gefolgt sein müsse, und als ob alle tugendhaften Empfindungen ihrer schönen Seele schlecht belohnt werden müssen.

Kaum hatte sie zwei Meilen zu Fuß zurückgelegt, als eine alte Frau mit schmerzvollem Gesicht an sie herantrat und sie um ein Almosen bat. Weit entfernt, so hart zu sein, wie sie es eben gesehen hatte, zog sie sogleich ihre Börse heraus, um der Frau einen Franc zu geben; allein das geschickte Wesen hatte die Maske des Alters nur vorgetäuscht, um Justine in die Falle zu locken und griff nunmehr hastig nach der Börse, faßte sie, gab Justine einen Faustschlag in den Magen und verschwand im Gehölz. Justine eilte der Diebin nach, erreichte sie und fiel mit ihr in eine Fallgrube, die durch Blätterwerk versteckt war.

Sie fiel beträchtlich tief und fand ein weites unterirdisches Gewölbe, das schön und bequem möbliert war.

»Wer ist dies, Seraphine?«, fragte ein dicker starker Mann, der vor einem Feuer saß.

»Ein kleines betrogenes Ding«, antwortete die Diebin. »Sie ist mir nachgelaufen, weil ich ihr Geld gestohlen habe, und wir sind gleichzeitig herabgefallen. Dieses Mädchen kann uns nützlich sein, Kapitän, und es tut mir nicht leid, daß ich ihr begegnet bin.«

»In der Tat, sie sieht nicht übel aus«, erwiderte der Anführer und ließ Justine herantreten. »Und sollte sie selbst nur den Vergnügungen unserer Truppe dienen, so wäre dies immerhin etwas.«

Justine wurde alsbald von Männern, Frauen und Kindern jeden Alters umgeben. Bald sah sie ein, daß sie sich in ziemlich schlechter Gesellschaft befand.

»Ist es nicht indiskret, Monsieur«, fragte sie zitternd den Anführer, »wenn ich Sie bitte, mich über diese Persönlichkeiten hier aufzuklären. Ich höre Sie über mich verfügen. Herrschen denn die Gesetze, die Regeln der Schicklichkeit hier nicht ebenso wie auf der Oberfläche der Erde?«

»Iß vorerst von diesem Kuchen, Herzchen«, antwortete der Anführer, »und trinke ein Glas Wein, dann wirst du erfahren, wer die Leute sind, bei denen du bist, und welche Aufgabe du zu erfüllen haben wirst.«

Unsere Heldin war durch diese nette Anrede ein wenig beruhigt und setzte sich mit aufmerksamer Gespanntheit hin.

»Die Leute, in deren Mitte dein Stern dich führt«, sprach der Hauptmann, nachdem er zwei Prisen Tabak genommen hatte, »sind das, was man Bettler nennt. Wir verstehen es so gut, das Mitleid der Leute zu erwecken, daß wir dadurch das ganze Jahr hindurch in Luxus und Wohlhabenheit leben können. Wenn es kein Mitleid gibt, gibt es auch keine Lüge, die man leichter im Menschen erregen kann. Einige Klagen, einige Wunden, ein abstoßendes Kleid, alles das führt die Seele dem Mitleid zu. Sieh einmal diese Verkleidungen an, diese Kräuter, die uns entstellen, diese Kinder, deren wir uns bedienen, um Mütter zu rühren. Unser Vorgehen ist jedoch manchmal durch die Umstände verschieden bedingt; wenn wir uns als Schwächere fühlen, sind wir demütig und kriechend, sind wir die Stärkeren, benehmen wir uns frech.«

»Aber Sie töten wenigstens nicht«, unterbrach teilnahmsvoll Justine.

»Gewiß, meine Teure«, erwiderte der Anführer, »wenn man uns Widerstand leistet, machen wir nicht viel Geschichten, häufig werden Sie auf dem Wege, auf dem Sie hergekommen sind, Leute ihr Leben verlieren sehen; sollen wir Ihnen vielleicht die Möglichkeit lassen, sich zu beklagen und uns zu verderben? Trotzdem jedoch sind wir weder Diebe noch Mörder von Beruf, unser einziges Handwerk ist die Bettelei. Es ist sicher, daß Ihr hübsches Aussehen meine Kameraden verleiten wird, alle ihre Begierden an Ihnen zu befriedigen. Wenn das erste Feuer erloschen ist, wollen wir Ihnen eine Stellung anweisen. Sollten Sie sich geschickt benehmen, werden Sie in die erste Reihe vorrücken, gefällt Ihnen aber unser Handwerk nicht, werden wir Sie allein zu jenem Dienst verwenden.«

Die ganze Truppe klatschte Beifall, und man befahl Justine, sich sofort zu entkleiden, um vorerst dem Oberhaupt und dann der übrigen Truppe zur

Befriedigung zu dienen. Kaum hatte die unglückliche Justine diesen Befehl aussprechen hören, als sie sich weinend vor die Füße der Sprecher warf und sie anflehte, sie von diesen Niederträchtigkeiten zu verschonen. Allein ein kräftiges Gelächter war die einzige Antwort, die sie erhielt.

»Schamvolles Kind«, sprach der Anführer, »wie konntest du glauben, daß diejenigen, die sich damit spielen, das Mitleid anderer zu erregen, die Schwäche haben, selbst solchen Empfindungen zugänglich zu sein? Merke dir, daß unsere Herzen hart sind wie die Felsen, die uns als Dach dienen. Gehorche, Schurkin, dein Widerstand könnte mit Gefahren für dich verbunden sein.«

Justine fand keine Antwort mehr, und bald wurde sie in nacktem Zustand von allen Anwesenden liebkost. Plötzlich bemerkte der Sohn des Anführers das verhängnisvolle Zeichen.

»Was ist dies, Jungfrau?«, fragte eines der Mitglieder des Senats. »Da du durch dieses Mal mit uns auf der gleichen Stufe stehst, scheint es mir, als ob es nicht recht gewesen wäre, die Spröde zu spielen.«

Justine erzählte nun ihre Geschichte, aber man glaubte sie ihr ebenso wenig wie bei Saint-Florent und versicherte ihr, daß ihr dies kleine Unglück im Ansehen in der Truppe nicht schaden werde.

»Mein Kind«, sprach der Anfuhrer und entblößte eine seiner Schultern, auf der ein ähnliches Zeichen sichtbar wurde, »du siehst, wir ähneln uns, und ich will noch bemerken, daß derartige Zeichen in unserem Stand Auszeichnungen sind. Wir haben noch dreißig hier, die ebenso bevorzugt werden. Vorwärts, folge uns, schöner Engel, fuhr das Oberhaupt fort und zog Justine in eine abgesonderte Höhle. Ach und diese Greise hier, wir wollen das Terrain sondieren.«

Die Sechzigjährigen, an der Zahl sechs, führten Justine in einen Raum, in dem Lampen brannten, und dessen Boden mit weichen Matratzen belegt war. Es war das Boudoir dieser Herren.

»Justine«, sprach einer der Greise, »geben Sie sich vorerst unserem Anführer hin, wir wollen dann der Reihe nach ihn ablösen.«

Gaspard ergriff Justine, allein er war zu sehr abgenützt, um sich an ihr befriedigen zu können.

Raymond, der folgte, hatte in der großen Welt gelebt, es war ein alter Pariser Ladendieb. Er ließ sich von Justine den Hintern lecken.

Gareau war Priester gewesen und hatte sich die jesuitischen Neigungen bewahrt. So liebte er also Justine von hinten und schrie wie ein Teufel, als er fertig wurde.

Ribert verlangte, daß Justine ihn kitzle, während er sie ohrfeigen wollte.

Vernol war ebenso bösartig wie sein Kamerad, nur hatte er die Leidenschaft, an den Ohren zu reißen.

Mangin leckte den Hintern. Als er aber Gareau nachahmen wollte, verlor er unter Wehklagen seine Kräfte.

»Vorwärts, Kinder«, sprach das Oberhaupt, als er mit seinen Adjutanten zurückkehrte, »Sie taugt etwas, aber laßt ein wenig Ordnung halten, jeder möge der Reihe nach antreten.«

Da acht bis zehn Männer anwesend waren, die sich nur an Knaben ergötzten, und fünf oder sechs Frauen, die nur Sappho huldigten, hatte unsere Heldin mit ungefähr dreißig Personen beiderlei Geschlechts zu tun. Obwohl ziemliche Ordnung herrschte, hatte die Unglückliche doch ungemein viel zu erdulden, jedoch Justine blieb immer gefällig, immer Sklavin, immer unglücklich und gab sich zu allem her, obwohl ihr Herz dagegen stimmte. Nach genossenem Vergnügen führte man sie zu einem Waschbecken, wo sie sich reinigte. Dann setzte man sich zu Tisch, und die Konversation bewegte sich über die eben genossenen Freuden. Man trank viel, und die Gesellschaft benahm sich ziemlich solid.

Der Ex-Jesuit Gareau näherte sich Justine: »Sie haben«, sprach er leise, »den schönsten Popo der Welt. Ich habe kaum Zeit gehabt, ihm genügend zu huldigen, folgen Sie mir nach; wenn alle schlafen, wollen wir in einem Winkel plaudern.«

Verlassen, wie Justine war, fühlte sie sich glücklich, daß ein Wesen für sie Interesse bezeugte. Sie blickte den Mann an, der zu ihr sprach, und da er anständig aussah, stieß sie ihn nicht zurück. Der neue Liebhaber unserer Heldin führte sie in eine kleine Zelle, nachdem sich beide gesetzt hatten, begann folgendes Gespräch:

»Im Augenblick, da ich Sie gesehen habe«, sprach Gareau, »haben Sie mir sofort Interesse eingeflößt, Ihre entzückende Gestalt kündet mir Geist an, Ihre Reden eine gute Abstammung, und ich bin überzeugt, daß das Mal, das Sie tragen, nur durch unglücklichen Zufall Sie getroffen hat. Ich verberge Ihnen nicht, mein Engel, daß ich Sie mit Kummer in unserer Gesellschaft gesehen habe; wenn Sie den Beruf dieser Leute nicht ebenfalls ausüben, fürchte ich, daß sie Sie töten könnten, wenn sie Ihrer satt sind. In dieser peinlichen Lage sehe ich für Sie nur eine Möglichkeit, und die besteht darin, sich mit mir gut zu verhalten, damit ich Ihnen eines Tages den Weg zur Freiheit weisen kann.«

»Aber, Monsieur«, fragte Justine, »da Sie Interesse an mir nehmen, werden Sie mir doch nicht zur Flucht verhelfen?«

»Ich werde Ihnen nachfolgen, Justine, glauben Sie denn, daß ich für diesen Beruf hier geboren bin? Geldgier, Faulheit und Wollust sind die Ketten, die mich fesseln. Ich gewinne gern Geld, ohne mich weiter darum bemühen zu müssen, aber ich hoffe, daß Sie einen Unterschied zwischen mir und diesen Leuten herausfinden, denn ich werde sie früher oder später doch verlassen, und wir wollen dann ein gemeinsames Leben führen. Im übrigen, wenn Sie öffentlich erklären, daß Sie mit mir leben wollen, werden Sie davor bewahrt bleiben, sich jedem dieser Schufte täglich hinzugeben.«

»Nun denn, Monsieur, ich willige ein. Ich liefere mich Ihnen aus, wenn Sie mir feierlich versprechen, daß ich nicht gezwungen werden soll.«

»Ich schwöre es Ihnen«, sprach Gareau, »und ich will das Gelübde mit Ihrem Hintern besiegeln.«

Seufzend gab sich Justine hin, und der geschickte Jesuit fuhr sanft hinein.

»Jetzt aber wollen wir zurückkehren«, sprach er, nachdem er sich befriedigt hatte, »eine längere Abwesenheit könnte Argwohn auf uns werfen.«

Unsere Wüstlinge erzählten sich gerade Geschichten. Justine und Gareau setzten sich an das Feuer, und beim Abendessen erklärte unsere Heldin, daß von allen Anwesenden Gareau allein ihr Vertrauen zu gewinnen gewußt habe. Der Anführer fragte Gareau, ob ihm dies passe, und nachdem dieser bejaht hatte, betrachtete man Justine allgemein als seine Frau.

Allein Gareau hatte, als er Justine seine Hand und seinen Schutz anbot, nicht aufrichtig gesprochen, und die erste Nacht, die sie zusammen verbrachten, überzeugte Justine bald, daß sie nicht allein seine Gunst genoß. Einer der jungen Männer legte sich in der Nacht zwischen die beiden.

»Wer ist dies?«, fragte Justine. »Ist das Ihr Versprechen?«

»Ich sehe, es ist mein Unglück«, antwortete
Gareau, »von meiner liebenswürdigen Gattin nicht
verstanden zu werden. Ich habe Ihnen gesagt, daß
Sie Unterstützung, Ratschläge und liebevolle
Aufnahme finden werden, nicht aber, daß ich
enthaltsam bin. Sie müssen sich schon damit
abfinden, daß wir häufig zu dritt sein werden.«

Während er nun den Mann von hinten vornahm,
verlangte er von Justine, daß sie das Glied des
jungen Mannes liebkose. So wurde ihr
Entgegenkommen auf die Probe gestellt.

Einige Tage vergingen ohne weitere Ereignisse,
und Justine schien immer mehr das Vertrauen ihres
Mannes zu gewinnen. Trotzdem war es ihr nicht
möglich, ihn zu leiten, sondern sie mußte sich von
ihm lenken lassen.

»Bald«, sprach eines Tages ihr Beschützer, »bald
wird ein Drittel unserer Leute, die sich auf dem
Land befinden, zurückkehren. Eine neue Abteilung
wird ausgesandt werden, ich werde mich melden,
und Sie müssen mir nachfolgen; wenn wir einmal
erst aus diesem schrecklichen Loch heraus sind,
wollen wir nie mehr einen Fuß dahin zurücksetzen.
Wir wollen uns in ein entlegenes Dorf flüchten und
dort ruhig leben.«

»Oh, wie sehr gefällt mir dieser Plan«, rief Justine
entzückt aus, »bringen Sie mich aus diesem Schlund
weg, Monsieur, und ich schwöre Ihnen, daß ich Sie
in meinem Leben nicht verlassen will.«

»Ich verspreche Ihnen, Sie herauszubringen, Justine, aber ich knüpfe daran eine Bedingung.«

»Und die ist?«

»daß Sie die Kasse dieser Verbrecher mit stehlen und sie dann anzeigen.«

»Gut, die Kasse stehlen, das geht noch, aber sie bestrafen lassen, o Gott, dazu werde ich niemals meine Einwilligung geben.«

»Nun denn, dann bestehlen wir sie einfach, dann soll aus ihnen werden, was da will.«

Wir haben den lebhaften Wunsch, den Lesern immer den Charakter unserer Heldin so klar zu zeigen, wie er war. Wir müssen also berichten, daß der Grund, weshalb sie in den Plan einstimmte, der war, daß sie dem Anführer der Truppe ein Geständnis machen wollte, um dann die Gnade des Schuldigen und ihre eigene Freiheit zu erwirken. Nach einigen Tagen kam eines der Mitglieder der abwesenden Abteilung an und berichtete, daß seine Kameraden zurückkehrten. Sofort versammelte sich die nächste Abteilung, und Gareau erhielt einstimmig den Oberbefehl über die kleine Armee.

Justine bat nun den Anführer um eine geheime Audienz, und als sie allein mit Gaspard war, entdeckte sie ihm ihre Geschichten, die jener viel besser wußte als sie selbst.

»Vertrauensseliges Mädchen«, sprach der Hauptmann, »Gareau hat sich über Sie lustig gemacht, und Sie sind in eine Falle geraten. Ihr

Mitbruder hat Ihnen drei Dinge vorgeschlagen, uns zu bestehlen, uns anzuzeigen und zu flüchten, Sie gestehen nur den Diebstahl zu, Sie haben die Anzeige zurückgewiesen, die Flucht aber zur Ausführung bringen wollen. Das ist mehr als genug, Sie ordentlich bewachen zu lassen. Sie lieben unser Handwerk nicht, und wir sind sicher, daß Sie es niemals beherrschen werden. So müssen wir Sie bloß als unsere Hure und Sklavin hier behalten, und in beiden Fällen müssen Sie mit Eisenketten angeschmiedet werden.«

»Oh, Monsieur«, rief Justine aus, »wie, dieses Ungeheuer ...«

»Er hat Sie verraten und seine Pflicht dabei getan.«

»Aber er sprach doch von Liebe und zärtlichen Gefühlen.«

»Wie haben Sie glauben können, daß in einem Mitglied unserer Bande derartige Gefühle entstehen können? Gareau hat sich über Sie lustig gemacht, meine Tochter, er hat Ihnen Ihr Geheimnis entreißen wollen. Das möge Ihnen als Lehre für ein andermal dienen, für dieses Mal unterwerfen Sie sich dem Schicksal, das Ihnen Ihre tugendhafte Unschuld bereitet hatte.«

Alsbald wurde Seraphine gerufen und Justine ihr übergeben. »Sie werden sie nicht einsperren«, sprach das Oberhaupt, »dürfen sie aber nicht aus dem Auge verlieren und haften mir mit Ihrem Kopf für sie.«

Diese Seraphine, von der wir unseren Lesern endlich ein Bild geben müssen, war eine sehr hübsche dreißigjährige Frau, die mit einer ganz ungemeinen Geschicklichkeit begabt war. (Man erinnert sich noch an die Art und Weise, wie sie Justine täuschte.) Sie war von einer derartigen Sittenverderbtheit, wie man sie selten findet.

Gareau brach in helles Gelächter aus, als er Justine mit ihrer Wächterin zurückkehren sah.

»Was hältst du von diesem Gänschen?«, fragte er Seraphine.

»Sie ist noch ein Neuling«, antwortete diese, »man muß es Ihrem guten Glauben zugute halten.«

»Wie«, fragte Gareau, »wird sie nicht mit dem Tod bestraft werden?«

»Ah, Verbrecher, das wolltest du«, sprach Justine, »deshalb täuschtest du mir Gefühle von Liebe vor.«

»Liebe, Liebe! Seraphine, was sagst du zu dieser Jungfrau, die sich einbildet, daß man ihr Liebe schuldet, weil man sie geliebt hat.«

»Sie ist jetzt in meiner Obhut«, sprach Seraphine, »und ich verspreche dir, daß sie mir nicht auskommen wird.«

»Ich hätte es lieber, wenn sie bei den Toten läge«, antwortete das Ungeheuer.

Nunmehr wurde Justine mit den niedrigsten Aufträgen betraut. Mit einem Wort, sie wurde die Sklavin der Seraphine. Man kündigte in den

unterirdischen Gewölben durch einen Zettel an, daß
Justine nicht mehr die Geliebte Gareaus sei und sich
infolgedessen jedem, der nach ihr begehrte,
hingeben müsse. Das Hübsche an der Sache war,
daß als erster Gareau selbst erschien.

»Komm, Schurkin«, sprach er, »wenn ich dich
auch getäuscht habe, liebe ich doch deinen Hintern,
komm, bevor ich weggehe, will ich ihn noch einmal
bearbeiten.«

Schließlich brach Gareau mit seinen Kumpanen
auf, und die zurückkommende Abteilung zog ein.
Justine hatte also bald eine ganze Anzahl Personen
über sich, und besonders das Oberhaupt dieser
Truppe quälte Justine aufs äußerste.

Inzwischen hatte man Bilanz gemacht und
gefunden, daß die neue Truppe an Almosen nahezu
siebenmal hunderttausend Francs mitgebracht hatte.

»Oh, Teufel«, rief Gaspard aus, »es lebe die
christliche Barmherzigkeit. Wie geistvoll war
derjenige, der diese erhabene Tätigkeit als Tugend
bezeichnete, ohne ihn könnten wir heute nicht
leben. Fahren wir fort, Freunde, den Priestern
Unterstützungen zu zahlen, um die menschlichen
Herzen aneifern zu lassen. Niemals noch werden
wir unser Geld angelegt haben wie auf diese
Weise.«

Plötzlich öffnete sich die Falltür und spie einen
vierzigjährigen, gut gekleideten Mann herab, der
vorerst wortlos, nach einem Augenblick der Ruhe
aber fähig war, sein Mißgeschick zu erzählen. Der

Wanderer hatte, um ein natürliches Bedürfnis zu befriedigen, sich in ein Gesträuch zurückgezogen, und die Erde war unter seinen Füßen gewichen, sein mit Gold beladenes Pferd mußte einige Schritte weit von dem Erdloch entfernt sein und so sprach er: »Hat mich mein Schicksal in die Hände von Räubern fallen lassen, dann müßt ihr euch beeilen, den Schatz in Sicherheit zu bringen. Habt Ihr aber keine bösen Absichten mit mir, dann bringet mich rasch wieder auf die Erde.«

»Dich auf die Erde bringen?«, fragte Roger und hielt eine Pistole gegen den Mann gerichtet. »Ah, Verbrecher, deine Augen werden niemals wieder die Sonne sehen.«

»Was sehe ich, großer Gott«, rief der Reisende aus, »bist du es, Roger, du, mein Bruder, den ich sozusagen an meinem Busen ernährt habe, du, mein Freund, dem ich zweimal das Leben gerettet habe, du, der mir mit einem Wort alles schuldet? Oh, wie danke ich dem Himmel, dich an diesem düsteren Ort zu finden. Wer immer diese Leute sind, wenn du mir als Beschützer dienst, werden sie mir nichts antun.«

»Der Schlag soll mich treffen«, rief Roger aus, »wenn es etwas gibt, das mich milder stimmen könnte und hättest du mir tausend Leben gerettet, Verbrecher, ich würde dir nicht dankbar sein. Wisse, daß in unseren Seelen jedes andere Gefühl als das des Interesses erstickt ist, und daß, solltest du mir selbst tausendmal größere Dienste geleistet haben, ich dich nicht schonen würde.«

Zwei Pistolenschüsse streckten alsbald den Bruder nieder. Kaum war dies geschehen, als Seraphine mit dem Gepäck des Reiters ankam.

»Das ist ein entzückendes Abenteuer«, sprach Gaspard, der bereits die Beute zählte und mehr als hunderttausend Francs vorfand. Der Brudermord Rogers fand viel Beifall in der Truppe, aber gar keinen Widerspruch.

Die unglückselige Justine wurde beauftragt, den Leichnam zu verscharren, und wir überlassen es den Lesern, sich auszudenken, wie sehr die genannten Vorfälle geeignet waren, ihren ohnehin starken Haß gegen die Truppe noch zu vermehren. Die Freude, die man über den glücklichen Fang hatte, bewirkte, daß man den ganzen Abend nur daran dachte, sich zu erfreuen. Eine Orgie wurde veranstaltet, bei der alle Frauen und Knaben nackt erscheinen mußten. Justine war beauftragt, zu servieren.

Trotz des Zustandes der Demütigung, in dem die unglückliche Justine gehalten wurde, fand sie doch in Seraphine eine Schützerin, die, da sie sie ihren Freuden zuzog, der Unglücklichen einige Milde zuteil werden ließ.

»Mein Engel«, sprach sie eines Tages, »ich fürchte, daß ich dir nicht genug Vertrauen einflöße, da du bereits von einem meiner Kameraden hintergangen worden bist. Ich schwöre dir aber, daß ich dich nicht täusche und daß mein Mund die lauterste Wahrheit spricht. Man verlangt von mir in Lyon für einen Kaufmann ein junges Mädchen, seine Neigungen sind allerdings seltsam, aber er bezahlt sie dafür reichlich.«

»Wie furchtbar!«, rief Justine aus.

»Ja, ich habe mir wohl gedacht, daß bei deinen Grundsätzen ein solcher Vorschlag Widerstand finden würde, aber ist es nicht besser, als hier zu bleiben?«

»Gewiß.«

»Nun denn, dann entscheide dich.«

»Ich bin bereit«, antwortete Justine mit ein wenig Gewissensbissen, »mache mit mir, was du willst.«

Seraphine eilte nun zu Gaspard, hielt ihm vor, daß die Strafe Justines schon lange genug dauere und daß man die Truppe nicht länger der Dienste eines Mädchens berauben dürfe, daß Justine draußen mehr taugen würde wie im Innern der Erde.

Die Gnade wurde gewährt. Man gab Justine noch gute Lehren, und nach einem fünfmonatigen Aufenthalt in dieser scheußlichen Höhle erhielt sie endlich die Erlaubnis, ihrer Beschützerin nach Lyon zu folgen.

»Großer Gott«, rief Justine aus, als sie die Sonne wiedersah, »ein Werk der Barmherzigkeit, und ich wurde durch fünf Monate lebend begraben; weil ich versprochen habe, ein Verbrechen zu begehen, löst man mir meine Ketten. O Vorsehung, erkläre mir doch deine unfassbaren Wege, sonst müßte sich mein Herz aufbäumen.«

Unsere zwei Reisenden machten in einem Gasthaus halt, um zu frühstücken. Justine sprach kein Wort, dachte aber trotzdem immer an ihre Befreiung. »Madame«, rief sie aus und wandte sich an die Wirtin, eine ziemlich hübsche, gutmütige Frau, »oh, Madame, ich beschwöre Sie, mir Ihre Hilfe angedeihen zu lassen. Das Geschöpf, mit dem Sie mich sehen, zwingt mich, ein Haus aufzusuchen, in dem meine Ehre verletzt wird. Ich habe ihr das Versprechen gegeben, um einer Bande von Schuften zu entgehen, die mich gefangen hielten. Ich bitte Sie, ihr beizubringen, sie möge keine Ansprüche an mich stellen und dann behalten Sie mich bis morgen bei sich, damit ich meinen Weg für mich einschlagen kann.«

»Verbrecherin«, rief Seraphine wütend aus, »bezahle mich wenigstens.«

»Ich schwöre beim Himmel, daß ich nichts schulde, zwingen Sie mich nicht, Seraphine, mich deutlicher auszudrücken.«

Seraphine erschrak und verschwand fluchend. Justine verbrachte achtundvierzig Stunden bei der liebenswürdigen Wirtin, und am Morgen des dritten Tages brach sie reich beschenkt auf, indem sie die Richtung nach Vienne einschlug, um später nach Grenoble zu gelangen.

Justine wanderte traurig vor sich hin, als sie in einem Feld rechts von ihrem Wege zwei Reiter sah,

die einen Mann mit ihrem Pferden zerstampften, um
dann davonzureiten. Dieses furchtbare Schauspiel
rührte sie zu Tränen.

»Ach«, sprach sie, »der Mann ist noch mehr zu
beklagen als ich. Ich bin wenigstens gesund und
kräftig, aber wenn dieser Unglückliche nicht reich
ist, was soll aus ihm werden?«

So sehr auch Justine mit ihrem Mitleid Unglück
gehabt hatte, sie konnte doch dem heftigen Wunsch
nicht widerstehen, näher zu treten und dem Mann
zu Hilfe zu eilen. Sie lief auf ihn zu, ließ ihn ein
wenig Weingeist einatmen, zerriß dann ihr einziges
Gepäckstück, ein Hemd, um das Blut des
Unglücklichen zu stillen, und schließlich sah sie
ihre Bemühungen von Erfolg gekrönt. Obwohl der
Mann zu Fuß reiste und mäßig gut gekleidet war,
schien er ihr doch ziemlich vornehm zu sein. Er
besaß Ringe, eine Uhr, Dosen, die allerdings durch
sein Abenteuer stark mitgenommen waren.

»Wer ist«, sprach er, als er wieder zu sich
gekommen war, »der Engel, der mir hilft? Und was
kann ich tun, um ihm meine Dankbarkeit zu
beweisen?«

Die unschuldige Justine, die noch immer glaubte,
daß man sich durch Wohltaten eine Seele
verpflichten könne, begann nun ihre Unglücksfälle
zu erzählen. Er hörte mit großem Interesse zu, und
als sie mit ihrem letzten Abenteuer zu Ende war,
rief der sonderbare Mensch aus: »Wie bin ich
glücklich, mich für alles dankbar erweisen zu

können, was sie mir angetan. Hören Sie, Mademoiselle, vielleicht bin ich in der Lage, Ihnen behilflich zu sein.«

»Man nennt mich Roland, ich besitze ein sehr schönes Schloß, das fünfzehn Kilometer von hier in den Bergen liegt. Ich lade Sie ein, mir zu folgen, und damit dieser Vorschlag Ihr Zartgefühl nicht verletze, will ich Ihnen gleich mitteilen, wieso Sie mir nützlich sein können. Ich bin Junggeselle, habe aber eine Schwester, die ich leidenschaftlich liebe und die bei mir in der Einöde wohnt. Ich bedarf jemanden, der sie bedient. Diejenige, die bisher diese Stelle innehatte, verloren wir, und ich biete Ihnen nunmehr diesen Posten an.«

Unsere Heldin dankte vorerst ihrem Schützer und fragte ihn dann, wieso es käme, daß er ohne Bedienung reise, und warum er von den Spitzbuben so behandelt worden sei.

»Ich habe seit einigen Jahren die Gewohnheit, so wie Sie mich hier sehen, nach Vienne zu reisen. Ich tue dies für meine Gesundheit und aus Ersparnis. Nicht daß ich arm wäre, im Gegenteil, aber Sparsamkeit schadet nie. Was die beiden Männer betrifft, die mich verletzten, so sind es zwei Kerle, denen ich vergangene Woche hundert Louisdor in Vienne abgewann. Sie gaben mir ihr Wort, mich zu bezahlen, und da ich sie heute daran erinnerte, haben mich die Verbrecher derart zugerichtet.«

Unsere teilnahmsvolle Reisende gab ihrem Bedauern nochmals Ausdruck, als Roland ihr vorschlug, aufzubrechen. »Dank Ihrer Sorgfalt fühle ich mich ein wenig besser, und in zwei Kilometer Entfernung liegt ein Haus, wo wir Pferde finden können.«

Justine war vollkommen entschlossen, die Hilfe, die ihr der Himmel bot, anzunehmen. Sie stützte Roland während des Gehens, und tatsächlich langten beide nach einem Marsch von zwei Kilometern bei einer Herberge an, in der sie ehrsam zusammen zu Abend aßen. Roland empfahl sie nachher der Wirtin, und am nächsten Tag erreichten unsere Reisenden auf zwei Mauleseln die Grenze der Dauphine. Da die Reisenden noch ein großes Stück vor sich hatten, übernachteten sie in Virieux, und am nächsten Tage setzten sie ihren Marsch in derselben Richtung fort. Gegen vier Uhr nachmittags langten sie am Fuß des Gebirges an. Da die Wege fast ungangbar waren, empfahl Roland dem Mauleseltreiber, Justine nicht zu verlassen, und alle drei drangen in die Schluchten ein. Unsere Heldin, die keine Spur eines Weges mehr fand, konnte sich einer Unruhe nicht erwehren. Roland sprach kein Wort. Dieses Schweigen erschreckte unser unglückliches Mädchen noch mehr, als sie endlich am Rande eines furchtbaren Abgrundes ein Schloß liegen sah. Kein Weg schien dahin zu führen. Der, den unsere Wanderer gingen, langte trotzdem nach vielen Windungen bei dieser furchtbaren Behausung an, die mehr einer Zufluchtsstätte von Dieben als dem Aufenthaltsort von ehrlichen Leuten ähnelte.

»Hier ist mein Haus«, sprach Roland, und da Justine Erstaunen merken ließ, daß er in solcher Einsamkeit wohne, antwortete er ihr rau: »So paßt es mir!«

Diese Antwort verdoppelte die Befürchtungen unserer Unglücklichen, aber da sie nicht mehr zurück konnte, hielt sie sich still. Roland stieg von seinem Maultier herab. Dann bezahlte er den Maultiertreiber und verabschiedete ihn. Da dieses Vorgehen Justine von neuem beunruhigte, fragte Roland sie in sanftem Ton: »Was haben Sie, Justine? Dieses Haus ist an der Grenze der Dauphine gelegen, es gehört noch zu Grenoble.«

»Schön, aber wie ist es Ihnen eingefallen, sich in einer so verlassenen Schlucht festzusetzen?«

»Das kommt daher, daß die Bewohner nicht sehr ehrliche Leute sind«, sprach Roland; »es wäre sehr leicht möglich, daß Sie von Ihrer Beschäftigung nicht sehr erbaut wären.«

»Ah, Sie machen mich schaudern, wohin führen Sie mich?«

»Ich führe dich zur Falschmünzerei, deren Oberhaupt ich bin«, sprach Roland und erfaßte den Arm Justines, um sie über eine kleine Fallbrücke zu fuhren. »Siehst du diesen Brunnen?«, sprach er, als sie im Hofe angelangt waren, »diese vier nackten, angeketteten Frauen, die das Rad drehen, sind deine Genossinnen; wenn du täglich zehn Stunden dieses Rad gedreht und alle meine Launen befriedigt haben wirst, erhältst du sechs Unzen Schwarzbrot

368

und eine Schüssel Linsen. Auf deine Freiheit mußt du verzichten, die wirst du nie wieder erlangen; wenn du sterben solltest, wird man dich in das Loch, das du neben dem Brunnen siehst, werfen, und du wirst damit das Los von zweihundert anderen Schurkinnen teilen, die bereits darin liegen.«

»Oh, großer Gott!«, rief Justine aus und warf sich Roland zu Füßen, »erinnern Sie sich doch, daß ich Ihnen das Leben gerettet habe und daß Sie mir Dankbarkeit versprochen haben und mich zu belohnen. Ist das, was Sie tun, gerecht?«

»Was verstehst du unter dem Gefühl der Dankbarkeit, mit dem du mich zu fesseln glaubst«, fragte Roland, »was tatest du, als du mir zu Hilfe eiltest? Zwischen der Möglichkeit, deinen Weg fortzusetzen, und der, zu uns zu kommen, hast du die letztere gewählt, weil dein Herz dich so geleitet hat. Du empfandest also dabei eine Befriedigung. Woher, zum Teufel, nimmst du also die Verpflichtung, daß ich dir dankbar sein soll? Zur Arbeit, Sklavin, zur Arbeit!«

Bei diesen Worten wurde Justine auf Befehl Rolands von zwei Knechten erfaßt, unsanft entkleidet und an ihre Arbeit geführt. Roland trat nochmals an sie heran. Er betastete sie überall und verhöhnte sie grausam, als er das demütigende Zeichen des grausamen Rombeau bemerkte. Dann bewaffnete er sich mit einem Ochsenziemer und versetzte ihr sechzig Schläge auf den Hintern. »So wirst du immer behandelt werden, Schurkin, wenn du deine Pflicht vernachlässigst«, sprach der Niederträchtige. »Du bist noch nicht am Ende deiner Leiden, und ich will, daß du hier alle raffinierten Arten der Grausamkeit kennen lernen wirst!« Dann ließ er sie allein.

Sechs finstere Höhlen dienten den Unglücklichen während der Nacht als Schlafraum. Man band also Justine und ihre Genossinnen los und sperrte sie in diese Löcher ein, nachdem man ihnen ihr karges Abendessen aufgetragen hatte.

Unsere Heldin war kaum allein, als sie sich den Gedanken über ihre furchtbare Lage hingab. »Ist es möglich«, sprach sie zu sich, »daß es Menschen sind, die so hart sind, daß sie das Gefühl der Dankbarkeit in sich ersticken?« Sie hing eben diesen Gedanken weiter nach, als plötzlich die Tür ihres Kerkers sich öffnete, und Roland hereintrat, um an ihr alle seine Launen zu befriedigen, und welche Launen waren das, gerechter Gott! Aber wir wollen die Geduld unserer Leser nicht mißbrauchen und einen Schleier über diese neuen Grausamkeiten ziehen.

Am nächsten Tag prüfte Justine genauer ihre Umgebung. Ihre vier Genossinnen waren Mädchen von fünfundzwanzig bis dreißig Jahren, und obwohl sie durch das Elend und die Arbeit entstellt waren, zeigten sich dennoch Spuren von großer Schönheit; die jüngste namens Susanne war sogar noch schön zu nennen. Roland hatte sie in Lyon ihrer Familie durch ein Heiratsversprechen entführt und sie in dieses furchtbare Haus gebracht. Sie war seit drei Jahren der Gegenstand, auf den sich alle Grausamkeit des Ungeheuers richtete. Durch die Schläge mit dem Ochsenziemer war ihre Haut runzlig und hart wie die einer alten Kuh geworden. An ihrer linken Hüfte hatte sie einen Schanker und in ihrem Muttermund befand sich ein Abszess; alles das war das Werk des niederträchtigen Roland. Von ihr erfuhr Justine, daß sich der Schuft in nächster Zeit nach Venedig begeben wollte, um dort sein falsches Geld anzubringen. Alles sollte von diesem großen Streich, den er dort ausführen wollte, abhängen.

»Ach«, sprach Justine, als sie von diesem Unternehmen erfuhr, »ich hoffe, daß die Vorsehung einmal gerecht sein wird. Sie wird ein derartiges Ungeheuer nicht mit Erfolg krönen, und wir werden alle gerächt werden.«

Mittags ließ man den Unglücklichen zwei Stunden Ruhe, die gleichzeitig zum Speisen benutzt wurden. Nach Verlauf dieser Zeit band man sie von neuem an und ließ sie bis in die Nacht arbeiten. Ihre Nacktheit diente dazu, Roland bessere Gelegenheit zum Schlagen zu geben. Im Winter erhielten sie eine Weste und eine Hose, die rückwärts derart geöffnet war, daß ihre Körper nicht minder allen Angriffen Rolands ausgeliefert waren. Acht Tage vergingen, ohne daß Roland erschien. Am neunten Tag kam er, um nach der Arbeit zu sehen, und da er fand, daß Justine und Susanne das Rad zu wenig kräftig drehten, gab er einer jeden fünfzig Schläge mit dem Ochsenziemer.

In der darauf folgenden Nacht trat der Niederträchtige bei Justine ein, um ihre Wunden besser betrachten zu können. Der Schuft küßte sie zuerst, und da ihn diese Vorarbeiten sehr erregten, steckte er ihr bald sein Glied in den Hintern, dazwischen stach er ihr in den Busen und richtete Worte an sie, die die Natur zum Schaudern gebracht hätten. Als er endlich entladen hatte, benützte Justine den Augenblick, ihn um Gnade zu bitten.

»Mit welchem Recht«, antwortete Roland, »forderst du, daß ich deine Ketten lösen soll; vielleicht deshalb, weil ich mich eben an dir befriedigt habe? In dem, was ich tat, war von Liebe keine Rede. Sieh mein Glied an, Justine, ich habe die feste Absicht, dich zu ermorden, und daher ragt es steif in die Luft; nur das Verbrechen bringt einen Wüstling, wie ich es bin, in Geilheit, und alles, was nicht verbrecherisch ist, ist langweilig.«

»Was Sie da sagen, ist schauderhaft«, erwiderte Justine, »aber unglücklicherweise habe ich bereits Beispiele davon erlebt.«

»Ich könnte dir noch tausende aufzählen, wenn dies einen Sinn hätte.« Bei diesen Worten schlang Roland einen Strick um den Hals Justines, und während er sie von hinten bearbeitete, zog er den Strick so fest zusammen, daß sie das Bewußtsein verlor. Und das Ekel zog sich, ohne sich um die Folgen zu bekümmern, ruhig zurück.

372

So verging ein Jahr, währenddessen drei Mädchen hingeopfert wurden. Stets fand sich Ersatz, aber wie erstaunt war Justine, als sie diejenige sah, welche die Stelle einnahm? Es war Madame Delisle, die interessante Wirtin, bei der sie sich von dem niederträchtigen Weib getrennt hatte, das sie in Lyon prostituieren wollte.

»Oh, Madame«, rief Justine aus, als sie sie sah, »Sie, die die Natur so sanft und so gut geschaffen hat, Sie hat nun auch dieses grausame Schicksal ereilt! Oh, belohnt der Himmel so die Keuschheit, die Gastfreundlichkeit, die Wohltätigkeit und alle die anderen Tugenden der Menschen.«

Die Reize Madame Delisles erhitzten Roland derart, daß er sie noch am selben Abend besuchte. Man kann sich leicht vorstellen, daß er sie nicht mehr schonte als Justine, und so wurden die beiden durch das gemeinsame Unglück noch fester aneinander gekettet. »Oh, liebenswürdige Frau«, sprach Justine, als die Delisle ihr die ausgestandenen Greuel schilderte, »was gäbe ich darum, wenn ich Ihnen die Wohltaten, die Sie an mir begangen haben, erwidern könnte; aber ich, ich bin selbst unglücklich und kann Ihnen zu nichts nützen. Wie würde ich mich beeilen, Ihre Ketten zu brechen, wenn ich selbst frei wäre, aber ich glaube, jede Hoffnung ist unnütz. Wir werden diesen Ort niemals mehr verlassen.«

»Der Niederträchtige«, sprach die Delisle, »er hat mich bloß so behandelt, weil er mir Geld schuldet;

seit drei Jahren macht er in meinem Haus ungeheure Zechen, ohne mich jemals zu bezahlen. Letzthin lud er mich zu einem Spaziergang ein, im Wald lauerten uns zwei seiner Leute auf, sie banden mich und schleppten mich auf einem Maulesel hierher.«

»Und Ihre Familie?«

»Ich habe nur ein Kind, das noch in jungen Jahren ist. Mein Gatte starb vergangenes Jahr und überdies bin ich Waise. Das Ungeheuer wußte alle diese Dinge wohl, sonst hätte er den Streich nicht gewagt. Ah, was wird aus meinem unglücklichen Kind werden? Ich habe diesen Schuft gebeten, mich wenigstens schreiben zu lassen, aber auch das hat er mir nicht gestattet!« Und Tränen rannen aus den schönen Augen dieses interessanten Geschöpfes.

»Und hat er sich an Ihnen ebenso befriedigt, wie an allen anderen Opfern?«, forschte Justine weiter, und statt aller Antwort zeigte das verschämte Geschöpf Justine ihren Hintern. »Ah, ich bin noch ganz zerrissen«, sprach sie, »oh, mit welchen Lastern ist dieses Scheusal begabt!«

So lagen die Dinge, als in dem Schlosse bekannt wurde, daß der Streich Rolands gelungen sei. Das war das neue Beispiel, das die Vorsehung Justine vorführte. Nochmals besuchte Roland Justine. »Beruhige dich«, sprach er diesmal, »du hast nichts zu befürchten.« Und als sich die Türen geschlossen hatten, fuhr er fort: »Teures Mädchen, nur dir allein im Haus wage ich mich anzuvertrauen. Ich habe wohl an die Delisle gedacht, aber so anständig sie scheint, ich halte sie für rachsüchtig und meiner Schwester hingegen ziehe ich dich vor.«

Voll Überraschung bat Justine Roland, sich näher zu erklären.

»Höre«, sprach der Wüstling, »mein Glück ist gemacht, allein ich könnte bei der Überführung meines Geldes überfallen werden, und wenn das der Fall ist, dann habe ich den Strick zu erwarten. Ich bin überzeugt, daß dieser Tod sehr süß ist, aber da die Frauen, an denen ich die ersten Todesängste auf diese Weise erprobte, mir niemals die Wahrheit gesagt haben, so möchte ich an meiner eigenen Person das Experiment machen. Ich möchte wissen, ob bei dieser Todesstrafe tatsächlich eine Ejakulation eintritt; wenn ich mich einmal überzeugt haben werde, daß dieser Tod nur eine Spielerei ist, werde ich nur um so kühner dem Schicksal trotzen, denn nicht das Ende meines Lebens erschreckt mich, ich fürchte die Qualen eines grausamen Todes und möchte nicht beim Sterben leiden.«

»Oh, Monsieur, trotzdem lieben Sie es, andere zu quälen.«

»Nicht trotzdem, sondern gerade eben deswegen. Stellen wir also einen Versuch an. Du sollst alles an mir tun, womit ich dich gequält habe. Ich werde auf diesen Schemel steigen, mich nackt ausziehen, du wirst das Seil um meinen Hals schlingen, während ich mich dabei kitzle, dann, sobald du mein stehendes Glied siehst, wirst du den Schemel zurückziehen und ich werde aufgehenkt bleiben. Du wirst mich solange daran hängen lassen, bis du entweder Schmerzensäußerungen sehen wirst oder einen Wollusterguß. Im ersteren Falle wirst du das Seil sofort abschneiden, im zweiten Falle wirst du die Natur handeln lassen und mich erst ablösen, wenn ich entladen habe. Nun, Justine, ich lege mein Leben in deine Hände, deine Freiheit und dein Glück sollen der Preis deines guten Betragens sein.«

»Oh, Monsieur«, erwiderte Justine, »dieser Vorschlag ist seltsam.«

»Nein, nein, ich will es«, erwiderte Roland und legte seine Kleider ab, »aber führe dich gut auf.«

Wozu hätte Justine noch zögern sollen, war Roland nicht Herr über sie? Und wie immer waren Justines Absichten rein.

Roland begann mit der einleitenden Handlung, und das Gespräch kam auf die Delisle. »Diese Person ist nicht so viel wert wie du«, sprach er, »sie ist nicht so interessant, wenn sie weint, und ich quäle sie weniger gerne als dich. Sie wird daran glauben müssen, Justine, sicher.«

»So zahlen Sie also Ihre Schulden, Monsieur.«

»Vorwärts, laß mich deine Backen küssen, Justine, und sei sicher daß ich die Delisle töten werde!«

Und bei diesen Worten schwang sich Roland auf den Schemel. Justine band nun seine Hände und schlug das Seil um den Kopf. Bald bedrohte das

Glied Rolands den Himmel, und er gab Zeichen, daß Justine die Unterlage fortziehen möge. Würde man es glauben, auf dem Gesichte Rolands zeigten sich bloß Zeichen von Wonne, und bald ejakulierte er. Als alles vorbei war, eilte Justine hinzu, um das Seil zu lösen. Roland fiel ohnmächtig herab, aber dank Justines Pflege kam er bald wieder zu sich.

»Oh, Justine«, sprach er, als er die Augen öffnete, »man kann sich diese Wonne nicht vorstellen. Jetzt trotze ich dem Schwert der Themis. Du wirst mich für sehr undankbar finden«, sprach er zu Justine dann und band ihr die Hände am Rücken fest, »aber was willst du, mein Engel, in meinem Alter bessert man sich nicht mehr. Du hast mir das Leben geschenkt, teures Wesen, und ich will jetzt das Deine haben. Du hast das Los Susannes beklagt, nun denn, du sollst es teilen.«

Justine weinte, stöhnte, aber Roland hörte nicht auf sie. Er öffnete das verhängnisvolle Verließ, schlug ihr ein Seil um die Arme und ließ sie dann zwanzig Fuß tief in diese Gruft hinab. Man kann sich die Schmerzen Justines nicht vorstellen. Was sah sie! Berge von Leichen, deren Geruch allein schon töten konnte. Roland ließ nun Justine an einem Stab hängen, der durch die Höhlung quer durchlief, und währenddessen kitzelte er sich sein Glied.

»Vorwärts«, rief er aus, »befiehl deine Seele Gott, Hure! Im Moment meiner Entladung wirst du in den Abgrund stürzen! Ah, ah, es kommt mir schon!«

Und Justine fühlte sich von einer Sintflut überschwemmt, ohne daß das Ungeheuer das Seil durchschnitten hätte. Er zog sie wieder hinauf. »Nun, hast du Furcht gehabt?«, fragte er sie. »Ich habe mich bloß an deinen Tod gewöhnen wollen. Sei sicher, daß du auf diese Art sterben wirst.«

Man ging nun wieder hinauf. Großer Gott, dachte sich Justine, ist dies die Belohnung für alles, was ich diesem Scheusal getan habe?

In der nächsten Nacht suchte Roland Justine auf. Die Unglückliche warf sich ihm zu Füßen. Sie beschwor ihn lebhaft, ihr die Freiheit wiederzugeben, damit sie nach Grenoble kommen könnte.

»Nach Grenoble gewiß nicht, du würdest uns dort verraten.«

»Nun denn«, sprach Justine und begoß die Knie des Verbrechers mit Tränen, »dann gelobe ich Ihnen, niemals hinzugehen, und um Sie davon zu überzeugen, flehe ich Sie an, mich nach Venedig mitzunehmen. Vielleicht finde ich dort mildere Herzen als in meinem Vaterlande.«

»Du sollst nicht einen Sou von mir als Hilfe erhalten. Alles, was Mitleid und Dankbarkeit betrifft, ist meiner Seele so fremd, und wenn ich dreimal so reich wäre wie ich es bin, würde ich einem Armen keinen Franc geben; das sind meine Grundsätze, Justine, von denen ich niemals abweichen werde.«

»Oh, diese Grundsätze sind hart; würden Sie ebenso sprechen, wenn Sie niemals reich gewesen wären?«

»Gewiß, Justine.« Bei diesen Worten warf sich der grausame Roland auf Justine, unterzog sie noch einmal seinen Scheußlichkeiten, die sie mit Recht verabscheute. Diesmal glaubte sie, erwürgt zu werden. Jedoch plötzlich hielt die Bestie inne, was in Justine einen Schauder hervorrief. »Ich bin ein Tor, daß ich mich zurückhalten lasse«, sprach er, »ist es nicht Zeit, daß die Hure an die Reihe kommt?«

Bei diesen Worten ging er hinaus und versperrte den Kerker. Man kann sich die Unruhe nicht vorstellen, in der die Unglückliche zurückblieb. Nach einer Viertelstunde öffnete sich der Kerker wieder; es war Roland mit seiner Schwester.

»Folget mir«, sprach Roland aufgeregt. Im tiefsten Schweigen ging man zum verhängnisvollen Verließ. »Mit euch ist es vorbei«, sprach dann der Menschenfresser, »ihr werdet das Tageslicht nicht mehr sehen.«

Bei diesen Worten ergriff er ein Rutenbündel und peitschte seine Schwester während einer vollen Viertelstunde am ganzen Körper und hauptsächlich am Bauch.

»Im wievielten Monat der Schwangerschaft bist du?«, rief der Barbar.

»Im sechsten; ah, mein teurer Roland, warte wenigstens, bis meine unglückliche Frucht das Licht der Welt erblickt hat.«

»Nein, nein, ich will, daß du mit deiner Frucht zusammen umkommst«, fuhr der Verbrecher fort und tötete seine Schwester.

»Vorwärts, Justine«, sprach er, »es ist Zeit, daß wir uns für immer trennen. Verblendetes Mädchen, hier hast du die Frucht deiner Tugend! Wäre es für dich nicht besser gewesen, mir nicht zu Hilfe zu eilen? Jetzt aber wollen wir Abschied nehmen auf immer, wir werden uns niemals wiedersehen.« Bei diesen Worten ließ er Justine, die er an seine tote Schwester gebunden hatte, hinabgleiten.

Oh, unglückliche Justine, das warst du nun, die einzige Lebende inmitten von Toten!

»Großer Gott«, rief sie aus, indem sie ihre furchtbare Lage übersah, »gibt es in der Natur ein Wesen, das mehr zu beklagen wäre als ich? Verlasse mich nicht, mein Gott, und gib mir die Kraft, meine Verzweiflung zu ertragen. Nichts, was du tust, ist ohne Zweck, nur ist dieser für mich nicht fassbar. Ich übergebe dir, mein Gott, diesen Leiden durchwühlten Körper, aber nimm meine Seele zu dir, die noch ebenso rein ist wie damals, als ich sie von dir empfing!«

Im ganzen weiten Raum war nur eine kleine Lampe angebracht. Sie benützte das schwache Licht dazu, sich der Toten zu entledigen. Schließlich gelang ihr das auch, dann warf sie einen Blick auf ihre Umgebung. Zahllose Leichen lagen um sie herum, darunter eine, die den gleichen Tod gestorben zu sein schien, wie er Justine erwartete. Sie stand fast aufrecht, gegen die Mauer gelehnt, und auf ihrem Gesicht sah man noch die Todeszuckungen und die Qualen des Hungers.

Justine befand sich nun bereits fünfzehn Stunden an diesem ekelhaften Ort, die Lampe brannte schon lange nicht mehr, und die Unglückliche wartete schweigend, bis es dem Ewigen gefallen würde, sie zu sich zu rufen. Da plötzlich hörte sie Lärm. Sie horchte auf. Es war keine Täuschung. Der Stein hob sich. »Es ist nichts«, sprachen Männer- und Frauenstimmen durcheinander.

»Sie täuschen sich«, schrie Justine mit allen ihren Kräften, »ein unglückliches Opfer atmet an diesem Schreckensort! Erbarmet euch seiner und helft!«

»Wie, Justine?«, sprach eine Frauenstimme.

»Ja. Befreien Sie mich aus der grausamen Lage, in die mich unser gemeinsamer Herr gebracht hat!«

»Es ist nicht mehr unser Herr«, sprach die Stimme einer Frau, in der Justine ihre frühere Genossin erkannt hatte. »Der Himmel hat uns von ihm befreit.«

Eine Leiter wurde hinabgelassen, und bald befand sich Justine in dem entsetzlichen Gemach Rolands. Ihre Kameradin umarmte sie, während die beiden Männer ihr erzählten, daß Roland endlich aufgebrochen sei und daß der neue Herr des Hauses jetzt Delville sei, ein sanftmütiger, anständiger Mann, dessen erste Arbeit darin bestand, alle Winkel zu durchstöbern, um die Grausamkeiten seines Vorgängers wieder gut zu machen.

Voll Freude und Hoffnung kehrte Justine in das Schloß zurück. Man pflegte sie, stärkte sie und verlangte von ihr ihr letztes Abenteuer zu hören. Sie erzählte es, und noch am selben Abend schlief sie wie ihre Genossinnen in wunderschönen Zimmern.

Nach zwei Monaten teilte Delville, der Nachfolger Rolands, dem Haus die glückliche Ankunft seines Genossen in Venedig mit. Er genoß also trotz aller seiner Verbrechen vollkommene Freuden.

Eines Tages, als alles im Hause still war – unter der Herrschaft dieses guten Herrn geschahen selbst die verbrecherischen Handlungen des Falschmünzens in anständiger Weise – und die unglückliche Justine daran dachte, wie sie das Haus verlassen könnte, wurden die Türen plötzlich eingeschlagen, und ehe noch die Bewohner an ihre Verteidigung denken konnten, war das Haus mit sechzig Leuten besetzt. Es blieb nichts übrig, die Bewohner mußten sich ergeben. Man band die Ärmsten an die Pferde und brachte sie nach Grenoble.

»So erwartet mich also das Schafott in dieser Stadt, in der ich mein Glück zu machen hoffte«, sprach Justine zu sich, »oh ihr Ahnungen, wie habt ihr mich betrogen.«

382

Mit den Falschmünzern wurde kurzer Prozeß gemacht und alle zum Tod durch Erhängen verurteilt. Als man das Zeichen an Justines Körper sah, fragte man sie gar nicht weiter aus, und sie sollte eben wie die anderen behandelt werden, als sie sich noch zuletzt an einen berühmten Richter, an einen aufgeklärten Philosophen wandte, dessen Weisheit und Wohlhabenheit seinen Namen in goldenen Lettern in den Tempeln der Themis leuchten lassen werden. Er hörte sie an, und da er von der Aufrichtigkeit der Unglückseligen überzeugt war, würdigte er ihr ein wenig mehr Aufmerksamkeit als seine Kollegen. Herr S. wurde selbst der Anwalt Justines. Die Klagen des armen Mädchens wurden erhört, und unsere Heldin wurde von der Anklage vollkommen freigesprochen. Endlich glaubte Justine das Morgenrot des Glückes aufleuchten zu sehen. Sie glaubte am Ende ihrer Leiden zu sein, der Himmel schien ihr zu lächeln, als es der Vorsehung gefiel, ihr zu beweisen, daß sie noch immer dieselben Absichten mit ihr habe.

Beim Verlassen des Gefängnisses mietete sich Justine in einem Gasthof ein. Ihre Absicht war es, dem Rate des Herrn S. zu folgen und einige Zeit in Grenoble zu verbringen, um hier eine Stellung zu finden. In diesem Gasthof aß sie auch. Am zweiten Tag nach ihrer Ankunft bemerkte sie, daß sie von einer sehr kräftigen Dame, die man Baronin nannte, besonders aufmerksam beobachtet wurde. Justine glaubte sie wiederzuerkennen, und bald traten beide aufeinander zu wie zwei Personen, die sich kennen, aber nicht wissen woher.

»Täusche ich mich, Mademoiselle«, sprach die Baronin, »oder sind sie nicht das Mädchen, das ich vor zehn Jahren aus dem Gefängnis rettete? Erkennen Sie nicht in mir die Dubois?« Wenig angenehm berührt von dieser Entdeckung, antwortete Justine doch mit großer Höflichkeit. Da sie aber mit der geschicktesten Schurkin Frankreichs zu tun hatte, war es ihr unmöglich, zu entschlüpfen. Schwach, wie gewöhnlich, ließ sich Justine verlocken, mit dieser Frau in ihr Zimmer zu gehen, um ihr ihre Erlebnisse zu berichten.

»Meine teure Freundin«, erwiderte die Dubois, nachdem sie sie angehört hatte, »ich muß dir schon mitteilen, daß meine Laufbahn ganz verschieden war von der, die du einschlugst; mein Glück ist gemacht, und alles, was ich besitze, steht dir zu Diensten. Sieh«, sagte sie und öffnete eine Kassette voll mit Gold und Diamanten, »das sind die Früchte meines Fleißes; wenn ich der Tugend so ergeben gewesen wäre wie du, wäre ich bereits eingesperrt oder aufgehängt.«

»Oh, Madame, wenn Sie dies alles nur Verbrechen verdanken«, erwiderte Justine, »so werden Sie es nicht lange genießen, denn die Vorsehung ist immer gerecht.«

»Ein Irrtum«, erwiderte die Dubois, »glaube ja nicht, daß deine Vorsehung jemals deine Tugend beschützt; aber ich sehe, deinen Verstand werde ich

niemals erobern können, so laß mich wenigstens
dein Herz besitzen, ich brauche dich, verweigere
mir nicht deine Hilfe. Hier sind tausend Louisdor,
sie sollen dir gehören, wenn der Streich gelungen!«

Die kluge Justine, die nur ihrem Wunsch, Gutes
zu tun, gehorchte, fragte sofort, worum es sich
handle.

»Ich will es dir sagen«, antwortete die Dubois,
»hast du den jungen Kaufmann aus Lyon bemerkt,
der seit vier oder fünf Tagen neben uns speist?«

»Dubreuil?«

»Gewiß! Nun, er ist in dich verliebt, er hat es mir
anvertraut, dein bescheidenes, sanftes Aussehen
sowie deine Tugend haben ihn entzückt. Dieser
romantische Liebhaber besitzt achtmal
hunderttausend Francs in Gold und in Papieren und
bewahrt es in einer Kassette unter seinem Bett auf.
Ich werde ihm mitteilen, daß du mit ihm außerhalb
der Stadt zusammenkommen willst, du wirst ihn
eine Zeitlang vom Hause entfernt halten. Ich werde
ihn während dieser Zeit bestehlen, werde aber nicht
flüchten. Die Beute soll bereits in Lyon sein, wenn
ich noch in Grenoble bin. Trotzdem werde ich bald
abreisen, du wirst mir nachfolgen, und die tausend
Louisdor erhältst du an der Grenze.«

»Ich willige ein«, erwiderte Justine, entschlossen,
den jungen Mann zu warnen. »Aber bedenken Sie«,
fuhr sie fort, um die Verbrecherin zu täuschen,
»daß, wenn Dubreuil in mich verliebt ist, ich aus

ihm viel mehr Nutzen ziehen kann, wenn ich mich ihm hingebe.«

»Vorzüglich«, erwiderte die Dubois, »das nenne ich eine gute Schülerin; nun denn, da hast du das Doppelte«, sprach sie und stellte Justine ein Billet aus.

»Gut«, erwiderte Justine, »aber ich bitte, es nur meiner Schwäche und Armut gutzuschreiben, wenn ich mich von Ihren Verlockungen verführen lasse.«

»Wie du willst, nur bediene mich gut, dann sollst du auch mit mir zufrieden sein.«

Justine, in ihren Plan vertieft, begann noch am selben Abend Entgegenkommen zu zeigen. Bald erriet sie die Gefühle, die der junge Mann für sie besaß. Sie war in einer verzweifelten Lage; einerseits war sie fest entschlossen, das Verbrechen nicht zu begehen, andererseits wieder widerstrebte es ihr, die Dubois zu verraten, denn sie war ihr noch für die mutige Lebensrettung dankbar.

An dem dem Spaziergang vorhergehenden Tag lud die Dubois Dubreuil und Justine ein, in ihrem Zimmer zu speisen. Nachdem das Mahl vorüber war, stiegen die beiden jungen Leute hinab, um den Kutscher, der den Wagen bespannte, anzutreiben. Da die Dubois nicht mitgegangen war, befand sich Justine allein mit ihrem Liebhaber. »Monsieur«, sprach sie hastig zu ihm, »besitzen Sie in diesem Gasthof jemand, dem Sie Vertrauen schenken können?«

386

»Jawohl, einen jungen Geschäftsfreund, auf den ich mich, wie auf mich selbst, verlassen kann.«

»Nun denn, Monsieur, dann sagen Sie ihm, er möge Ihr Zimmer nicht einen Augenblick lang verlassen, während Sie mit mir spazieren fahren.«

»Aber ich habe doch den Schlüssel zu diesem Zimmer! Was bedeuten diese Vorsichtsmaßregeln?«

»Sie sind nötiger, als Sie denken. Ich beschwöre Sie, handeln Sie so, wie ich Ihnen sage, oder ich gehe nicht mit Ihnen aus. Die Frau, bei der wir speisten, ist eine Schurkin, sie hat unsere gemeinsame Ausfahrt nur arrangiert, um Sie besser bestehlen zu können; beeilen Sie sich, sie beobachtet uns, sie ist gefährlich. Wenn wir im Wagen sind, will ich Ihnen alles weitere erklären.«

Dubreuil befolgte den Ratschlag Justines. Er drückte ihr die Hand, um sich bei ihr zu bedanken, gab seine Befehle, und man fuhr ab. Unterwegs erzählte Justine das ganze Abenteuer, belehrte auch ihren jungen Liebhaber über das unglückliche Erlebnis, durch das sie mit der Dubois zusammengetroffen war. Der ehrliche und zartfühlende Dubreuil bezeigte die lebhafteste Dankbarkeit für den erwiesenen Dienst, er erkundigte sich teilnahmsvoll nach der Lage Justines und machte ihr den Antrag, ihr so gut, wie es ihm möglich sei, zu helfen. »Ich bin glücklich, das Unglück gutmachen zu können, das Ihnen durch das Schicksal zugefügt wurde, Mademoiselle«, sprach er. »Ich bin mein eigener Herr und hänge

von niemandem ab. Ich befinde mich auf der Reise
nach Genf, um dort die Summen anzulegen, die Ihr
guter Ratschlag mir gerettet hat. Sie folgen mir
dorthin nach, und wir wollen nach Lyon als
Brautleute zurückkehren.«

Ein derartiges Anerbieten war Justine zu
angenehm, als daß sie es hätte ausschlagen können;
trotzdem glaubte sie es nicht annehmen zu dürfen,
ohne Dubreuil von allem zu erzählen, was ihn diese
Tat hätte bereuen lassen können. So plauderten die
beiden und befanden sich fast zwei Kilometer weit
von der Stadt entfernt, als plötzlich Dubreuil ein
Unwohlsein empfand. Er übergab sich mehrere
Male und mußte schließlich nach Grenoble
zurückkehren. Man trug ihn in sein Zimmer, und ein
Arzt wurde geholt. Gerechter Gott, der unglückliche
junge Mann war vergiftet. Justine eilte erschreckt in
die Gemächer der Dubois. Die Niederträchtige war
abgereist. Unsere Heldin flog in ihr eigenes
Zimmer, der Schrank war aufgesprengt, ihr geringes
Besitztum gestohlen. Kein Zweifel, die Dubois war
die Urheberin all dieser Verbrechen. Sie war bei
Dubreuil eingetreten und, ärgerlich darüber, dort
jemanden zu finden, hatte sie sich an Justine
gerächt. Schon beim Speisen hatte sie den jungen
Mann vergiftet, damit sich der Unglückliche mehr
mit seinem Leben als mit seinem Schatz befaßte.
Überdies rechnete die Verbrecherin darauf, daß
Justine der Tat verdächtigt werde. Unser armes
Waisenkind kehrte zu Dubreuil zurück, der sich nur
mehr mit Gott beschäftigte und im Begriff stand,

seine Seele auszuhauchen. Er bat noch, Justine nicht zu verfolgen und starb. Kaum hatte er die Augen geschlossen, als sein junger Geschäftsfreund Justine zu beruhigen trachtete, indem er von diesem letzten Vermächtnis erzählte. Justine ihrerseits erzählte alles, was ihr zugestoßen war, Valbois. Er beklagte sie, riet ihr aber dringend, um sich jedem Verdacht zu entziehen, zu flüchten. »Das Unglück, das Sie bei dieser Hilfeleistung empfunden haben, würde mich ermuntern, etwas für Sie zu tun, aber ich beginne erst Handel zu treiben; ich bin noch jung und bin verpflichtet, der Familie Dubreuil Rechnung über sein Vermögen abzulegen. Gestatten Sie mir also, daß ich mich auf einen kleinen Dienst beschränke, den anzunehmen ich Sie bitte. Hier sind fünf Louisdor, ferner führe ich Sie einer ehrlichen Geschäftsfrau aus Chalons-sur-Saons, meiner Vaterstadt, zu. Sie kehrt dorthin zurück, wenn sie von Lyon kommt, und ich übergebe Sie ihrer Obhut. Madame Bertrand«, fuhr Valbois fort, und stellte Justine vor, »hier ist das junge Mädchen, von dem ich mit Ihnen gesprochen habe. Sie wünscht eine Stellung zu finden, und ich bitte Sie, sich ihrer anzunehmen, wie wenn es meine Schwester wäre. Adieu, Mademoiselle«, fuhr Valbois fort und bat Justine, sie umarmen zu dürfen. »Madame Bertrand bricht morgen auf, lassen Sie es sich gut gehen, und hoffentlich werde ich Sie in meiner Heimatstadt sehen.«

Die vornehme Handlungsweise des jungen Mannes entlockte Justine Tränen. Sie stimmte allem zu und zog sich dann zurück.

Es war noch nicht spät. Das Bedürfnis, frische Luft zu atmen, hatte Justine an das Ufer des Iseri geführt, und wie gewöhnlich führten ihre Gedanken sie weit fort. Ein kleines Wäldchen fesselte ihren Blick, und sie setzte sich ein wenig nieder, um zu träumen. Plötzlich wurde sie von drei Männern erfaßt. Der eine legte ihr die Hand auf den Mund, die beiden anderen warfen sie in einen Wagen, der sogleich davonfuhr. Drei Stunden vergingen in rasender Fahrt, ohne daß einer der Männer Antwort auf die zahlreichen Fragen Justines gegeben hätte. Obgleich es Nacht war, hatte man doch die Vorhänge herabgelassen, und Justine konnte nichts sehen.

Endlich langte der Wagen vor einem Haus an. Die Tore öffneten sich und schlossen sich alsbald wieder. Ihre Führer stießen sie durch mehrere dunkle Gemächer und ließen sie schließlich in einem schwach erleuchteten Zimmer allein.

»Hier bleibe«, sprach einer der Männer mit rauer Stimme, »du wirst bald Bekanntschaft finden.«

Und die Schufte verschwanden, indem sie die Tür sorgfältig verschlossen. Im selben Augenblick öffnete sich eine andere – und die Dubois trat ein. Die Dubois, dieses abscheuliche Ungeheuer, das nach Rache dürstete.

»Kommen Sie, entzückendes Mädchen«, sprach sie, »empfangen Sie den Preis der Tugend, der Sie sich auf meine Unkosten ergeben haben. Ah, Schurkin, ich will dich lehren, mich zu verraten!«

»Ich habe Sie niemals verraten«, erwiderte hastig Justine, »nein, niemals. Erkundigen Sie sich nur.«

»Hast du dich nicht dem Verbrechen, das ich plante, widersetzt, hast du es nicht verhindert, unwürdiges Geschöpf! Du mußt bestraft werden, Hure, du mußt es!« Und bei diesen Worten preßte sie ihr die Hand so heftig, daß die Finger krachten.

Man trat in ein prunkvolles, hell erleuchtetes Gemach ein. Auf einer Ottomane lag halb ausgestreckt der Bischof von Grenoble, der Besitzer des Hauses, in einem Kleid von violettem Taft.

»Monsieur«, sprach die Dubois und führte ihm Justine vor, »hier ist das junge Mädchen, das Sie begehrten, das junge Mädchen, von dem ganz Grenoble sprach, mit einem Wort die berühmte Justine, die mit der Falschmünzerbande gehenkt werden sollte und wegen ihrer Unschuld, ihrer Tugend freigesprochen wurde. Wenn sie gehenkt werden soll, sagten Sie zu mir, so zahle ich tausend Louisdor dafür, wenn ich mich vorher an ihr befriedigen kann. Sie ist gerettet, hat sie nun weniger Wert?«

»Viel weniger«, sprach der Prälat. »Der Hauptgenuß bestand darin, daß sie nachher gehenkt werden sollte.«

»Ich habe mein Möglichstes dazu beigetragen, aber dieser verfluchte S. mit seiner altvaterischen Gerechtigkeit hat alle meine Pläne zerstört. Aber, was liegt daran, jetzt ist sie hier, und jetzt sind Sie Herr über sie.«

»Ja! Das ist nicht dasselbe. Es ist so wonnevoll, sich des Schwertes des Gesetzes zu bedienen, um derartige Schurkinnen zu opfern. Aber sie ist hübsch, deine Justine.« Dann wandte er sich an sie selbst. »Wie alt sind Sie, mein Kind?«

»Sechsundzwanzig Jahre, Monsieur, und ich bin sehr unglücklich.«

»Du bist unglücklich, wie, mein Engel? Dem wollen wir ein Ende machen. In vierundzwanzig Stunden sollst du nicht mehr unglücklich sein, nicht wahr, Dubois?«

Und aus dem Unheil verkündenden Gelächter entnahm Justine, daß sie sich nochmals bei einem Wüstling befand, dem es grausame Freude bereitete, anderen Schmerzen zu erzeugen. In diesem Augenblick klopfte es an der Tür, die Dubois ging hinaus und brachte ein junges Mädchen aus Lyon herein, das wir nun beschreiben werden.

Eulalia war kaum sechzehn Jahre alt und besaß das Gesicht einer Jungfrau. Bleich, mit großen schwarzen Augen, wohlgebildetem Busen, war sie ein Meisterwerk der Natur. Ihr Popo war der schönste, den man sehen konnte. Ihr Vorderteil war durch einen leichten Flaum beschattet.

392

»Oh, Monsieur«, rief das schöne Mädchen aus, als sie ihren Verfolger erkannte, »so haben Sie mich also getäuscht! Sie versicherten mir, ich soll in den Besitz aller meiner Güter gelangen, und nun führen mich Verbrecher in dieses Haus, damit ich hier entehrt werde.«

»Hm, ja, das ist schauderhaft, nicht wahr, mein Engel.« Bei diesen Worten zog der Verräter Eulalia fest an sich, und in diesem Augenblick konnte Justine die furchtbaren Folgen der Geilheit dieses Mannes bemerken. Sein Glied wuchs derart, daß unsere Waise es mit beiden Händen nicht mehr umfassen konnte. Die beiden Opfer mit der Dubois und dem Bischof gingen nun in ein Nebengemach, um sich dort zu entkleiden: beim Eintreten gewahrten sie einen dicken, fünfundvierzigjährigen Abbe mit aufgeschwollenem Äußeren. Er lag auf einem Kanapee und las.

»Sieh«, sprach der Bischof, »welche schönen Opfer heute Abend die Dubois gebracht hat, sieh diese erhabenen Backen, Abbe!«

Justine und Eulalia mußten ihre Popos vom Abbe prüfen lassen, der sie betastete und dabei nachlässig sagte: »Ja, sie sind nicht einmal so schlecht, sie sind wohl der Mühe wert, ausgepeitscht zu werden.«

Während der Abbe die Folterinstmmente vorbereitete, ging man in den Speisesaal. Vom Wein und den Speisen zu Tode ermattet, fielen der Bischof und die Dubois nach dem Essen nieder; kaum sah unsere Heldin diese Gelegenheit, als sie hastig den Mantel und den Rock ergriff, den die Dubois eben abgelegt hatte, eine Kerze in die Hand nahm und rasch die Stiegen hinuntereilte. Nichts stellte sich ihr entgegen, und nach einigen Schritten befand sie sich in Freiheit. Den ersten Weg, der sich ihr darbot, schlug sie ein, der glücklicherweise nach Grenoble führte. In der Herberge schlief man noch. Justine trat leise ein und suchte hastig das Zimmer Valbois auf. Er erwachte, konnte aber die Eintretende nicht erkennen. »Was wünschen Sie, was bedeutet das?«

»Ach, Monsieur!« Und die zitternde Justine erzählte ihre Erlebnisse. »Sie können die Dubois verhaften lassen«, fuhr sie fort, »das Ungeheuer ist nur einige Meilen vor hier. Ich will Ihnen den Weg weisen.«

»Oh, Justine, Sie sind sicherlich das unglücklichste Mädchen, das es auf der Welt gibt, aber bleiben Sie weiter so tugendhaft, Sie sehen ja, daß die Hand des Himmels Sie immer errettet. Wir wollen die Dubois nicht weiter verfolgen, sondern lieber das Unrecht, das sie Ihnen zugefügt hat, gutmachen.«

Eine Stunde nachher kam eine Schneiderin, um Justine zwei neue Kleider zu machen, und eine Wäschehändlerin brachte ihr Hemden.

»Sie müssen aufbrechen«, sprach nun Valbois zu ihr, »die Bertrand rechnet darauf.«

»Oh, tugendhafter junger Mann«, rief Justine aus und fiel Valbois zu Füßen, »möge der Himmel Ihnen eines Tages lohnen, was Sie an mir getan!«

So verließ Justine Grenoble, und wenn sie dort auch nicht das Glück gefunden hatte, das sie erhoffte, so hatte sie doch dort mehr Leute als je gefunden, die sich ihrer annahmen.

Justine und ihre Beschützerin reisten in einem kleinen Karren, der von einem Pferd gezogen wurde. Im Hintergrund des Wagens lagen die Waren der Madame Bertrand, auch ihre kleine fünfzehn Monate alte Tochter war dort untergebracht, für die Justine herzliche Zuneigung gefaßt hatte.

Die Bertrand war eine ziemlich unangenehme Frau. Argwöhnisch, geschwätzig, langweilig und beschränkt. Bis Lyon ging alles gut. Aber während der drei Tage, während welcher die Bertrand ihre Geschäfte erledigen mußte, hatte Justine eine Begegnung, die ihr unerwartet kam. Sie spazierte nachmittags auf dem Rhonekai mit einem Mädchen aus der Herberge, als sie plötzlich den ehrwürdigen Vater Antonin de Sanct-Marie Debois begegnete, der nunmehr Prior seines Ordens war. Der Mönch trat an sie heran, und nachdem er ihr leise Vorwürfe wegen ihrer Flucht gemacht hatte, forderte er sie auf, in seine Wohnung mitzukommen, wenn sie nicht Gefahr laufen wollte, angezeigt zu werden. Dann wandte er sich an die Begleiterin Justines und sprach: »Kommen Sie auch mit, wir wollen euch beide gut bezahlen. Wir sind unser zehn, und wir versprechen euch jeder einen Louisdor, wenn ihr euch unseren Launen unterwerft.«

Wie man sich leicht denken kann, wies Justine diese Vorschläge zurück. Schließlich, da der Mönch sah, daß nichts weiter nütze, erbat er sich bloß noch die Adresse, und um sich seiner zu entledigen, gab ihm Justine eine falsche. Er schrieb sie in sein Notizbuch auf und empfahl sich mit der Versicherung, man werde bald von ihm hören.

Justine erklärte auf dem Heimweg, so gut sie es konnte, die Geschichte dieser unglücklichen Begegnung. Aber möglicherweise war die Magd ärgerlich darüber, durch zu große Tugendhaftigkeit eines großen Gewinnes beraubt zu sein, kurz, sie schwatzte der Bertrand alles aus. Der Mönch wurde nicht mehr gesehen, und man brach auf.

Die erste Nacht verbrachten unsere beiden Reisenden in Villefranche. Sie langten gegen sechs Uhr abends an und legten sich sofort schlafen, weil sie für den nächsten Tag eine größere Reise vorhatten. Es waren noch keine zwei Stunden vergangen, als sie plötzlich durch einen furchtbaren Rauch aufgeweckt wurden. Rasch sprangen sie auf. Von allen Seiten hörten sie Mauern einstürzen, Gläser klirren und Menschen heulen. Inmitten der Flammen wußten sie keinen anderen Ausweg, als zu flüchten; allein bald erinnerte sich Justine, daß ihre Beschützerin vergessen hatte, ihr Kind zu retten. Rasch eilte sie in das Zimmer zurück, ergriff das kleine Mädchen, eilte über schwankende, glimmende Balken zurück, nachdem sie ihre kostbare Last hatte herabgleiten lassen. Von allen Seiten bedrohten sie die Flammen, und sie wäre umgekommen, wenn ihr nicht eine Frau zu Hilfe geeilt wäre, die sie auf den Armen hinaustrug und zu einem Postwagen brachte, auch ihre Retterin setzte sich hinein. Ihre Retterin war die Dubois.

»Verbrecherin«, sprach die Megäre zu ihr und drückte ihr einen Pistolenlauf an die Schläfe. »Hure, ich halte dich, diesmal wirst du mir nicht entgehen, Bestie!«

»Oh, Madame, Sie hier?«, rief Justine aus.

»Alles, was hier geschah, war mein Werk«, erwiderte die Dubois, »durch eine Feuersbrunst habe ich dir dein Leben gerettet, durch eine Feuersbrunst wirst du es verlieren! Ich hätte dich bis in die Hölle verfolgt, um dich wieder zu erlangen. Ich wollte dich den Feuertod sterben lassen oder dich besitzen. Nun habe ich dich und bringe dich in ein Haus zurück, das du in Unruhe und Verwirrung versetzt hast. Der ehrwürdige Bischof hat geschworen, daß es für ihn keine Qualen gäbe, die groß genug wären, um dich zu bestrafen. Nun, Justine, wie denkst du jetzt über die Tugend? Wäre es nicht tausendmal besser gewesen, alle Kinder des Weltalls verbrennen zu lassen, als sich dem auszusetzen, was dir nun geschah, weil du eines retten wolltest?«

»Oh, Madame, was ich tat, ich würde es noch immer tun.«

»Oh, Justine, es ist noch Zeit, du kannst noch bereuen. Willst du meine Gehilfin werden? Bist du noch nicht genug für deine Tugend bestraft worden? Nochmals, Justine, willst du meine Gehilfin werden? Wir können einen herrlichen Streich zusammen ausführen. Der Prälat, zu dem wir fahren, wird nur von einem Diener beschützt. Der Mann, der vor unserem Wagen vorausläuft, du und ich, Justine, wir sind dann drei gegen einen. In dem Haus ist mehr als eine Million versteckt, ich weiß es. Wähle nun zwischen dem Tod und diesem Verdienst.«

»Nein, Madame, hoffen Sie nichts.«

»Nun denn, dann wirst du sterben. Ja, du wirst sterben, hoffe nicht, deinem Schicksal zu entgehen.«

»Was liegt daran, ich werde von meinen Leiden befreit sein.« Bei diesen Worten stürzte sich das grausame Tier auf unser armes Mädchen und behandelte es auf die schlimmste Art.

Man befand sich gerade in der Dauphine, als sechs Reiter mit verhängtem Zügel auf den Wagen zukamen und den Kutscher zwangen, stehen zu bleiben.

Als die Dubois bemerkte, daß es sich um Gendarmen handelte, trat sie keck auf sie zu und fragte, mit welchem Recht sie eine Frau ihres Ranges gefangen genommen hätten.

»Wir haben nicht die Ehre, Sie zu kennen«, sprach der Anführer, »wir wissen aber, daß Sie in Ihrem Wagen eine Unglückliche haben, die gestern eine Herberge in Villefranche in Brand gesteckt hat.« Dann wandte er sich an Justine. »Wir täuschen uns nicht, hier ist ihre Beschreibung; haben Sie die Güte, sie uns auszuliefern und uns mitzuteilen, wieso es kommt, daß eine so hochachtbare Frau wie Sie in Gesellschaft eines solchen Weibes getroffen wird.« »Nichts einfacher als das«, antwortete das gewandte Weib. »Ich wohnte gleich ihr in jener Herberge in Villefranche. Als ich inmitten der Verwirrung meinen Wagen bestieg, warf sich dieses Mädchen mir entgegen, indem sie mein Mitleid anflehte und mich bat, sie mit nach Lyon zu nehmen. Mehr meinem Herzen als der Vernunft gehorchend, gab ich ihren Bitten Folge. Während der Fahrt bot sie mir ihre Dienste an, und unvorsichtigerweise nahm ich sie an. Das soll mir eine Lehre sein, künftighin wieder mein Mitleid mißbrauchen zu lassen. Hier ist sie, Gott bewahre mich davor, sie noch weiter beschützen zu wollen.«

Justine wollte sich verteidigen und die wahre Schuldige nennen, allein ihre Vorwürfe wurden nur als Verleumdungen angesehen, und die freche Dubois verteidigte sich mit einem verächtlichen Lächeln.

Der Anführer las ihr die Beschuldigung der Bertrand vor. Nach ihr hätte unsere Waise das Feuer angelegt, um sie zu bestehlen. Justine hätte das Kind in das Feuer geworfen, um durch den Schmerz des Verlustes jeden anderen Gedanken zu ersticken. Mit einem Wort, die Bertrand hatte nichts außer acht gelassen, um Justine ins Unglück zu stürzen. Umsonst verteidigte sie sich. Die einzige Antwort, die der Anführer gab, bestand darin, daß er ihr Ketten anlegte.

»Aber«, wagte sie trotzdem zu sagen, »wenn ich meine Genossin in Villefranche bestohlen hätte, müßte man ja das Geld bei mir finden.« Diese Verteidigung erregte nur Gelächter.

»Sie werden schon noch Komplicen gehabt haben«, sprach man zu ihr. In diesem Augenblick kam der Dubois ein teuflischer Gedanke. Sie erinnerte sich an den Körper Justines und sprach zu dem Anführer: »Monsieur, wenn dieses Mädchen schuldig ist, dann ist es sicher nicht ihr erstes Vergehen; untersuchen Sie sie, wenn Sie zufällig auf ihrem Körper etwas finden.«

Und der Anführer begann Justine zu entkleiden, als das arme Mädchen, sich seinen Angriffen widersetzend, ausrief: »Einen Augenblick, diese Untersuchung ist überflüssig. Madame weiß wohl, daß ich dieses abscheuliche Zeichen habe, auch kennt sie die Ursache davon.«

»Ich hätte nicht geglaubt«, sprach die grausame Dubois, »daß meine Anregung einen derartigen

Erfolg hätte, aber da mich dieses Geschöpf zu beschuldigen scheint, will ich gern mit ihr vor den Richter treten.«

»Dieser Gang ist vollkommen unnütz, Madame. Wir bitten Sie um Verzeihung, Sie so lange aufgehalten zu haben.« Unsere unglückliche Waise wurde also gebunden, auf ein Pferd gesetzt, und die Dubois bestieg ihren Wagen wieder.

»Oh, Tugend«, rief Justine aus, als sie sich in dieser peinvollen Lage sah, »wie sehr wirst du von dem Verbrechen verfolgt und beleidigt.«

Bei der Ankunft in Lyon wurde Justine als Brandstifterin, Hure, Kindesmörderin und Diebin in den Kerker geworfen.

Die Dubois erzählte dem Bischof alles, was geschehen war. Dieser schickte sofort den Abbe nach Lyon mit neuen Anklagen gegen das junge Mädchen. Man beschuldigte sie, den Geistlichen bestohlen zu haben, und dieses neue Vergehen trug wesentlich dazu bei, ihren Prozeß zu beschleunigen.

Unsere Abenteuerin war zu sehr an das Unglück gewöhnt, und so gab sie sich einem stummen, tränenlosen Schmerz hin. Jedoch, da es natürlich ist, daß jedes leidende Geschöpf alles versucht, um dem Abgrund zu entgehen, kam Justine plötzlich Pater Antonine ins Gedächtnis. Wie klein auch die Hilfe sein mochte, die Justine von ihm erwartete, sie konnte sich doch nicht des Wunsches erwehren, ihn zu sehen. Er erschien und tat so, als ob er Justine nicht erkenne.

Als sie mit dem Mönch allein war, warf sie sich ihm zu Füßen und rief aus: »Oh, mein Vater, ich beschwöre Sie, retten Sie mich aus der grausamen Lage, in der ich mich befinde!« Und nun erzählte sie ihm ihre unglücklichen Erlebnisse.

Der Mönch hörte aufmerksam zu. »Justine«, sprach er dann, »siehst du nun endlich ein, daß es tausendmal besser ist, eine Schurkin und glücklich, statt tugendhaft und unglücklich zu sein? Die Dinge stehen schlimm, ich will es dir nicht verheimlichen; der Schein ist gegen dich, und heutzutage bedarf man bloß des Scheines, um zum Tode verurteilt zu werden. Überdies habe ich erfahren, daß der Bischof von Grenoble heimlich gegen dich arbeite. Du bist also verloren, ein einziges Mittel kann dich retten. Ich stehe mit dem obersten Richter sehr gut. Ich werde ihm sagen, daß du meine Nichte bist, und er wird den Prozeß einstellen unter dem Vorwand, dich meiner Familie zu übergeben; ich werde dich entführen und dich in unser Kloster stecken, aus dem du aber, wie ich dir nicht verbergen will, in deinem Leben nicht wieder herauskommen wirst. Mit einem Wort, du sollst dort meine Sklavin und die meiner Mitbrüder werden. Verstehst du mich? Entschließe dich also und lasse mich nicht zu lange auf die Antwort warten.«

»Sie sind ein Ungeheuer, ehrwürdiger Vater«, antwortete Justine, »da Sie die unglückliche Lage einer armen Waise so mißbrauchen. Ich werde also umkommen müssen, da ich mich derartigen Greueltaten niemals hingeben werde.«

402

»Wie du willst, mein Kind«, sprach der Mönch und schickte sich an, wegzugehen. »Die Tugend hat Sie ja bisher so reich belohnt, daß Sie recht haben, sich ihr weiter zu ergeben. Adieu!« Und er öffnete die Tür.

Mit einer ungestümen Bewegung warf sich Justine zu seinen Füßen. »Monsieur«, rief sie unter Tränen aus, »öffnen Sie Ihr Herz meinem Flehen und stellen Sie keine Bedingungen, die schlimmer sind als der Tod!« Bei diesen Worten hatten sich die Schleier gelöst, die ihren Busen bedeckten, und ihre Alabasterbrüste erweckten in dem Verbrecher unwiderstehliche Begierde. Der Schuft stürzte sich auf Justine, schürzte sie auf, und da sie schreien wollte, stopfte er ihr ein Taschentuch in den Mund. »Oh, Teufel«, rief er aus, »wie gut haben sich deine Reize erhalten!« Er spreizte ihre Schenkel auseinander und fuhr hinein. Nachdem er sie eine Zeitlang gequält hatte, richtete sich die Begierde des Wüstlings nach einem anderen Ort. Der schöne Popo Justines kam ihm ins Gedächtnis zurück. Schließlich flutete ein Strom von Samen.

»Hören Sie«, sprach er, indem er sich loslöste. »Sie wollen also nicht, daß ich Ihnen nützlich sei. Nun denn, dann verspreche ich Ihnen, Ihnen weder zu schaden noch nützlich zu sein. Denken Sie wohl nach, bevor Sie sprechen. Ich darf als Beichtvater sprechen, sobald es sich um ein Verbrechen handelt. Merken Sie also wohl, was ich jetzt dem Wärter sagen werde, sonst könnte ich Sie sofort verderben.« Er klopfte, und der Wärter erschien.

»Monsieur«, sprach der Verräter, »das gute
Mädchen täuscht sich, sie wollte jenen Pater
Antonin sprechen, der in Bordeaux ist. Ich kenne sie
nicht. Sie hat mich gebeten, ihr die Beichte
abzunehmen, ich habe es getan und werde immer
bereit sein, wenn man mich brauchen sollte.«

Justine, blieb in Verzweiflung zurück, und als sie
nachdachte, kam ihr der Gedanke, Saint-Florent
rufen zu lassen. »Es ist unmöglich«, sprach sie zu
sich, »daß dieser Mensch nicht die Gelegenheit mit
Freuden ergreifen würde, sein Unrecht gegen mich
gutzumachen. Wird er mir seine Vorschläge
wiederholen? Wird er die Hilfe, die ich von ihm
verlange, mir um den Preis eines abscheulichen
Dienstes gewähren? Nun denn, diesmal werde ich ja
sagen; wenn ich einmal frei bin, werde ich schon
die Möglichkeit finden, einem so niedrigen Leben
zu entgehen, wie er es von mir verlangt.«

Saint-Florent kam tatsächlich auf die Bitten
Justines. Unsere Heldin hätte an den
Ehrfurchtsbezeugungen sehr wohl sehen können,
welche Rolle ihr Onkel in Lyon spielte. »Wie, Sie
sind es«, sprach er, indem er einen Blick voll
Verachtung auf sie warf, »ich dachte, es wäre eine
anständige Frau, der ich von Herzen gern geholfen
hätte; aber was soll ich mit einer dummen Gans, wie
Sie es sind, machen? Wie, Sie sind beschuldigt,
Hunderte von scheußlichen Verbrechen begangen
zu haben, und wenn man Ihnen vorschlägt, Ihr
Leben auf anständige Weise zu verbringen,
widersetzen Sie sich hartnäckig?«

»Oh, Monsieur«, rief Justine aus, »ich bin unschuldig!«

»Dann weiß ich wahrhaftig nicht, wer schuldig ist«, entgegnete der harte Mann; »als ich Sie das erste Mal in meinem Leben sah, war es inmitten einer Diebesbande, die mich ermorden wollte. Jetzt finde ich Sie im Gefängnis wieder, beladen mit zwei oder drei neuen Verbrechen, und auf Ihren Schultern ist noch das Andenken eines älteren.«

»Oh, gerechter Himmel«, erwiderte Justine, »haben Sie ein Recht darauf, mir jene Umstände ins Gedächtnis zu rufen, unter denen ich Sie kennen lernte? Und müssen nicht eher Sie dabei erröten! Ah, können Sie leugnen, daß Sie mir einige Dankbarkeit schulden? Verschließen Sie mir nicht Ihre Seele, wenn bereits der Schleier des Todes mein flackerndes Lebenslicht beschattet! Nicht den Tod fürchte ich, sondern die Schande. Retten Sie mich davor, wie eine Verbrecherin zu sterben!«

»Niederträchtige Schuftin«, antwortete der Schurke, »unglückselige Hure, erinnerst du dich nicht, daß ich dir befohlen habe, niemals wieder in Lyon zu erscheinen?«

»Aber, Monsieur!«

»Was kümmern mich die Umstände! Du bist einmal hier, das genügt, um meine Wut zu erregen. Trotzdem will ich dir noch helfen. Dein Prozeß liegt ganz in den Händen des Monsieur de Cardoville, eines Jugendfreundes von mir. Ich werde mit ihm sprechen, teile dir aber gleich mit, daß du nichts von ihm erlangen wirst, sobald du dich nicht erst seinen Begierden, wie auch denen seines Sohnes und seiner Tochter unterworfen haben wirst. Ich ermahne dich also zur äußersten Folgsamkeit. Was mich anbelangt, erkläre ich, daß es mich vor dir ekelt, aber wenn meine Freunde, die dich nicht kennen, mit dir zufrieden sind, wird man dich noch heute abholen kommen. Du mußt dann deine Unschuld dadurch bezeugen, daß du dich jeder Laune hingibst; das ist der einzige Dienst, den ich dir leisten kann. Adieu!« Saint-Florent empfahl noch dem Wärter, die Gefangene gut zu bewachen und sie nur Cardoville auszuliefern, wenn er sie abholen sollte.

Justine blieb in einem furchtbaren Zustand zurück. Wohl war genug Grund vorhanden, ihrem Schützer zu mißtrauen, aber konnte sie noch schwanken? War es nicht möglich, wenn es einmal so weit gekommen war, ihre Richter zu rühren und zum Mitleid zu bewegen? Diese Gedanken bewegten ihren Geist, während sie sich ankleidete. Endlich schlug die Stunde, und der Wärter erschien. »Folgen Sie mir«, sprach er, »und danken Sie Gott für die Gnade, daß Monsieur de Cardoville Sie empfängt.«

Justine ging nun mit dem Aufseher, der sie zwei großen Negern übergab. Man warf sie in einen Wagen, ließ die Vorhänge herab und fuhr nun eine Strecke von Lyon fort, die zwei oder drei Kilometer betragen mochte.

Als der Wagen anhielt, war das einzige, was Justine im Lichte des Mondes bemerken konnte, der Hof eines einsamen Schlosses, der mit Zypressen umgeben war. Man führte unsere Heldin in einen schlecht beleuchteten Saal, in den nach einer Viertelstunde eine alte Frau und vier sechzehn- bis achtzehnjährige Knaben eintraten, die ein großes, schwarzes Tuch hielten. »Da Sie am Ende Ihres Lebens angelangt sind, ist jedes Kleidungsstück für Sie überflüssig, legen Sie sie also ab. Auch muß ich Ihnen die Behaarung Ihrer Scham abschneiden und Ihnen dann die Augen verbinden.« Nachdem sie ihren Worten gemäß gehandelt hatte, ließ die Alte Justine in das Totenlaken einwickeln und nach einem Salon bringen, in dem unsere Heldin stehend, mit den Händen nach oben, festgebunden wurde. Nachdem sie von mehreren Händen abgegriffen worden war, löste man die Binde von ihren Augen, und nun konnte sie die Leute bemerken, die sich an ihr ergötzen wollten.

Dolmus und Cardoville, zwei fünfundvierzigjährige Männer, schienen die Hauptteilnehmer dieser Orgie zu sein. Eine junge, Nicette benannte achtzehnjährige Person, wurde als Tochter Cardovilles angesprochen, während Brimeton, ein starker Junge von zweiundzwanzig Jahren, als Bruder Nicettes bezeichnet wurde. Auch die Tochter Dolmus' war anwesend, sie hieß Zulma, war vierundzwanzig Jahre alt und sehr hübsch. Der Bruder Zulmas war sechsundzwanzig Jahre alt, häßlich behaart wie ein Bär und hieß Volcidor. Die vier Knaben, die Justine gebracht hatten, hießen Julien, Larose, Fleur d'amour und Saint-Claire. Die beiden Neger waren ungefähr fünfundzwanzig Jahre alt.

Alle Mitglieder dieser Versammlung umgaben Justine, als ihre Binde fiel. »Weiß diese Hure, daß sie hier sterben soll, Cardoville?«, fragte Dolmus. »Wie könnte sie hoffen, sich noch zu retten, da zweiundvierzig Zeugen gegen sie aussagen; allein sie hat den Wunsch ausgesprochen, in einem Hurenhaus zu sterben, und dazu wollen wir ihr verhelfen.«

Währenddessen umgaben Väter und Söhne die Unglückliche, indem sie sie wie Fleischer betasteten. »Wir haben schon seit langem niemanden zum Tode verdammt, dessen Schuld so erwiesen wäre«, sprach Volcidor.

»Schuldig oder nicht, du wirst auf jeden Fall verbrannt und an einem kleinen Feuer geröstet werden«, fuhr Cardoville fort.

»Nun«, fragte Dolmus weiter, »hat Saint-Florent nicht recht gehabt, uns zu sagen, daß diese Hure einen schönen Popo hat?«

»Ja, zum Teufel«, entgegnete Cardoville, »er ist nicht zu verachten; aber jetzt wollen wir uns an dieser keuschen Schönen ergötzen. Jeder von uns nehme einen Teil des Körpers auf sich, den er quält, jeder von uns soll eine Nummer wählen und in bestimmter Reihenfolge unserem Opfer den Schmerz beibringen. Da wir zwölf an der Zahl sind, wollen wir den Schlag einer Uhr nachahmen und die zwölf Stunden mit Schnelligkeit aufeinander folgen lassen.«

»Nehmen Sie Ihre Kleider wieder, meine Tochter«, sprach Cardoville, als alles vorbei war, »der Tag ist noch nicht angebrochen, und die Männer, die Sie hergebracht haben, werden Sie wieder ins Gefängnis zurückführen.«

Justine wollte sich diesen Ungeheuern zu Füßen werfen, um von ihnen eine Begnadigung zu erflehen, allein nicht nur, daß man sie nicht anhörte, die Frauen schmähten sie sogar und die Männer bedrohten sie. Sie wurde gepackt und wieder ins Gefängnis gebracht. »Legen Sie sich nieder«, sprach der Wächter, indem er sie in ihre Zelle stieß, »und wenn Sie jemals Klage darüber erheben wollen, was Ihnen heute Nacht geschehen ist, so können Sie sicher sein, daß ich alles ableugnen würde.«

»Oh, Himmel«, rief Justine aus, als sie allein war, »wie sollte ich Bedauern empfinden, eine Welt, in der so viele Verbrecher leben, zu verlassen!«

Justine warf sich verzweifelt zur Erde, und das Gewölbe widerhallte von ihren Schreien. »Verbrecher«, rief sie aus, »ich verlasse mich auf den gerechten Gott, der mich rächen wird!«

Justine überließ sich den traurigsten Gedanken, als der Wärter mit geheimnisvoller Miene auf sie zutrat. »Hören Sie«, sprach er, »Sie haben mir ein Interesse eingeflößt, und wenn Sie meinen

Vorschlag annehmen, will ich Ihnen das Leben retten.«

»Oh, Monsieur, um was handelt es sich?«

»Sie sehen dort jenen dicken Mann, der gleich Ihnen nur die Hinrichtung erwartet. Er ist Besitzer einer Brieftasche, die eine bedeutende Summe enthält.«

»Nun?«

»Nun, ich weiß, daß er sich nur mit dem Gedanken beschäftigt, wie er sein Vermögen in die Hände seiner Familie kommen lassen könnte. Rauben Sie es ihm und bringen Sie es mir, dann sind Sie frei. Vor allem aber beachten Sie Stillschweigen und Sie dürfen niemals, ob Sie nun meinen Vorschlag annehmen oder nicht, etwas darüber laut werden lassen. Entscheiden Sie sich!«

»O Gott«, rief Justine aus, »so ist also das Glück für mich immer nur durch ein Verbrechen erreichbar. Ja, Monsieur, ich will Ihnen folgen, Sie schlagen mir zwar ein Verbrechen vor, allein ich will es dennoch ausführen, um den Frevlern, die mich umkommen lassen wollen, ein grausameres zu ersparen.«

Der Wärter zog sich zurück, und schon klang jene dumpfe Glocke, die den Verurteilten ankündigt, daß sie nicht mehr lange zu leben haben. Unsere Heldin beeilte sich also, an ihren Leidensgefährten heranzutreten, und bald hatte sie ihm tatsächlich den Schatz geraubt. Sie eilte auf den Wärter zu, drückte ihn in dessen Hand, worauf sich bald die Pforten zur Freiheit öffneten.

»Nur rasch fort«, sprach die Unglückliche zu sich selbst, als sie allein war. Die Nacht senkte sich herab, und Finsternis begünstigte ihre Flucht. Bald befand sie sich auf dem Wege nach Paris, in der Hoffnung, dort ihre Schwester zu finden.

Es war ungefähr vier Uhr nachmittags, als sie in der Nähe von Esommes eine ungemein elegante Dame bemerkte, die mit vier Herren spazieren ging.

»Abbe«, sprach diese Dame und wandte sich an einen ihrer Begleiter, »dieses Mädchen kommt mir bekannt vor. Mademoiselle, auf ein Wort, ich bitte Sie, würden Sie mir nicht Ihren Namen sagen.«

»Oh, Madame, ich bin das unglücklichste aller Geschöpfe.«

»Aber Ihr Name?«

»Justine.«

»Justine? Wie, sollten Sie die Tochter des Bankiers N. sein?«

»Ja, Madame.«

»Freunde, es ist meine Schwester! Diese Schrammen und Narben dürfen Sie nicht täuschen, ich habe ihr ihr Schicksal vorausgesagt. Kommen Sie, mein Kind, kommen Sie auf mein Schloß mit mir. Ich bin neugierig, durch welchen Zufall ich Sie wieder getroffen habe.«

Justine schloß sich der Gesellschaft an, und als sie in Juliettes Heim größten Reichtum bemerkte, rief sie aus: »Wie, während ich kaum mein Leben fristen kann, genießt meine Schwester allen diesen Reichtum!«

»Du schwachherziges Mädchen, das darf dich nicht täuschen«, erwiderte Juliette, »ich habe dir bereits alles vorausgesagt; ich bin die Bahn des Lasters gegangen und habe auf ihr nur Rosen gefunden. Du siehst aber, wohin dich deine verfluchten Vorurteile gebracht haben. Abbe«, fuhr die berühmte Schwester unserer Heldin fort, »man möge ihr anständige Kleider geben und neben uns für sie ein Gedeck auflegen. Morgen wollen wir ihre Erzählung anhören.«

Nachdem Justine erfrischt war und sich ausgeruht hatte, erzählte sie am nächsten Tag die Abenteuer, die wir eben gelesen haben. So sehr das arme Mädchen auch mitgenommen war, sie gefiel trotzdem allen Anwesenden, und unsere Gesellschaft konnte sich nicht versagen, sie nach eingehender Prüfung zu loben.

»Ja«, sprach einer von ihnen, »da sieht man wohl die Nachteile der Tugend, und hier, meine Freunde«, rief er, indem er auf Juliette wies, »hier sieht man die Vorteile des Lasters.«

www.ingramcontent.com/pod-product-compliance
Lightning Source LLC
Chambersburg PA
CBHW070200310726

48976CB00001B/166